AF138675

Michael Folie

Kriminalmeister Gutmann

Bibliografische Information der Deutschen Nationalbibliothek: Die Deutsche Nationalbibliothek verzeichnet diese Publikation in der Deutschen Nationalbibliografie; detaillierte bibliografische Daten sind im Internet über www.dnb.de abrufbar.

© 2015 Michael Folie

Herstellung und Verlag: BoD – Books on Demand, Norderstedt

ISBN 978-3-7386-3447-1

1. KAPITEL

Auf einer kahlen Bergkuppe stand ein junger Mann und blickte hinab auf die Häuser von Amsdorf. Seine klugen Augen waren zusammengekniffen, sein schulterlanges, schwarzes Haar wehte leicht im Wind. In der Stadt, in einem weitläufigen Talkessel direkt am Meer gelegen, stand das Schloss des Grafen Friedrich, der von hier aus die Grafschaft Hartz regierte. Die düsteren Berge rings um den Talkessel bildeten im Norden ein unüberwindbar scheinendes Hindernis, während sie gegen Süden zu nur allmählich an Höhe gewannen. Zahlreiche enge Pfade führten aus der Stadt hinaus, um sich zwischen den Bergriesen in die Höhe zu schrauben, aber nur *eine* Straße war auch für Fuhrwerke und Reiter geeignet, die Grafenstraße. Sie zog sich vom Meer beinahe schnurgerade durch Amsdorf hinauf zur Bergkuppe und weiter ostwärts bis nach Sonnburg, der fernen Hauptstadt des Königreiches Kaltenfort.

Die Gebäude lagen noch im schwindenden Dunkel der zu Ende gehenden Frühlingsnacht. Weit draußen auf dem Meer bewegten sich zahlreiche leuchtende Punkte wie Glühwürmchen in einer schwülen Sommernacht. Es waren Fischer, die, mit Fackeln bewaffnet, nach den Schätzen des Meeres suchten.

Der Mann nestelte nervös an seiner Weste. Amsdorf war das Ziel seiner Reise, die er vor wenigen Tagen in Sonnburg begonnen hatte. Ein freundlicher Tuchhändler, den seine Geschäfte in alle Grafschaften des Reiches führten, hatte ihn ein gutes Stück auf seinem

Pferdefuhrwerk mitgenommen, aber das letzte Teilstück hatte er auf Schusters Rappen zurücklegen müssen. Er war jedoch nicht unglücklich darüber, denn die Fahrt über die holprigen Landstraßen hatte seine Knochen ordentlich durcheinandergeschüttelt. Er war die ganze Nacht hindurch gegangen und war nun froh, endlich angekommen zu sein.

„Amsdorf", murmelte er leise. „Hier also sollst du dich erholen, armer, alter Johann!"

Obwohl er noch jung an Jahren war, hatte das Leben bereits Spuren in seinem schönen Gesicht hinterlassen, das von ersten Sorgenfalten durchzogen war. Seine Arbeit als Kriminalmeister hatte er stets ernstgenommen, sich kaum geschont. Wenn es galt, gefährliche Aufträge auszuführen, war er immer in der ersten Reihe gestanden. Er hatte Raubbau an seinem Körper getrieben und nicht die Kraft aufbringen können, sich auch einmal zurückzunehmen.

Und dann war es passiert. Einfach so, aus heiterem Himmel. Mitten in seiner Arbeitsstube war er plötzlich zusammengebrochen. Blätter, Schreibgriffel, Tinte, alles hatte er mit zu Boden gerissen. Und in all der Unordnung hatte er gelegen, kraftlos und am Ende, ein Stück müdes Fleisch. Der Arzt hatte ihm ein paar Wochen absoluter Ruhe verschrieben, aber nach wenigen Tagen war er schon wieder bei der Arbeit gewesen. Seine Kräfte jedoch waren aufgebraucht.

Gliederzittern, Schwindelgefühle und eine unerklärliche, beständige Nervosität hatten ihn fest im Griff. Schließlich hatte ihn sein Vorgesetzter zwangsbeurlaubt. Er sollte eine längere Auszeit nehmen und sich erholen. Seine Frau, Elsbeth, die er erst vor wenigen Monaten geheiratet hatte, war ihm in dieser schwierigen Zeit keine große Hilfe gewesen, denn sie hatten sich bereits nach kurzer Zeit der Ehe auseinandergelebt. Es war wie eine Art Befreiung

6

gewesen, als er aus der Hauptstadt aufgebrochen war und Frau und Arbeit hinter sich gelassen hatte.

Und nun stand er da, neugierig auf die Stadt, die er jedoch nicht ganz freiwillig als Erholungsort ausgesucht hatte. Sein Vorgesetzter hatte ihn gebeten, einen wichtigen Brief zur Stadtverwaltung von Amsdorf zu bringen. Dort könne er ja dann gleich bleiben und sich ein, zwei Wochen entspannen.

Johann tat einen tiefen Atemzug und schritt zügig die gepflasterte Straße hinab. In seiner Hand hielt er einen kleinen Lederbeutel, in dem er seine wenigen Habseligkeiten verstaut hatte. Unten im Talkessel lagen noch ein paar Nebelfetzen in den Feldern, die der Stadt vorgelagert waren. Es roch nach Erde und Freiheit.

Nach wenigen Minuten kam Johann zu den ersten Häusern. Außer einigen Soldaten, die in ihren grauen Uniformen auf der Grafenstraße patrouillierten, aber dem frühen Wanderer kaum Beachtung schenkten, war kein Mensch zu sehen. Langsam und bedächtig gingen sie ihre vorgegebenen Wege.

Johann schritt die Grafenstraße entlang, bis er an ein auffälliges Gebäude gelangte, das sich mitten auf der Straße aufzutürmen schien. Erst im Näherkommen sah er, dass die Straße sich teilte und in zwei Bögen um das Gebäude herumlief, um sich dahinter wohl wieder zu vereinigen. Johann blieb auf dem schmalen Streifen Grün stehen, der das Gebäude umgab, und blickte nach oben. Die fünf Stockwerke, aus dunkelgrauem Stein errichtet, machten besonders jetzt in der Dunkelheit einen beinahe Furcht einflößenden Eindruck und überragten die umstehenden Gebäude bei weitem.

Während der Kriminalmeister staunend verharrte, spuckten die Nebenstraßen und kleinen Gassen vereinzelt Menschen aus, die schlaftrunken durch die ausklingende Nacht torkelten. Johann ging weiter bis zur doppelflügligen, aus massivem Edelholz errichteten

Eingangstür. Neben dieser war ein riesiges Messingschild angebracht.

„Gräfliche Stadtverwaltung Amsdorf", las Johann laut. Er war hier also richtig, denn in der Stadtverwaltung sollte er das Schreiben abgeben, das ihm sein Vorgesetzter mitgegeben hatte. Er klopfte unbewusst auf seinen Lederbeutel, in dem er das Schriftstück verstaut hatte, und betätigte einen der beiden massiven Türklopfer. Es rührte sich nichts. Auch nach mehreren Versuchen fand er kein Gehör. Er war zwar sehr früh dran, doch er hatte angenommen, dass auch hier in Amsdorf zumindest ein oder zwei Kriminalgehilfen während der Nacht Bereitschaftsdienst hätten. So seufzte er enttäuscht und setzte sich missmutig vor die Tür, um zu warten. Der frische Wind, der ihm in den Bergen arg zugesetzt hatte, war hier unten in der Stadt nicht mehr zu spüren. Er machte es sich so bequem wie möglich, schob seinen Lederbeutel zwischen die Tür und seinen Kopf und schloss die Augen. Schon nach wenigen Augenblicken kündete ein regelmäßiges Atmen davon, dass er eingeschlafen war. Die Anstrengungen der letzten Wochen und die nächtliche Wanderung machten sich bemerkbar, sein Körper verlangte nach Ruhe.

Allzu lange war ihm diese jedoch nicht vergönnt, denn bereits nach kurzer Zeit wurde er unsanft aus dem Schlaf gerissen, als ein grober Kerl ihn derb mit den Spitzen seiner blankgeputzten Lederstiefel anstieß.

„Steh auf, du bärtiger Lump und troll dich von dannen! Ab mit dir ins Armenviertel, wo du hin gehörst!"

Johann öffnete erschrocken seine Augen und starrte den Sprecher an, der drohend über ihm stand und auf ihn herabblickte. Der Mann war gehobenen Alters und äußerst gut gekleidet. Er verbreitete einen penetranten Rosenduft, der aus all seinen Poren zu strömen schien und in Johanns Nase kroch. Der Kriminalmeister war ungewaschen und hatte sich seit

Tagen nicht rasiert, weshalb er auf den ersten Blick in den Augen des Störenfriedes einen üblen Eindruck machen musste. Dies war jedoch kein Grund, Johann einen Lumpen zu schimpfen.

„Was erlaubt Ihr Euch, mein Herr?", zischte Johann giftig und stand auf. Der Mann wich ein paar Schritte zurück. „Ich bin kein Hund, dem man eben mal so seine Stiefel zu kosten gibt!"

„Na, das Bürschchen wird auch noch frech! Ich werde dich gleich an deinen dreckigen Ohren packen und dich von hier wegzerren, wenn du weiterhin in solch einem Ton mit dem Stadtschreiber Meier sprichst!"

„Ah, ein Schreiber! Nun gut, Mann der Feder, schreibt Euch dies hinter Eure wohlparfümierten Ohren: Wer dem Johann Gutmann so daherkommt, der wird sich eine blutige Nase holen! Verstanden?"

„W…was?", stammelte der Stadtschreiber erstaunt und taumelte zurück. So mit ihm zu reden, hatte noch nie jemand gewagt. „Was für eine Unverschämtheit! Ich werde die Kriminalgehilfen holen. Der Kerker wird…"

„Genug jetzt!", unterbrach ihn Johann. „Ich will Euch zugutehalten, dass es früh am Morgen ist und Ihr Eure Sinne noch nicht beisammen habt. Ansonsten müsste ich wahrlich an Eurem Verstand zweifeln, da Ihr einen Kriminalmeister dermaßen abschätzig behandelt!"

„Ha, dass ich nicht lache! Ein Kriminalmeister! Ich kenne alle Kriminalmeister hier, aber dich…äh Euch habe ich hier noch nie gesehen!"

„Das mag wohl sein, denn meine Heimat ist die Hauptstadt. Ich bin gekommen, um ein wichtiges Schreiben einem gewissen Herrn E…Eger zu übergeben."

„Ach ja? Gut, aber wieso legt Ihr Euch dazu wie ein Hund vor die Schwelle?"

Johanns anfänglicher Zorn war bereits wieder verflogen, sodass er bereitwillig Auskunft gab. „Ich war die ganze Nacht über unterwegs und bin eben erst hier angekommen. Habe also noch keine Unterkunft, und da hier niemand anzutreffen war, habe ich meine wunden Hinterläufe etwas ruhen lassen."

„Nana!", schmunzelte Herr Meier. „Nehmt mir meine Bemerkung mit dem Hund nur nicht übel! Ihr hättet Euch übrigens nur zur Wachstube der Kriminalgehilfen begeben müssen. Der Eingang liegt auf der anderen Seite des Gebäudes und ist nie verschlossen. Doch nun kommt erst einmal mit hinein!"

Der Stadtschreiber kramte umständlich einen Schlüssel aus seiner Jackentasche hervor und sperrte auf. Johann trat hinter ihm ein. Es war düster, weshalb Herr Meier eine Öllampe aus einer Mauernische nahm und Licht machte.

„Ich kann es nicht verstehen", jammerte er wie beiläufig, „dass die unseligen Baumeister so arg an den Fenstern sparen mussten. Die Sonne ist jetzt zwar noch nicht aufgegangen, aber Ihr werdet sehen, dass selbst bei hellstem Tageslicht hier drinnen noch ein zusätzliches Licht vonnöten ist. Meine Augen sind schon reichlich trübe! Hier entlang, junger Mann!"

Während Johann neben Herrn Meier herging, betrachtete er den seltsamen Kauz neugierig von der Seite. Im unsteten Licht der Öllampe glaubte er zu erkennen, dass die dicke Brille, die auf der breiten Nase des Mannes saß, eine ansehnliche Dreck- und Fettschicht aufwies. Anscheinend hatte die Sehhilfe des Schreibers schon lange keine Bekanntschaft mehr mit Wasser oder einem Reinigungstuch gemacht. Die ungepflegte Brille passte zwar nicht zum ansonsten tadellosen Äußeren von Herrn Meier, erklärte aber die Sehschwierigkeiten des guten Mannes.

10

„Bei welcher Abteilung seid Ihr beschäftigt, Herr…Gutmann, wenn ich fragen darf?"

„Leib und Leben."

„Ah, die Abteilung für Verbrechen an Leib und Leben! Herr Eger, zu dem Ihr sollt, ist der Verantwortliche dieser Abteilung in Amsdorf. Er leistet sehr gute Arbeit, wie man sagt, doch mit der Pünktlichkeit am Morgen hat er es nicht so. Weiß der Geier, wieso er…Na ja, mich soll' s nicht weiter kümmern. Ihr solltet das Schreiben ihm direkt übergeben, ja? Gut, wenn Ihr wollt, könnt Ihr in meiner Arbeitsstube auf ihn warten."

Johann nickte zustimmend. Sie waren bei einer Tür am Ende eines Seitengangs angelangt, die Herr Meier nun aufschloss.

„So, Herr Gutmann, hier ist mein kleines Reich. Setzt Euch dort auf die Holzbank!"

Johann trat ein und nahm auf der Bank Platz, die an der hinteren Wand stand. Sie war beinahe so unbequem wie eine der knarrenden Kirchenbänke, auf die ihn seine Eltern als kleinen Jungen gezwungen hatten. Trotzdem war es besser, als draußen auf dem Boden liegen zu müssen.

Der Stadtschreiber setzte sich inzwischen an seinen riesigen Schreibtisch, auf dem sich eine Unmenge Bücher jeglicher Größe stapelte. Dazu kamen noch zahlreiche Schriftrollen, zumeist alt und vergilbt. Trotzdem herrschte eine außergewöhnliche Ordnung. Jedes Buch schien auf dem ihm angestammten Platz zu liegen, die Schriftrollen waren sorgsam in einer Reihe geordnet. Und auch in den Regalen, die an der Wand hinter dem Schreibtisch angebracht waren, herrschte eine einzigartige Perfektion, die Johann beinahe erschreckte.

Auf dem Schreibtisch standen, klug platziert, zwei blank polierte Öllampen, die Herr Meier entzündete.

„So", murmelte er zufrieden, „jetzt kann ich wieder einigermaßen sehen. Frisch ans Werk!"

Während er Bücher und Schriftstücke auf dem Schreibtisch von links nach rechts und von vorne nach hinten schob, erzählte der Stadtschreiber dies und das und bemühte sich, einen möglichst emsigen Eindruck auf Johann zu machen. Dieser war jedoch außerordentlich müde und deshalb kein guter Zuhörer. Bald fiel ihm das eine Auge zu, bald das andere, und nach wenigen Minuten war er bereits eingeschlafen. Herr Meier schien dies gar nicht zu bemerken und plauderte munter weiter. Doch wiederum war Johann die Ruhe nicht gegönnt, derer er so dringend bedurfte. Ein kräftiges Klopfen an der Tür ließ ihn aus seinem leichten Schlaf hochschrecken.

„Herrrein!", sagte Herr Meier auffallend laut und zackig.

Die Tür ging auf, und es trat ein junger Mann von kaum achtzehn Jahren ein, der einen Stapel Bücher unter seinen rechten Arm geklemmt hatte. Auf seinem Kopf saß eine grüne Mütze, die ihn als Kriminalgehilfen auswies. Darunter quollen kecke, blonde Locken hervor, die durch die Mütze kaum gebändigt werden konnten. Johann kannte natürlich die grünen Mützen der Gehilfen, doch diese hier in Amsdorf hatten eine besondere Färbung, eine eigentümlich dunkel-schmutzige Grüntönung.

„Hier sind die Bücher, nach denen Ihr verlangt habt, Herr Stadtschreiber", sagte der junge Mann freundlich. „Benötigt Ihr sonst noch etwas?"

„Wie? Was? Wer seid Ihr? Kommt näher, damit ich Euch erkennen kann!" Herr Meier reckte seinen Kopf über den Schreibtisch, rückte seine Brille zurecht und kniff die Augen fest zusammen. Der Besucher, kaum fünf Meter entfernt, kam lächelnd näher, bis er direkt am

Schreibtisch stand. Er kannte offensichtlich die Eigenart des Stadtschreibers im Umgang mit seiner Brille.

„Ach, Ihr seid' s, Herr Euwart. Warum versteckt Ihr Euch in den Schatten? Danke für die Bücher, Ihr könnt gehen. Ich brauche weiter nichts…außer vielleicht einer kleinen Auskunft. Wisst Ihr, ob Herr Eger sich bereits im Haus befindet? Der Mann dort hat ein wichtiges Schreiben an ihn zu besorgen."

Der Kriminalgehilfe blickte erstaunt in die Richtung, in die der Stadtschreiber deutete. Er hatte Johann noch gar nicht bemerkt und grüßte nun durch ein kaum merkliches Kopfnicken. Johann setzte sich gerade hin und erwiderte das Nicken.

„Äh ja", fuhr Euwart, der Kriminalgehilfe, fort, „ich habe ihn eben die Treppe nach oben steigen sehen. Wenn das alles war, verabschiede ich mich wieder. Lebt wohl!"

Als die Tür ins Schloss gefallen war, stand Johann mühsam auf, nahm seinen Lederbeutel und trat zu Herrn Meier. Der Rosenduft hatte inzwischen den gesamten Raum durchdrungen, doch in der Nähe des Schreibtisches war es für Johanns Nase kaum auszuhalten. Er bedankte sich bei Herrn Meier für dessen Hilfe, ließ sich den Weg zur Abteilung für Verbrechen an Leib und Leben beschreiben und ging. Als er die Tür hinter sich geschlossen hatte, lehnte er sich an die Mauer und tat erst einmal einen tüchtigen Atemzug.

„Glücklich aus der Rosenhölle entkommen?"

Johann blickte leicht verwirrt nach links, von wo die fremde Stimme gekommen war. Zwei kleine, dickliche Frauen standen einige Meter entfernt und lachten ihn mit weit geöffneten Mündern an. Sie waren beide auffallend blumige Kleider gewandet und hatten ihre Haare zu riesigen Knoten gebunden, die wie fette Spinnen auf ihren Köpfen saßen.

„Unser geliebter Herr Meier wird uns mit seinem Rosenduft noch umbringen. An manchen Tagen kann man selbst hier draußen kaum noch atmen!", sagte die eine.

„…kaum atmen", echote die andere.

„Ja, gewiss", erwiderte Johann und machte sich davon. Er hatte keine Lust auf eine längere Unterhaltung mit den seltsamen Frauen, die mit ihren Armen gestenreich in der Luft herumfuchtelten. Als er an den zweien vorbeihuschte, grüßte er nur knapp, ohne sie anzusehen. Zu seinem Schrecken musste er feststellen, dass auch die zwei Holden von einer ansehnlichen Duftwolke umgeben waren, sodass er seine Schritte tunlichst beschleunigte.

„He, warum rennt Ihr davon? Wir haben uns doch noch gar nicht vorgestellt!", rief ihm die eine empört hinterher. „Seltsamer Kauz!"

„Ein Kauz", wiederholte die andere.

Das Gebäude der Stadtverwaltung hatte sich inzwischen mit Leben gefüllt. Zahlreiche Männer und Frauen huschten geschäftig hin und her. Johann nahm die Treppe und stieg hinauf bis in den fünften Stock. Gleich neben der ersten Tür linker Hand stand: „Heinrich Eger- Oberkriminalmeister- Abteilung für Verbrechen an Leib und Leben".

Johann klopfte und wartete. Es ließ sich ein verärgertes „Herein!" hören, das dem Knurren eines Hundes glich, der beim Fressen gestört wird. Als er die Tür öffnete, fiel sein Blick auf einen kleinen, vielleicht fünfzigjährigen Mann, der hinter einem viel zu großen Schreibtisch saß, auf dem sich nur ein kaum beschriebenes Blatt Papier und ein Tintenfass befanden. Die ehemals wohl vorhandene Haarpracht hatte sich weitgehend verabschiedet, nur die traurigen Reste davon lagen in wenigen Strähnen auf dem ansonsten kahlen

14

Haupt. Dafür besaß Herr Eger einen mächtigen Schnurrbart, dessen leicht ergraute Spitzen kunstvoll in die Höhe gezwirbelt waren.

„Wer seid Ihr?", bellte er unfreundlich, wobei seine Augen zornig blitzten. In seiner Hand hielt er krampfhaft die Schreibfeder fest, die er eben noch ins Tintenfass getunkt hatte. Das Schreiben bereitete ihm augenscheinlich die größte Mühe, denn dicke Schweißtropfen standen auf seiner hohen Stirn.

„Gutmann. Johann Gutmann. Ich bin Kriminalmeister aus der Hauptstadt und soll Euch ein Schreiben von meinem..."

„Ah, sehr gut. Lasst sehen!"

Der Ton des Oberkriminalmeisters war deutlich freundlicher geworden. Er legte die Feder beiseite, stand auf und streckte Johann die Hände entgegen. Dieser zog das Schreiben aus seinem Lederbeutel hervor und reichte es Herrn Eger. Der kleine Mann nahm es hastig entgegen, riss den Umschlag auf und überflog die Zeilen, während er sich wieder an seinen Schreibtisch setzte.

„Ich bin äußerst zufrieden mit Euch", sagte er schließlich, als er fertig gelesen hatte. „Ich habe diese Nachricht bereits mit Spannung erwartet. Doch nun zu Euch. Ihr seht schrecklich aus! Geht es Euch etwa nicht gut?"

„Ich bin leicht übermüdet, aber ansonsten wohlauf. Danke der Nachfrage."

„Papperlapapp! Am Ende dieses Schreibens berichtet mir Euer Vorgesetzter davon, dass Ihr Euch hier in Amsdorf etwas erholen sollt. Ich werde Euch behilflich sein, eine Unterkunft zu finden."

„Das ist gar nicht nötig, Herr Eger. Ich..."

„Papperlapapp! Es soll niemand sagen, dass wir unsere Gäste nicht ordentlich unterbringen können. Am liebsten würde ich Euch mein bescheidenes Heim anbieten, aber mein Hausdrache, Ihr versteht mich, hätte

15

da wohl das eine oder andere dagegen einzuwenden. Wir werden aber etwas Passendes für Euch finden. Übrigens, falls Ihr uns...ähm...ein wenig aushelfen wollt..."

Johann wusste nicht, worauf Herr Eger hinaus wollte und sah ihn fragend an.

„Na ja, Ihr wisst schon! Vielleicht wird es Euch langweilig und Ihr sucht eine kleine Betätigung. Womöglich habt Ihr davon gehört, dass Amsdorf im letzten Jahr von einer schlimmen Seuche heimgesucht worden ist, die zahlreiche Opfer unter der Bevölkerung gefordert hat. Zu unserem Unglück blieb auch die Stadtverwaltung nicht davon verschont, meine Abteilung jedoch war besonders stark davon betroffen. Ganze drei Kriminalmeister sind an der Seuche gestorben, und bis heute ist es mir noch nicht gelungen, sie wieder zu ersetzen. Ich bin also um jede Hilfe froh, die ich kriegen kann. Was meint Ihr?"

„Euer Angebot ehrt mich, Herr Eger, aber Ihr wisst, dass ich nicht zum Arbeiten gekommen bin. Ich soll mich erholen und muss Euer Angebot folglich ablehnen. Ich hoffe, Ihr versteht das."

Der Schnurrbart des Oberkriminalmeisters zuckte leicht. Herr Eger nickte und verließ für einen Augenblick das Zimmer. Johann schüttelte missmutig den Kopf und ging unruhig auf und ab. Dabei fiel sein Blick zufällig auf das Schriftstück, das er aus der Hauptstadt mitgebracht hatte. Neugierig trat er näher heran und begann zu lesen. Er hatte einen höchst wichtigen Inhalt erwartet, doch zu seinem Erstaunen hatten sein Vorgesetzter und Herr Eger, die sich wohl seit längerer Zeit kannten, einen gemeinsamen Jagdausflug vor, zu dem sie sich verabredet hatten. Da sich draußen wieder Schritte vernehmen ließen, trat Johann eiligst vom Schreibtisch zurück, stellte sich ans Fenster und sah hinaus.

„Ah, Herr Gutmann, Ihr genießt den Anblick unserer wunderschönen Stadt!"

16

Johann drehte sich um. Neben Herrn Eger stand ein junger Mann, der die zwanzig Jahre wohl noch nicht lange überschritten hatte. Seine durchschnittliche Gestalt steckte in einem tadellosen Gewand aus einem feinen Stoff, die dunkelrote Weste war bis oben hin zugeknüpft. Die blonden Haare hatte er fein säuberlich nach hinten gekämmt und zu einem Zopf gebunden. Das markante, braungebrannte Gesicht wurde durch zwei stahlblaue Augen veredelt, die neugierig um sich blickten. Der Mann konnte beinahe als schön bezeichnet werden, doch etwas störte den äußerst einnehmenden Gesamteindruck: er hatte fürchterliche Segelohren.

„Das ist Ferdinand Gramm", fuhr der Oberkriminalmeister fort. „Er ist unser jüngster Zugang und hat erst kürzlich seine Ausbildung abgeschlossen. Ich möchte, dass er Euch ein wenig die Stadt zeigt und Euch bei der Suche nach einer passenden Unterkunft behilflich ist."

Johann trat zu Ferdinand. „Hallo, ich bin Johann."

„Erfreut. Ferdinand. Ich hörte…"

„Genug jetzt", fiel Herr Eger ein, „dafür ist später noch genügend Zeit. An welchen Fällen arbeitet Ihr zurzeit, Herr Gramm?"

„Ich habe da die Beschwerde eines alten Marktweibes, dem das scheuende Pferd eines Edelmannes aus dem Nobelviertel den Marktstand zertrümmert und das rechte Bein beschädigt hat oder umgekehrt. Ferner ermitteln wir im Falle eines eifersüchtigen Bäckers aus dem Hafenviertel, der sein Weib wegen einer Nichtigkeit beinahe zu Tode geprügelt hat. Dann wäre da noch…"

„Gut, gut, Herr Gramm. Ich sehe, dass es viel zu tun gibt. Und nun Abmarsch. Vielleicht kann Euch Herr Gutmann den einen oder anderen Ratschlag geben, denn, wie mir mein Freund aus der Hauptstadt schreibt, soll er ein äußerst famoser Kerl sein."

Johann errötete leicht, während Herr Eger ein breites Grinsen sehen ließ, das seine gelben Zähne offenbarte, und ihm zunickte. Dabei brachte er durch einige geschickte Handbewegungen seinen Schnurrbart, der heute nicht so standhaft zu sein schien wie er sollte, wieder in Form. Ferdinand forderte Johann schließlich zum Mitkommen auf. Herr Eger verabschiedete sie mit einem seltsamen Lächeln und schloss die Tür hinter ihnen.

Ferdinand ging voran in seine Arbeitsstube, die recht karg eingerichtet war. Außer ein paar lieblos zusammengezimmerten Regalen, die an den Wänden befestigt waren, befanden sich nur zwei alte Schreibpulte im Raum. Auf dem einen lagen allerlei Gegenstände, darunter ein gebogener Dolch, wahrscheinlich die Tatwaffe eines Verbrechens. Auf dem zweiten Schreibpult lagen, von einer dicken Staubschicht bedeckt, nur ein paar Fetzen Papier und eine zerbrochene Schreibfeder.

„Wie du siehst", erklärte Ferdinand, „bin ich derzeit noch alleine. Ich war damals, als uns die Seuche in ihrem schrecklichen Würgegriff hatte, gerade mitten in meiner Ausbildung, die ich erst kürzlich abgeschlossen habe. Üblicherweise werden die neuen Kriminalmeister ja einem erfahrenen Partner zugeteilt, aber der Platz an meiner Seite ist leer."

„...und verstaubt!", ergänzte Johann schmunzelnd.

Ferdinand wühlte kurz in seinen Papieren herum, dann war er zum Abmarsch bereit.

„Nun aber los! Ich werde dir meine schöne Heimatstadt ein wenig zeigen, wenn du Lust hast. Dabei können wir uns auch nach einer geeigneten Wohnmöglichkeit umsehen."

Ferdinand war sichtlich froh, der Enge seiner Arbeitsstube entfliehen zu können, und verließ mit Johann das Gebäude der Stadtverwaltung. Die Stadt hatte sich inzwischen mit Leben gefüllt. Zahlreiche Fuhrwerke, von starkknochigen Pferden und kräftigen Ochsen gezogen, ratterten über das Kopfsteinpflaster der Grafenstraße. Mit seinem Hafen war Amsdorf ein wichtiger Umschlagplatz für die verschiedensten Waren.

Ein hochnäsiger Herr trabte auf seinem edlen Pferd vorbei, ein einfach gekleideter Bauer trieb zwei abgemagerte Ziegen in Richtung Hafen, wobei er fleißig Gebrauch von einem knotigen Stock machte, den er in seiner kräftigen Hand hielt. Dazwischen tummelte sich allerlei Volk und rundete das malerische Bild ab, das sich dem erfreuten Betrachter bot.

Die zwei Kriminalmeister mussten einige Augenblicke warten, ehe es ihnen gelang, sich zwischen den Fuhrwerken einen Weg über die Straße zu bahnen. Sie strebten nordwärts und tauchten bald ins Gewirr der engen Gassen ein. Johann überkam eine wohlige Geborgenheit, denn hier, abseits der geschäftigen Grafenstraße, war alles ein wenig beschaulicher. Ohne jegliche Hektik gingen die Menschen ihrer Beschäftigung nach.

Johann ging unwillkürlich langsamer und betrachtete neugierig die kunstvollen Holzschilder, die vor den Läden hingen. Es gab einen Flickschuster, einen Zuckerbäcker, einen Spinnradbauer, einen Korbflechter, einen Kammmacher. Aus einem offenen Fenster erklang eine Gitarre, die lieblich und kunstvoll gezupft wurde. Mehrere Passanten waren stehen geblieben, um einige Augenblicke lang den wohlklingenden Tönen zu lauschen.

Die zwei Kriminalmeister gingen weiter und kamen bald an einen Turm aus groben Steinquadern, der sich zwischen den Häusern stolz in die Höhe schraubte, als ob er rufen wollte: Seht her, wie hoch hinaus ich es geschafft habe!

Ferdinand öffnete die schwere Holztür, die nur angelehnt war, und stieg vor Johann die engen Treppenwindungen hinauf. Dabei erklärte er, dass dieser Turm der Abteilung für Feuer- und Brandschutz als Beobachtungsturm diente. Von dort oben war es möglich, einen Brandherd in den Gassen rasch zu entdecken. Obschon ein guter Teil der Stadt aus Steinhäusern bestand, gab es doch noch zahlreiche Straßenzüge, die vollständig aus alten Holzhäusern bestanden. Ein Brand konnte sich rasch ausbreiten und ein ganzes Viertel in Schutt und Asche legen.

Im Inneren des Turms war es unglaublich düster, da das Tageslicht nur durch einige schmale Öffnungen nach innen fiel. Die zwei Kriminalmeister tasteten sich deshalb sehr vorsichtig die schmale Steintreppe nach oben, bis sie ins Freie traten. Eine baufällig wirkende Brüstung aus altem Holz lief rund um den Turm. Eine mächtige Glocke, die im vormittäglichen Sonnenlicht prachtvoll glänzte, sollte im Notfall Alarm schlagen.

Plötzlich zuckte Johann zusammen, denn er hörte Schritte hinter sich. Er drehte sich um und sah einen Mann in einer feuerroten Uniform, der gemessenen Schrittes näher kam und dabei angestrengt hinab auf die Häuser blickte. Johann sprach den Uniformierten an, der sich als Feuerschützer vorstellte und über seine Arbeit berichtete. Währenddessen setzte er aber unbeirrt seinen Rundgang fort, sodass Johann ihn begleiten musste. Schließlich erzählte auch Johann ein wenig über sich und den Grund seines Besuches in Amsdorf. Dabei kam die Sprache auch auf die Unterkunft, nach der er suchte. Der Feuerschützer erklärte, dass er Johann ein älteres Ehepaar empfehlen könne, das im Bürgerviertel kleine, einfache Zimmer für wenig Geld vermieten würde. Sie hießen

Gruber, seien zwei reizende Personen, kinderlos und äußerst umgänglich. Zudem liege ihre Wohnung unfern der Stadtverwaltung. Johann ließ sich den Weg dorthin beschreiben und bedankte sich herzlich für den guten Ratschlag. Dann gesellte er sich wieder zu Ferdinand, während der Feuerschützer weiter seine Kreise zog.

Ferdinand hatte inzwischen den herrlichen Ausblick genossen, der sich von hier oben dem staunenden Auge bot. Amsdorf war annähernd rechteckig angelegt und zog sich vom Meer im Westen bis hin zur Ostseite des Talkessels, wo die Grafenstraße aus der Stadt hinausführte. Der Turm stand beinahe im Zentrum der Stadt, sodass man alle vier Stadtviertel gleichermaßen gut überblicken konnte. Im Nordosten lag das prachtvolle Nobelviertel mit riesigen Prunkbauten, umgeben von weitläufigen Gärten und Teichlandschaften, die zum Verweilen einluden. Zusammen mit dem Hafenviertel im Nordwesten bildete es den Nordteil von Amsdorf, der durch die Grafenstraße vom südlichen Teil getrennt war. Der Hafenbereich selbst bildete nur einen Teil des Hafenviertels, der Rest bestand aus unzähligen, verwinkelten Gassen, in denen einfache, alte Häuser standen. Zahlreiche Händler und Kaufleute hatten sich dort niedergelassen. Im Südosten der Stadt befand sich das Bürgerviertel mit seinen gepflegten, soliden Häusern, während der südwestliche Zipfel durch das Armenviertel gebildet wurde, das ebenso ans Meer grenzte wie das Hafenviertel. Es bestand zu einem beträchtlichen Teil aus Ruinen, verfallenen oder baufälligen Häusern und bot selbst von hier oben einen trostlosen Anblick. Da die meisten Gebäude der Stadt nur ein oder zwei Stockwerke besaßen, war das riesige Häusermeer gut zu überblicken. Die einzelnen Viertel waren durch keine Mauern oder Zäune voneinander getrennt, doch die Soldaten des Grafen hatten laut Ferdinand zumindest den Auftrag, unerwünschte Besucher vom Nobelviertel fernzuhalten.

„Dort drüben", erklärte Ferdinand und zeigte nach Nordosten, ins Nobelviertel, „liegt das Schloss unseres geliebten Grafen Friedrich. Er ist unser oberster Dienstherr."

„Sein Schloss kann sich sehen lassen", antwortete Johann und betrachtete den gedrungenen Bau, der sich am Rande des Nobelviertels an den Berghang schmiegte. Die drei Wachtürme des Schlosses wirkten ein wenig zu schmächtig und konnten ihre Pracht nicht ganz entfalten, da sie vor der dahinterliegenden Felswand nicht richtig zur Geltung kamen. Trotzdem war das Schloss beeindruckend, allein schon durch seine Größe.

Aus den Bergen im Norden floss ein Bächlein herab nach Amsdorf, wo es sein Wasser in einem gut fünf Meter breiten, gemauerten Kanal durch das Nobel- und das Hafenviertel dem Meer entgegenführte. Im Nobelviertel speiste das Bächlein einen kleinen See, an dessen Ufer sich die feinen Damen und Herren zu vergnügen pflegten.

Alles in allem machte Amsdorf einen überaus angenehmen Eindruck auf Johann, sodass er sich bereits auf die kommenden Tage freute, die der Erholung dienen sollten. Er verabschiedete sich noch einmal vom emsigen Feuerschützer und stieg mit Ferdinand wieder vom Turm herab, um sich ins Bürgerviertel aufzumachen. Sie hatten keinerlei Schwierigkeiten, das Haus zu finden, in dem das Ehepaar Gruber wohnte. Herr Gruber war nicht zu Hause, doch seine Frau, eine reizende, ältere Dame, erklärte, dass noch ein Zimmer frei sei. Johann unterzog es einer oberflächlichen Besichtigung, befand es für gut und sagte sofort zu. Er hatte keine großen Ansprüche und wurde mit Frau Gruber über den Preis schnell handelseinig.

Da Ferdinand die ihm von Herrn Eger aufgetragene Aufgabe hiermit erledigt hatte, verabschiedete er sich, um zurück in die Stadtverwaltung zu gehen. Johann sagte zu, ihn bei Gelegenheit dort aufzusuchen, um ein wenig über dies und das zu plaudern.

Als Ferdinand gegangen war, ließ Johann sich von Frau Gruber die wichtigsten Hausregeln erläutern und legte sich dann ins Bett. Er war müde und musste einige Stunden Schlaf nachholen.

Es war bereits weit nach Mittag, als er aus seinem Zimmer trat. Seine Vermieterin saß in einem bequemen Schaukelstuhl und strickte an einer weißen Mütze, die ihr Mann erhalten sollte. Johann verabschiedete sich und verließ die Wohnung. Er wollte den Rest des Nachmittags dazu nutzen, ein wenig durch die Stadt zu streifen und sie auf sich wirken zu lassen.

Als der Kriminalmeister am späten Abend heimkehrte, hatte er jedoch kaum etwas von der Stadt gesehen. Ganz in der Nähe seiner Unterkunft hatte er eine einladende Schänke entdeckt, die ihn für mehrere Stunden an den Tresen gefesselt hatte, wo er das eine oder andere kräftige Bier zu sich genommen und sich mit dem Wirt unterhalten hatte. Frau Gruber, die noch immer oder schon wieder an ihrer Strickarbeit saß, legte die beinahe fertige Mütze beiseite und erhob sich aus dem Schaukelstuhl. Sie sah ihn prüfend an, denn Johanns glasige Augen waren ein untrügliches Zeichen, dass er dem Alkohol fleißig zugesprochen hatte. Sie hatte jedoch so viel Anstand, dass sie dies mit keinem Wort erwähnte. Stattdessen erklärte sie, dass er sich gegen einen kleinen Aufpreis auch gerne verköstigen lassen könne, was Johann dankend annahm.

Während Frau Gruber das Abendessen zubereitete, legte sich Johann noch kurz in sein Bett. Das viele Bier hatte ihm gar nicht gut getan. Bis vor kurzem hatte er kaum einen Tropfen Alkohol getrunken, doch die Probleme in seiner Ehe und die Arbeitsbelastungen hatten ihm dermaßen zugesetzt, dass er immer öfter ein Glas zu viel getrunken hatte. Wie oft hatte er sich selbst dafür verflucht! Und nun lag er schon wieder angetrunken im Bett. Johann seufzte. Als Frau Gruber ihn später zum Essen rief, hatte er sich wieder halbwegs gefangen. Herr Gruber, ein feiner, bescheidener Herr, war inzwischen nach Hause gekommen und saß mit am Tisch. Es gab eine ausgesprochen schmackhafte Gemüsebrühe, von der Johann zwei Teller voll zu sich nahm. Dabei musste er dem Ehepaar Gruber über die Hauptstadt und seine Arbeit als Kriminalmeister erzählen, während er über seine Vermieter kaum etwas in Erfahrung bringen konnte. Schließlich bat er, sich zurückziehen zu dürfen, da er nach der langen Reise und dem Tag in Amsdorf ziemlich angegriffen sei. Frau Gruber nickte wohlwollend und wünschte eine angenehme Nachtruhe.

„Ein äußerst netter, junger Mann", hörte Johann Frau Gruber flüstern, als er beinahe seine Zimmertür erreicht hatte.

„Jaja", antwortete ihr Mann etwas lauter, „er erinnert mich an den jungen Herrn Gruber. Gut aussehend, gebildet und zuvorkommend!"

„Ha!", prustete sie nun lauthals. „Zwei dieser drei Eigenschaften hast du dir dazugedichtet, aber ein verdammt hübscher Kerl warst du allemal!"

Die zwei kicherten, während Johann lächelnd sein kleines Zimmer betrat. Ohne sich zu entkleiden, ließ er sich aufs Bett fallen. Die Unterhaltung hatte ihn zusätzlich geschwächt, denn er hatte krampfhaft versucht, einen möglichst guten Eindruck zu hinterlassen, was angesichts seines angegriffenen Gesundheitszustandes und des Alkohols, den er getrunken hatte, nicht leicht gewesen war. Nun war er am Ende seiner Kräfte und schlief ein, kurz nachdem er seine Augen geschlossen hatte.

2. KAPITEL

Johann lag noch in unruhigem Schlaf in seinem Bett, als es plötzlich ungestüm an seiner Zimmertür pochte. Erschrocken fuhr er hoch und starrte um sich. Es war stockdunkel. Das Pochen ging ihm durch Mark und Bein. Wie betäubt langte er mit einer Hand zum Nachtkästchen, bis er die schmale Kerze ertastet hatte. Nach einiger Zeit hatte er auch die Streichholzschachtel gefunden. Der Krach schien sich noch zu verstärken.

„Ich komme ja schon", brummte er unwillig, doch dermaßen leise, dass es draußen vor der Tür nicht zu hören war. Schließlich gelang es ihm, die Kerze anzuzünden. Der Raum, den sie zaghaft beleuchtete, war ihm fremd, und nur langsam kam die Erinnerung wieder. Er rieb sich den Schlaf aus den Augen und gähnte.

„Verdammt noch mal!", brüllte er plötzlich, denn das Hämmern an der Tür war noch lauter geworden und schien in seinem ganzen Körper widerzuhallen. Er nahm die Kerze in die Hand, stand auf und schlurfte zur Tür. Seine schwache Hand griff nach dem Riegel und schob ihn zurück. Als er die Tür öffnete, erkannte Johann die schemenhaften Umrisse einer Person.

„Wer seid Ihr, und was soll dieser Aufruhr mitten in der Nacht?"

„Na ich bin' s! Ferdinand!"

„Wie? Ich kenne keinen Ferd...Ah! Du ...Was ist los?" Johann hielt die Kerze ein wenig zur Seite, sodass er den blonden Kriminalmeister erkennen konnte. „Und wie kommst du hier herein?"

„Frau Gruber hat mich reingelassen, aber nun sieh zu, dass du munter wirst!"

„Was? Wieso denn das? Ich…was soll denn das? Erlaubst du dir einen bösen Scherz, dass du mich um meinen wohlverdienten Schlaf bringst?"

„Nichts dergleichen! Ich…äh…"

„Was?"

„Ich…ich…brauche Hilfe!" Ferdinand sprach plötzlich sehr leise und hatte seinen Blick gesenkt.

„Hilfe? Wobei?"

„Bei einem Mord."

„Einem Mord? Was habe ich denn damit zu tun? Ich …"

„Es ist mir sehr wohl bewusst", unterbrach ihn Ferdinand, „dass du nicht hier bist, um unserer Abteilung unter die Arme zu greifen, aber wann hat man denn schon einmal die Gelegenheit, ins Schloss zu gelangen, wo…"

„Ins gräfliche Schloss?" Johanns Neugier schien geweckt zu sein.

„Ganz genau", antwortete Ferdinand. „Der Mord wurde dort verübt, und so…"

„Kein weiteres Wort mehr!" rief Johann. „Ich bin zwar ein Esel, wenn ich mich in der ersten Nacht schon aus dem Bett werfen lasse, um zu arbeiten, aber diese Gelegenheit kann ich mir nicht entgehen lassen!"

„Ausgezeichnet!" Ferdinand jubelte.

„Ich werde jedoch selbst bestimmen", fuhr Johann fort, „wann ich aufhöre."

„Selbstverständlich, Johann. Ich kann dir gar nicht sagen, wie dankbar ich dir bin. Ich…"

„Gut, gut! Genug jetzt! Warte draußen auf mich, ich bin gleich bei dir."

Während Ferdinand die Tür schloss, stand Johann auf und öffnete das Fenster. Die dunkle Nacht sprang ihm ins Gesicht, sein schmerzender Kopf schien noch schwerer zu werden. Plötzlich schlug die nahe Kirchturmglocke. Eins, zwei, drei, vier, fünf Schläge, die

26

in Johanns Kopf wie Donnerschläge widerhallten. Er trat zu einem Stuhl, auf dem eine große, eherne Schüssel mit kaltem Wasser stand, tauchte seine zitternden Hände hinein und fuhr sich damit übers Gesicht. Das Wasser hatte eine belebende Wirkung, die Kälte dämpfte den stechenden Schmerz. Er wiederholte gierig den Vorgang, bis die Schüssel beinahe leer war, auch wenn das meiste Wasser über die Schüssel geschwappt war und sich auf den Holzboden ergossen hatte. Johann schloss die Augen und spürte, wie die Tropfen über sein Gesicht perlten. Er atmete tief durch und stieß einen unterdrückten Schrei aus. Dann griff er nach dem Handtuch, das über der Stuhllehne hing, und tupfte sich das Gesicht ab. Da er in den Kleidern geschlafen hatte, war er zum Abmarsch bereit.

Als Johann aus dem Zimmer trat, eilte ihm Frau Gruber entgegen, das Gesicht in Sorgenfalten gelegt. Sie meinte, er sehe schrecklich aus und könne in diesem Zustand nicht aus dem Haus gehen. Die gute Frau hatte inzwischen einen Tee gekocht und in eine riesige Blechtasse gefüllt, die sie Johann nun in die Hand drückte. Der Kriminalmeister nahm die Tasse dankbar entgegen und schlürfte hastig das heiße Getränk. Dabei verbrannte er sich leicht die Zunge, doch ein wohliges Gefühl schlich durch die Speiseröhre hinab und in den Magen, von wo aus es sich bis in alle Zellen seines geschwächten Körpers auszudehnen schien. Frau Gruber sah mit Freude, wie der Trunk den jungen Mann belebte, und steckte ihm noch ein Stück Brot in die Westentasche. Johann drückte ihr dankbar die Hand und machte sich auf den Weg.

Als er aus dem Haus und auf die Straße trat, kamen zwei Männer auf ihn zu, die an der gegenüberliegenden Hauswand gewartet hatten. Es waren Ferdinand und ein junger Kriminalgehilfe. Johann grüßte diesen und fragte nach den Einzelheiten zum Mordfall.

Der Gehilfe konnte jedoch kaum Nennenswertes berichten. Er wusste nur von einer Toten im gräflichen Schloss. Mehr sei dem verstörten Soldaten nicht zu entlocken gewesen, der zur Stadtverwaltung geschickt worden war und nach dem knappen Bericht sofort wieder zurückgekehrt war.

Und so schritten die drei Männer zügig nordwärts bis zur Grafenstraße, die sie überquerten, um das Nobelviertel zu betreten. Dabei aß Johann ein Stück des Brotes von Frau Gruber, auch wenn er so früh am Morgen noch keinen Hunger hatte.

Die wenigen Gaslampen an den Häuserfronten spendeten ein kaum brauchbares Licht; die meisten Straßen und Gassen lagen in geheimnisvollem Dunkel, das nur der Mond ein wenig erhellte.

Unter einer der Gaslampen stand ein Soldat, der nun herbeikam, um Johann und seine Begleiter aufzuhalten.

„Halt! Kein Mensch betritt das Nobelviertel, ohne sich gebührend auszuweisen! Wer seid Ihr, Nachtschleicher?"

Der Kriminalgehilfe, der voranging, blieb stehen und erwartete den Soldaten. „Was erlaubt Ihr Euch, Soldatenbursche? Habt Ihr keine Augen im Kopf, dass Ihr nicht sehen könnt, dass ich ein Kriminalgehilfe bin und zwei Kriminalmeister begleite? Wollt Ihr sie daran hindern, ihre Arbeit zu tun?"

„Tut mir leid", sagte der Wachsoldat kleinlaut. „Ich bin neu hier und habe Anweisung, niemanden passieren zu lassen, der sich nicht ausweisen kann."

„Schon gut, Soldat", fiel Ferdinand ein, „hier habt Ihr mein Erkennungszeichen."

Er zog ein rundes Stück Metall hervor und hielt es dem Soldaten unter die Nase, der es kurz betrachtete und zustimmend nickte. Während Ferdinand mit dem Gehilfen weiterging, blieb Johann noch zurück. Er wollte wissen, ob der Soldat in den letzten Stunden irgendwelche Beobachtungen gemacht hatte, vielleicht einen flüchtenden Mann. Der Soldat überlegte kurz, bevor er verneinend den Kopf schüttelte. Johann bedankte sich und folgte den beiden anderen. Er wusste noch nichts über den Mord im Schloss, aber wie ein alter Jagdhund schnupperte er bereits, um eine erste Fährte zu finden.

Johann hatte die anderen bald eingeholt. Ihr Weg führte sie quer durchs Nobelviertel, in dem außer wenigen Soldaten kaum ein Mensch auf den Straßen zu sehen war. Trotz der Dunkelheit war Johann beeindruckt von den Prachtbauten und den weitläufigen Parkanlagen, an denen sie vorbeikamen. Die Häuser waren klobig und wirkten abweisend auf den Betrachter. Die Fenster waren meist mit dicken Gitterstäben gesichert, vor einigen besonders gewaltigen Bauten standen private Wachleute und musterten die drei Gestalten aufmerksam, die zu so früher Stunde unterwegs waren.

Schließlich kamen die drei an den Randbezirk des Viertels, wo ein Weg in engen Windungen leicht ansteigend hinauf zum Schloss führte. Ein schweres, kunstvoll verziertes Eisentor, auf dem eine goldene Krone prangte, versperrte den Zugang zu diesem Weg. Bei den hier Wache haltenden Soldaten stand ein älterer, gut gekleideter Mann. Er schien die Ankömmlinge erwartet zu haben, denn er kam ihnen gemessenen Schrittes entgegen, wobei er mit seinem rechten Arm kunstvoll in der Luft wedelte.

„Willkommen, meine Herren! Ihr müsst die Kriminalmeister sein, nach denen ich geschickt habe. Mein Name ist Egbert, ich bin Diener im gräflichen Schloss und verantwortlich für dies und das. Folgt mir bitte!"

Ohne eine Antwort abzuwarten, drehte er sich wieder um und ging zurück zum Tor, das von einem der

Soldaten geöffnet wurde. Egbert bückte sich, nahm eine brennende Fackel, die in einem Erdhügel am Straßenrand gesteckt hatte, und schritt selbstbewusst voran. Erst jetzt fiel Johann und den anderen auf, dass der Diener nur einen Arm, den rechten, hatte. Der linke Ärmel seines purpurnen Gewandes hing leer herab und wehte leicht im aufkommenden Wind.

Der Diener ging immer schneller, sodass die anderen Mühe hatten, mit ihm Schritt zu halten. Sie blieben ein wenig zurück, tuschelten heimlich und suchten eine Antwort auf die Frage, wofür der Diener für ,dies und das' denn zuständig sein könnte. Als sie schließlich vor dem großen Schlosstor standen, waren sie jedoch zu keinem Ergebnis gekommen.

Egbert trat zu einer kleinen Tür, die in das große Schlosstor eingelassen war, und klopfte mit dem unteren Ende der Fackel dagegen. Ein Wachsoldat öffnete und ließ die Männer passieren. Sie betraten einen kargen Innenhof, der auf drei Seiten von Gebäuden umschlossen war. Egbert sah sich nach seinen Begleitern um und führte sie ins Hauptgebäude, dessen Eingangstor offenstand. Dahinter führte eine schmale Steintreppe hinab in den Kerkerbereich, der vor Jahrhunderten in den harten Felsen getrieben worden war. Trotz der frühen Stunde schienen bereits sämtliche Schlossbewohner auf den Beinen zu sein und sich hier versammelt zu haben. Sie standen oder saßen, aufgeregt plaudernd oder bestürzt schweigend, auf den Stufen und erschwerten dadurch das Fortkommen.

„Zur Seite mit dir, du dickes Kerlchen! Obacht! Macht doch Platz! Halte deine Beine gefälligst irgendwo anders hin!"

Egbert hatte für jeden, der ihm nicht schnell genug Platz machte, eine passende Bemerkung. Eine besonders dicke Dame, die noch recht verschlafen wirkte und ihr Gewand schlampig um die drallen Hüften gebunden hatte, stolperte beim Versuch, sich möglichst eng an die Felswand zu drücken, und kam dem einarmigen Diener und seiner Fackel gefährlich nahe. Einen spitzen Schrei ausstoßend, riss sie Egbert mit sich zu Boden und fiel mit all ihren Pfunden auf den armen Mann. Dieser hatte noch versucht, geistesgegenwärtig seine Fackel von der Dicken fernzuhalten, doch das Unglück war zu schnell über ihn hereingebrochen. Das Kleid der Dame geriet in die Flamme und begann zu brennen. Sie fürchtete um ihr Leben und brüllte aus Leibeskräften. Der arme Diener war durch zweierlei Umstände bedroht. Auf der einen Seite geriet auch er in Gefahr, von den Flammen erfasst zu werden. Auf der anderen Seite nahm ihm die brennende Frau, die mit ihrem vollen Gewicht auf ihm lag, beinahe den Atem. Die anderen Leute, die drum herum standen, begannen ebenfalls in panischer Angst zu schreien, unternahmen aber nichts, um den zwei Verunglückten Hilfe zu bringen. Diese nahte jedoch in Gestalt der beiden Kriminalmeister, die einige Schritte hinter dem Diener gegangen waren.

Schräg hinter Johann stand ein Mann, der einen leichten Mantel über die Schultern geworfen hatte. Johann riss dem verdutzten Mann den Mantel vom Leib und reichte ihn Ferdinand, der vor ihm stand. Dieser warf ihn über die Dicke und den darunter liegenden Diener und konnte damit das Feuer ersticken. Nach wenigen Sekunden waren Kleid und Fackel gelöscht. Während sich die Menge langsam beruhigte, schrie die gelöschte Dame weiter, schien aber ansonsten erstarrt zu sein. Sie bewegte sich kaum, und wenn sie nicht geschrien hätte, hätte man sie beinahe für tot halten können. Die zwei Kriminalmeister packten sie und rollten sie von Egbert herunter, der bereits erste Anzeichen eines nahenden Erstickungstodes zeigte und jämmerlich nach Luft schnappte.

In diesem Augenblick kamen von unten einige Wachsoldaten die Treppe heraufgestürmt, um nach der Ursache des Tumults zu forschen. Ferdinand gab sich als Kriminalmeister zu erkennen und bat, dafür zu sorgen, dass alle Neugierigen aus dem Treppenbereich vertrieben würden. Johann half inzwischen Egbert auf die Beine und drängte sich die Treppen hinab, bis er vor dem eigentlichen Kerkerbereich stand, der von Soldaten abgeriegelt war. Ferdinand und der Gehilfe kamen nach. Hinter ihnen gab es tumultartige Szenen, da die Soldaten bei ihrer Aufgabe nicht gerade zimperlich vorgingen. Es gab Flüche und manch derbes Wort, der eine oder andere trug wohl ein paar Prellungen davon. Von der dicken Dame war nichts mehr zu hören, doch es sollte sich später herausstellen, dass sie keinerlei ernsthafte Verletzungen davongetragen hatte.

Am Ende der Treppe, wo es geradeaus weiter zu den Zellen ging, setzte sich Egbert auf den Boden. Er japste noch immer wie ein abgehetzter Hund, doch nach wenigen Minuten schien er wieder ganz der Alte zu sein. Während die Soldaten noch beschäftigt waren, führte er seine Begleiter weiter.

In regelmäßigen Abständen steckten Fackeln an den grob behauenen Felswänden, die ein schauriges Licht auf die Gruppe warfen, die an den kleinen, dunklen Zellen vorbeiging, aus denen manch trauriges Auge zwischen den dicken Eisenstäben nach draußen blickte. Einer der Gefangenen ließ seiner Wut freien Lauf und schimpfte wie ein Besessener, ein anderer stöhnte laut.

„Ah, da kommen die feinen Herren", zischte plötzlich eines der bedauernswerten Geschöpfe. „Gibt wohl was zu sehen, was? Ich hab' s gesehen, ich hab' s gesehen! Was gebt Ihr dafür, dass ich es Euch sage, werte Herren?"

Egbert trat an seine Zelle und fuhr ihn derb an. „Schweig, Unseliger! Was kannst du denn schon gesehen haben, da du doch hier in deiner dunklen Zelle verrottest? Halt dein dreckiges Maul und leg dich in die Ecke!"

Das grobe Auftreten passte nicht so recht zum feinen Äußeren des Dieners. Zudem war Johann anderer Meinung, was eine mögliche Beobachtung des Gefangenen betraf. Er warf einen schnellen Blick in die Zelle, konnte aber nichts erkennen. Der Mann hatte sich wohl zurückgezogen, wie Egbert es ihm geheißen hatte.

Hinter den Zellen, in denen laut Egbert gegenwärtig sieben männliche und zwei weibliche Gefangene schmachteten, lagen drei sogenannte Folterstuben, die durch keine Tür versperrt waren. Egbert erklärte, dass so die Schreie der Gefolterten ungehindert nach draußen und bis zu den Zellen dringen könnten. Die Gefangenen würden dadurch in Angst und Panik versetzt

Johann blickte in die erste der Folterstuben, an der sie vorbeikamen. Drinnen brannte kein Licht, doch die Fackel draußen im Gang warf einen bizarren Lichtschein hinein. Der Kriminalmeister erkannte eine Streckbank, Schandgeigen, Sägen und anderes Folterwerkzeug mehr. Auf dem Boden waren mehrere große Flecken zu sehen, vertrocknetes Blut, das sich im Steinboden verewigt hatte und Zeugnis gab von schrecklichen Ereignissen, die sich hier abgespielt haben mussten. Noch nie hatte Johann einen derart schauderhaften und unheimlichen Ort gesehen. Es fröstelte ihn. Er musste kurz stehen bleiben, um sich zu sammeln. Sein Körper schien plötzlich wie gelähmt, sein Herz raste. Was machte er, verdammt noch mal, an diesem Ort? Er sollte sich erholen, und nun steckte er mitten in einem Kriminalfall!

Die anderen waren inzwischen langsam weiter gegangen, bis sie am Ende des Gangs an die größte der drei Folterstuben kamen. Plötzlich stieß der Kriminalgehilfe einen Schreckensruf aus und rannte in

Panik den Gang zurück, wo er irgendwo verschwand. Johann schreckte hoch und blickte ihm bestürzt nach. Dann drehte er sich um und sah, wie Ferdinand taumelnd auf ihn zu kam, in eine finstere Ecke wankte und sich übergeben musste. Sein Körper wurde mehrmals krampfartig geschüttelt.

Egbert stand derweilen ungerührt am Eingang zur Folterstube und winkte Johann zu sich, der ihm zunickte. Der Kriminalmeister erwartete das Schlimmste. Er hatte sich wieder einigermaßen im Griff, doch seine Schritte waren schwer und langsam, als er in Richtung Egbert ging. Die zweite Folterstube würdigte er keines Blickes. Er starrte nur geradeaus, am seltsam lächelnden Diener vorbei. Seinen vor Schreck erstarrten Augen bot sich ein wahrhaft grauenvolles Bild.

Eine alte Frau, um deren knochige Fußgelenke schwere, von Rost zerfressene Eisenketten gelegt waren, hing kopfüber von der Decke. Ihr Kopf war in eine eiserne Presse gespannt, die ihren Schädel gequetscht hatte. Die langen grauen Haare hingen wirr herab, von Blut und Angstschweiß getränkt. Die leeren Augenhöhlen, aus denen die Augäpfel entfernt worden waren, schienen Johann Hilfe flehend anzustarren. Der Brustkorb war geöffnet worden, das Herz herausgerissen. Alles war voller Blut.

Johann wandte sich angewidert ab, seine Füße versagten beinahe ihren Dienst. Das Blut pulsierte heiß pochend in seinem Kopf, sein Atem ging flach und pfeifend. Er bemühte sich vergebens, langsam und tief zu atmen, und schloss seine Augen. In sein Hirn hatte sich der schreckliche Anblick jedoch tief eingebrannt. Die Tote schien ihren Mund zu einem höhnischen Lachen zu verziehen. Plötzlich zuckte Johann zusammen, denn er hörte ein seltsames Schluchzen. Er öffnete seine Augen wieder, blickte sich verwirrt um und bemerkte einen starkknochigen Mann mit klobigen Gesichtszügen, der in einer Ecke der Folterstube, die vom Fackellicht kaum beschienen wurde, auf dem Fußboden kauerte. Sein beinahe kindliches Weinen passte nicht zum erwachsenen, muskulösen Körper, der in einem engen Ledergewand steckte.

„Das ist Sandro Amato, der oberste Foltermeister unseres geliebten Grafen", erklärte Egbert trocken. „Das Opfer ist seine Mutter Alessia."

Johann trat näher zu Sandro, der wie ein schutzloses Kind da saß, hilflos und allein. In seiner Ausbildung hatte der Kriminalmeister gelernt, dass sich viele Gewaltverbrechen im engsten Umfeld des Opfers ereignen, die Täter waren häufig Familienmitglieder. Deshalb war auch der Foltermeister, wie Egbert ihn genannt hatte, nicht unverdächtig, mochte er auch den trauernden Sohn spielen. Der Mord war jedenfalls nicht im Zuge eines plötzlich entflammten Streites geschehen, sondern sorgfältig geplant und mit äußerster Kaltblütigkeit ausgeführt worden. Aber wenn der Mord geplant war, warum hätte Sandro ihn in seiner eigenen Folterstube verüben sollen? Wollte er gerade damit den Verdacht von sich ablenken?

Johann ließ den trauernden Sohn mit seinem Schmerz, war er nun echt oder nur vorgetäuscht, vorerst alleine und wandte sich der Leiche zu, die an der Decke hing und vor seinen Augen zu baumeln schien. Er musste sich zusammenreißen, seine Füße drohten einzuknicken. All die Qualen und Aufregungen, die er in den letzten Monaten durchleben musste, schienen plötzlich wieder lebendig zu werden und ihn erneut aus der Bahn zu werfen. Er ballte seine rechte Faust und redete sich ein, dass dieser Albtraum bald vorbei sein würde. Sobald er das Schloss verlassen würde, wollte er seine Zusammenarbeit mit Herrn Egers Abteilung wieder beenden. Dieser Ausblick gab ihm die Kraft, den Tatort näher zu untersuchen.

Das Opfer war seiner Schätzung nach an die siebzig Jahre alt. Der geschundene Körper der Frau, der von einem zerfetzten Nachthemd mit Blumenstickereien kaum bedeckt war, wies neben dem klaffenden Loch im Brustkorb zahlreiche weitere Verletzungen auf, die von den verschiedensten Hieb- und Stichwerkzeugen stammen mussten. Einige der schauerlichen Werkzeuge lagen verstreut auf dem blutgetränkten Boden. Die um die Fußgelenke gelegten Ketten hielten das Nachthemd fest, sodass es nicht zu Boden sinken konnte und den Körper des Opfers teilweise bedeckte. Die arme Frau musste wahrlich Höllenqualen gelitten haben, bevor der Tod sie erlöst hatte.

Auf einem alten, schmutzigen Holztisch lagen eine kleine, handliche Säge und mehrere Messer, allesamt blutverschmiert. Inmitten des Wirrwarrs von grausigen Werkzeugen stand eine bronzefarbene Schüssel, deren Zweck sich Johann nicht sogleich erschloss. Neugierig trat er näher und nahm sie auf. Darin lag ein abgeschnittener Finger nebst einem blutigen Klumpen. Es war das Herz, das der Frau aus dem Leib gerissen worden war. Der Kriminalmeister nahm den Finger aus der Schüssel und drehte ihn, um ihn von allen Seiten zu betrachten.

In diesem Augenblick trat Ferdinand einigermaßen erholt wieder in die Folterstube. Sein Gesicht war jedoch noch kreidebleich, er atmete gepresst und krampfhaft. Er ging langsam, beinahe schleichend, und beschrieb einen weiten Kreis um das Opfer, peinlich genau darauf achtend, nicht in die riesige Blutlache zu treten, die den Boden weitflächig bedeckte.

„Verblutet wie ein Schwein", hauchte er kaum hörbar, „das Herz aus dem Leib gerissen, die Augen ausgestochen, ein Finger fehlt."

Johann schauderte, als er die emotionslos dahingeworfenen Worte hörte.

„Was das wohl bedeuten mag?", fuhr Ferdinand fort. „Ein Ritual womöglich? Oder hat der Mörder die Körperteile als grausige Trophäe für sich behalten wollen?"

„Die Augen allerhöchstens", warf Johann ein, während er mit dem Finger der Toten an die Bronzeschüssel tippte, „aber Herz und Finger hat er zurückgelassen!"

„Die Augen sind also fort!" Ferdinand war stehengeblieben und ging in die Hocke. Er betrachtete den Leichnam und schien angestrengt nachzudenken. Johann runzelte seine Stirn und warf einen Blick zu Egbert, der mit seiner Hand irgendwelche unverständliche Zeichen machte, als er plötzlich zusammenzuckte und aufschrie. Eine schwere Hand hatte sich von hinten auf seine Schulter gelegt. Er fuhr erschrocken herum und stand dem Foltermeister gegenüber, der sich aufgerappelt hatte und unbemerkt hinter ihn getreten war.

„W…wer…kann…wer ist…so…grausam, dass er meine…Mutter…so schändlich zugerichtet…hat?" Ein weiterer Weinanfall schüttelte krampfhaft seinen Körper.

Johann wich einige Schritte zurück und starrte Sandro an. Es schien ihm äußerst befremdlich, dass der Mann, dessen Lebensinhalt es war, Menschen zu quälen, von Grausamkeit sprach. Die Tränen der Trauer milderten den kalten Ausdruck im Gesicht des Foltermeisters kaum. Johann musste sich überwinden, sein Beileid auszudrücken, worüber er selbst ein wenig erschrak.

„Ich weiß, dass kein Wort des Trostes Euch den schmerzlichen Verlust vergessen lassen kann", sagte er, „doch ich kann Euch versichern, dass wir unser Bestes geben werden, um den Schuldigen aufzuspüren, der Eurer Mutter dies angetan hat. Ich bin übrigens

Kriminalmeister Johann Gutmann, und das dort ist Kriminalmeister Gramm."

Er streckte seine Hand aus, die der Foltermeister wie mechanisch drückte, nachdem er sich schnell eine Träne aus dem Gesicht gewischt hatte. Johann hatte das Gefühl, eine unsichere, kleine Kinderhand zu drücken und blickte erstaunt auf Sandros riesige Pranke. Der Foltermeister schloss kurz die Augen. Ein Ruck schien plötzlich durch seinen Körper zu gehen. Johann spürte, wie die Hand seines Gegenübers an Spannkraft gewann. Sandro ließ nicht los und begann fester zu drücken. Sein Innerstes versuchte, mit aller Kraft die Schwäche zu überwinden, und als der Foltermeister die Augen wieder öffnete, blitzte Entschlossenheit in ihnen. Johann entzog ihm mit einer ruckartigen Bewegung seine Hand, die bereits leicht schmerzte.

„Ich will", sagte Sandro plötzlich mit fester und sicherer Stimme, „dass mir dieses Schwein übergeben wird. Meine Werkzeuge lechzen nach frischem Blut!"

Johann ging nicht auf Sandros Forderung ein.

„Wer hat die Tote gefunden?", fragte er.

„Das war ich selbst."

„Wie hat sich das abgespielt?", wollte Johann wissen.

„Abgespielt? Ich wohne, seit ich denken kann, mit meiner Mutter hier im Schloss. Ihr müsst wissen, dass bereits mein Vater, zu der Zeit, als Graf Friedrich noch ein kleiner Junge war, Kerkermeister und Herr der Folter war! Ja, so hieß das damals noch in der guten alten Zeit: Herr der Folter! Heute aber gibt es kaum noch Arbeit für einen ehrbaren Foltermeister wie mich! Der alte Graf, Friedrichs Vater, war nicht so zimperlich, doch sein Sohn lässt mich nur noch selten meine Messer schwingen. Seht doch selbst, wie leer meine Kerker sind! Das Blut, das hier in den Folterstuben floss, ist nicht mehr frisch. Heutzutage wird der grässliche Abschaum unten in der

Stadt gemütlich in eine hübsch eingerichtete Zelle gebettet, wo die Kerle es sich gut gehen lassen können!"

Johann hatte das Gefängnis, das unweit der Stadtverwaltung im Hafenviertel lag, bisher noch nicht gesehen, doch hegte er berechtigte Zweifel an Sandros Worten. Einzig die wenigen Zellen im Gebäude der Stadtverwaltung waren womöglich halbwegs erträglich. Sie dienten dazu, Verdächtige festzuhalten, um sie für Befragungen schnell griffbereit zu haben.

„Hier aber", fuhr Sandro fort, „gibt es für diese Verbrecher ein feines Loch, das ihrer würdig ist. Würdet Ihr mir all Eure Eingekerkerten bringen, dann hättet Ihr Eure Fälle im Handumdrehen gelöst!"

Dabei schüttelte er seine riesigen Fäuste. Vom weinerlichen Sohn war nichts mehr zu spüren, der Foltermeister stand wie ein alter Recke vor Johann.

„Genug jetzt davon!", wies der Kriminalmeister ihn zurecht. „Kommt endlich zur Sache und erzählt, wie sich die Sache zugetragen hat!"

„Wie Ihr meint, Herr Glutmann", brummte Sandro unwillig.

„Gutmann, wenn ich bitten darf!", entgegnete Johann verärgert.

„Wie auch immer. Jedenfalls, als mein Vater einst sturzbetrunken die Treppe hinab und in seinen eigenen Dolch gestürzt war, habe ich seine Arbeit übernommen, die äußerst viel Geschick im Umgang mit den verschiedensten Geräten erfordert. Ein Schnitt zuviel, und das schwache Fleisch…"

„Haltet ein!", fuhr Johann dazwischen. „Beantwortet einfach meine Frage!"

„Wie Ihr wünscht", murmelte Sandro unwirsch. „Ja, Herr Glut…ich habe sie gefunden. Mitten in der tiefsten Nacht bin ich schweißgebadet aus einem schrecklichen Albtraum erwacht und hatte gleich ein merkwürdiges Gefühl. Als ich nach Mutter sehen wollte, lag sie nicht in ihrem Bett. Das war nicht weiter ungewöhnlich, denn es kam andauernd vor, dass sie keinen Schlaf fand und unruhig durch das Schloss irrte. Überall habe ich sie schon gefunden: in der Küche, im Thronsaal, im Keller und sogar auf der Turmspitze, von der sie beinahe in den Tod gestürzt wäre. Hierher kam sie jedoch am liebsten, und hier habe ich sie schließlich auch hängen sehen wie ein geschlachtetes Stück Vieh, das, am Haken hängend, darauf wartet, zum Metzger gebracht zu werden."

Sandro hatte ruhig gesprochen, auch wenn seine Augen unruhig flackerten, doch nun wurde er von einem weiteren Weinkrampf geschüttelt, der ihn minutenlang gepackt hielt. Johann ließ ihm die Zeit.

„Habt Ihr etwas Außergewöhnliches bemerkt?", fragte er, als Sandro sich einigermaßen gefasst hatte.

„Etwas Außergewöhnliches?", knurrte Sandro erbost. „Ihr meint so etwas wie eine Mutter, die tot an der Decke baumelt?"

„Nein, nein! Ich dachte daran, ob Ihr womöglich den Täter gesehen haben könntet. Es wäre doch durchaus möglich, dass Ihr ihm begegnet seid."

„Wenn er mir über den Weg gelaufen wäre, würde er jetzt ebenso hier an der Decke hängen, das versichere ich Euch!"

Bei allem Verständnis für den trauernden Sohn wurde Johann langsam ungeduldig.

„Reißt Euch bitte zusammen!", fuhr er Sandro an, „und sagt mir noch, ob Eure Mutter Feinde hatte. Oder wollte man vielleicht Euch selbst damit treffen, indem man Eure Mutter getötet hat?"

„Feinde!", murmelte Sandro wie beiläufig. „Ihr könnt Euch denken, dass man sich als Foltermeister nicht nur Freunde macht. Mag sein, dass der eine oder andere Spitzbube, den ich zur Behandlung auf meinen Folterstuhl geschnallt hatte, nicht gut auf mich zu sprechen ist. Wir haben uns so manches freche Bürschchen zur Brust genommen, ha! Und, na ja, hin und wieder auch ein Weibsbild. Mit Namen kann ich jedoch nicht dienen, es waren ihrer zu viele." Der Foltermeister schloss die Augen, schwelgte kurz in seinen Gedanken und ließ ein befriedigtes Grunzen hören. Mit seinen Fäusten machte er eine Bewegung, als ob er einem Suppenhuhn den Hals auf den Rücken drehen wollte. Doch als er die Augen wieder öffnete und sein Blick auf den erkalteten Körper seiner geliebten Mutter fiel, seufzte er tief und begann leicht zu wanken. Stöhnend schlich er in seine Ecke, ließ sich niederfallen und vergrub das Gesicht in die Hände. Johann konnte sich diese schnelle Wandlung nicht erklären.

Egbert, der einarmige Diener, hatte das Geschehen neugierig verfolgt und sich nicht vom Fleck gerührt. Nun aber kam er langsam auf Johann zu und flüsterte ihm ins Ohr, dass er mit ihm zu sprechen habe. Sie gingen nach draußen, gefolgt von Ferdinand, der dem erfahrenen Kriminalmeister aus der Hauptstadt stillschweigend die Führungsrolle überlassen hatte. Egbert führte die zwei ein gutes Stück fort, damit Sandro sie nicht mehr hören konnte.

„Geehrter Herr Kriminalmeister", begann der Diener, „ich habe gehört, was Ihr zu Sandro gesprochen habt. Ihr seid also wirklich der Meinung, dass der Tod seiner Mutter im Zusammenhang mit einem der Folteropfer stehen könnte, ja?"

„Dieser Gedanke", antwortete Johann, „scheint mir jedenfalls nicht ganz abwegig zu sein, Herr Egbert. Wer nach der Folter das Glück hatte, am Leben geblieben und dem Kerker entronnen zu sein, wird einen tiefen Hass auf seinen Peiniger in sich tragen und womöglich nach Rache trachten. Vielleicht aber war es auch ein

41

Angehöriger eines zu Tode Gekommenen, wer weiß! Solange wir keine andere Spur haben, werden…"

"Gut, gut", unterbrach ihn der eifrige Diener, "ich kann Eure Gedanken nachvollziehen. Womöglich hat Euch die Tote ja etwas hinterlassen, was zur Aufklärung ihres Ablebens beitragen kann!"

Egbert warf einen triumphierenden Blick auf die zwei Kriminalmeister, die sich Stirn runzelnd anblickten. Sie hatten nicht die leiseste Ahnung, wovon der Diener sprach.

"Ich sehe Ratlosigkeit in Euren Augen", fuhr dieser fort, wobei er jedes Wort zu genießen schien. "Ihr könnt es natürlich nicht wissen, aber es gibt da ein gewisses Buch, das Eure Ermittlungen einem schnellen Ende zuführen könnte. In diesem Buch sind sämtliche Schandtat…äh, sämtliche Opfer, also…Na, Ihr wisst schon, was ich meine! Jedenfalls soll es ein Buch geben, in dem alles zu finden ist. Ich selbst habe es zwar noch nie zu Gesicht bekommen, aber Frau Amato hat öfter davon gesprochen."

"Drückt Euch bitte klarer aus!", bat Johann.

"Frau Alessia hat schon zu Lebzeiten ihres Mannes fein säuberlich Buch geführt. Als er verstarb und Sandro in seine Fußstapfen trat, hat sie auch für ihn sämtliche Folteropfer notiert, die in den Folterstuben behandelt worden sind. So jedenfalls drückt es Sandro zumeist aus. Das Buch muss sich irgendwo in Frau Alessias Unterkunft befinden und dürfte sich leicht finden lassen. Wollt Ihr, dass ich Euch dorthin führe?"

Johann nickte. Ferdinand erklärte, er werde hier bleiben und einstweilen mit der Befragung der Soldaten und der Zelleninsassen beginnen.

Egbert führte Johann über die schmale Treppe nach oben, wo noch immer einige Gaffer herumstanden. Der Kriminalmeister wurde mit allerlei Fragen bestürmt und bat einen Soldaten um Hilfe. Dieser musste die

Treppe bewachen, die von einem Seitengang hinauf zu den Unterkünften der Bediensteten führte. Johann eilte nach oben, denn Egbert war bereits hinaufgegangen und nicht mehr zu sehen. Vor einer grob gezimmerten Holztür war der einarmige Diener stehengeblieben und kramte nun umständlich einen rostigen Schlüssel hervor, mit dem er öffnen wollte. Die Tür war jedoch unverschlossen. Er ließ Johann eintreten, musste selbst aber draußen warten. Der Kriminalmeister wollte sich ungestört umsehen und zog die Tür hinter sich zu. Draußen war es inzwischen bereits hell geworden, doch durch die kleinen, vor Dreck starrenden Fenster fiel kaum Licht nach innen. Die Einrichtung in den vier nebeneinanderliegenden Räumen bestand aus einigen lieblos zusammengezimmerten Möbelstücken, die ihre besten Tage anscheinend schon lange hinter sich hatten. Blumen oder andere Gegenstände, mit denen man gewöhnlich seinen Wohnbereich zu schmücken pflegt, fehlten gänzlich. Stattdessen hingen verschiedene Folterwerkzeuge, wohl uralte Sammlerstücke, an den nackten Steinwänden.

Johann begann zu suchen und stieß schon bald auf ein großes, schweres Buch, das in der obersten Schublade einer Kommode lag, die ansonsten leer war. Der schwarze Ledereinband des Buches war ziemlich abgegriffen, der Buchrücken leicht beschädigt. Eine seltsame Spannung hatte den Kriminalmeister ergriffen, als er das Buch herausnahm. Er spürte, dass er das richtige Buch in den Händen hatte. Mit leicht zitternder Hand strich er mehrmals über das alte Leder, das sich warm anfühlte. Dann trat er zu einem Tisch, der an einem der Fenster stand. Um Platz für das Buch zu haben, fegte er mehrere zerknüllte, ungewaschene Hemden, ein paar Gürtel und einen rechten Schuh vom Tisch und setzte sich nieder. Neugierig schlug er die erste Seite auf und las.

„Foltertagebuch! Ein äußerst makabrer Titel! Die Schrift wirkt zittrig, beinahe verschüchtert. Bin mal gespannt!"

Die ältesten Einträge stammten aus einer Zeit, als Johann noch gar nicht geboren war. Mit äußerster Genauigkeit hatte Frau Amato die Namen aller Folteropfer ihres Mannes und die jeweils angewandte Methode angeführt. Sie hatte es sich nicht nehmen lassen, an manchen Stellen persönliche Bemerkungen hinzuzufügen. Aus diesen konnte der Kriminalmeister ersehen, dass es ihr wohl große Lust bereitet hatte, bei den Folterexzessen anwesend zu sein oder gar selbst mit Hand anzulegen. In mehreren Einträgen im zweiten Teil des Buches wurde Graf Friedrich als Esel oder Dummkopf beschimpft, da er in ihren Augen zu oft Mitleid mit den Gefangenen gezeigt hatte und das Foltern deshalb eingeschränkt werden musste. Das unheimliche Buch ließ Johann leicht frösteln, er dachte an all die Opfer, deren Namen in langen Reihen geordnet waren. In den alten Zeiten, die Sandro wehmütig als die guten bezeichnet hatte, schien das Foltern an der Tagesordnung gewesen zu sein, denn kaum ein Tag war ohne Eintrag. Im Laufe der Jahre jedoch waren die Einträge immer seltener geworden, und in den letzten Wochen fanden sich gar nur mehr deren zwei. Der eine Eintrag betraf einen Soldaten namens Balduin, der im Schloss gedient hatte und des Diebstahls bezichtigt worden war. Der zweite handelte von einem Fischhändler, der sein Eheweib aus Eifersucht umgebracht haben soll.

Johann klappte das Buch wieder zusammen. Wenn es darin überhaupt einen versteckten Hinweis auf den Mörder geben sollte, würde es schwierig sein, auf die richtige Spur zu kommen. Er beschloss, sich vorerst auf die beiden letzten Einträge zu konzentrieren, den Soldaten und den Fischhändler. Also stand er auf, ging zu Egbert hinaus und bat ihn, er möge ihm Sandro bringen.

Der Diener nickte eifrig und eilte davon, während Johann wieder hineinging und an eines der Fenster trat. Er verschränkte die Hände auf seinem Rücken und starrte durch die schmutzige Scheibe nach draußen. Seine Gedanken jedoch waren bei Elsbeth, seiner Frau, die er anfangs so geliebt hatte und die ihm völlig fremd geworden war. Er hatte große Mühe, sich in Gedanken ihr Gesicht vorzustellen. Es war, als sei die Erinnerung an sie beinahe völlig gelöscht. Ein leichter, stechender Schmerz jagte durch seinen Kopf. Er sah Elsbeths Augen, groß und blau, aber unendlich traurig. Das Gesicht war verblasst, konturenlos. Johann fühlte sich plötzlich elendig. Immer hatte er all seine Pflichten erfüllt, kompromisslos und ohne Rücksicht auf sein eigenes Wohlbefinden. Doch mit den Frauen hatte er wenig Glück gehabt, bis zu dem Moment, als er Elsbeth traf. Mit ihrer Anmut hatte sie sein Herz im Sturm erobert, als sie sich bei einer abendlichen Veranstaltung kennengelernt hatten. All seine Freunde hatten ihn beneidet, und nun war alles aus! Hätte er heftiger um ihre Liebe kämpfen sollen, oder war es richtig sich zu trennen? War es nicht seine höchste Pflicht, an sein eigenes Glück zu denken?

Egbert erlöste den Kriminalmeister schließlich von seinen quälenden Gedanken, als er Sandro brachte, der apathisch wirkte und brav wie ein Hündchen hinter dem Diener hertrottete. Der Foltermeister würdigte Johann keines Blickes und ließ sich schwer atmend aufs Bett fallen. Johann nahm das Foltertagebuch vom Tisch und setzte sich neben Sandro hin, der die Augen geschlossen hatte.

„Ich weiß, wie Ihr Euch fühlen müsst", begann Johann leise, „und ich kann auch verstehen, wenn Ihr mit Euren Gedanken, Eurem Zorn und Eurer Trauer alleine sein wollt, doch Ihr habt mir vorher noch einige Fragen zu beantworten."

Sandro nickte wie geistesabwesend. Seine Augen waren noch immer geschlossen.

„Also", fuhr Johann fort, „dieses merkwürdige Buch hier", – dabei klopfte er sachte auf den Buchdeckel – „das Eure Mutter vollgeschrieben hat, enthält die Namen all jener armen Gestalten, die durch Eure Hände oder die Eures Vaters Schmerzen erdulden mussten."

„Ein jeder von ihnen hat es verdient", murmelte Sandro.

„Mag sein. Wie es scheint, war Eure Mutter an einigen Folterungen jedoch nicht ganz unbeteiligt!"

Johann machte eine Pause und blickte den Foltermeister von der Seite an. Dessen Beine zuckten unmerklich. Beinahe eine Minute lang saßen beide nur da und schwiegen. Egbert, der an der Tür stand, wurde ungeduldig und wollte soeben etwas sagen, als Johann erneut zu sprechen begann.

„Es ist zumindest ungewöhnlich, dass sie…"

„Ungewöhnlich?", antwortete Sandro endlich. Seine Stimme klang teilnahmslos und monoton. „Seid Ihr der Meinung, dass sie stattdessen mit ihrem Nähzeug hier in der Kammer hätte sitzen sollen wie all die anderen Weiber?"

„Was redet Ihr da für wirres Zeug? Jedenfalls ist es in meinen Augen nicht besonders schicklich, wenn sich eine Dame dazu hinreiß…"

„Dame?", fragte Sandro nun höhnisch und mit deutlich kräftigerer Stimme. „Wollt Ihr mich für dumm verkaufen? Ich wüsste nicht, dass sie jemals eine Dame gewesen sein soll. Dieses Weib war kaltherzig und hart wie Stein! Nichtsdestotrotz habe ich sie gel…"

Sandro stockte kurz und musste schlucken.

„Meine Mutter hätte beinahe besser auf den Posten des Foltermeisters gepasst als ich selbst, Herr Kriminalmeister. Ich hatte früher einmal zwei Folterknechte als Gehilfen, doch der junge Graf hat sie mir vor einiger Zeit gestrichen. Einfach so. Könnt Ihr Euch das vorstellen? Was glaubt Ihr denn, wie viel Mühe es kostet, einen Mann, der beinahe so viel wiegt wie ein ausgewachsener Ochse, an den Haken zu hängen? Zugegeben, die meisten Kerle waren richtige Hungerleider, armselige, ausgemergelte Gestalten, doch ab und an war auch ein fettes Bürschlein dabei, das mir die Schweißtropfen auf die Stirn getrieben hat. Und da…"

„…wäre es nicht verwunderlich", fiel ihm Johann ins Wort, „wenn sich eines dieser Bürschchen oder meinetwegen auch ein Angehöriger an Euch rächen wollte."

Sandro öffnete langsam die Augen, wandte sich Johann zu und schüttelte verständnislos seinen Kopf.

„Einen Grund hätte es für den einen oder anderen sicherlich gegeben, das ist wahr. Aber wie soll der Täter Eurer Meinung nach überhaupt ins Schloss gelangt sein? Nein, nein, der Schuldige muss hier im Schloss zu finden sein!"

„Wir werden auch dieser Spur nachgehen, doch zuallererst lasst uns über die beiden letzten Einträge im Buch reden."

„Keine Ahnung, wer das gewesen sein soll! Ist auch schon wieder ein gutes Weilchen her."

„Dann werde ich Eurem Gedächtnis auf die Sprünge helfen. Hier ist zum einen die Rede von einem gewissen Fischhändler namens…"

„Ah, der stinkende Fischmann!", rief Sandro dazwischen. „Ein grässlicher Geselle, aber mit dem Mord an meiner Mutter kann er nichts zu tun haben. Er liegt nämlich noch immer da unten im Kerker, wo er in seiner Zelle verrotten wird."

Johann erwähnte noch die Möglichkeit, dass einer der Angehörigen des Fischhändlers die schreckliche Tat hätte verüben können.

„Dieser Fischhändler", warf Egbert, der dem Gespräch aufmerksam gefolgt war, nun ein, „hatte außer seiner Frau, die er erschlagen hat, keine weiteren Angehörigen. Dies wurde bei den Untersuchungen, die wir äußerst gewissenhaft durchgeführt haben, eindeutig erhoben. Ihr befindet Euch also augenscheinlich auf einer falschen Fährte, Herr Kriminalmeister."

Egbert warf einen triumphierenden Blick auf Johann, der nur nachdenklich nickte. In diesem Augenblick waren draußen Schritte zu hören, und als Egbert zur Seite trat, tauchte Ferdinand im Türrahmen auf und blieb neben dem Diener stehen.

„Lassen wir also diesen Fischhändler vorerst beiseite", fuhr Johann, zu Sandro gewandt, fort. „Was aber ist mit diesem Soldaten Balduin? Er war anscheinend hier im Schloss beschäftigt, bis er des Diebstahls bezichtigt und aus dem Dienst entlassen wurde."

„Dieser lausige Lump!", brauste Sandro auf. „Hat es erst nicht zugeben wollen, doch nach einigen Handgriffen hat er kleinlaut gestehen müssen! Dieses Schwein! Klaut einem Kameraden die hart ersparten Münzen! Ein äußerst übler Kerl, wenn Ihr mich fragt."

„Ihr sprecht von einem Soldaten?", schaltete sich nun Ferdinand ein. „Ich frage deshalb, weil einer der Gefangenen, die ich eben befragt habe, eine äußerst interessante Aussage gemacht hat."

Johann und Sandro hingen neugierig an Ferdinands Lippen, und Egbert pfiff leise durch seine Zähne.

„Ich habe die Aussage eigentlich als unglaubwürdig abgetan", erklärte Ferdinand und trat zu Johann, „doch da hier augenscheinlich von einem verdächtigen Soldaten die Rede ist, kann es gut möglich sein, dass der Eingekerkerte die Wahrheit gesprochen hat."

„Was hat er denn nun gesagt?", wollte Johann wissen. Er wirkte etwas ungeduldig.

„Du wirst es kaum glauben, aber laut seiner Aussage ist das Opfer von einem Mann an den Zellen vorbei zu den Folterstuben geschleppt worden, der...eine Soldatenuniform trug!"

„Was?", ergrimmte sich Sandro und sprang auf, wobei er drohend mit seinen Fäusten in der Luft herum wedelte. „Ein Soldat, sagt Ihr? Sollte es dieser Lump wirklich gewagt haben, sich an meiner Mutter zu vergreifen? Balduin! Ich gehe augenblicklich los und reiß ihm die Innereien aus seinem erbärmlichen Leib!"

Der Foltermeister schien plötzlich seine ganze Spannkraft wiedererlangt zu haben. Er schob Johann zur Seite und wollte schon aus dem Zimmer stürmen, als Johann hochschnellte und ihn im letzten Moment am Lederwams packte.

„Ihr geht nirgendwo hin, mein Freund! Ihr wart doch eben noch der festen Überzeugung, dass der Mörder hier im Schloss zu finden sei. Dieser Balduin dürfte sich kaum noch innerhalb der Schlossmauern aufhalten. Beruhigt Euch also wieder, setzt Euch und pfuscht uns nicht ins Handwerk!"

„Ha!", lachte Sandro geringschätzig, drehte sich um und ließ einen mitleidigen Blick über Johanns Körper gleiten. „Ihr wärt mir der Richtige, um den Foltermeister Sandro aufzuhalten! Lasst mich auf der Stelle los, sonst..."

„Sonst was?", fuhr ihn Johann donnernd an. Er hielt Sandro noch immer mit eisernem Griff fest. Sein Gesicht war leicht gerötet, seine Augen blickten drohend. Obwohl er gegenüber dem kräftigen Foltermeister wie ein schmächtiges Schulbürschchen wirkte, wagte es Sandro nicht, gegen ihn aufzubegehren. In den Augen des unterschätzten Kriminalmeisters blitzte es entschlossen, sein forsches Auftreten hatte die Wirkung nicht verfehlt.

49

Ferdinand stand mit weit geöffnetem Mund da und starrte seinen Partner an, dem er solch ein Auftreten nicht zugetraut hätte. Egbert war im ersten Moment zusammengezuckt und einige Schritte zurückgetaumelt. Nun stand er draußen vor der geöffneten Tür und lugte gespannt herein.

Johann packte den sprachlosen Foltermeister nun mit beiden Händen und zog ihn mit unwiderstehlicher Kraft zum Bett, wo er ihn niederdrückte. Ihn noch immer festhaltend, blickte er ihm tief in die Augen. Sandro konnte seinem Blick nur für wenige Sekunden standhalten, dann senkte er den Kopf und schloss die Augen. Seine riesigen Fäuste, die geballt auf der Bettdecke lagen, zitterten leicht. Unter anderen Umständen, dachte er, würde er den frechen Kriminalmeister packen und einfach die Treppe hinabwerfen, aber im Moment war er nicht in der Lage dazu.

„Ich werde Euch nun loslassen", sagte Johann, „aber glaubt nicht, dass Ihr mir entspringen könnt! Ihr scheint Euch ja ein wenig beruhigt zu haben, aber ich warne Euch: Vergreift Euch nicht an diesem Balduin, sonst lernt Ihr mich richtig kennen! Habt Ihr das verstanden?"

Sandro nickte mechanisch. Er war vollkommen ruhig, aber eine dicke Ader trat an seiner Schläfe hervor.

„Gut", fuhr Johann fort, „und nun sagt mir, wo ich diesen Soldaten finden kann."

Sandros Stimme war leise, beinahe schüchtern, als er antwortete.

„Irgendwo da unten in der Stadt. Ich weiß es nicht genau. Einer seiner früheren Kameraden wird Euch womöglich weiterhelfen können, und nun lasst mich bitte allein!"

Der letzte Satz war in einem flehenden, beinahe jämmerlichen Ton gesprochen. Johann trat einen Schritt zurück. Sandro stand langsam auf und ging gesenkten Hauptes ins Nebenzimmer, wo er sich auf einen Stuhl fallen ließ, der dem plötzlichen Druck kaum standhalten konnte und verdächtig ächzte und knarrte.

Johann schaute ihm lächelnd hinterher und wandte sich dann an Egbert, der den Auftrag bekam, den Aufenthaltsort Balduins herauszufinden. Er sollte die beiden Kriminalmeister nachher draußen vor dem Schlosstor treffen. Der Mann für ‚dies und das' eilte davon, und auch Johann und Ferdinand gingen wieder nach unten. Die Menge der Neugierigen hatte sich inzwischen aufgelöst, sodass sie leidlich unbehelligt vor das Schloss gelangten, wo sie sich auf die Mauer am Straßenrand setzten und ihre Beine hinabbaumeln ließen. Unter ihnen lagen die Häuser der Stadt.

Nachdem Johann von seinen Nachforschungen berichtet hatte, erzählte auch Ferdinand, was er bei der Befragung des Wachsoldaten und der Gefangenen erfahren hatte. Der Wachsoldat, der einzige, der in der vergangenen Nacht den Zellentrakt zu bewachen hatte, war hinterrücks überfallen und niedergeschlagen worden. Außer einem gewaltigen Brummschädel war er zwar unversehrt geblieben, konnte sich jedoch an gar nichts erinnern.

„Das ist bedauerlich", seufzte Johann, „aber was ist mit den Eingekerkerten?"

„Nun", antwortete Ferdinand, „eines dieser bedauernswerten Geschöpfe, ein alter Mann, der eine unruhige Nacht auf seinem kümmerlichen Strohsack verbrachte, hat einen Soldaten bemerkt, der mitten in der Nacht eine augenscheinlich bewusstlose Frau vorbeigetragen hat. Die Frau muss kurze Zeit später wieder zu Bewusstsein gekommen sein, denn es hallten plötzlich grässliche Schreie der gequälten Kreatur durch das unterirdische Verlies. Dadurch wurden natürlich auch

51

die anderen Gefangenen aus ihrem Schlaf gerissen, doch die Schreie verstummten bald wieder."

„Wahrscheinlich ist sie aufgrund der Schmerzen wieder ohnmächtig geworden", vermutete Johann, „oder sie wurde am Schreien gehindert. Was weiter?"

„Nicht viel. Es waren noch für längere Zeit unheimliche Geräusche zu hören. Kettenrasseln, Metall, das durch Fleisch fährt und ein unterdrücktes, höhnisches Lachen. Viel später kam der Soldat wieder zurück und eilte an den Zellen vorbei in Richtung Ausgang. Keiner hatte sein Gesicht erkennen können, das er geschickt zu verbergen wusste. Immerhin wissen wir, dass er von mittlerer Statur war."

„Das ist nicht eben viel", murmelte Johann. „Aber welche Kühnheit muss der Mann besitzen, dass er heimlich ins Schloss eindringt, die Frau seelenruhig aus ihrem Zimmer entführt – bedenke, ihr Sohn schlief nebenan – und sie hinab in die Folterstube schleppt, wo er sie genüsslich zu Tode foltert!"

„Oho", empörte sich Ferdinand, „der Mörder scheint in dir einen Bewunderer gefunden zu haben. Seine Tat ist einfach abscheulich, von Kühnheit sollten wir nicht sprechen! Dreist ja, aber kühn? Im Übrigen ist es möglich, dass dieser Soldat hier im Schloss zu finden ist. Womöglich hat dieser Balduin gar nichts mit der Sache zu tun."

„Wir wollen uns nicht um Begriffe streiten", beschwichtigte Johann seinen Partner. „Was diesen Balduin anlangt, magst du richtigliegen, aber wir sollten ihn uns erst einmal ansehen. Er hätte jedenfalls allen Grund, sich an dieser sauberen Folterbande zu rächen."

Ferdinand nickte nur stumm, schweigend saßen sie nun nebeneinander. Amsdorf unter ihnen hatte sich inzwischen mit Leben gefüllt, zahlreiche Menschen bewegten sich in den Straßen und Gassen. Ferdinand genoss die wenigen Minuten der Ruhe, aber Johann spürte wieder diesen stechenden Schmerz in seinem Kopf. Er schloss die Augen und versuchte krampfhaft, an nichts zu denken, als auch schon Egbert auftauchte.

„Meine Herren, ich habe gute Kunde", tönte er beinahe feierlich. „Dieser Strolch Balduin dürfte sich wahrscheinlich in der Dunkelgasse aufhalten. Sie liegt irgendwo im Armenviertel."

„Ich hab den Namen schon mal gehört", antwortete Ferdinand, indem er sich zu Egbert umdrehte, „wir werden sie schon finden. Vielen Dank, Herr Egbert. Wir sind hier vorerst fertig und werden nun gehen."

„Aber was soll nun mit der Leiche geschehen?", fragte der Diener ratlos und fuchtelte aufgeregt mit seiner Hand herum. „Wir können die arme Frau doch nicht einfach so hängen lassen!"

„Nehmt sie ab und tut, was immer in solch einem Fall zu tun ist."

Der Diener verneigte sich kurz und war schon im Begriff sich zu entfernen, als Johann, der inzwischen aufgestanden war, ihn zurückrief.

„Wartet bitte noch einen Augenblick!" Egbert drehte sich wieder um.

„Ihr habt gesehen", sagte Johann, „wie aufgewühlt der Foltermeister ist. In manchen Augenblicken macht er den Eindruck eines sanften Lammes, doch dann wiederum gebärdet er sich wie ein wildgewordener Stier. Er ist unberechenbar, auch wenn ich ihn doch ein wenig zurechtgestutzt habe. Ich wünsche, dass Ihr ein Auge auf ihn werft. Er soll mir keine Dummheiten machen und uns nicht in die Quere kommen. Als Mann für ,dies und das' sollte Euch diese kleine Aufgabe nicht schwerfallen, nicht wahr?"

Egbert überhörte die spitzzüngige Anspielung und versicherte, dass er Sandro unter keinen Umständen aus den Augen lassen werde. Zufrieden klemmte sich Johann das Foltertagebuch, das er natürlich mitgenommen hatte, unter den Arm und verließ mit Ferdinand das Schloss. Unten am Tor stand der Kriminalgehilfe, der sie begleitet hatte und aus der Folterstube geflüchtet war. Er unterhielt sich angeregt mit den Soldaten, die ihn auf die sich nähernden Kriminalmeister aufmerksam machten. Hochroten Kopfes erwartete er eine gesalzene Zurechtweisung, doch Johann und Ferdinand hatten angesichts des schrecklichen Anblicks der Toten Verständnis für den jungen Mann. Ferdinand erteilte ihm nur eine kleine Rüge, dann durfte der Gehilfe sich vom Acker machen.

Während die Kriminalmeister durch das Nobelviertel schritten, erklärte Johann, dass er zuerst zu Herrn Eger gehen müsse, bevor sie sich ins Armenviertel aufmachten. Den Grund erfuhr Ferdinand nicht. Am Gebäude der Stadtverwaltung angekommen, wartete er, denn Johann versprach, in wenigen Minuten wieder zurück zu sein.

Herr Eger saß an seinem Schreibtisch und hielt sich einen riesigen Spiegel vors Gesicht, für den er eine eigene Schublade seines Schreibtisches reserviert hatte. Der Oberkriminalmeister war ein durch und durch eitler Mann, der es kaum ertragen konnte, seine Haarpracht immer mehr schwinden zu sehen. Umso mehr Pflege ließ er seinem Schnurrbart angedeihen, den er mehrmals am Tag im Spiegel betrachtete. Als es an der Tür klopfte, zuckte er zusammen, warf den Spiegel in die offenstehende Schublade und drückte diese mit dem Knie zu.

„Herrrrein!"

Johann hatte ein Klirren und Klappern gehört und öffnete gespannt die Tür. Herr Eger saß steif an seinem Schreibtisch und schien ein Buch zu studieren, das vor ihm lag.

„Ah, Herr Gutmann, wie schön Euch zu sehen! Ich habe eben von einem jungen Gehilfen erfahren, dass

Ihr Euch entschlossen habt, unserem Ferdinand beizustehen. Ich hoffe, Ihr kommt mit den Ermittlungen gut voran!"

„Die Ermittlungen, ja", murmelte Johann und setzte sich auf einen Stuhl. „Ihr wisst, dass ich nicht zum Arbeiten hier bin und trotzdem drängt Ihr mich dazu, Euch unter die Arme zu greifen!"

„Aber Herr Gutmann", beschwichtigte Herr Eger, „Ihr seid doch zu nichts verpflichtet! Wenn Ihr uns in dieser schwierigen Zeit nicht helfen wollt, so lasst es ruhig bleiben! Niemand wird Euch einen Vorwurf machen!"

„Ihr seid ein gewiefter Mann, Herr Oberkriminalmeister, und Ihr versteht es geschickt, an meine Hilfsbereitschaft zu appellieren. Ich fühle mich gar nicht gut, aber ich weiß, dass ich mich ebenso schlecht fühlen würde, wenn ich Ferdinand jetzt im Stich ließe."

„Papperlapapp, Herr Gutmann, ich…"

„Nein, nein, Herr Eger, sagt nichts mehr! Ich werde Euch noch ein, zwei Tage unterstützen, und dann ist Schluss."

„Großartig!", rief Herr Eger, sprang auf, tänzelte um den Schreibtisch herum und klopfte Johann anerkennend auf die Schulter. „Ihr werdet es nicht bereuen. Natürlich werden wir Euch für Eure Dienste bezahlen, das ist alles bereits geklärt." Herr Eger strahlte.

„Das kommt einer Verschwörung gleich!", protestierte Johann halbherzig.

„Ach was, Herr Gutmann! Seht es doch einfach so: Wir Kriminalmeister sind doch irgendwie immer im Dienst, nicht wahr? Was wollt Ihr denn mit Euch anfangen hier in Amsdorf, wenn Ihr nichts zu tun habt?"

Johann entgegnete nichts und starrte den Oberkriminalmeister nur an.

„Seht Ihr?", fuhr dieser fort. „Und hier habt Ihr Euer Zeichen."

Herr Eger zog das gleiche Stück Metall aus seiner Westentasche, das Johann bereits bei Ferdinand gesehen hatte. Es diente hier in Amsdorf als Erkennungszeichen der Kriminalmeister und Kriminalgehilfen. Johann betrachtete das Metallstück, auf dem bereits sein Name eingraviert war. Darunter stand: Kriminalmeister, Stadt Amsdorf. Herr Eger legte das Erkennungszeichen in Johanns geöffnete Hand und lächelte verschmitzt. Während er wieder um den Schreibtisch herumging und sich setzte, betrachtete Johann das runde Stück Metall, das auf seiner leicht zitternden Hand lag und immer schwerer zu werden schien. Und wieder war da dieser Kopfschmerz.

„Fühlt Ihr Euch nicht wohl?", fragte Herr Eger besorgt.

„Was? Nein, es ist nur... Ach was, alles bestens. Ich bin nur überrascht, nichts weiter."

Johann lächelte, doch innerlich verfluchte er sich selbst, da ihn sein verdammtes Pflichtbewusstsein wieder einmal nicht so handeln ließ, wie er eigentlich sollte. Er wischte die Bedenken beiseite, verabschiedete sich knapp und verließ das Büro des Oberkriminalmeisters.

Dieser saß noch eine Weile an seinem Schreibtisch und rieb sich die Hände.

„Ausgezeichnet, da habe ich einen sehr guten Fang gemacht. Unser Ferdinand mag seine Vorzüge haben, doch er ist noch jung und unerfahren. Herr Gutmann aber, ha! Mal sehen, ob wir ihn nicht an uns binden können!"

Herr Eger kicherte noch ein Weilchen zufrieden vor sich hin, bevor er sich wieder an die Arbeit machte, nicht ohne jedoch vorher den Zustand seines Schnauzbartes überprüft zu haben.

Einige Zeit später betraten Johann und Ferdinand, nachdem sie ein Stück die Grafenstraße entlang gegangen waren, das Armenviertel. Johann hatte diesen Teil von Amsdorf noch nicht betreten und musste nun zum ersten Mal dem Elend ins Antlitz blicken, das sich auf den Straßen und Gassen des Viertels zeigte. In seiner Heimatstadt hatte man vor einigen Jahren die Bettler und Lumpen, die den vornehmen Leuten nicht mehr zuzumuten waren, in ein unwirtliches Sumpfgebiet außerhalb der Stadtmauern verbannt. Hier aber lebten die Armen beinahe Tür an Tür mit den besser gestellten Bevölkerungsschichten. Ferdinand erklärte, dass viele Bewohner das Armenviertel nur zum Betteln oder Stehlen verlassen würden, oder wenn sie sich auf die Suche nach Handlangerdiensten etwa ins Hafenviertel begeben würden. Soldaten ließen sich hier nur selten blicken, und am erbärmlichen Zustand der Häuser und Gassen war zu sehen, dass die Stadtverwaltung sich nicht sonderlich um das Viertel kümmerte. Vor halbverfallenen Hütten saßen alte, kranke Leute in Kot und Unrat. Zerlumpte Gestalten schlichen bleich durch die stinkenden Gassen, und manch heimtückisches Auge blickte aus Häuserruinen.

Die zwei Kriminalmeister waren bald schon von bettelnden Kindern umringt, die ihnen flehend die kleinen Hände entgegenstreckten, um vielleicht eine Münze zu erhalten. Johann standen die Tränen in den Augen. Er blickte hilflos um sich und griff bereitwillig nach seinem Geldbeutel. Ferdinand jedoch verjagte die johlende Kinderschar mit einem eilig aufgehobenen Stock.

„Fang besser erst gar nicht damit an!", mahnte er, während er mit dem Stock noch ein paar Wirbelbewegungen vollführte. Die Kinder waren jedoch bereits in den dunklen Gassen verschwunden, aus denen noch ihr aufgebrachtes Schreien zu hören war.

„Wenn die Meute erst einmal Blut geleckt hat, wirst du sie nicht mehr los. Es ist schrecklich, besonders da es sich um Kinder handelt, doch mit deinen wenigen Münzen kannst du hier rein gar nichts ausrichten."

„Ich wollte doch nur ein kleines Lächeln auf die traurigen Gesichter dieser bedauernswerten Geschöpfe zaubern!", erklärte Johann und warf einen verstohlenen Blick in eine der Gassen, in die sich die Kinder zurückgezogen hatten. Doch er wusste, dass sein Partner recht hatte. Es waren ihrer zu viele.

Ferdinands Auftreten hatte jedenfalls zur Folge, dass sie fortan unbehelligt blieben. Die lärmende Kinderschar blieb zurück, und bald war ihr Rufen nicht mehr zu hören. Johann war äußerst einsilbig, während er Ferdinand durch die staubigen Gassen folgte. Schließlich erreichten sie die Dunkelgasse, die einen trostlosen Anblick bot. Eine verkrüppelte Frau, die sich, auf einen knorrigen Holzstock gestützt, in unkoordinierten Verrenkungen vorwärts bewegte, wies ihnen den Weg zum Haus, in dem Balduin wohnen sollte. Es war noch eines der besser erhaltenen Häuser, was allerdings nicht besonders viel bedeutete.

Die Eingangstür war nicht mehr funktionstüchtig und hing bruchstückhaft in den rostigen Angeln. Drinnen empfing sie ein unangenehmer Modergeruch, der ihnen beinahe den Atem raubte. Ein alter Mann, der zitternd im Flur kauerte, blickte ihnen hilflos entgegen. Auf Johanns Frage nach Balduin hob er seine rechte Hand und hielt ihm zwei Finger entgegen. Dabei kam ein tiefes Gurgeln aus seiner Kehle. Der Mann war stumm.

„Zweites Stockwerk?", fragte Johann. Der Mann nickte und sank dann röchelnd und stöhnend in sich zusammen.

Johann blickte nicht zurück, als er Ferdinand nach oben folgte. Er glaubte, die hilflosen Augen des alten Mannes auf seinem Rücken zu spüren und ging schneller.

Auf den morschen Treppen lag allerlei Gerümpel herum. Sie mussten aufpassen, sich nicht zu verletzen.

Schimmel und alter Dreck, die sich in die Wände eingefressen hatten, bildeten bizarre, Ekel erregende Zeichnungen.

Als sie das zweite Stockwerk erreicht hatten, öffnete sich gerade eine der Türen, und eine magere, verhärmt wirkende Frau trat in den Flur heraus. Sie war in alte Lumpen gehüllt und wollte, als sie die zwei ihr unbekannten Männer sah, eiligst wieder in ihre Wohnung schlüpfen. Johann sprang schnell zur Tür und schob seinen rechten Fuß in den sich schließenden Türspalt. Die Frau begann lauthals zu zetern und schlug mit kraftlosen Fäusten nach dem Kriminalmeister. Johann musste vermeiden, dass die gesamte Nachbarschaft aufgeschreckt wurde. Er schob die verdutzte Frau kurzer Hand in ihre Wohnung zurück, wobei er ihr den Mund zuhielt. Sie schien vor Schreck erstarrt zu sein und ließ es beinahe willenlos geschehen. Ferdinand folgte ihnen und schloss die Tür hinter sich.

„Habt keine Sorge!", versuchte Johann die Frau zu beruhigen. „Wir werden Euch nichts tun, wir sind Kriminalmeister der Stadtverwaltung. Kann ich Euch nun loslassen, ohne dass Ihr Euch ungebührlich benehmt?"

Sie blickte auf das Erkennungszeichen, das Ferdinand ihr entgegenhielt und nickte. Johann gab sie frei.

„Verzeiht unser forsches Auftreten", entschuldigte er sich, „aber das war gleichsam eine Art Reflex auf Euren unvermittelten Rückzug. Wir brauchen von Euch eigentlich nur eine kleine Auskunft."

Die Frau blickte ihn fragend an.

„Wir suchen einen Soldaten namens Balduin, der hier wohnen soll. Ist er Euch bekannt?"

„Soldat?", zischte sie plötzlich ergrimmt und ballte ihre Fäuste. „Diese Mistkerle haben ihn rausgeworfen, die elendigen Hunde! Mein Balduin hat nichts gestohlen, dafür verbürge ich mich! Nichts hat er genommen! Niemals! Habt Ihr mich verstanden? Und nun geht bitte!"

„Ah, Ihr seid also sein Weib! Ist er hier?"

„Was wollt Ihr von meinem Balduin?", schrie sie hysterisch und stampfte ungehalten mit dem Fuß auf den Boden, dass die morschen Bretter knirschten. „Wollt Ihr ihn denn abermals in den Kerker werfen, bis er vollständig gebrochen ist?" Ihr Schreien war zu einem sturmgleichen Tosen angeschwollen, das man der mageren Frau gar nicht zugetraut hätte.

Plötzlich drang aus dem Nebenzimmer Lärm. Johann trat zur Tür und öffnete. Er konnte gerade noch erkennen, wie ein Mann aus dem Fenster stieg, um draußen an der Hausfassade hinabzuklettern. Mit wenigen Sätzen sprang der flinke Kriminalmeister hinzu, konnte den Mann jedoch nicht mehr packen. Dieser hatte nämlich den Halt verloren und stürzte, einen Schreckensruf ausstoßend, in die Tiefe. Johann lehnte sich nach draußen und blickte besorgt hinab. Der Mann lag auf einem riesigen Müllberg, der einen großen Teil der Gasse hinter dem Haus bedeckte. Der Unrat hatte den Sturz des Mannes gedämpft und ihm wahrscheinlich das Leben gerettet. Balduin, denn um den ehemaligen Soldaten handelte es sich, lag auf dem Rücken und sah hinauf zu Johann. Er war nahezu unverletzt, aber leicht geschockt.

„Seid Ihr in Ordnung?", rief Johann. „Ich komme gleich hinab!"

Balduin antwortete nicht. Er rollte sich seitwärts ab, rutschte über den Müllhaufen zu Boden und rappelte sich hoch. Dann sprang er davon, stolperte über einen Stein, erreichte eine Mauer, die er mit Leichtigkeit überwand, und verschwand aus Johanns Blickfeld.

Der Kriminalmeister hatte kurz gezögert, doch als Balduins Weib keifend an seine Seite trat und ihn vom Fenster wegzuzerren versuchte, handelte er schnell. Er stieß die Frau von sich, stützte sich mit beiden Händen auf dem nicht allzu hohen Fenstersims ab und brachte in einer ruckartigen Bewegung die Füße nach draußen. Einen leichten Schrei ausstoßend, landete Johann auf einem Bündel alter Lumpen, einem stinkenden Haufen halbverfaulter Essensreste war er entgangen. Die Frau oben war inzwischen wieder ans Fenster getreten und spuckte wütend nach Johann, der aber bereits außer Reichweite war. Ferdinand hatte unterdessen den Weg über das Treppenhaus nach unten genommen.

Johann war nach seinem Sprung kurz ins Wanken geraten, hatte aber sein Gleichgewicht nicht verloren. Er stolperte den Müllberg hinab und nahm die Verfolgung auf. Als er die Mauer am Ende der Gasse erreicht hatte und sich hinaufzog, sah er Balduin in der Ferne laufen. Er schwang sich behände hinab und rannte weiter. Die wilde Jagd ging durch mehrere Gassen und dreckige Hinterhöfe, vorbei an kläffenden Kötern und verdutzten Menschen. Ein paar Bengel feuerten bald den einen, bald den anderen an.

Der flüchtende, ehemalige Soldat war zwar einige Jahre älter als Johann, doch hatte dieser große Mühe, mit Balduin Schritt zu halten. Nach einigen Minuten jedoch ließen dessen Kräfte allmählich nach, sodass Johann begann aufzuholen. Schließlich hatte er ihn so nahe vor sich, dass er ihn mit einem letzten Sprung zu Boden reißen konnte. Die zwei kugelten, sich eng umklammernd, einige Meter über den Boden, wo sie, vor Anstrengung zitternd, liegen blieben. Nach einem kurzen Augenblick des Innehaltens, kaum länger als ein Wimpernschlag, begann Balduin, wütend um sich zu schlagen. Sein Gegner presste ihm mit unwiderstehlicher Kraft die Arme an den Leib, dass ihm die Luft auszugehen drohte. Bald lag Balduin kraftlos danieder, sein Widerstand war gebrochen.

„So, mein Häschen", keuchte Johann, „die Flucht hat ein Ende. Der Fuchs hat gesiegt und wird Euch in seinen Bau mitnehmen!"

„Was habe ich getan, dass Ihr mich grundlos verfolgt und schlagt?", protestierte Balduin atemlos. „Ich habe meine Strafe verbüßt, obwohl ich mir nichts habe zu Schulden kommen lassen. Ich habe im Kerker geschmachtet, meine Arbeit verloren und den letzten Rest an Würde! Was wollt Ihr denn noch?"

„Abwarten! Erst werden wir uns in Eurem Unterschlupf ein wenig umsehen. Zum Reden bleibt nachher noch genügend Zeit."

Johann lag mit dem gesamten Gewicht seines Körpers auf Balduin, der sich kaum mehr bewegte. Trotzdem war Johann erleichtert, als nach kurzer Zeit Ferdinand auftauchte und ihm half, den Gefangenen mit einem Strick zu fesseln, den sie auf der Straße fanden. Balduin ergab sich in sein Schicksal und ließ sich, verhöhnt von ein paar Lausejungen, ohne Gegenwehr zurück in die Dunkelgasse und hinauf in seine Wohnung führen. Der alte Mann im Flur röchelte und gurgelte noch schlimmer als zuvor, er machte nicht den Eindruck, als ob er die nächste Nacht überstehen würde.

Balduins Wohnung war leer, seine Frau verschwunden.

„Das Täubchen ist also ausgeflogen", sagte Johann. „Na, egal, dann werden wir uns eben um diesen Vogel hier kümmern. Los, hinsetzen!"

Er drückte Balduin auf einen Stuhl und bat Ferdinand, ein Auge auf ihn zu werfen. Er selbst sah sich in der Wohnung um und ging zuerst ins Schlafzimmer. Ein altes Bett, zwei notdürftig reparierte Schränke und ein Stuhl, der nur mehr drei Beine hatte, bildeten die karge Einrichtung. Schon nach wenigen Augenblicken kam Johann wieder heraus und hielt Balduin, der sich bisher auffallend ruhig verhalten hatte, einen alten Soldatenrock unter die Nase.

„Was haben wir denn da, Soldat Balduin. Wenn das nicht ein feines Beweisstück ist, das Euch an den Galgen bringen wird!"

„Galgen? Beweisstück?", schrie Balduin und wäre aufgesprungen, wenn Ferdinand ihn nicht an den Schultern nach unten gedrückt hätte. „Was soll der Soldatenrock denn anderes beweisen, als dass ich einst ein Soldat war? Noch dazu ein äußerst gut aussehender, sagt jedenfalls meine Alte."

Der letzte Satz war seltsam ruhig und gefasst gesprochen.

„Was Eure Alte sagt, kümmert mich nicht", sagte Johann. „Viel interessanter aber ist, was dieser Rock mir zu erzählen hat. Er sagt mir nämlich, dass ein gewisser Kerl, man kann ihn sogar Spitzbube nennen, gerne die Uniform anzieht und in Schlösser einsteigt, um alte wehrlose Damen ins Jenseits zu befördern."

Balduin starrte sein Gegenüber mit vor Erstaunen weit aufgerissenen Augen an. Er dachte wirklich, dass der Kriminalmeister verrückt geworden sei, denn eine derart ungeheuerliche Anschuldigung konnte unmöglich von einem Menschen kommen, der noch alle Sinne beisammen hat.

„Ah", sagte er schließlich ein wenig unsicher, „Ihr erlaubt Euch einen üblen Scherz mit mir. Wie sonst ist es zu erklären, dass Ihr mir eine solch groteske Anschuldigung ins Gesicht schleudert? Wer hat Euch den Auftrag gegeben zu diesem üblen Streich? Ist' s etwa diese fette Kröte, die unter mir haust? Habe ich recht?"

Nun war es an Johann, seinerseits Balduin anzustarren. Glaubte der freche Kerl tatsächlich an einen Scherz? Er wurde unsicher, wischte aber die Bedenken schnell beiseite.

„Haltet Eure Zunge im Zaum!", wies er Balduin an. „Ich kann Euch versichern, dass es sich keineswegs um einen Scherz handelt. Ihr steht unter Mordverdacht!"

„Was?", brüllte Balduin und bäumte sich in seinen Fesseln derart stark auf, dass Ferdinand alle Mühe hatte, ihn auf seinem Stuhl festzuhalten. „Seid Ihr vollständig von Sinnen? Erst werde ich des Diebstahls bezichtigt, und nun soll ich gar gemordet haben! Was kommt als nächstes? Ein Umsturzversuch gegen den Grafen?"

Johann ließ sich nicht beirren. „Ihr kennt die Mutter des Foltermeisters Sandro?"

„Die alte Giftspritze? Natürlich kenne ich sie, ich habe doch im Schloss gedient!"

„Nun, sie wird kein Gift mehr spritzen, denn sie ist tot."

„Ha, geschieht ihr ganz recht! Dieses Weib war der wahre Teufel! Sie tat nichts lieber, als die armen Menschen, die ihrem Sohn übergeben wurden, zu quälen. Auch mir hat sie den einen oder anderen Finger gequetscht. Widerliche Person, doch wer…Ah, Ihr glaubt doch nicht etwa, dass ich sie aus Rache umgebracht habe? Wie gerne hätte ich Hand an sie gelegt und ordentlich zugedrückt, doch dafür fehlte mir der Mut. Ihr müsst Euch schon einen anderen Sündenbock suchen!"

Balduin setzte sich aufrecht hin, verschränkte trotzig seine gefesselten Arme und blickte Johann offen ins Gesicht.

„Wo habt Ihr Euch letzte Nacht herumgetrieben?", wollte der Kriminalmeister wissen.

„Na wo schon! Hier in meinen armseligen vier Wänden!"

„Kann das jemand bezeugen?"

„Natürlich! Mein Weib war hier und kann es bezeugen!"

„Zum einen dient die Aussage Eures Weibes kaum dazu, Euch zu entlasten, zum anderen ist sie, wie

Ihr seht, verschwunden. Wir werden Euch also einstweilen mitnehmen. Das Verhör werden wir zu einem späteren Zeitpunkt fortsetzen."

Johann packte Balduin, der sich widerspenstig zeigte, kräftig am Arm und zog ihn unsanft aus dem Stuhl nach oben. Plötzlich begann der Gefangene lauthals zu schreien, sodass Johann ihm links und rechts zwei schallende Backpfeifen auf die Wangen knallte, die ihn augenblicklich verstummen ließen. Der Kriminalmeister blitzte ihn aus zornigen Augen an, sein Kopfschmerz war wieder zu spüren. Von nun an leistete Balduin keinen Widerstand mehr und ließ sich ohne weitere Gegenwehr abführen.

Unten im Flur lag der alte Mann langgestreckt bäuchlings auf dem Boden. Johann bückte sich nach ihm und dreht ihn auf den Rücken. Die Augen des Alten waren glasig, er war tot. Johann strich ihm eine graue Haarsträhne aus dem Gesicht und deckte ihn mit einer zerlumpten Decke zu, die dem Mann wohl als Schlafstätte gedient hatte. Dann verließen die drei wortlos das Haus und machten sich auf den Weg zur Stadtverwaltung. Obwohl sie von mehreren Leuten argwöhnisch beäugt und vom einen oder anderen sogar beschimpft wurden, kamen sie wohlbehalten an ihr Ziel. Dort wurde Balduin in eine der fünf Zellen gesperrt, die im Untergeschoss des Gebäudes lagen. Er ließ es klaglos über sich ergehen und setzte sich traurig auf das mit grauschwarz karierten Wolldecken belegte Holzgestell, das als Bett diente.

3. KAPITEL

Es war zwei Tage später. Johann und Ferdinand saßen bereits frühmorgens in der Arbeitsstube an ihren Schreibpulten. Johann hatte sich wider besseres Wissen überreden lassen, doch noch ein wenig länger an der Aufklärung des schändlichen Verbrechens mitzuarbeiten. Die fremde Umgebung schien ihm gut zu tun, seine Kopfschmerzen traten immer seltener auf, und ab und zu kam ihm sogar der Gedanke, für immer hier in Amsdorf zu bleiben. An seine Frau dachte er kaum noch, und die Hauptstadt mit all ihrer Hektik war weit, weit weg.

Ferdinand schrieb an einem Bericht und gab sich alle Mühe, doch schien ihm heute nichts gelingen zu wollen. Er hatte bereits mehrere Federn zerbrochen und ein Tintenfass umgeworfen. Immer öfter ertappte er sich dabei, wie er neidvolle Blicke auf Johann warf, der es in seinen Augen besser getroffen hatte, denn sein neuer Partner durfte Alessias Foltertagebuch studieren und musste sich nicht mit lästigen Schreibereien herumplagen.

Der ehemalige Soldat Balduin war in den letzten Tagen mehrmals verhört worden, doch ein Geständnis war ihm nicht zu entlocken gewesen. Er saß unten in seiner Zelle und grübelte vor sich hin. Seine Wohnung in der Dunkelgasse hatte Herr Eger von einem Kriminalgehilfen Tag und Nacht beschatten lassen, doch Balduins Frau war nicht wieder aufgetaucht. In der Wohnung selbst, die kurz nach Balduins Verhaftung einer gründlichen Untersuchung unterzogen worden war, hatte man keine weiteren Beweisstücke gefunden, sodass der Soldatenrock das einzige mögliche Bindeglied war, das Balduin mit dem Mord in Verbindung brachte. Natürlich waren auch zahlreiche Schlossbewohner befragt worden, doch niemand konnte etwas zur Aufklärung des Falles beitragen. Trotzdem hatte Herr Eger darauf bestanden,

den Fall als abgeschlossen zu betrachten, was bei Johann ein leichtes Stirnrunzeln verursacht hatte. Er war keineswegs von Balduins Schuld überzeugt und suchte im Foltertagebuch nach weiteren Hinweisen. Ferdinand musste den vom Oberkriminalmeister geforderten Abschlussbericht zu den Untersuchungen schreiben, womit er - aufgrund der spärlichen Beweise – allerdings große Schwierigkeiten hatte. Die Aburteilung Balduins war wohl trotzdem reine Formsache, doch Johann wollte dem Henker – denn auf Mord stand die Todesstrafe – keinen Unschuldigen überantwortet wissen.

Plötzlich wurde die Tür zur Schreibstube aufgerissen, und Herr Eger polterte herein. Seine Schnurrbartspitzen zitterten vor Aufregung.

„Meine Herren!"

„Herr Oberkriminalmeister!", erklang es unisono zurück.

„Ist der Bericht fertig?"

„Noch ein paar Federstriche hier und ein paar Buchstaben dort, dann bin ich fertig, Herr Eger", antwortete Ferdinand.

„Ihr könnt das später zu Ende bringen, Ferdinand. Es gibt einen neuerlichen Mord, und wieder…Aber seht Euch die Sache selbst an! Hier ist die Anschrift, macht Euch unverzüglich auf den Weg. Ein paar Kriminalgehilfen sind bereits vor Ort."

Er legte ein kleines Stück Papier auf Johanns Schreibtisch, seufzte kurz auf, drehte sich um und ging grußlos aus dem Zimmer. Johann nahm den Zettel und las laut vor: „Gasthof zur saftigen Kröte! Ein appetitlicher Name, nicht wahr?"

„Durchaus", antwortete Ferdinand, „denn Kröten sind hier in Amsdorf eine Spezialität! Selbst die Leute aus dem Nobelviertel, die sich ansonsten gerne an fetten Wachteln und knusprigen Hühnerschenkeln ergötzen, schätzen eine gut gebratene Kröte von Zeit zu Zeit. Die

Saftige Kröte ist ein bekannter Gasthof im Bürgerviertel. Ich selbst war leider noch nie dort Gast, denn mit der Bezahlung eines einfachen Kriminalmeisters kann ich mir höchstens ab und zu einen gebratenen Krötenschenkel leisten, wie er an den Marktständen angeboten wird."

„Pfui!", rief Johann angeekelt und schüttelte demonstrativ seinen Kopf.

„Im Gegenteil, Johann! Auch du wirst die Vorzüge einer guten Kröte noch zu schätzen wissen. Doch nun lass uns aufbrechen, ich kenne die Lage des Gasthofes."

Die *Saftige Kröte* lag im Ostteil des Bürgerviertels am Ende einer kleinen Gasse. Es war ein einfaches, aber schmuckes Gebäude mit zwei Stockwerken, vor dem sich eine ansehnliche Menschenmenge versammelt hatte. Mehrere Kriminalgehilfen, die an ihren grünen Mützen bereits von weitem zu erkennen waren, hatten den Zugang zum Gasthof vor neugierigen Gaffern abgeriegelt. Einer der Gehilfen kam, als er die zwei Kriminalmeister erblickte, auf sie zu. Es war Euwart, den Johann bereits kennengelernt hatte.

„Ah, der Neue", sagte Euwart und reichte Johann die Hand zum Gruß. „Ich bin Euwart, Kriminalgehilfe und Kriminalmeister-Anwärter."

„Sehr erfreut. Johann Gutmann. Was habt Ihr uns zu berichten, Euwart?"

Der Kriminalgehilfe setzte plötzlich eine geheimnisvoll düstere Miene auf und schüttelte den Kopf.

„Ich bin erst seit wenigen Jahren Kriminalgehilfe, und doch habe ich in diesen Jahren so einiges sehen müssen, was einem den Schreck in die Glieder fahren lässt. Doch so etwas Außergewöhnliches wie hier ist mir noch nicht untergekommen. Ich will Euch das Staunen des ersten Anblickes nicht verderben, also kommt mit und seht selbst!"

Euwart bahnte sich einen Weg durch die Menge der Schaulustigen und führte die Kriminalmeister, an mehreren verstört wirkenden Angestellten vorbei, in den zweiten Stock des Gasthofes. Der Lärm der Straße drang kaum bis hier nach oben, keine Menschenseele war zu sehen. Euwart erklärte stolz, dass er den gesamten Stock hatte räumen lassen, auch die Angehörigen der Toten mussten unten warten.

„Der Toten?", fragte Johann. „Es handelt sich also um eine Frau?"

Euwart nickte, öffnete eine der mit prachtvollen Schnitzereien verzierten Holztüren und trat zur Seite, um Johann und Ferdinand eintreten zu lassen. Im Zimmer war es dunkel, nur wenig Licht fiel durch die sorgsam vorgezogenen Vorhänge. Johann trat zum Fenster und zog die Vorhänge auf, die ein Geräusch verursachten, das in der Stille eigenartig laut wirkte.

„Mein Gott, was zum Henker ist das?", rief Ferdinand entsetzt. Johann fuhr herum und trat neben seinen Partner. Sein Blick fiel auf ein mit kostbaren Stoffen bezogenes Bett, in dem die Tote lag. Auch er konnte sich eines leisen Schreckensrufes nicht erwehren.

Im Bett lag eine alte Frau, die mit Stricken, die um ihre Hand- und Fußgelenke geschlungen waren, an die Bettpfosten gefesselt war. Die samtene Bettdecke lag zerknüllt auf dem Boden. Die Tote, mit einem roten Nachthemd bekleidet, schien mit vor Entsetzen geweiteten Augen an die Decke zu starren, doch die Augenhöhlen waren blutig und leer. Der Mund stand weit offen, und in ihm steckte eine kleine, tote Kröte, von der nur die braunen, mit widerwärtigen Warzen versehenen Hinterbeine zu sehen waren. Der Kopf des Tieres steckte tief im Rachen der alten Frau. Selbst mit größter

Kraftanstrengung hätte sie die Kröte mit der Zunge nicht nach außen drücken können.

Das Gesicht der Toten war dunkelblau-violett angelaufen. Die Lippen der Frau waren ebenfalls blau, sie war augenscheinlich an der Kröte erstickt.

„Wer ist die Tote, Euwart?", wollte Johann wissen.

„Frau Fichter, Adele Fichter", gab der Kriminalgehilfe zur Antwort und trat näher. „Wie ich erfahren habe, war sie früher die Herrin des Hauses, bevor ihr Sohn die Geschäfte übernommen hat. Die Leute hier in der Gegend nennen sie aber noch heute die Krötenfrau."

„Hm, eine wenig schmeichelhafte Bezeichnung für eine Dame! Welche Angehörigen leben hier im Haus?"

„Das weiß ich noch nicht, Herr Gutmann", antwortete Euwart. „Es war noch keine Zeit für tiefergehende Untersuchungen."

„Dann findet es bitte heraus. Wir werden sie befragen, ebenso sämtliche Angestellte des Hauses."

Euwart nickte und verließ das Zimmer.

„Es steht zu vermuten", sagte Ferdinand, der sich neben das Bett gekniet hatte, „dass dieser bizarre Mord mit dem gewaltsamen Ableben unserer Foltermutter in Verbindung steht. Beide Opfer sind weiblich und äußerst alt."

„Na!", warf Johann scherzhaft tadelnd ein.

Ferdinand fuhr unbeirrt fort. „Beiden wurden die Augen ausgestochen und" – dabei zeigte er auf die rechte Hand der Toten – „beiden wurde ein Finger abgetrennt."

„Das stimmt nicht ganz!", warf Johann ein. „Sieh her, auch an der linken Hand fehlt ein Finger, ihr wurden also zwei genommen. Die Gemeinsamkeiten sind jedoch verblüffend, auch wenn dieses Opfer hier das Herz noch im Leibe trägt. Der Körper ist zudem nicht mit Wunden übersät wie der von Frau Alessia."

„Trotzdem glaube ich, dass wir es mit demselben Mörder zu tun haben. Das würde bedeuten, dass wir Balduin zu unrecht verdächtigt hätten."

Johann antwortete nicht. Er hatte von Anfang an seine Zweifel geäußert, die jetzt bestätigt schienen. Er hob das Kopfkissen, auf das der schrecklich anzuschauende Kopf der Frau gebettet war, etwas an und fand darunter die zwei fehlenden Finger.

„Ein Serienmord?", fragte Johann unsicher. „Erst *ein* Finger, und nun deren zwei! Würde mich nicht sonderlich überraschen, wenn wir in ein paar Tagen die nächste Leiche finden, der drei Finger fehlen."

„Wollen' s nicht hoffen, aber bedenklich ist die Sache allemal", murmelte Johann. „Wir müssen zuerst herausfinden, ob es Verbindungen zwischen den beiden Opfern gab. Kannten sie sich oder waren sie nur zufällige Opfer eines perversen Täters?"

Die zwei Kriminalmeister wurden unterbrochen, als ein älterer Kriminalgehilfe eintrat und meldete, dass sämtliches Hauspersonal unten versammelt sei.

„Danke, wir werden sofort kommen", sagte Johann. „Sagt, gibt es Zeichen eines gewaltsamen Eindringens?"

Der Kriminalgehilfe schien plötzlich erstarrt zu sein. „Was? Ihr glaubt doch nicht, dass der Mörder sich an der alten Frau vergang…"

„Unsinn!", rief Ferdinand verärgert dazwischen. „Herr Gutmann wollte wissen, ob irgendwelche Eingangstüren oder Fenster gewaltsam aufgebrochen wurden. Hat der Täter Gewalt anwenden müssen oder war er etwa im Besitz eines Schlüssels? Ist es womöglich gar ein Hausbewohner?"

Der Kriminalmeister war puterrot angelaufen und starrte vor sich auf den Boden.

„Äh…ah…ach so, ich dachte schon…Nein, das haben wir noch nicht überprüft. Aber ich werde mich sofort darum kümmern."

Euwart begleitete seinen Partner nach unten, während die Kriminalmeister weiter nach verwertbaren Spuren suchten. Die Fenster waren verschlossen, und die Tür war mit keinem Riegel oder Schloss versehen. Der Mörder hatte also ungehindert ins Schlafzimmer der alten Frau eindringen können. Ansonsten fand sich nichts Außergewöhnliches.

Kurze Zeit später kam Euwart zurück und berichtete, dass alle Fenster im Erdgeschoss unbeschädigt seien. Die vordere Eingangstür wies keine Spuren eines Einbruchs auf, jedoch waren an der hinteren Eingangstür Kratzer zu finden. Leider sei es nicht mehr zu ergründen, ob diese von letzter Nacht stammten, denn das Schloss war bereits vor einigen Tagen arg beschädigt worden, als der Hausherr nach einer durchzechten Nacht bei einem befreundeten Gastwirt ohne Schlüssel vor seinem Haus gestanden und das Schloss mit Hilfe seines Dolches gewaltsam geöffnet hatte. Es fanden sich also zahlreiche Kratzspuren, deren Alter nicht zu bestimmen war.

„Gut, Euwart", lobte Johann. „Wir werden zuerst die Angehörigen der Toten befragen. Mit wem haben wir es da zu tun?"

„Ich habe das inzwischen herausgefunden. Es gibt nur den Sohn der Toten, Herrn Kaspar Fichter, von dem ich soeben gesprochen habe. Er wartet unten in seinem Arbeitszimmer auf Euch."

Johann hielt es für angebracht, zuerst mit dem Hausherrn und trauerndem Sohn zu sprechen, sodass die Angestellten sich noch gedulden mussten. Euwart führte Ferdinand und ihn hinab in den ersten Stock, wo ein anderer Kriminalgehilfe vor einer schweren Holztür stand. Euwart winkte ihn beiseite, klopfte an und öffnete ohne abzuwarten. Die zwei Kriminalmeister traten ein und schlossen die Tür hinter sich. Euwart blieb draußen.

Drinnen saß ein gut gekleideter, wohlgenährter Mann mit Vollglatze an seinem Schreibtisch und starrte traurig auf ein Ölbild, das an der Seitenwand hing. Es zeigte eine selbstbewusst blickende, ältere Frau, deren pechschwarze Haare streng nach hinten gekämmt waren. Es war wohl die Mutter des Mannes, Frau Adele Fichter.

Während Ferdinand sich langsam dem Mann näherte, der die Kriminalmeister gar nicht bemerkt zu haben schien, blieb Johann wie angewurzelt an der Tür stehen. Als Ferdinand sich räusperte und Herr Fichter sich daraufhin endlich umdrehte, riss Johann die Tür auf und verließ fluchtartig das Zimmer, wobei er draußen Euwart und den anderen Gehilfen beinahe zu Boden riss. Die Tür fiel hinter ihm ins Schloss, Johann stürmte die Treppen nach unten.

„Was für ein ungehobelter Kerl!", empörte sich Herr Fichter, als er sich von seiner Überraschung erholt hatte und Ferdinand die Hand zum Gruße reichte. „Was hat er für ein Problem?"

„Ich kann mir die Sache nicht erklären, Herr Fichter", antwortete Ferdinand und starrte für einen Augenblick zur Tür, bevor er sich wieder dem Sohn der Toten zuwandte. „Tut mir leid, vielleicht hat ihn ein leichtes Unwohlsein gepackt. Sei' s drum, ich kann die Befragung auch alleine durchführen. Mein Name ist Ferdinand Gramm, hiesiger Kriminalmeister. Ich hoffe, Ihr fühlt Euch dazu in der Lage, mir einige Fragen zu beantworten, Herr Fichter."

Dieser nickte nur.

„Gut. Also, zuallererst möchte ich Euch meiner Anteilnahme bezüglich Eures schrecklichen Verlustes versichern. Die Umstände des Todes Eurer Mutter sind wahrlich außergewöhnlich. Wer kann ein Interesse daran gehabt haben, ihr so etwas anzutun?"

„Hm", sagte Herr Fichter und fasste sich nachdenklich ans Kinn, „ich wüsste da schon jemanden, Herr Kriminalmeister. Vielleicht ist Euch die Tatsache bekannt, dass mein Gasthof zu den ersten Adressen in Amsdorf gehört, wenn es um ein gutes Krötenessen geht. Wir haben uns diesen Rang über Jahre durch harte Arbeit und ausgezeichnete Zuchterfolge unserer Prachtkröten erkämpft. Kein Mensch zweifelt an der Güte unseres Hauses, nur ein impertinenter Grobian aus dem Nobelviertel glaubt, uns den gebührenden Rang streitig machen zu können. *Zur Edlen Kröte* heißt die fein herausgeputzte Taverne, denn mehr ist sie nicht. Der Besitzer, ein gewisser Stark, ein eingebildeter Schnösel, versucht schon seit geraumer Zeit, uns die besten Aufträge wegzuschnappen."

„Aufträge? Von welchen Aufträgen sprecht Ihr?"

„Kröten natürlich! Wir haben beide nicht nur einen Gasthof, nein, wir betreiben auch eine ausgedehnte Krötenzucht und beliefern selbst weit entfernte Städte. Stark nun, dieser neureiche Emporkömmling, versucht, mit unlauteren Mitteln unsere größten Abnehmer gegen uns aufzuhetzen. Ich konnte ihm nichts beweisen, aber ich bin mir sicher, dass er auch hinter dem bösartigen Anschlag steckt, der letztes Jahr auf uns verübt worden ist!"

Herr Fichter ballte grimmig seine Fäuste und knirschte mit den Zähnen.

„Anschlag?"

„Ja! Und ich rede nicht von eingeschlagenen Fensterscheiben oder dergleichen, nein! Hier geht es um unsere berühmte Krötenzucht. Unser Wohl hängt von der Güte der Tiere ab, weshalb wir immer ein wachsames Auge auf die Zuchtbecken hinter dem Haus haben. Irgendwie muss es Stark oder einem seiner Helfershelfer dennoch gelungen sein, Gift in die Becken zu streuen. Ein beachtlicher Teil meiner Zuchtkröten ist elendig verendet, ohne dass wir etwas für die armen Tiere tun konnten! Das gab ein großes Wehklagen!"

Herr Fichter schien von der Erinnerung an das Ereignis überwältigt zu werden. Er setzte sich schwer schnaufend hin und wischte sich die Tränen aus den Augen.

„Habt Ihr das Verbrechen angezeigt?", wollte Ferdinand wissen.

„Natürlich habe ich das, doch Eure sauberen Kumpane von der Stadtverwaltung haben nichts herausgefunden. Eine Schande so etwas! Aber dass dieser Stark so weit gehen würde, mir meine liebe Mutter zu morden, das…das hätte ich ihm nun doch nicht zugetraut. Doch hinterher ist man ja bekanntlich meist klüger. Ich werde Euch begleiten, wenn Ihr zu ihm geht und ihn verhaftet. Er soll mir ins Gesicht sagen, wieso…"

„Haltet ein!", rief Ferdinand beschwichtigend und ging um den Schreibtisch herum zu Herrn Fichter.

„Noch sind wir erst am Beginn unserer Ermittlungen, nichts ist bewiesen. Doch ich kann Euch versprechen, dass wir dieser Spur nachgehen werden. Wir sollten jedoch nicht vergessen, dass es durchaus noch weitere Verdächtige geben…"

„Nein, nein!", rief Herr Fichter dazwischen. „Ich bin mir sicher, Herr Kriminalmeister. Er ist' s und kein anderer!"

„Mal sehen. Übrigens, habt *Ihr* Eure Mutter gefunden?"

„Nein", sagte Herr Fichter plötzlich ganz leise. „Lisa, die Dienstmagd meiner Mutter, hat sie gefunden. Sie kam mitten in der Nacht weinend zu mir gelaufen und hat mich aus dem Schlaf gerissen."

„Was hatte die Magd um diese Zeit denn bei Eurer Mutter zu suchen?"

„Mutter war seit einigen Jahren äußerst leidend, sodass sie sich aus dem Geschäft zurückziehen musste.

Wir haben nicht damit gerechnet, dass sie noch lange leben würde, aber solch ein Ende hat sie nun wirklich nicht verdient. Lisa hatte jedenfalls die Aufgabe, nach Mutter zu sehen, auch nachts."

„Gut, das wäre vorerst alles. Ich danke Euch für das Gespräch. Falls ich noch Fragen habe, werdet Ihr von mir hören."

Ferdinand verabschiedete sich und verließ das Zimmer. Draußen traf er auf Euwart und den anderen Kriminalgehilfen. Sie bestürmten den Kriminalmeister mit Fragen nach Johann, dessen überstürzte Flucht ihnen ein Rätsel war, doch auch Ferdinand konnte sich keinen Reim darauf machen. Er schickte Euwart zu den wartenden Angestellten, um ihnen sagen zu lassen, dass sie sich noch ein wenig gedulden sollten. Der andere Kriminalgehilfe durfte seinen Posten verlassen und ging nach draußen, um dort seine Kameraden zu unterstützen.

Hinter dem Gasthof breitete sich ein weitläufiger Garten aus, in dem die verschiedensten Gemüsesorten angebaut wurden. Daran anschließend lagen mehrere große Tümpel, aus denen es munter quakte. Johann stand leicht zitternd an einem der Tümpel und blickte ins schmutzige Wasser. Dunkelgrüne, graue und pechschwarze Krötenleiber drängten sich eng aneinander, es war ein jämmerlicher Anblick für jeden Tierfreund.

„Ich weiß nicht", sagte Ferdinand, der plötzlich neben Johann stand und ihm die Hand auf die Schulter legte, „ob ich jemals wieder mit Freude in einen knusprigen Krötenschenkel beißen werde."

Johann war kurz zusammengezuckt und drehte sich nun erschrocken um. Ferdinand fand, dass er um die Nase herum ziemlich bleich aussah.

„Fühlst du dich nicht wohl, Johann?" Ferdinands Stimme war anzumerken, dass er wirklich besorgt war.

„Doch doch", erwiderte Johann mit leicht brüchiger Stimme, „mir geht es wieder gut. Nur eine kleine Unpässlichkeit, weiter nichts. Was hast du von Herrn Fichter erfahren?"

Ferdinand sah seinen Partner einige Augenblicke lang von der Seite an. Johanns Verhalten kam ihm äußerst merkwürdig vor, doch er kannte ihn noch nicht so lange, als dass er das Recht zu haben glaubte, weiter in ihn zu dringen. Also trat er neben ihn und berichtete von Herrn Fichters Befragung und dem Verdacht, den dieser gegen Herrn Stark ausgesprochen hatte. Johann hörte aufmerksam zu.

„Ein Herr Stark also?", sagte er leise. „Ein Krieg um diese Kröten? Hm, aber welchen Grund hätte dieser Stark haben sollen, sich an Sandros Mutter zu vergreifen? Was hat die Mutter des Folterknechtes mit der Feindschaft dieser zwei Gasthofbesitzer zu tun? Wie passt das zusammen? Hat dieser Stark beide Morde begangen?"

„Ich habe nicht die leiseste Ahnung."

Johann schüttelte seinen Kopf und starrte wortlos hinab zu den Kröten, wo gerade ein besonders fettes Tier verzweifelt versuchte, sich aus dem fleischigen Krötenhaufen zu lösen und über eine schräge Holzbegrenzung nach oben zu klettern. Der Versuch misslang; immer wieder rutschte die Kröte hinab zu ihren Artgenossen und verschwand für einige Augenblicke im Gewühl von Augen, Beinen und Leibern, um sich im nächsten Moment wieder herauszuschälen und einen weiteren vergeblichen Anlauf zu unternehmen.

Ferdinand nahm Johann sanft beim Arm und zog ihn mit sich fort. Johann ließ es mit sich geschehen und schritt neben seinem Partner zurück zum Gasthof. Er hatte sich etwas beruhigt.

Die zwei traten ins Haus und begaben sich in den ersten Stock, wo Euwart bereits ungeduldig auf sie wartete. Er stand mit einem weiteren Gehilfen vor einem kleinen Aufenthaltsraum, in dem sich sämtliche

Bedienstete des Hauses versammelt hatten. Als Johann eintrat, zählte er zwölf Personen, die sich eben noch lauthals unterhalten hatten und sich in wilden Vermutungen ergangen waren. Nun aber war es plötzlich still, keiner sagte mehr ein Wort. Johann stellte sich und Ferdinand vor und fragte nach Lisa. Die Angestellten blickten sich gegenseitig verwundert an, doch es meldete sich niemand. Johann wollte eben wieder sprechen, als plötzlich ein blutjunges, hübsches Mädchen, kaum achtzehn Jahre alt, schüchtern die Hand hob.

„Fräulein Lisa? Tretet bitte näher!", bat Johann freundlich und nickte ihr aufmunternd zu.

Die anderen machten Platz, und das Mädchen kam langsam auf Johann zu. Es hielt den Kopf gesenkt und machte einen drolligen Knicks. Lisa blickte starr auf den Boden und begann, in Gedanken die Linien der Holzmaserungen nachzuzeichnen, als sie aus ihren Gedanken schreckte.

„Ihr wart die Kammerzofe von Frau Fichter?" Johann sprach langsam und freundlich.

Lisa hob ihr hübsches Köpfchen. „Ich war die Dienstmagd, die sich um ihr Wohl gekümmert hat, wenn Ihr das meint, Herr Kriminaler." Ihr Stimmchen war hell wie ein Silberglöckchen und klang zerbrechlich.

„Gut", sagte Johann nickend. „Herr Fichter hat mir berichtet, dass Ihr seine Mutter tot aufgefunden habt. Ist das richtig?" Sie nickte.

„Wann habt Ihr sie zuletzt lebend gesehen?"

„Das war so gegen Mitternacht."

Lisa hob ihren Kopf und blickte dem Kriminalmeister in die Augen.

„Die Herrin hatte gestern einen beschwerlichen Ausflug unternommen und war sehr angegriffen. Ihr müsst wissen, dass ihre Gesundheit nicht die beste war. Trotzdem hatte sie auf diesen Ausflug bestanden, aber als sie am Abend erschöpft nach Hause kam, musste sie sich umgehend ins Bett legen. Sie war dermaßen geschwächt, dass sie sogar auf das Essen und das Abendgebet verzichtet hat, das ihr immer so wichtig gewesen war, besonders seit es mit ihrer Gesundheit bergab ging."

„Fahrt bitte fort!", bat Johann, denn das Mädchen machte eine Pause.

„Der junge Herr…"

„Jung? Pah!", unterbrach sie der Koch plötzlich, der schräg hinter ihr stand und eine arg zerknitterte Kochmütze trug, die er kaum einmal abzulegen pflegte.

„Der Herr", fuhr Lisa unbeirrt fort, „machte mir Vorwürfe, da ich sie nicht davon abgehalten hatte, diesen Ausflug zu unternehmen. Er gab mir den strengen Befehl, ein wachsames Auge auf seine Mutter zu werfen."

„Sie ging also früh zu Bett. Ihr habt Sie, wie ich hörte, auch nachts betreut?"

„Ich musste mehrmals nach ihr sehen, das hat der Herr so angeordnet. Manchmal habe ich ihr etwas Wasser gebracht oder einen Tee gekocht. Letzte Nacht aber, die Turmuhr hatte eben drei Uhr geschlagen, da…da habe ich sie entdeckt! Tot, mit einer…Kröte im Mund! Ich bin vor Schreck beinahe selbst tot umgefallen, das könnt Ihr mir glauben!"

„Dann seid Ihr sofort zu Herrn Fichter gelaufen, um ihm zu berichten, nicht wahr?"

„Nein! Ich war wie erstarrt, gelähmt und wusste im ersten Moment nicht, was ich machen sollte. Ich bin vor die Tür getreten und habe mich kurz hingesetzt, doch ich hatte keine Kraft mehr, um gleich wieder aufzustehen. Erst einige Zeit später bin ich in meine Kammer zurückgegangen und habe den anderen berichtet."

Das Mädchen hatte immer leiser und langsamer gesprochen und wurde nun von einer der anderen Mägde, die nach vorne kam, tröstend in die Arme genommen.

„War doch eine hartherzige Schlange!", tuschelte der Koch. Johann hatte die leise gesprochenen Worte genau verstanden und trat zu dem jungen Mann.

„Was meint Ihr mit der ‚hartherzigen Schlange'?"

Der junge Koch warf einen kurzen, liebevollen Blick auf Lisa und seufzte.

„Na ja, dieses arme Ding hat sich Tag und Nacht für den alten Drachen abgeplagt und nie auch nur ein Wort des Dankes geerntet! Frau Fichter hat sich auch um uns andere nicht geschert, doch an Lisa hat sie ihre meist schlechte Laune in besonderer Weise ausgelassen. Nun aber ist es vorbei, sie wird Lisa nie mehr quälen!"

Die anderen nickten und murmelten zustimmend, nur Lisa schüttelte empört ihr hübsches Köpfchen.

„Hör auf, Hermann! Was redest du denn da? Sie war nicht immer gut zu mir, aber einen solch schrecklichen Tod soll man niemandem wünschen! Sie war doch auch nur ein Mensch!"

„Ein Mensch?", rief Hermann empört. „Ha! Eine alte Menschenschinderin, das war sie!"

Wieder folgten mehrere zustimmende Rufe, sodass Johann lauthals um Ruhe bitten musste. Es dauerte geraume Zeit, bis er wieder sprechen konnte. Er bat Lisa und Hermann, den Koch, noch zu bleiben. Die anderen Angestellten durften gehen, da sie nach eigenen Angaben weder etwas gesehen noch gehört hatten. Als sich die Tür hinter ihnen geschlossen hatte, fuhr Johann, zu Hermann gewandt, fort.

„Ihr seid der Koch dieses Gasthofes?" Hermann nickte.

„Ihr scheint mir außerdem um das Wohlergehen dieser jungen Dame hier besorgt zu sein. Wo habt Ihr Euch in der Zeit bis drei Uhr morgens herumgetrieben?"

Der Koch starrte Johann entgeistert an. „Ich…ich…natürlich in meinem Bett! Was wollt Ihr denn mit Eurer Frage bezwecken? Glaubt Ihr etwa, dass ich der alten Kröte etwas angetan habe? Das verbitte ich mir, ich bin ein anständiger Koch!"

„Auch der anständigste Mensch kann durch bestimmte Umstände in eine Situation geraten, die es ihm schwer macht, seinen Anstand zu bewahren. Zumal, wenn es um seine Angebetete geht."

Während Lisa bis tief in den Nacken hinab erglühte, stand der Koch erst sprachlos da, bevor er in ein lautes, künstliches Lachen ausbrach, das nicht enden wollte.

„Fasst Euch wieder!", herrschte Ferdinand ihn an. Er wusste, dass Johann mit seiner Vermutung zur Liebschaft das Richtige getroffen hatte, doch einen solchen Mord traute er ihm nicht zu. „Wir führen hier eine wichtige Morduntersuchung durch, also benehmt Euch! Bis nicht das Gegenteil bewiesen ist, ist jeder hier im Hause verdächtig. Herr Fichter, Lisa, Ihr und all die anderen. Wenn' s sein muss, auch die ganze Krötenschar!"

„Ja glaubt Ihr denn", rief der Koch zornig, „dass eine unserer Kröten freiwillig in Frau Fichters Maul gesprungen ist?"

„Genug jetzt!", fuhr Johann streng dazwischen. „Mein Partner meinte, dass Ihr gut daran tut, Euch anständig zu benehmen, sonst werdet Ihr ein paar Nächte in unserem Kerker verbringen. Also reißt Euch verdammt noch mal zusammen!"

Hermann starrte Johann mit zusammengekniffenen Augen an. Er merkte schnell, dass der Kriminalmeister nicht im Scherz gesprochen hatte.

„Schon gut", sagte er schließlich beschwichtigend. „Ich habe jedenfalls nichts mit dem Mord zu tun, das könnt Ihr mir glauben. Ich war die ganze Zeit in meinem Bett, bis das Geschrei und Gezeter der Frauen mich geweckt hat. Ich habe die Schlafkammer vorher nicht verlassen, fragt die anderen!"

„Was soll das nützen? Ein schlafender Zeuge taugt rein gar nichts, Ihr könnt Euch bequem davongestohlen haben!"

Der Koch versuchte den Kriminalmeistern weiszumachen, dass die knarrende Diele in der Schlafkammer es unmöglich machen würde, ungehört davonzuschleichen, was Johann und Ferdinand natürlich als lächerlich abtaten. Der aufgeregte Hermann aber ließ nicht locker, sodass sie nach nebenan in die Schlafkammer der Männer gehen mussten. Kaum hatte Hermann die Tür geöffnet, sprang er nach vorne und hüpfte wie ein Besessener auf dem Holzboden herum, bis ihm der Schweiß in dicken Perlen vom Gesicht tropfte. Ferdinand musste ihm schließlich Einhalt gebieten, denn der seltsame Tanz schien kein Ende nehmen zu wollen.

„Habt Ihr gehört, hohe Herren?", keuchte der Koch, den Ferdinand festhielt. „Ihr habt doch gehört, wie sehr die alten Bretter ächzen, nicht wahr? Wie kann ich…"

„Genug jetzt!", sagte Johann. „Das Einzige, was wir gehört haben, ist Euer Keuchen und Schnaufen!"

„Aber so hört doch!", widersprach Hermann und stampfte mit dem Fuß auf den Boden. Es war nun wirklich ein ächzender Laut zu hören, der Johann aber nicht überzeugte. In diesem Augenblick trat Lisa, die an der Eingangstür stehengeblieben war, zu Johann und hängte sich an seinen Arm. Sie bat ihn, er möge den unschuldigen Koch doch nicht in den Kerker werfen lassen. Johann konnte sie beruhigen, denn außer einem leisen Verdacht hatte er nichts gegen ihn in der Hand. Er bedeutete Lisa und Hermann, dass sie gehen könnten, und beriet sich mit Ferdinand. Sie einigten sich darauf, Euwart die Leitung der restlichen Untersuchungen hier zu übergeben und machten sich auf den Weg zur *Edlen Kröte*, dem Konkurrenzunternehmen der Fichters.

Vor dem Gasthof hatte sich die Menschenmenge inzwischen weitgehend aufgelöst. Die zwei Kriminalmeister verließen den Ort des Verbrechens, durchquerten das Bürgerviertel in Richtung Norden, erreichten die Grafenstraße und betraten das Nobelviertel. Ferdinand winkte einen Soldaten herbei, der ihm bekannt war, und fragte ihn nach dem Gasthof, der gar nicht fern lag. Sie hatten also nicht lange zu gehen und schritten zügig weiter. Auf den Straßen waren nur wenige Menschen unterwegs. Außer einigen, in feine Stoffe gekleideten Bediensteten edler Herren ließ sich nur ab und an eine hochnäsige Dame oder ein stolzer Herr blicken.

Bald standen die zwei vor einem zweistöckigen, mit weißglänzendem Marmor verkleideten Gebäude, das ein schmaler Grünstreifen mit herrlich duftenden Blumen und Sträuchern umgab. Das Haus machte einen imposanten Eindruck, doch schien es den Betrachter mit seiner Wucht beinahe zu erschlagen. Johann fand, dass die *Saftige Kröte* weit mehr Charme besaß.

Auf ihr Klopfen wurde die schwere Holztür geöffnet. Es erschien ein fremdländisch aussehender, lang aufgeschossener Diener, der seine Hakennase rümpfte, als er die Kriminalmeister in ihren einfachen Kleidern sah.

„Was wünschen die…ähm…Herren zu dieser Stunde?"

„Die Herren wünschen Euren Herrn zu sprechen, Stark."

„Bedaure, aber Herr Stark weilt noch im Schlafgemach. Es ist mir nicht erlaubt, ihn zu stören. Übrigens glaube ich nicht, dass er Euch empfangen wird!" Dabei warf er einen verächtlichen Blick auf die Kriminalmeister.

„Ich bin überzeugt, mein lieber Wächter der Tür", antwortete Johann, „dass Herr Stark uns umgehend empfangen wird, wenn er dies gesehen hat." Er hielt dem hochnäsigen Mann sein Erkennungszeichen unter die Nase. Der Diener wich ein paar Schritte zurück und streckte seine Hände von sich, als ob er böse Geister abwehren wollte. Noch bevor er reagieren konnte, trat Johann ein, nickte freundlich und ging am verdutzten Diener vorbei, um sich mit Ferdinand an einen der Tische zu setzen, an denen zu Essenszeiten die vornehmen Gäste bedient wurden. Der Mann stand noch immer sprachlos an der offenen Tür, als die Kriminalmeister schon längst saßen.

„Na los, Mann!", rief Johann ihm zu. „Weckt Euren Herrn, oder soll ich Euch Beine machen? Wir werden hier warten, doch kommt Ihr binnen fünf Minuten nicht wieder, werden wir uns selbst auf die Suche nach Herrn Stark machen. Also los!"

So eine Ungeheuerlichkeit war dem Diener noch nie vorgekommen. Er schloss die Tür und eilte, so schnell ihn seine dünnen Beine trugen, an den schmunzelnden Kriminalmeistern vorbei und die Treppe nach oben. Die zwei Eindringlinge saßen schweigend am Tisch, als aus der nahen Küche, deren Tür nur angelehnt war, plötzlich die Stimmen zweier Frauen zu hören waren. Diese waren wohl soeben durch eine andere Tür eingetreten.

„So, liebe Base", sagte die eine, „machen wir uns ans Werk! In einer Stunde kommen die ersten Gäste. Wir sind heute spät dran."

„An manchen Tagen komme ich kaum mehr aus dem Bett", antwortete die andere. „Ich bin noch müde von der gestrigen Schinderei! Unser Herr hat es da feiner, vor dem Mittagessen lässt er sich kaum einmal blicken."

„Ach, sei froh, dass wir eine solch gute Anstellung gefunden haben. Wir können uns doch nicht beklagen, auch wenn mir diese feinen Gimpel mit ihrem vornehmen Getue gestohlen bleiben können! Wenigstens haben wir ein Dach über dem Kopf und genug zu essen."

„Essen? Tagein tagaus diese verdammten Kröten! Ich sehne mich zurück in unser Heimatdorf. Mag sein, dass wir an manchen Tagen unsere Mägen nicht füllen konnten, doch wenn wir etwas zum Essen hatten, waren es keine schleimigen Hüpfer. Und ich vermisse meine Familie und die Freunde. Ich denke, wir sollten bald nach Hause zurückkehren."

„Bist du von Sinnen? Noch ein paar Jahre, dann können wir mit dem ersparten Geld fort von hier. Wir werden wieder durch die heimatlichen Wälder streifen und das alljährliche Dorffest besuchen, draußen auf der großen Wiese…"

Es war ein sehnsüchtiges Seufzen zu hören.

„Dort, wo auch der Zirkus immer seine Zelte aufgeschlagen hat?"

„Ja, warum fragst du?"

„Weil ich gehört habe, dass es einen fürchterlichen Brand gegeben haben soll."

„Beim Zirkus Gramann? Was ist passiert?"

„Gramann, genau! So hieß der Zirkus! Welch schöne Kindheitserinnerungen, und nun ist alles abgebrannt! Ein Gast, der gestern bei uns speiste, hat zu seinem Tischnachbarn davon gesprochen. Ich habe das Gespräch zufällig mit angehört, als ich sie bedient habe. Der fremde Herr war vor kurzem noch in einer Stadt gewesen, deren Namen ich mir nicht gemerkt habe. Dort hatte dieser Zirkus Gramann Halt gemacht. Eines Nachts dann brannte das Zirkuszelt plötzlich lichterloh, und auch an den Wagen brach Feuer aus. Viele Menschen und Tiere sind in den Flammen umgekommen, der Zirkus existiert nicht mehr!"

„Mein Gott, welch ein Unglück!"

Auch Johann war erschüttert, denn der im ganzen Land bekannte Zirkus hatte auch vor den Toren der

Hauptstadt zwei Mal im Jahr seine Zelte aufgeschlagen und einige Vorstellungen gegeben. Das Geld hatte zwar nur selten für den Besuch einer Vorstellung gereicht, doch als Kind hatte es ihm große Freude bereitet, zwischen den Wagen herumzuschleichen und die fremden Tiere zu beobachten.

Während Johann noch in Kindheitserinnerungen schwelgte, kam der Diener zurück und bat die zwei Kriminalmeister mit aufgesetzter Höflichkeit, ihm nach oben zu folgen. Er führte sie eine Treppe hinauf, wo er sie in ein Arbeitszimmer eintreten ließ. Dann schloss er die Tür und ließ sie allein.

Das Zimmer war mit edlen Möbeln ausgestattet, die kostbare Einlegearbeiten schmückten. An den Wänden hingen alte Bilder in wuchtigen Rahmen.

„Ich sehe, meine bescheidene Einrichtung gefällt den jungen Herren", ertönte plötzlich eine arrogant wirkende Stimme. Die Angesprochenen drehten sich um. In der geöffneten Tür, die in ein Nebenzimmer führte, stand ein älterer, in einen purpurfarbenen Morgenmantel gekleideter Herr. Seine silbergrauen Haare waren ungekämmt, ein Hauch von Pfeifenduft umwehte seinen feisten Körper. In der Hand hielt er ein halbvolles Weinglas.

„Was kann ich für Euch tun, meine Herren?", fragte er in herablassendem Ton, stellte sein Weinglas auf den Schreibtisch, setzte sich und begann, in seinen Papieren zu wühlen, als ob die beiden Besucher gar nicht anwesend wären. Die zwei Kriminalmeister dachten gar nicht daran, dem Schnösel eine Antwort zu geben und standen nur stumm da. Als Herr Stark nicht mehr wusste, welche Papiere er noch durchblättern sollte, stand er seufzend auf.

„Wenn Ihr nicht sprechen wollt, wird Euch mein Diener gerne den Weg nach draußen weisen. Alphonse!"

Der Gerufene trat umgehend ein und blickte nach seinem Herrn. Johann aber packte ihn und schob ihn unsanft wieder nach draußen. Alphonse protestierte vehement, was Johann nur noch grober werden ließ. Er gab ihm einen derben Stoß, sodass der Diener das Gleichgewicht verlor und an die Wand prallte. Johann schloss die Tür und wandte sich Herrn Stark zu.

„So, Herr Stark, und nun zu Euch. Wir sind es gewohnt, dass man uns höflich behandelt. Ihr aber scheint die Umgangsformen in Eurem Schlafzimmer zurückgelassen zu haben."

Der Gemaßregelte wankte und starrte den Sprecher mit offenem Mund an. So hatte noch niemand mit ihm geredet. Vor lauter Empörung wurde ihm schwarz vor den Augen. Er griff sich an die bleiche Stirn und ließ sich ermattet in den Stuhl fallen.

„Mein Schlafzimmer geht Euch gar nichts an! Was habe ich getan, dass Ihr mich dermaßen rüde behandelt? Ich bin schließlich nicht irgendwer. Ich habe Freunde in den höchsten Positionen!"

„Das kümmert uns nicht", entgegnete Johann. „Für uns seid Ihr bloß ein Mann, der uns Auskunft zu geben hat. Ihr seid Herr Stark, der Herr dieses Hauses?"

„Natürlich bin ich der, oder glaubt Ihr, dass ich meine Dienstmagd bin?"

„Was ich glaube, ist einerlei. Ihr kennt den Gasthof *Zur saftigen Kröte?*"

„*Saftige Kröte*, dass ich nicht lache! Einer meiner Krötenschenkel hat mehr Saft als all ihr Getier zusammengenommen. Ein Wunder, dass noch niemand an ihrem Fraß erstickt ist!"

„Ihr versteht Euch mit den Fichters nicht besonders gut, nicht wahr?"

Starks Miene verdunkelte sich, seine Faust krampfte sich zitternd zusammen.

„Nur weil ihre Bruchbude ein paar Jährchen mehr auf dem Buckel hat, glauben diese Fichters, dass sie die Krötenkochkunst erfunden hätten! Besonders diese Alte lässt keine Gelegenheit aus, um mich mit ihrem Geifer zu bespucken. Irgendwann werde ich ihr den faltigen Hals umdrehen und sie ihrem feinen Herrn Sohn – fein garniert mit Kräutern, wie es sich für eine Kröte gehört – servieren! Warum fragt Ihr danach?"

„Erst sagt mir, wo Ihr letzte Nacht wart."

„Na hier im Bett!"

„Allein?"

„Na was glaubt Ihr wohl? In meiner Stellung habe ich keine Probleme, jemanden zu finden, der mir die Lenden wärmt. Nun aber raus mit der Sprache: Was ist hier los?"

Während Ferdinand ihm den Grund ihres Besuches darlegte, ging Johann zur Tür, durch die Stark vorher eingetreten war. Dieser wollte ihn daran hindern, doch Ferdinand hielt ihn zurück, trat ein und schloss die Tür hinter sich. Im Zimmer war es dunkel, doch Johann konnte immerhin ein Bett erkennen, in dem zwei Gestalten lagen. Er ging zum Fenster und zog die schweren Vorhänge auf, sodass Licht ins Zimmer fiel. Die Gestalten entpuppten sich als zwei junge Mädchen von vielleicht zwanzig Jahren, die tief und fest schliefen. Auf einem Stuhl neben dem Bett hingen ihre Röcke, Blusen und die Unterwäsche. Auf einem prunkvollen Tisch standen mehrere leere Weinflaschen und zwei Gläser, in einer Silberschüssel lagen einige Stück Käse und etwas Obst.

Johann räusperte sich, doch die Mädchen schliefen weiter. Also trat er näher und rüttelte sie unsanft, sodass sie verwirrt und schlaftrunken hochfuhren. Als sie einen fremden Mann vor sich stehen sahen, beeilten sie sich, ihre nackten Leiber zu bedecken.

„Was…wer seid Ihr?", stammelte die eine.

„Wo ist Herr Stark?"', murmelte die andere.

„Ich bin Johann Gutmann, Kriminalmeister."

Die zwei Mädchen erschraken, denn mit der Obrigkeit hatten sie noch nie zu tun gehabt.

„Habt keine Sorge. Ich möchte lediglich wissen, ob Ihr die ganze Nacht in diesem Bett zugebracht habt."

„Ja, wir waren die ganze Nacht hier, Herr", beteuerte die eine, während die andere verschämt kicherte.

„War Herr Stark die gesamte Zeit über in diesem Zimmer oder hat er das Bett für einige Zeit verlassen?"

„Natürlich hat er das!", antwortete eines der Mädchen. „Er ist sogar mehrmals rausgegangen, da er wohl aufs Töpfchen musste. Er hat zwar gesagt, dass er schnell etwas in seinen Papieren nachschauen müsse, aber das war natürlich gelogen."

Die zwei blickten sich kurz an und brachen dann in ein schallendes Gelächter aus, das auch Johann zu einem leichten Schmunzeln verführte.

„Das Vergnügen wurde also mehrmals unterbrochen?"

„Von Vergnügen kann keine Rede sein", kicherte die eine.

„Aber er zahlt gut!", prustete die andere.

„Ah!", rief Johann überrascht. „Wie lange aber war er denn fort?"

„Schwer zu sagen", sagte die eine nachdenklich. „Einmal aber hat es ziemlich lange gedauert, sodass wir beide inzwischen eingeschlafen sind."

„Genau", meinte die andere, „ er musste uns wecken, als er wiederkam."

„Es wäre also möglich", fragte Johann, „dass er auch für ein Stündchen oder so weg war?"

Die zwei zuckten ratlos mit den Achseln und gaben keine Antwort. Johann wusste genug. Er bedankte sich freundlich und zog sich ins Arbeitszimmer zurück.

Herr Stark ging aufgeregt im Zimmer auf und ab, während Ferdinand an der Tür stand. Johann forderte den Hausherrn auf sich zu setzen, was dieser sofort und ohne Widerrede tat.

„Wollt Ihr mir nicht endlich den Grund Eures Besuches darlegen?", wandte sich Herr Stark an Johann. „Euer Partner hat mich nur angeschwiegen!"

„Das werde ich", gab Johann zur Antwort. „Ihr sagtet vorher, dass Ihr Frau Fichter gerne den faltigen Hals umdrehen wolltet, nicht wahr?" Stark nickte unsicher. „Gut! Was aber, wenn Ihr diese Drohung bereits in die Tat umgesetzt hättet?"

„Ihr sprecht in Rätseln! Erklärt Euch bitte!"

„Nun gut, Herr Stark. Frau Fichter wurde letzte Nacht in ihrem Bett ermordet!"

„Was? Ermordet? Ihr meint, sie ist tot? Wirklich tot? Ha!"

„Ihr Tod geht Euch nicht sehr nahe, aber das war nicht zu erwarten. Ihr könnt Euch jedenfalls denken, dass Ihr auf unserer Liste von Verdächtigen einen der vorderen Plätze einnehmt."

„Was? Ich doch nicht! Ich war die ganze Nacht über hier! Fragt die zwei …Damen in meinem Schlafzimmer!"

„Das habe ich soeben getan. Eure Gespielinnen gaben zwar an, dass Ihr die Nacht gemeinsam verbracht habt - und ich enthalte mich jeden Kommentars über den Altersunterschied -, aber sie meinten auch, dass Ihr das Schlafgemach mehrmals für eine unbestimmte Dauer verlassen habt."

„Haltet ein und sprecht nicht weiter! Mein Kopf dreht sich, denn ich kann nicht begreifen, was Ihr mir damit sagen wollt. Ich hoffe doch nicht, dass Ihr tatsächlich der Meinung seid, ich wäre in diesen paar Minuten ins Bürgerviertel gerannt, hätte die Alte von ihrem Dasein erlöst und wäre wieder nach Hause geeilt! Solche Gedanken sind wirklich absurd, ich war bloß einige Minuten fort!"

„Das bleibt unbewiesen. Ich halte es jedenfalls für möglich, in weniger als einer Stunde zur *Saftigen Kröte* zu eilen, Frau Fichter zu ermorden und wieder zurückzukehren."

„Waaaas? Eine Stunde? Ihr redet wirr! Ich habe mich nicht gut mit ihr verstanden, das ist wahr, aber umbringen? Welchen Grund sollte ich denn gehabt haben? Nur, weil sie den Auftrag für den Grafen in der Tasche hatte?"

„Aha!", warf Johann, hellhörig geworden, ein. „Die Frau war Euch also zuwider, da sie ins Schloss liefern durfte. Ein Auftrag, den Ihr gerne für Euch beansprucht hättet. Ihr hattet also durchaus einen Grund, die lästige Konkurrentin loszuwerden."

„Ich Esel!", ärgerte sich Stark. „Jetzt habe ich Euch auch noch ein wunderschönes Motiv wie auf dem Silbertablett geliefert!"

„Ganz recht, Herr Stark. Zudem gibt es Gerüchte, dass Ihr bereits einen Anschlag auf das Leben…der Kröten von Frau Fichter verübt habt!"

„Das ist eine infame Lüge!", polterte Stark los. „Wer solch einen Unsinn behauptet, den zerre ich vor den Richter! Es hat eine Untersuchung gegeben, ich wurde von allen Vorwürfen reingewaschen. Was die Alte betrifft, so würde mir ihr Tod ja gar nichts nützen. Ihre Brut ist doch immer noch am Leben. Was habe ich also davon? Die Lieferungen ins Schloss hätte ich doch nicht bekommen!"

„Mag sein", lenkte Johann ein, „doch der Verdacht ist damit nicht aus der Welt geschafft. Vorerst habe ich genug gehört. Wir werden uns jedoch zu einem späteren Zeitpunkt sicherlich noch einmal sprechen. Haltet Euch also zur Verfügung!"

Die Kriminalmeister verabschiedeten sich und ließen einen aufgewühlten und erzürnten Hausherrn zurück. Alphonse, der Diener, ließ sich nicht mehr blicken. Er fürchtete wohl einen weiteren Zusammenstoß mit den beiden Herren.

Draußen auf der Straße blieben Johann und Ferdinand kurz stehen und berieten ihr weiteres Vorgehen, grimmig beobachtet von Herrn Stark und Alphonse, die, beide an verschiedenen Fenstern hinter schweren Vorhängen versteckt stehend, ihnen grimmige Blicke zuwarfen.

„Wie soll es nun weitergehen, Johann?", fragte Ferdinand. „Diese Mädchen würden uns nicht weiterhelfen, auch wenn sie etwas wüssten. Der alte Mann kann sich ihr Stillschweigen mit Geld erkaufen. Was können wir also tun?"

„Hm, wenn Stark wirklich der Mörder von Frau Fichter sein sollte, muss er auch für Alessias Tod verantwortlich sein. Die Parallelen sprechen ja eine eindeutige Sprache. Was aber hatte Stark mit ihr zu schaffen?"

„Falls er sich im Schloss darum bemüht hat, dass ihm die Lieferungen anvertraut werden, ist es doch möglich, dass er bei dieser Gelegenheit mit ihr in Kontakt getreten ist. Wir sollten uns noch einmal im Schloss umhören. Womöglich hat er oder einer der Seinen auch einige unliebsame Momente in einer der Folterstuben verbracht."

Johann war einverstanden, und so lenkten sie ihre Schritte nach Nordosten und schritten den Weg hinauf zum Schloss. Schon von weitem sahen sie vor einem Nebeneingang des Schlosses mehrere schwere Karren, vor die kräftige Ochsen gespannt waren. Einige Bedienstete waren damit beschäftigt, Weinfässer von den Karren zu heben und in den Schlosskeller zu schaffen. Die Kriminalmeister steuerten auf die Ochsenkarren zu.

Dort stand ein älterer Mann, der die arbeitenden Bediensteten beaufsichtigte und Zahlen auf ein Papier kritzelte. Zu diesem Zweck hatte er ein großes Tintenfass an der Seite baumeln, in das er von Zeit zu Zeit seine Schreibfeder tauchte. Das Fass war an einem Lederriemen befestigt, den er sich um den Hals geschlungen hatte. Das Papier lag auf einer kleinen Holztafel, die er in der rechten Hand hielt. Mit der linken Hand führte er die Feder, die jedoch augenscheinlich die schlechte Angewohnheit hatte, auf dem Weg zur Holztafel einen Teil der aufgesaugten Flüssigkeit zu verlieren. Zahlreiche Tintenspritzer auf der Kleidung des Mannes und auf dem Boden gaben davon Zeugnis.

„Guten Tag", grüßte Johann lächelnd.

„Ruhe, wie soll man sich denn da konzentrieren!", zischte der Mann verärgert und machte mit der Hand, in der er die Feder hielt, eine wegwischende Bewegung, wodurch eine wahre Tintenfontäne auf einen der Arbeiter niederging, der das Pech hatte, eben in diesem Augenblick vorbeizugehen. Der Arbeiter nahm es gelassen und ging unverdrossen weiter. Die Kriminalmeister ließen sich natürlich nicht vertreiben und blieben erheitert stehen, um das Schauspiel zu genießen. Der Mann hatte anscheinend die Aufgabe, die Anzahl der gelieferten Fässer zu kontrollieren. Da die Frequenz der vorbeigerollten Fässer nicht übermäßig hoch war, hatte er nicht sonderlich viel zu tun. Trotzdem standen dem guten Mann die Schweißperlen auf der Stirn, die er in leichte Falten gelegt hatte. Da nur noch zwei Fässer abzuladen waren, warteten die zwei Kriminalmeister geduldig, bis er alles vermerkt hatte.

„So, meine Herren", sagte er schließlich, „nun habe ich ein wenig Zeit für Euch. Doch sputet Euch, denn ich muss gleich hinunter in den Keller und die Fässer zählen."

Der Mann hatte also Angst, dass ihm eines der Weinfässer, die er soeben gezählt hatte, auf dem Weg zu seinem Bestimmungsort im Keller abhandenkommen könnte.

„Ich bin Kriminalmeister Johann Gutmann, und das ist mein Partner Ferdinand. Seid Ihr verantwortlich für die Annahme der Waren, die ins Schloss geliefert werden?"

„Annahme? Ich nehme an, dass Ihr im Scherz sprecht! Ich bin nicht nur für die Annahme zuständig, sondern für die Auswahl, die Lieferung, die Lagerung sämtlicher Lebensmittel des Schlosses sowie des gräflichen Landbesitzes in den Bergen, wo unser oberster Herr sich zurzeit aufhält. Ihr seht also, dass ich ein höchstwichtiger Mann bin."

„Ich staune", antwortete Johann mit einem leicht spöttischen Unterton, den der Mann aber nicht bemerkte. „Wie heißt Ihr denn eigentlich?"

„Ich bin Edmund Ellerich, der Herr über die Speisen des Grafen. Was wünscht Ihr?"

„Herr Ellerich, wir untersuchen einen Mord an einer Geschäftsfrau, die Euch bekannt sein dürfte."

„Mord? Wen hat' s erwischt?"

„Frau Fichter, die…"

„Ah, die alte Krötenhexe! Ein ungutes Frauenzimmer! Kein Wunder, dass sie so enden musste! Ihr habt sicher schon gehört, dass mit ihr nicht zu spaßen war. Doch wer war der Wohltäter, der sie zum Schweigen gebracht hat?"

„Zügelt Eure Zunge, Herr Ellerich!", wies Johann ihn zurecht. „Sie mag Euch nicht gefallen haben, doch ihren Mörder einen Wohltäter zu nennen, ist ein starkes Stück. Und was diesen Mörder betrifft, so kennen wir seinen Namen noch nicht. Deshalb sind wir ja hier. Kennt Ihr Herrn Stark, den Besitzer der *Edlen Kröte*?"

„Dieses eingebildete Großmaul? Ja, den kenne ich. Hat er etwas mit dem Mord zu tun? Das würde mich nicht wundern, denn er war beinahe jede Woche hier und hat die Alte bei mir schlechtgemacht. Er hat mit aller Macht versucht, den Auftrag für die Krötenlieferung zu bekommen. Doch so garstig Frau Fichter auch war, ihre Kröten waren unübertrefflich."

„Hat Frau Fichter", schaltete sich Ferdinand nun ein, „etwa Alessia, die Mutter des Foltermeisters gekannt? Sie war doch mehrmals im Schloss. Gut möglich, dass die Frauen sich gekannt haben. Vielleicht besteht zwischen den Frauen eine Verbindung, die uns zu ihrem Mörder führt."

„Hm", brummte Herr Ellerich, „ich wüsste nicht, dass sie sich gekannt hätten. Sie war übrigens sehr selten hier im Schloss, meist musste ich zu ihr ins Bürgerviertel. Sie hatte da so ihre unverrückbaren Gepflogenheiten. Aber was die Bekanntschaft der zwei betrifft, so solltet Ihr Sandro fragen, wenn er wieder zurückkommt."

Johann und Ferdinand warfen sich erstaunte Blicke. Ellerich erklärte ihnen, dass der Foltermeister nach der Beisetzung seiner Mutter für einige Tage verschwunden sei. Er habe sich eine kleine Auszeit erbeten, niemand wisse, wohin er gegangen sei.

Das ärgerte die Kriminalmeister natürlich, die zudem fürchten mussten, dass Sandro sich an Balduin heranwagen würde. Dieser saß jedoch in einer Zelle der Stadtverwaltung und war also vorerst noch sicher. Da die zwei keine weiteren Fragen hatten, verabschiedeten sie sich von Ellerich und gingen wieder hinab in die Stadt.

„Merkwürdige Leute", murmelte der Herr über die Speisen des Grafen, rückte sein Tintenfass zurecht und schritt erhobenen Hauptes davon, um seine hochwichtige Zählerei im Keller fortzuführen.

Die Sonne stand bereits hoch am Himmel, als die zwei Kriminalmeister das Schloss verließen. Ferdinand ging noch einmal zum Gasthof des Herrn Fichter, während Johann zur Stadtverwaltung eilte, um Herrn Eger von den letzten Entwicklungen zu berichten. Dieser war jedoch nicht mehr bei der Arbeit anzutreffen. Ein zufällig vorbeikommender Kriminalgehilfe glaubte jedoch zu wissen, dass der Oberkriminalmeister bereits zum Essen in den Kreuzwirt gegangen sei, einem Gasthof, in dem viele Angestellte der Stadtverwaltung zu essen pflegten. Der Gasthof lag nur eine Straße weiter am Rande des Bürgerviertels und war noch nicht gut besucht, als Johann eintrat. Herr Eger saß allein an einem Tisch in der Ecke und winkte Johann zu sich, als er ihn erblickte. Vor ihm auf dem Tisch stand ein Krug Wein, dem Johanns Vorgesetzter anscheinend bereits tüchtig zugesprochen hatte. Einige Tropfen des köstlichen Getränks hatten sich im Schnurrbart verfangen.

„Na, Herr Gutmann", sagte Herr Eger freundlich, „wollt Ihr mir Gesellschaft leisten? Setzt Euch zu mir!"

„Sehr gerne", antwortete Johann, sich niederlassend, „aber nur, wenn ich keine Kröte essen muss."

„Aber, aber, junger Freund!", meinte Herr Eger freundschaftlich tadelnd. „Ihr seid nun Bürger von Amsdorf und habt die Kröte folglich zu respektieren! Manch einer machte gar den Vorschlag, sie als Wappentier zu führen. Aber Eure Befürchtungen sind unbegründet. Außer bei einigen ausgewählten Marktständen und wenigen Gasthöfen, die strengen Kontrollen unterliegen, werdet Ihr nirgendwo sonst Kröten vorgesetzt bekommen. Hier seid Ihr sicher!"

„Dann muss es ein unglücklicher Zufall sein, dass ich bereits in den ersten Tagen in zwei dieser Gasthöfe gestolpert bin."

„Gewiss, aber warum zwei? Ihr müsst erzählen, doch vorher bestellt Euch etwas zu essen. Probiert es mit einem Gemüsebrei nach Art des Hauses, sehr empfehlenswert."

Johann nahm den Vorschlag dankend an und bestellte das empfohlene Gericht, wozu er sich einen Krug Bier bringen ließ. Während des Essens berichtete er seinem Vorgesetzten über den Fortgang der Untersuchungen.

„Ihr habt also noch keine Verbindung zwischen den zwei toten Frauen gefunden?", wollte Herr Eger wissen, als Johann seinen Bericht beendet hatte.

„Nein, doch besteht immerhin die Möglichkeit, dass sie sich doch gekannt haben. Sobald Ferdinand zurückkehrt, wissen wir vielleicht mehr. Ich werde nach dem Essen das Foltertagebuch einer weiteren Inspektion unterwerfen. Vielleicht findet sich dort auch Starks Name."

„Ihr meint also, Stark könnte sich für eine erlittene Demütigung rächen wollen? Das erscheint mir unwahrscheinlich, er ist immerhin ein hoch angesehenes Mitglieder der oberen Gesellschaft. Was hätte es für einen Grund gegeben, ihn zu foltern? Und glaubt Ihr, dass er nach Alessias Tod Gefallen am Morden gefunden hat und schnell noch eine lästige Konkurrentin aus dem Weg räumen wollte? Ist es denn überhaupt erwiesen, dass beide Opfer durch die Hand desselben Mannes starben?"

Johann legte seinen Löffel neben den Blechteller. Der Gemüsebrei mundete vorzüglich, doch sein Appetit war nur mäßig.

„Die Zeichen sprechen eine deutliche Sprache, Herr Eger. Die abgeschnittenen Finger, die ausgestochenen Augen, zwei alte Frauen…" Johann nahm einen tüchtigen Schluck Bier, während Herr Eger nachdenklich vor sich hin brummte.

„Was meint Ihr, Herr Gutmann? Können wir diesen Soldaten Balduin nun als unschuldig entlassen? Er ist erwiesenermaßen nicht der Mörder von Frau Fichter, da er zum Tatzeitpunkt bereits in unserer Zelle war. Wenn es sich also um ein und denselben Mörder handelt, ist er folglich auch nicht der Mörder von Alessia."

„Das ist meine Vermutung. Ihr wisst, dass ich von Anfang an meine Zweifel an Balduins Schuld hatte, auch wenn es nicht mehr als ein Gefühl ist. Der Soldatenrock beweist rein gar nichts! Dutzende Soldaten, vielleicht Hunderte treiben sich in der Stadt herum, und einige davon im Schloss selbst. Mag sein, dass er ein Motiv gehabt hätte, aber ich traue es ihm nicht so recht zu. Trotzdem sollten wir ihn noch nicht gehen lassen."

„Warum?"

„Dieser Sandro, der Foltermeister, ist verschwunden. Gut möglich, dass er sich heimlich auf die Suche nach Balduin gemacht hat. Er ist also vorerst in unserer Zelle sicherer. Aber da ist noch etwas. Was, wenn Balduin wirklich der Mörder unseres ersten Opfers wäre? Was käme ihm da mehr gelegen als ein zweiter Mord, der nach demselben Muster verübt wird, während er in der Zelle sitzt?"

„Ihr meint, jemand habe diesen kaltblütigen Mord verübt, um ihn zu entlasten? Aber woher wusste der Täter von den ausgestochenen Augen, dem Finger?"

„Wir haben zwar versucht, die Details des Verbrechens für uns zu behalten, doch das ist unmöglich. Ich denke, dass inzwischen die ganze Stadt davon erfahren hat. Solange seine Unschuld also nicht bewiesen ist, sollten wir ihn nicht gehen lassen. Wenn er aber nicht der Täter ist, haben wir es mit einem Serientäter zu tun, und das Morden wird weitergehen. Ein Finger, zwei Finger, drei Finger…"

Herr Eger schloss die Augen, sein markanter Schnurrbart zitterte leicht. Sollte Johanns Vermutung wahr sein? Würde es noch weitere Opfer geben? Es musste auf alle Fälle vermieden werden, dass die Bevölkerung in Panik geriet. Er schärfte Johann ein, den Täter mit allen zur Verfügung stehenden Mitteln dingfest zu machen.

In diesem Augenblick ging die Tür auf, und Ferdinand erschien. Er blickte kurz um sich und kam dann herbei.

„Mahlzeit, die Herren", wünschte er und ließ sich auf einen freien Stuhl nieder. Bevor er weitersprechen konnte, stand bereits die Bedienung hinter ihm, um die Bestellung aufzunehmen. Ferdinand murmelte etwas von einer leichten Magenverstimmung und bestellte nur einen Tee.

„Ich habe noch einmal mit Herrn Fichter gesprochen und ihn nach Frau Alessia, unserem ersten Opfer, gefragt. Das hatte ich bei der ersten Befragung vergessen. Also, er selbst kannte sie nicht, und seinem Wissen nach war sie auch seiner Mutter nicht bekannt. Aber ich habe von unserem Euwart eine interessante Neuigkeit erfahren: Ein Kutscher, der von Frau Adele Fichter für den heutigen Tag bestellt war, hat ihm erzählt, dass er die alte Frau in den letzten Tagen mehrmals gefahren habe. Und nun ratet, wohin!"

Ferdinand machte ein hochwichtiges Gesicht und erfreute sich an den ratlosen Mienen seiner Tischnachbarn.

„Na?"

„Doch nicht etwa hinauf ins Schloss?", rief Johann dermaßen laut, dass die anderen Gäste ringsum ihm böse Blicke zuwarfen.

„Nein", antwortete Ferdinand, „zu Stark, ihrem Intimfeind!"

Johann pfiff leise durch die Zähne. Die Spur im Mordfall Fichter, die zu Herrn Stark führte, schien sich also zu bestätigen. Doch was hatte Frau Fichter bei ihm gewollt? Er konnte es kaum erwarten, bis Ferdinand endlich seinen Tee ausgetrunken hatte. Dann machten sich die beiden wieder auf den Weg. Herr Eger blieb noch ein wenig sitzen und sah ihnen wohlwollend hinterher.

„Leisten doch gute Arbeit, diese jungen Leute!", murmelte er leise und wischte sich mit der Hand vorsichtig über seinen Schnurrbart.

Einige Zeit später standen Johann und Ferdinand erneut vor der *Edlen Kröte*, deren Eingangstür weit offen stand. Von drinnen schallte fröhliches Stimmengewirr auf die Straße, das Haus war anscheinend voller Gäste. Als sie eintraten, wurden sie gleich von Alphonse erspäht, der eben in diesem Moment die Treppe herabstolziert kam. Der Diener hatte wohl wieder Mut gefasst, denn er kam auf sie zu und pflanzte sich drohend vor ihnen auf. Johann schob ihn einfach beiseite und strebte mit Ferdinand zur Treppe.

Alphonse folgte ihnen schimpfend und belegte sie mit allerlei Flüchen in einer fremden Sprache. Er wagte es jedoch nicht, handgreiflich gegen die Kriminalmeister zu werden, sodass sie ihm weiter keine Beachtung schenkten. Als sie beinahe vor Starks Arbeitszimmer angekommen waren, schlüpfte Alphonse behände zwischen ihnen hindurch und fuchtelte mit seinen großen, behandschuhten Händen vor ihnen herum.

„Meine Herren", flehte er, indem er die Tür mit seinem schlaksigen Körper verteidigte, „er ist jetzt unter keinen Umständen zu sprechen, selbst für Euch nicht! Er ist in einer äußerst wichtigen Geschäftsbesprechung und darf nicht gestört werden! Wenn Ihr es wünscht, werde ich einen Termin zu einem späteren Zeitpunkt vereinbaren."

„Schweigt jetzt, Kerl!", fuhr ihn Johann an. „Macht Euch umgehend aus dem Staub, sonst werfe ich Euch die Treppe hinunter!"

Der Diener sackte unter dem Eindruck von Johanns Auftreten unwillkürlich in sich zusammen und schlich wie ein geprügelter Hund davon, ohne ein weiteres Wort zu entgegnen. Sein ganzer Mut war auf einmal wie weggeblasen.

Plötzlich wurde die Tür geöffnet. Herr Stark warf einen wütenden Blick nach draußen.

„Wer macht denn hier solchen Lärm? Ah, Ihr schon wieder! Hab ich denn keine ruhige Minute mehr in meinem eigenen Haus?"

„Sind Eure Betthäschen etwa noch hier?", fragte Johann schelmisch.

„Was? Ach so, nein! Die jungen Damen sind bereits außer Haus, aber ich habe..."

„Ja, wen haben wir denn da?", unterbrach ihn Johann und trat, Stark beiseite schiebend, ins Zimmer. Am Schreibtisch saß Herr Ellerich, der seltsame Herr über sämtliche Speisen des Grafen, und studierte aufmerksam ein Pergament, das er vor sich liegen hatte.

„Herr Ellerich", begann Johann, „ich bin erstaunt, Euch hier zu sehen. Ihr werdet doch nicht daran denken, Herrn Stark den Auftrag der Fichters zu übertragen? Ihr meintet doch, dass deren Kröten unübertrefflich seien, nicht wahr?"

Herr Ellerich hatte seinen Kopf gehoben und starrte Johann an wie ein Gespenst. Mit hochrotem Kopf stammelte er: „Herr Stark, ich dachte, wir könnten uns hier in aller Ruhe unterhalten!"

„Tut mir leid, mein Freund", antwortete Stark, „wer hätte denn denken können, dass sich in unserer schönen Stadt zwei Kriminalmeister, die mir noch grün hinter den Ohren zu sein scheinen, so aufspielen dürfen und einen ehrbaren Bürger in seinem Heim derart schändlich überfallen. Ich werde mich an höchster Stelle beschweren!"

„Tut das!", meinte Johann ruhig. „Nun aber setzt Euch zu Eurem sauberen Geschäftspartner und erklärt uns, was Ihr hier treibt."

Stark wollte ein weiteres Mal aufbegehren, doch eine herrische Handbewegung Johanns wies ihn an, Platz zu nehmen. Er setzte sich nieder und blickte den Kriminalmeister trotzig wie ein freches Kind an. Herr Ellerich starrte vor sich hin und wackelte nervös mit seinen Beinen.

„Also", sagte Johann, „ich wünsche umgehend zu erfahren, welchen Zweck dieses Treffen hat. Ich glaube nicht, dass Ihr zu einem Kartenspiel gekommen seid, Herr Ellerich!"

Dieser hob kurz seinen Kopf, starrte erst den strengen Kriminalmeister an und blickte dann Hilfe suchend zu Stark. Dieser wiederum blickte kurz nach links zu Ellerich, wandte sich aber schnell wieder ab und schloss seufzend die Augen. Der Herr der Speisen musste antworten, aber er hatte keine Ahnung, was er sagen sollte. Seine Kehle war plötzlich staubtrocken, er stammelte wie ein ertappter Schuljunge nach einem Streich, hustete ein wenig und schwieg wieder. Dann griff er nach dem Wasserglas, das vor ihm auf dem Schreibtisch stand, und schüttete das Nass in sich hinein, um die Kehle zu befeuchten. Johann wurde langsam ungeduldig und wollte eben seine Stimme erhaben, als Ellerich endlich zu reden begann.

„Herr Kriminalmeister, warum stört Ihr unsere kleine Unterhaltung derart dreist? Wir hatten doch lediglich eine Besprechung! Ich sagte doch, dass ich mich schon mehrmals mit Herrn Stark getroffen habe, um über Geschäftliches zu sprechen. Diesen Zweck hatte auch das heutige Treffen. Seid Ihr nun zufrieden?"

„Mitnichten!", entgegnete Johann. „Es ist kaum eine Stunde her, dass Ihr vom Tod von Frau Fichter erfahren habt, und schon sitzt Ihr hier gemütlich mit deren Mitbewerber zusammen, um über Geschäfte zu plaudern! Denkt Ihr nicht, dass uns dies verdächtig erscheinen muss?"

„Ihr könnt darüber denken, was Ihr wollt! Ich habe das Recht, jederzeit zu sprechen, mit wem ich will!"

„Genau", ergänzte nun Stark, „das hat er, und kein Gesetz und kein Kriminalmeister können uns daran hindern! Verlasst jetzt bitte mein Haus, Ihr habt keine Berechtigung, uns weiter zu stören."

Nun platzte Johann endgültig der Kragen. Er verlor für einen Moment die Beherrschung und schrie: „Was glaubt Ihr, wen Ihr hier vor Euch habt? Wir untersuchen den Mord an zwei Frauen, also reißt Euch gefälligst zusammen! Vielleicht habt Ihr auch schon daran gedacht, dass Euer Verhalten auf uns in höchstem Maße verdächtig wirken muss. Noch eine freche Bemerkung, und Ihr werdet die folgende Nacht im Kerker verbringen, verstanden?"

Herr Ellerich sank erschrocken in sich zusammen und schluckte. Stark knirschte wütend mit den Zähnen, wagte aber keine Entgegnung.

„So", fuhr Johann in normalem Tonfall fort, „ich frage Euch also ein letztes Mal: Was treibt Ihr hier?"

Da keine Antwort folgte, forderte Johann seinen Partner auf, die zwei Männer abzuführen.

„Nein, nein!", rief Stark. „Was würde das für einen Eindruck bei meinen Gästen hinterlassen, wenn Ihr mich wie einen angeketteten Hund aus meinem Haus fortführt! Ich werde Euch alles erklären, aber bitte erspart mir diese Demütigung!"

Johann warf Ferdinand einen heimlichen, triumphierenden Blick zu. Stark erhob sich und schritt wild gestikulierend im Zimmer umher, während er sprach.

„Ich habe mit dem Mord an der alten Hexe Fichter nichts zu tun! Und diese Foltermutter im Schloss habe ich gar nicht gekannt. Herr Ellerich hat mir über die näheren Umstände ihres Todes berichtet, sonst weiß ich rein gar nichts! Und was wir hier machen? Wir unterhalten uns über dies und das, natürlich geht es auch ums Geschäftliche."

„Ihr habt also sogleich Herrn Ellerich kommen lassen, um ihn noch einmal zu bedrängen, als Lieferant des Grafen aufgenommen zu werden?", wollte Johann wissen.

„Nein, nein!", widersprach Stark. „Herr Ellerich ist von sich aus gekommen und..."

Er hielt plötzlich inne, denn er hatte bemerkt, dass Herr Ellerich ihm wütende Blicke zuwarf. Johann hatte dies sehr wohl bemerkt. Er wandte sich dem Einkäufer zu und sagte: „Ah, Herr Ellerich, das ist äußerst befremdlich! Wie kommt es, dass Ihr so schnell vom Schloss hierher gelaufen seid, wenn Ihr kein Interesse an den Kröten von Herrn Stark habt?"

Der Angesprochene fühlte sich in seiner Haut sichtlich unwohl. Er schwitzte ziemlich heftig und wischte sich mit einem Tuch, das er aus seiner Weste hervorholte, mehrmals übers Gesicht.

„Nun ja, äh...ich...wollte...Seht es einmal so, Herr Kriminalmeister. Es ist doch schon wieder ein Weilchen her, seit ich die Ware von Herrn Stark begutachtet habe. Es wäre doch leicht möglich, dass sich die Qualität in den letzten Jahren zum Besseren gewandelt hat, nicht wahr? Als Einkäufer des Grafen bin ich verpflichtet, nur die besten Waren auf den Tisch zu bringen. Ich kann es mir deshalb nicht erlauben..."

„Ich glaube Euch kein Wort!", sagte Johann bestimmt. „Und Ihr, Herr Stark, habt mich ebenfalls belogen. Ihr habt mit keinem Wort erwähnt, dass Frau Fichter in den letzten Tagen hier ein- und ausspaziert ist!"

„Was? Woher wisst Ihr das? Ich…aber das hat doch nichts zu bedeuten! Sie war doch nur zum…Essen hier. Ja, genau!"

„Jetzt ist es genug! Ihr kommt jetzt mit uns, und wenn Ihr versprecht, Euch artig zu benehmen, werden wir Euch nicht in Fesseln legen. Und Ihr, Herr Ellerich, werdet Euch zur Verfügung halten. Wir haben später noch mit Euch zu sprechen. Verstanden?"

Ellerich nickte eifrig und beeilte sich, aus dem Zimmer zu verschwinden. Stark rief ihm noch einige Schimpfwörter hinterher, bevor er von Johann gepackt und nach draußen geschoben wurde. Er fügte sich in sein Schicksal und leistete keinen Widerstand, sodass Johann ihn loslassen konnte und hinter ihm die Treppe hinabstieg. Ferdinand war hinter den beiden, machte aber plötzlich kehrt und huschte noch einmal zurück in Starks Arbeitszimmer. Auf dem Tisch lag noch immer das Schriftstück, in das Herr Ellerich vertieft gewesen war. Es nahm es in die Hand und überflog kurz die Zeilen. Mit einem zufriedenen Lächeln folgte er Johann und Stark, die draußen vor dem Gasthof auf ihn warteten.

Der geknickte Gasthofbesitzer trabte mit hängendem Kopf voran, die Kriminalmeister ließen ihn nicht aus den Augen. So ging es bis zur Stadtverwaltung, wo ein Kriminalgehilfe die Anweisung bekam, Herrn Stark in eine Zelle zu sperren. Hatte sich dieser bisher gefügig gezeigt, so begann er nun plötzlich, sich wie ein Verrückter aufzuführen und wild um sich zu schlagen. Mehrere Kriminalgehilfen mussten herbeieilen, um ihn zu bändigen. Sie gingen nicht zimperlich mit dem Gefangenen um, der zahlreiche Faustschläge und derbe Fußtritte einstecken musste. Schließlich gelang es ihnen, ihn in die Zelle zu werfen, wo er erschöpft und wütend auf dem Boden liegen blieb und alle Kriminalmeister dieser Welt verfluchte.

Unterdessen waren Johann und Ferdinand bereits hinauf in ihre Arbeitsstube gegangen. Stark sollte erst einmal für einige Stunden in der Zelle schmoren, was seine Zunge vielleicht lockern würde. Während Ferdinand einige Papiere studierte, die einen anderen Fall betrafen, den er in den letzten Tagen vernachlässigt hatte, nahm Johann noch einmal das Foltertagebuch zur Hand und suchte darin nach einer Verbindung zu Stark. Er wurde jedoch nicht fündig.

In die Stille, die nur durch ein gelegentliches Rascheln von Papier oder ein Räuspern unterbrochen wurde, platzte plötzlich ein lautes „Johann!", das den Angesprochenen zusammenzucken ließ.

„Johann!", wiederholte Ferdinand, nun etwas leiser. „Hätte es beinahe vergessen, dieses Papier. Ich bin doch, als du mit Stark abmarschiert bist, noch einmal für einen kurzen Augenblick in das Zimmer zurückgegangen und habe mir das Schriftstück geschnappt, das Herr Ellerich vor sich auf dem Tisch liegen hatte."

„Und?", fragte Johann gespannt.

Statt einer Antwort stand Ferdinand auf und brachte das Papier zu seinem Partner. Johanns Augen flogen über die wenigen Zeilen, die anscheinend eilig aufs Papier geworfen worden waren. Die Buchstaben waren schief, das Papier durch mehrere unschöne Tintenflecke verunstaltet. Der Inhalt jedoch veranlasste Johann, umgehend hinab zu Stark zu gehen, um ihn damit zu konfrontieren. Er eilte mit Ferdinand hinunter zu den Zellen.

Der Kriminalgehilfe, der die Gefangenen beaufsichtigte, schloss Starks Zelle auf. Der Mann lag zusammengekrümmt auf dem Boden und wimmerte. Johann trat näher, ging in die Hocke und rüttelte ihn. Stark reagierte nicht.

„Herr Stark", sprach Johann eindringlich, „reißt Euch zusammen und steht auf! Ihr werdet Euch auf dem kalten Boden noch den Tod holen!"

„Das macht nun auch nichts mehr! Ich bin ruiniert! Kein Mensch wird jemals wieder in der *Edlen Kröte* speisen, wenn es sich herumgesprochen hat, dass ich im Kerker gesessen habe. Niemanden wird es interessieren, ob ich unschuldig bin oder nicht! Sie werden mit dem Finger auf mich zeigen und sagen: Sieh mal, ist das nicht dieser Zuchthäusler Stark? Ich bin verloren! Warum tut Ihr mir das an?"

„Spielt nicht den Unschuldigen, Stark! Ihr seid nicht ganz aufrichtig zu uns gewesen, und dieses Stück Papier beweist es!"

Dabei hielt er Stark das Papier unter die Nase.

„Wir haben diese Abmachung sichergestellt, auf der nur noch Eure und Herrn Ellerichs Unterschriften fehlen. Frau Fichter ist erst seit wenigen Stunden kalt, und schon verhandelt Ihr mit Ellerich über eine Lieferung! Das scheint mir äußerst verdächtig, zumal Ihr doch behauptet hattet, dass sich durch den Tod von Frau Fichter nichts ändern würde, was die Lieferung ins Schloss betrifft. Und nun lese ich das hier! Ihr sollt neuer Lieferant werden!"

Stark hörte augenblicklich auf zu wimmern und zuckte leicht zusammen. Er schob Johanns Hand fort und stand umständlich auf.

„Ich weiß, was da steht, Ihr braucht es mir nicht ins Auge drücken!" Starks Stimme klang unsicher.

„Ich hätte es mir nie träumen lassen, dass sich doch noch eine Möglichkeit bietet, mit Herrn Ellerich ins Geschäft zu kommen, aber er stand heute plötzlich vor meiner Tür und…"

„Also war es seine Idee?", unterbrach ihn Johann.

„Gewiss, gewiss", murmelte Stark. „Ich habe mich lange darum bemüht, gräflicher Lieferant zu werden, umsonst. Und nun schien es Herr Ellerich plötzlich ziemlich eilig zu haben. Er war noch nie in meinem Hause, obwohl ich ihn immer wieder gebeten hatte, sich meine Krötenzucht vor Ort anzusehen. Er schickte ab und zu einen seiner Mitarbeiter, der die Güte meiner Kröten prüfte. Dem Gesichtsausdruck dieses Mannes nach zu urteilen, fiel die Prüfung immer gut aus, doch erhielt ich immer wieder einen negativen Bescheid!"

„Hm! Hat Herr Ellerich Euch erklärt, wieso er nun plötzlich seine Meinung geändert hat?"

„Nein", antwortete Stark, „ich habe auch nicht danach gefragt. Für mich zählte nur, dass ich nun endlich an der Reihe war."

„Gut, Herr Stark", fuhr Johann fort. „Ich weiß nicht, ob ich Euch diese Geschichte glauben soll, aber wir werden das überprüfen. Und nun erklärt mir doch noch, weshalb Frau Fichter Euch besucht hat. Und kommt mir nicht wieder mit dem Märchen, sie habe bei Euch speisen wollen. Ich bin sicher, dass es um mehr ging."

Stark setzte sich wieder auf den Boden und starrte grübelnd vor sich hin. Er schien mit sich zu ringen, ob er dem Kriminalmeister die volle Wahrheit sagen sollte. Mehrmals schien er zum Sprechen ansetzen zu wollen, brachte aber kein Wort über die Lippen.

Johann wurde schließlich ungeduldig und verließ mit Ferdinand die Zelle. Der Gehilfe schloss wieder ab und ließ ein Häufchen Elend zurück. Stark fühlte sich, als ob ihm der Boden unter den Füßen weggezogen worden wäre. Noch vor wenigen Stunden schien das Glück ihm hold, als Herr Ellerich ihm das Angebot seines Lebens gemacht hatte. Und nun saß er einsam und allein in einer kargen Zelle.

Aber auch Johann war nicht in bester Stimmung. Obwohl sich in dem Fall weitere Indizien ergeben hatten, konnte er sich nicht sonderlich darüber freuen, denn er wurde wieder von starken Kopfschmerzen geplagt. Er beschloss deshalb, nach Hause zu gehen und sich etwas Ruhe zu gönnen. Ferdinand war besorgt um ihn und empfahl ihm ein paar Stunden erholsamen Schlafes sowie eine gute Tasse Tee von seiner Vermieterin. Er selbst wollte noch einmal zur *Edlen Kröte* und verließ die Arbeitsstube.

Johann ging kurze Zeit später, doch als er bereits bei der Treppe angekommen war, kehrte er noch einmal zurück. Bevor er die Türklinke nach unten drückte, hielt er überlegend einen Augenblick inne und schloss die Augen. Dann hatte er einen Entschluss gefasst. Er ging zurück, nahm das Foltertagebuch und verließ eiligen Schrittes die Stadtverwaltung.

Ferdinand war inzwischen ins Nebengebäude gegangen, in dem sich einige Kriminalgehilfen, die gerade nichts zu tun hatten, beim Karten- oder Würfelspiel vergnügten.

Euwart war ebenfalls anwesend, doch im Gegensatz zu den anderen saß er an einem Schreibtisch und war in einige Papiere vertieft. Er erklärte Ferdinand, dass die Untersuchungen in der *Saftigen Kröte* abgeschlossen seien und er nun einige Geschäftspapiere von Herrn Fichter, die er mitgenommen hatte, studieren müsse. Da es sich um meist belanglose Papiere voller Zahlen handelte, die zur Lösung des Falls kaum beitragen würden, war er froh, dass Ferdinand ihn aufforderte mitzukommen. Er schloss die Papiere in einen Schrank und folgte dem Kriminalmeister.

Als die beiden bei der *Edlen Kröte* ankamen, war die Eingangstür wieder verschlossen. Die Mittagsgäste waren gegangen, und die ersten Gäste für den Abend würden erst in ein, zwei Stunden eintreffen. Euwart trat zur Tür und klopfte. Er musste sein Klopfen mehrmals wiederholen, bis sich hinter der Tür ein unwilliges Brummen hören ließ. Die Tür öffnete sich, es erschien

110

Alphonse. Als dieser Ferdinand erblickte, wurde er schreckensbleich, doch war er sichtlich froh, dass Johann nicht dabei war, der ihn schlechter behandelt hatte als Ferdinand.

„Die Heimsuchung, Teil drei", murmelte er leise, trat aber bereitwillig zur Seite, um Ferdinand und Euwart eintreten zu lassen. Und mit lauter Stimme sagte er: „Ich wundere mich, dass Ihr schon wieder hier erscheint. Wollt Ihr nun auch mich fortbringen?"

„Das kommt auf Euer Verhalten an", entgegnete Ferdinand ganz unverblümt. „Ich habe mit Euch zu sprechen."

„Mit mir? Was habe ich mit den Machenschaften meines Herrn zu schaffen? Ich bin ein einfacher Diener, der nur seine Pflicht erfüllt!"

„Machenschaften? Ein interessantes Wort, das Ihr da in den Mund genommen habt. Nun lasst uns irgendwohin gehen, wo wir uns ungestört unterhalten können."

Alphonse war ob seiner unbedachten Äußerung rot angelaufen. Er lächelte gequält und führte die zwei lästigen Herren durch eine Tür neben der Treppe in den Hinterhof, in dem die Zuchtbecken für Starks Kröten lagen. Mehrere Arbeiter standen an einem der entfernteren Becken, ansonsten war kein Mensch zu sehen. Alphonse schritt zwischen zwei Becken hindurch zu einer kleinen Holzbank, wo er sich mit Johann niederließ. Euwart blieb daneben stehen und betrachtete neugierig die Zuchtbecken. Sie waren zahlreicher als die der Fichters und machten einen gepflegteren Eindruck. Das ohrenbetäubende Quaken der Tiere war jedoch dasselbe wie dort.

„Das nennt Ihr ungestört?", tadelte Johann den Diener. „Das Gebrüll dieser Viecher kann einem den letzten Nerv rauben!"

„Wirklich?", fragte Alphonse betont süßlich. „Ich habe mich inzwischen dermaßen an die lieben Tiere gewöhnt, dass ich ihr Gebrüll, wie Ihr es nanntet, kaum noch wahrnehme. Doch wenn Ihr es wünscht, können wir selbstverständlich Standort wechseln."

„Standort wechseln? Na, Ihr habt seltsame Ausdrücke! Ich möchte nicht wissen, wo Ihr uns hinführen würdet! In einen Taubenschlag vielleicht? Nein, nein, lasst uns hier bleiben. Ich hoffe, dass wir bald fertig sein werden."

Alphonse nickte freundlich. Er hatte beschlossen, sich von seiner liebenswürdigen Seite zu zeigen, um den unliebsamen Besuch schnellstmöglich wieder loszuwerden.

„Ich nehme an", begann Ferdinand, „dass Ihr schon seit geraumer Zeit Diener im Hause Stark seid, nicht wahr?"

Alphonse bejahte durch ein Nicken.

„Gut. Ich nehme weiter an, dass Ihr zu Herrn Stark ein gewisses Vertrauensverhältnis aufgebaut habt in all diesen Jahren. Ihr seid also mit seinen Geschäften vertraut."

Der Diener machte eine abwehrende Handbewegung und erklärte, dass er von den Geschäften nichts mitbekomme, da er nur für das persönliche Wohlergehen des Herrn verantwortlich sei.

„Lasst Euch nicht auslachen", sagte Ferdinand mit einem vorwurfsvollen Ton. „Als Leibdiener bekommt Ihr zwangsläufig so einiges mit. Ich bin überzeugt, dass Ihr uns so manche interessante Begebenheit erzählen könntet. Ihr habt es selbst in der Hand, wie wir mit Euch verfahren werden. Zeigt Ihr Euch gesprächsbereit, so sind wir hier bald fertig, und Ihr könnt wieder Eurer Arbeit nachgehen. Weigert Ihr Euch aber, so müssen wir Euch mitnehmen und zu Eurem sauberen Herrn in die Zelle stecken, bis Euch etwas einfällt."

Der Diener versuchte Ruhe zu bewahren, doch sein veränderter Gesichtsausdruck zeugte von der inneren Unruhe, die ihn plötzlich ergriffen hatte.

„Das…das könnt Ihr doch nicht machen, Herr Kriminalmeister! Das kann er doch nicht, oder?" Seine Augen wanderten verzweifelt zu Euwart, der ihn seltsam anlächelte.

„Seid versichert", fuhr Ferdinand fort, „dass ich nicht zögern werde, Euch augenblicklich mitzunehmen. Durch den königlichen Erlass zur Reform des Kriminalwesens seid Ihr verpflichtet, uns jede gewünschte Auskunft zu erteilen. Paragraph 37 sieht nämlich vor, dass jeder Bürger…"

„Haltet ein", unterbrach ihn der Diener, „und verschont mich mit Euren Paragraphen! Ich kenne diesen Erlass nicht und will auch nichts davon wissen. Wenn es Euch dadurch erlaubt ist, unbescholtene Bürger zu quälen, so können mir alle Paragraphen und Erlasse dieser Welt gestohlen bleiben! Ich sehe aber ein, dass ich der Gewalt Eures Amtes weichen muss. Ich werde Euch Auskunft geben. Fragt also!"

Ferdinand nickte wohlwollend. „Schön, dass Ihr ein Einsehen habt. Sprechen wir also über Frau Adele Fichter. Sie war bekanntermaßen nicht gerade gut auf Euern Herrn zu sprechen. Und trotzdem war sie in den letzten Tagen mehrmals hier, um sich mit ihm zu unterhalten. Worum drehten sich die Gespräche?"

„Ich…weiß nicht", sagte der Diener leise und zögernd. „Ich habe nicht alles gehört, aber so einiges habe ich doch erlauscht."

„Nun?", drängte Ferdinand.

„Nun ja, es schien mir so, als wolle die alte…als wolle Frau Fichter unser Haus übernehmen! Eine Ungeheuerlichkeit, nicht wahr? Diese Frau aus dem Bürgerviertel mit ihren lächerlichen Kröten wollte ein angesehenes Haus aus dem Nobelviertel übernehmen!

Das gab' s noch nie, eine wahnwitzige Idee! Sie war wohl der Meinung, dadurch einen gesellschaftlichen Aufstieg zu ermöglichen, dieses bürgerliche Weib!"

„Haltet Eure Zunge im Zaum!", tadelte Ferdinand. „Ich möchte lediglich Fakten, Eure Beschimpfungen könnt Ihr Euch sparen. Überdies seid auch Ihr nicht edlen Geblütes, wie mir scheint. Also weiter, wie sind die Gespräche verlaufen?"

Der Diener atmete tief und schwer. „Diese...Frau hatte anscheinend mehr Geld als Bildung. Sie behandelte mich, als ob ich Luft für sie wäre. Und das, wo ich doch in einem der ersten Häuser der Stadt arbeite! Sie schien mir etwas leidend zu sein, doch in den Gesprächen war sie wohl unerbittlich, eiskalt und berechnend. Sie wusste, dass unser Haus derzeit einige...Schwierigkeiten hat und spielte sich als Retterin in der Not auf!"

„Sie hat Eurem Herrn also Geld geboten, um die *Edle Kröte* zu übernehmen, gut."

„Gut? Nicht gut! Das wäre der Niedergang gewesen, kein Edelmann hätte dieses Haus je wieder betreten, wenn es von einer Frau niederen Standes geführt worden wäre. Und ich wäre meine Anstellung los gewesen!"

„Es kam Euch also sehr gelegen, dass Frau Fichter...verstorben ist?", fragte Ferdinand lauernd, während der Diener sich erhoben hatte, um seinem Ärger Luft zu machen. Euwart pflanzte sich drohend vor ihm auf, sodass er sich wieder setzte.

„Herr Kriminalmeister", flehte der Diener, „ich muss diese Anstellung behalten. Ich habe nichts anderes gelernt und brauche meinen Lohn. Daheim, in der Ferne, liegt meine kranke Mutter, um die sich meine liebe Schwester kümmert. Die Ärzte sind teuer, die Medizinen verschlingen Unmengen von Geld. Wenn ich nicht einen Teil des Geldes nach Hause schicke, stirbt sie. Ob ich froh bin, dass die Fichter tot ist? Zumindest ist es mir lieber, als dass meine Mutter sterben würde!"

Ferdinand schloss für einen Moment die Augen und dachte nach. Konnte es sein, dass dieser Diener zum Mörder an Frau Fichter geworden war, um seinen Arbeitsplatz zu retten, den er in Gefahr sah?

„Wo wart Ihr zum Zeitpunkt…"

„Was?", schrie der Diener plötzlich. „Ihr wollt mich also wirklich verdächtigen? Muss ich mir das bieten lassen?"

Euwart nickte bedächtig, doch Alphonse bemerkte es nicht. Er starrte nur entsetzt den Kriminalmeister an, der ihn mit versteinerter Miene anblickte.

„Ich kann zum jetzigen Zeitpunkt absolut nichts ausschließen", fuhr Ferdinand fort. „Ihr habt mir eben selbst ein wunderschönes Motiv gegeben, auch wenn Euch das nicht bewusst war. Um Eure Anstellung zu retten, könntet Ihr doch nachts heimlich zur *Saftigen Kröte* geschlichen sein, um die Bedrohung ein für allemal aus der Welt zu schaffen."

Der Diener verlor nun endgültig die Beherrschung. Er sprang auf, fuchtelte mit seinen langen Armen in der Luft herum, wobei er Euwart unglücklich an der Wange traf, und brüllte, das Quaken sämtlicher Kröten übertönend: „Ihr seid von Sinnen! Ich begebe mich doch nicht freiwillig des Nächtens ins Bürgerviertel! Wer weiß, welches Gesindel aus dem Armenviertel sich dort in der Dunkelheit herumtreibt! Nein, nein, Ihr müsst Euch schon einen anderen suchen. Ich jedenfalls lag die ganze Nacht friedlich schlummernd in meinem Schlafzimmer und habe an nichts Böses gedacht. Das müsst Ihr mir glauben!"

Euwart, der sich von der unbeabsichtigten Backpfeife schnell erholt hatte, packte Alphonse und drückte ihm mit aller Kraft die Arme an den Leib, dass dem Wüterich beinahe die Luft wegblieb. Bald schon hing dieser schlapp wie ein Sack Kartoffeln in den Armen des kräftigen Kriminalgehilfen und wimmerte.

„Ihr tut mir weh! Lasst mich los!"

Euwart zwang ihn unsanft auf die Bank nieder, wo er kraftlos in sich zusammensackte. Ferdinand richtete ihn wieder auf und sah ihm streng in die wässrigen Augen.

„Reißt Euch zusammen, Mann! Was sollen die Arbeiter von Euch denken?"

Der Diener folgte Ferdinands ausgestrecktem Arm mit seinem Blick und sah, dass die Arbeiter, die noch immer am Krötenbecken standen, sich zu ihnen umgedreht hatten. Er setzte sich, um Haltung bemüht, aufrecht hin, doch sein Blick richtete sich gen Boden.

„Verzeiht meinen unrühmlichen Auftritt", sagte er schließlich mit zittriger Stimme. „Ich habe mich von meinen Gefühlen hinreißen lassen, was nicht wieder vorkommen wird. Doch Ihr müsst mir glauben, dass ich mit dem Mord an Frau Fichter nichts zu schaffen habe. Ich kann Euch keinen Zeugen benennen, der beschwören könnte, dass ich die ganze Nacht hier im Hause war, aber mein Herr wird sicher für mich bürgen."

„Das wird Euch nichts nützen", erwiderte Ferdinand, „denn Euer Herr steht selbst unter Mordverdacht und sitzt in der Zelle. Ihr müsst mir schon einen Grund geben, Euch von meinem Verdacht zu befreien."

Der Diener dachte kurz nach und sagte dann mit bebender Stimme: „Ist es nicht so, werter Herr Kriminalmeister, dass Ihr es seid, der mir den Mord nachweisen muss?"

„Ah, Ihr scheint Euch in solchen Dingen doch auszukennen! Ihr habt nicht ganz unrecht, doch rate ich Euch dennoch, uns zu unterstützen. Wir haben Mittel und Wege genug, um Euch ein wenig auf die Füße zu treten. Lasst uns also weiter über Euren Herrn sprechen! Wie hat er reagiert, als Frau Fichter ihr Angebot unterbreitet hat?"

„Rausgeschmissen hat er sie! Ein ums andere Mal! Ein Wunder, dass er sie überhaupt ins Haus gelassen hat! Aber, Herr Kriminalmeister, wenn Ihr Euren Mörder sucht, solltet Ihr Euch vielleicht oben im Schloss umsehen."

Der Diener lächelte geheimnisvoll und strich sich seine Haare nach hinten, die ihm wirr über die Stirn herabhingen. Er warf einen erwartungsvollen Blick auf Ferdinand, der ihm tief und fest in die Augen blickte.

„Wen meint Ihr?", fragte der Kriminalmeister schließlich gespannt. „Etwa diesen Ellerich? Welchen Grund sollte er gehabt haben, Frau Fichter zu töten, die ihn mit guten Waren beliefert hat?"

Der Diener wandte seinen Blick von Ferdinand ab und kicherte vor sich hin.

„Also wen?", wiederholte der Kriminalmeister seine Frage.

„Ihr habt schon richtig vermutet", antwortete der Diener schließlich. „Ich habe diesen feinen Herrn Ellerich nicht oft gesehen, nur ab und zu, wenn ich mit Stark oben im Schloss zu tun hatte. Aber er ließ keine Gelegenheit aus, um über Frau Fichter schlecht zu reden."

„Und doch hat sie ihn mit Waren versorgt? Erklärt Euch, ich verstehe kein Wort von dem, was Ihr da faselt!"

„Ich bin mir nicht sicher, aber ich vermute, dass Frau Fichter diesen Ellerich in der Hand gehabt hat. Es muss etwas gegeben haben, das ihn an sie gebunden hat. Hat sie ihn vielleicht erpresst? Möglich. Das würde jedenfalls erklären, wieso er, kaum dass die Alte tot ist, Geschäfte mit Herrn Stark machen wollte. Wie sonst ist dies zu erklären, wo doch der junge Fichter die Geschäfte ebenso gut alleine weiterführen könnte?"

Ferdinand hatte den Ausführungen des Dieners mit wachsender Spannung gelauscht, denn hier ergaben sich neue Hinweise. Der Diener beteuerte jedoch, dass er weiter nichts zu sagen habe. Ferdinand schenkte ihm Glauben, verabschiedete sich und verließ mit Euwart die *Edle Kröte*. Alphonse, der sie nicht nach draußen begleitet hatte, blieb noch lange in Gedanken versunken auf der Bank sitzen.

"Na, alter Bücherwurm, einen Hinweis gefunden?"

Johann lag im Halbschlaf auf seinem Bett und fuhr erschrocken hoch. Dabei fiel das Foltertagebuch, das aufgeschlagen neben ihm gelegen hatte, zu Boden. Ferdinand stand bereits neben dem Bett und hob das Buch auf.

"Nein, du Witzbold", murmelte Johann. "Es gibt keinen Hinweis darauf, dass dieser Stark in irgendeiner Verbindung zu Sandro gestanden hätte."

"Hast auch wohl mehr geschlafen als gelesen. Recht so, siehst schon etwas besser aus."

In der Tat hatte Johann Kraft geschöpft. Frau Grubers Tee und ein paar Augenblicke der Ruhe hatten ihm sichtlich gut getan. Er stand auf und verließ mit Ferdinand die Wohnung. Auf dem Weg zur Stadtverwaltung berichtete Ferdinand von seiner Unterredung mit Alphonse.

"Wir haben also", bemerkte Johann, "für unsere zwei Morde eine ganze Reihe von Verdächtigen. Balduin, den Soldaten, der möglicherweise Adele, die Mutter des Foltermeisters, umgebracht hat, was allerdings eher unwahrscheinlich ist. Dann Stark, einen erbitterten Gegner unseres zweiten Opfers, Frau Adele Fichter.

Ebenso Starks Diener Alphonse, der um Lohn und Brot fürchten musste. Und zuletzt nun Herrn Ellerich, der laut Aussage von Alphonse womöglich von Frau Fichter erpresst worden war. Zwei Tote, vier Verdächtige! Wie entwirren wir dieses Geflecht? Bisher schaut es eher trist mit unseren Beweisen aus, nur ein paar lausige Hinweise und vage Verdächtigungen."

„Was sollen wir tun, Johann?"

„Beharrlichkeit führt zum Ziel! Wir dürfen den Kopf nicht hängen lassen und müssen weitermachen. Wir sollten uns diesen Ellerich noch einmal vorknöpfen, sofern er nicht wieder irgendwelche Kisten oder Flaschen zu zählen hat! Es wird schon bald dunkel, aber wir sollten das noch heute erledigen. Was, wenn Alphonse seine Aussage bereuen sollte und ins Schloss geht, um Ellerich zu warnen?"

Euwart war wieder in die Fichter'schen Schriften vertieft, als die Kriminalmeister ankamen und ihm den Auftrag erteilten, unverzüglich ins Schloss zu eilen, um Herrn Ellerich zu holen. Er machte sich sogleich auf den Weg.

Johann und Ferdinand gingen in ihre Arbeitsstube. Während Johann bereits an seinem Schreibpult saß, stand Ferdinand noch im Flur. In diesem Augenblick öffnete sich schräg gegenüber eine Tür, aus der ein Mann heraustrat. Es war Urs Unger, einer der dienstältesten Kriminalmeister in Amsdorf.

„Hallo Ferdinand", grüßte er. „Müssen wir nun alle Großmütter der Stadt vor dem geheimnisvollen Mörder in Sicherheit bringen, oder habt Ihr ihn endlich dingfest machen können?"

„Zwei Zellen sind belegt", entgegnete Ferdinand lächelnd und drehte sich zu Urs um, „doch ein schlüssiger Beweis fehlt uns leider noch. Eure Großmutter aber dürfte, wenn ich Euer fortgeschrittenes

Alter in Betracht ziehe, schon mehrere Jahre nicht mehr unter uns weilen. Ihr braucht Euch also keine Sorgen mehr zu machen!"

„Na, nur nicht frech werden, Junge!", schmunzelte Urs. „Aber du hast recht, beide Großmütter liegen schon seit geraumer Zeit auf dem Stadtfriedhof, wo ich mich heute übrigens längere Zeit aufgehalten habe."

„Es ist schön, wenn ein Mann seine Vorfahren ehrt."

„Wie? Ach so. Nein, nein, ich habe nicht die Grabstätte meiner Ahnen besucht, auch wenn ich das vielleicht einmal machen sollte. Nein, meine Arbeit hat mich auf den Friedhof geführt. Einige Tunichtgute hatten nichts Besseres zu tun, als das Grab einer Frau zu schänden. Die Erde war aufgegraben, der spärliche Grabschmuck lag verstreut im Umkreis von mehreren Metern herum. Und die Tote selbst, zumindest deren Knochen, wurden…"

„Haltet ein, Urs!", rief Ferdinand lachend. „Mehr mag ich nicht hören! Wenn die Toten schon nicht geehrt werden, ist es kein Wunder, dass man sich an den Lebenden vergreift."

„Wie wahr, Ferdinand, es sind schlimme Zeiten! Na, ich werde mich nun von dannen machen. Mein Weib wartet sicher schon mit dem Abendbrot auf mich. Also, grüß mir den Herrn Gutmann!"

Johann hatte das Gespräch mit angehört, da die Tür noch offen stand. Er grüßte nach draußen und wünschte eine gute Nacht. Urs machte noch eine witzige Bemerkung und ging dann, ein Lied pfeifend, davon.

Ferdinand trat nun ein und schloss die Tür hinter sich. Euwart und Ellerich ließen lange auf sich warten und waren nach einer Stunde noch immer nicht aufgetaucht. Da die Zeit bereits weit fortgeschritten war, ging Ferdinand zum Kreuzwirt, um für sich und Johann ein paar Happen Essen zu kaufen, die er mit in die Arbeitsstube brachte. Als die beiden Kriminalmeister gerade beim Essen waren, klopfte es an der Tür.

„Immer herein!", rief Johann.

Die Tür wurde geöffnet, und Euwart trat ein, den gefesselten Herrn Ellerich hinter sich herziehend.

„Hier ist die gewünschte Person, meine Herren", sagte er. „Ich musste Herrn Ellerich aus einer fürchterlichen Spelunke im Hafenviertel zerren, wo er sich bei Wein und Würfelspiel vergnügte. Hat mich einiges Nachforschen gekostet, aber nun ist er da."

Er schob Herrn Ellerich bis vor Johanns Schreibtisch und trat einige Schritte zurück. Der Herr über die Speisen des Grafen hatte sich bisher ruhig verhalten, blickte aber drohend um sich. An seiner Seite baumelte das Tintenfass, das er anscheinend immer bei sich trug.

„Ich muss heftig protestieren, meine Herren! Ich werde mich persönlich beim Grafen beschweren!", polterte Ellerich los. „Er wird es nicht zulassen, dass seine Angestellten dermaßen grob behandelt werden!"

„Auch wir sind Angestellte des Grafen Friedrich, also spart Euch Eure Worte! Wir wissen sehr wohl, wie wir Euch zu behandeln haben. Ihr habt uns nämlich belogen!"

„Wie? Was? Euch belogen? Was schwafelt Ihr da für einen Unsinn!"

„Haltet Eure Zunge im Zaum", sagte Johann laut und eindringlich, „oder wollt Ihr etwa leugnen, dass Ihr von Frau Fichter, mit der Ihr angeblich in so guter geschäftlicher Verbindung gestanden habt, erpresst worden seid?"

Johann fiel direkt mit der Tür ins Haus, um Herrn Ellerich zu einer unbedachten Äußerung zu bringen. Dieser starrte den Kriminalmeister zuerst wortlos an, bevor es aus ihm heraussprudelte.

„Woher wisst Ihr davon? Wer hat es Euch erzählt? Das konnte doch niemand wissen! Wie habt Ihr davon erfahren?"

„Ihr gebt also zu, dass es der Wahrheit entspricht?"

„Ich…äh, nein! Ja, doch, ich habe mich wohl aufs Glatteis führen lassen. Ihr habt ein Gerücht aufgeschnappt und wolltet mich testen. Und ich Dummkopf fall auch noch darauf herein! Ärgerlich!"

„Ganz recht, Herr Ellerich. Da Ihr es nun schon zugegeben habt, wollt Ihr so freundlich sein, uns auch den Grund dieser Erpressung mitzuteilen? Was hatte Frau Fichter gegen Euch in der Hand?"

„Herr Kriminalmeister", sagte Ellerich zögernd, „Ihr glaubt doch nicht, dass ich mich selber belasten werde! Das Ereignis ist nun schon so viele Jahre her! Wenn ich deswegen Frau Fichter hätte beseitigen wollen, so hätte ich das wohl schon sehr viel früher erledigt, meint Ihr nicht?"

„Nicht unbedingt! Es kann sein, dass Frau Fichter neue Forderungen stellte, denen Ihr nun nicht mehr nachkommen wolltet."

„Egal, ich sag jedenfalls nichts mehr!"

So sehr die jungen Kriminalmeister auch drohten und auf ihn einredeten, Herr Ellerich blieb stumm. Schließlich beschloss Johann, den verstockten Mann durch eine List zum Sprechen zu bringen. Er nahm Ferdinand beiseite und flüsterte ihm einige Worte ins Ohr.

„Was habt Ihr da zu tuscheln?", rief Herr Ellerich, der die zwei aufmerksam beobachtete. Er erhielt jedoch keine Antwort. Johann verließ den Raum. Ferdinand wartete ein Weilchen und fragte dann Herrn Ellerich ein letztes Mal, ob er Auskunft geben wolle. Dieser schüttelte trotzig seinen Kopf.

„Gut, Herr Ellerich, wir werden Euch also ein wenig einsperren. Da habt Ihr Zeit zum Nachdenken. Vielleicht löst eine Nacht hinter Gitterstäben Eure verstockte Zunge."

Herr Ellerich begann zu schimpfen und zu toben, sodass Ferdinand und Euwart ihn kaum zu bändigen vermochten. Sie mussten ihn derb anpacken und hinunter zu den Zellen schleifen, wo er neben Stark eingesperrt wurde. Balduins Zelle lag weiter hinten, am Ende des Gangs. Euwart drehte den Schlüssel im Schloss um und verließ mit Ferdinand wortlos den Zellenbereich, den tobenden Ellerich zurücklassend.

Der Eingekerkerte fuhr noch ein Weilchen fort, auf alles und jeden und dies und das zu schimpfen, bis ihn die Kräfte verließen und er ermattet auf die harte Holzpritsche sank.

„Habt Ihr Euch endlich ausgetobt, Ellerich?", ließ sich plötzlich eine müde wirkende Stimme hören. Der Angesprochene zuckte zusammen, glaubte er sich doch alleine. Die Stimme kam ihm bekannt vor, doch er konnte sie noch nicht einordnen.

„Hallo? Wer ist da?", fragte er laut. „Gebt Euch zu erkennen!"

„Ha! Der Herr über die Speisen des Grafen kennt mich nicht mehr!"

„Stark? Seid Ihr es?"

„Natürlich bin ich es!", antworte dieser verärgert. „Wärt Ihr nicht plötzlich bei mir aufgetaucht, hätten uns diese verdammten Kerle nicht miteinander gesehen! Nun sitzen wir beide in der Patsche, eine ungute Sache."

„Lasst Euch nicht auslachen!", höhnte Ellerich. „Ihr habt doch seit Jahren darum gebettelt, dass ich zu Euch komme, um Euch ein Lieferangebot zu machen. Nun ist es soweit, und Ihr habt nichts als Tadel für mich übrig."

„Der Zeitpunkt, werter Herr Ellerich, war äußerst schlecht gewählt. So kurz nach dem Tod dieser Frau war es nicht klug von Euch, zu mir zu kommen. Es ist nur allzu verständlich, dass der Schatten des Verdachtes auf uns fallen musste. Im Übrigen wurde unser Gespräch schon nach wenigen Minuten durch diese Kriminalrüpel unterbrochen, sodass Ihr noch gar keine Gelegenheit hattet, mir zu erklären, woher Euer plötzlicher Sinneswandel kam. Habt Ihr etwa mit dem Tod der alten Fichter zu tun?"

Ellerich ließ ein schallendes Lachen hören, das von den Mauern vielfach widerhallte.

„Macht Euch nicht lächerlich, Stark! Ich werde doch nicht zum Mörder, nur um Euch einen Vertrag anbieten zu können! Ich glaube vielmehr, dass IHR Eure Finger in der Sache tief drinnen stecken habt. Es konnte Euch doch nichts Besseres passieren."

„Was erlaubt Ihr Euch, mich dermaßen zu beschuldigen, Ellerich! Ich bin ein ehrbarer Bürger und lege meine Hände nicht um den Hals alter Damen! Diese Fichter hatte Euch in der Hand, das ist unbestritten! Mein Alphonse hat so etwas bereits seit längerem vermutet! Warum sonst solltet Ihr nun, da ihr Sohn doch noch am Leben ist, mir den Vorzug geben wollen?"

Herr Ellerich antwortete nicht.

„Ellerich?", fragte Stark leise.

„Was?", brummte es unwillig aus der Nebenzelle.

„Ihr könnt Euch mir ohne Bedenken anvertrauen. Diese verfluchten Kriminalmeister werden von mir kein Sterbenswörtchen erfahren. Ich habe doch jedes Interesse, Euer Freund zu sein."

„Mag sein, doch was damals geschah, geht Euch gar nichts an. Ich bin nicht stolz auf das, was ich getan habe, also lasst mich in Ruhe damit!"

„Wollt Ihr Euer Gewissen nicht erleichtern? Es wird Euch gut tun, Euer Herz auszuschütten. Euer

Verbrechen, denn darum handelt es sich wohl, liegt Euch doch seit damals schwer im Magen. Reden hilft."

„So? Was wisst Ihr denn schon darüber? Ihr habt ja keine Ahnung, was ich durchgemacht habe. Die arme, kleine Magdalene! Aber sie war ja ein so verdammt süßes Ding! Wer konnte da widerstehen!"

„Magdalene? Von wem sprecht Ihr?"

Ellerich hatte die Augen geschlossen, seine Gedanken wanderten zurück in eine ferne Zeit. Mechanisch, wie von einem fremden Willen getrieben, begann er zu erzählen, ohne daran zu denken, dass er im Begriff war, sein bestgehütetes Geheimnis auszuplaudern.

„Magdalene! Sie war die Tochter der alten Fichter. Bildhübsch und keck. Sie hatte damals ihre Mutter begleitet, als diese ins Schloss kam, um ihre Kröten anzupreisen. Das war zu der Zeit, als der alte Graf noch lebte. Nun ja, ich war ein junger hübscher Bengel von etwas mehr als zwanzig Jahren und arbeitete für meinen Vater, der damals Herr über die Speisen des Grafen war. Während mein Vater mit Frau Fichter verhandelte, habe ich Magdalene ein wenig im Schloss herumgeführt. Sie war so rein und unschuldig, dass sie mir sofort den Kopf verdreht hat. Ich musste sie um jeden Preis haben."

„Ihr habt sie mit Gewalt genommen? Wie alt war das arme Ding?"

„Was weiß ich, sie muss so um die vierzehn Jahre alt gewesen sein. Ich habe ihr natürlich sofort den Hof gemacht, aber sie hat mich zurückgewiesen. Ich war wie besessen von ihr und habe sie...ich. Na ja, Ihr wisst schon, was ich meine."

Stark pfiff leise durch seine Zähne. „Ihr seid ein Schwein, Ellerich!"

„Ja, das war ich, aber mein jugendlicher Leichtsinn hat mich zu der Tat getrieben. Leider hat Magdalene dermaßen laut um Hilfe geschrien, dass mein Vater und die Fichter aufmerksam wurden und mich überrascht haben. Mein Vater hat mich von Magdalene weggezogen und in die Ecke geschleudert, dass die Rippen krachten. Er hat mir dieses Vergehen niemals verzeihen können, aber der alten Fichter schien die Angelegenheit ganz gelegen zu kommen. Nach einer anfänglichen Empörung, die sie mit einigen Fußtritten gegen mich zum Ausdruck brachte, hatte sie die Idee, meinen Vater zu erpressen. Sie wollte über die unselige Sache schweigen, wenn er ihr die Lieferrechte für ihre Kröten einräumte. Wohl oder übel musste Vater zustimmen, und auch ich bin dadurch bis zum heutigen Tag geknebelt gewesen."

„Ah, jetzt verstehe ich!", rief Stark ergrimmt. „Da hätte ich noch so gute Ware anbieten können, es hätte mir alles nichts genutzt! Doch was ist mit der kleinen Magdalene geschehen?"

Herr Ellerich antwortete nicht. Stattdessen hörte Stark ein leises Schluchzen. Erst nach einigen Minuten war Ellerich wieder in der Lage zu sprechen.

„Verzeiht mir, dass ich mich habe hinreißen lassen. Ihr fragtet nach Magdalene? Sie lag noch immer geschunden und verstört in einer Ecke des Kellers, während ihre Mutter bereits mit meinem Vater verhandelte, diese kaltherzige Schlange! Ich hockte weinend in der anderen Ecke und traute mich nicht, mich zu rühren. Ich habe sie seit diesem Abend nicht wieder gesehen. Es hieß, ihre Mutter habe sie schon am nächsten Tag zu Verwandten geschickt. Man hat nie wieder etwas von ihr gehört. So, jetzt wisst Ihr alles. Nun lasst mich in Ruhe!"

Stark war verblüfft über Ellerichs Beichte und lag still in seiner Zelle. Draußen auf dem Gang löste sich plötzlich eine Gestalt aus dem Halbdunkel hinter ein paar Kisten und huschte behände davon.

„Wer ist da?", rief Stark, der nur einen Schatten gesehen hatte. „Wer treibt sich hier herum? Gebt Euch zu erkennen!"

Erschrocken sprang nun auch Ellerich auf und trat zu den Gitterstäben, konnte jedoch niemanden sehen. Hatte jemand sein Geständnis erlauscht?

Mit seiner Vermutung hatte Ellerich ins Schwarze getroffen, denn der Lauscher war niemand anderer als Johann. Der pfiffige Kriminalmeister hatte mehr erfahren als er zu hoffen gewagt hatte. Er eilte nach oben in seine Arbeitsstube, wo Ferdinand voller Ungeduld wartete. Auch der fleißige Euwart war noch zugegen. Johann berichtete von seinem Erfolg und löste damit große Freude aus.

„Na prima, Herr Gutmann!", lobte Euwart. „Es scheint also, dass dieser Ellerich der Mörder ist. Wahrscheinlich hat er es nicht mehr ertragen können, von dieser Frau geknechtet zu werden. Der junge Fichter hat von dieser Erpressung wohl nichts gewusst, jedenfalls ging Ellerich davon aus. Ansonsten wäre es ja nicht möglich, den Auftrag neu zu vergeben.

„Mag sein", entgegnete Johann, „aber wir sollten diesen Stark noch nicht ganz abschreiben. Auch er hat ein starkes Motiv. Wenn er auch nicht damit rechnen konnte, gleich die gräflichen Krötenlieferungen zu übernehmen, so war vielleicht der Hass auf die unliebsame Konkurrentin dermaßen groß, dass er sich Bahn brechen musste und in einen Mord mündete."

„Ja", fiel nun Ferdinand ein, „dafür spricht auch die Tatsache, dass die Fichter mit einer Kröte erstickt wurde. Zwischen Stark und Fichter ging es um Kröten, da ist es nur allzu verständlich, dass Stark diesem Zwist dadurch Ausdruck verliehen hat, dass er sie mit einer Kröte umgebracht hat. Herr Ellerich als Mörder hätte sie vielleicht nur erschlagen."

„Nur erschlagen! Wie das klingt! Das sind jedenfalls reine Spekulationen", wiegelte Johann ab. „Bevor wir keine schlüssigen Beweise haben, sollten beide in Haft bleiben."

Ein Kriminalgehilfe wurde noch ins Schloss geschickt, um dort mitzuteilen, dass Herr Ellerich verhaftet worden sei, dann machten sich Euwart und die beiden Kriminalmeister auf den Nachhauseweg.

4. KAPITEL

Als Johann in seiner Unterkunft anlangte, waren seine Vermieter gerade dabei, sich zur Nachtruhe zu begeben. Herr Gruber war bereits im Schlafzimmer, dessen Tür offen stand, und summte leise vor sich hin, während seine Frau, in ein unscheinbares Nachthemd gekleidet, noch das Geschirr vom Abendessen abräumte. Als sie Johann erblickte, ließ sie sofort alles liegen und stehen und kam auf ihn zu.

„Guten Abend, Herr Gutmann. Falls Ihr noch kein Abendessen hattet, könnt Ihr Euch gerne noch ein Stück Brot nehmen. Käse und Wurst sollten auch noch reichen."

„Sehr freundlich!" Johann strahlte. „Ich habe zwar bereits gegessen, aber ein paar Bissen mehr könnten mir nicht schaden."

„So ist' s recht, junger Mann! Ihr müsst darauf achten, dass Euer Magen immer gut gefüllt ist, damit Ihr mir nicht vom Fleisch fallt. Ansonsten werde ich Euch jeden Tag ein kleines Fresspaket in die Stadtverwaltung bringen und Euch zwingen, es bis auf den letzten Brösel aufzuessen!" Sie kicherte kurz. „Das Kriminalisieren macht doch sicher hungrig, nicht wahr? Ich möchte nicht, dass Ihr eines Tages so schwach seid, dass Ihr es nicht mehr bis zu mir nach Hause schafft!"

Es war schon spät, als Johann schließlich zu Bett ging und sich die Decke über seinen prall gefüllten Bauch zog, um ein paar Stunden zu schlafen. An die Ereignisse der letzten Tage verschwendete er keinen Gedanken mehr, sodass er schon bald in einen tiefen Schlaf fiel, aus dem ihn erst ein kräftiges Klopfen an der Tür weckte. Johann seufzte, denn er befürchtete, dass Ferdinand schon wieder mit einem weiteren Mord vor der Tür stand. Zu mehr als einem unfreundlich gebrummten „Herein" war er nicht fähig. Die Türklinke wurde heruntergedrückt, doch die Tür war verschlossen. Er musste also wohl oder übel aufstehen, um den morgendlichen Störenfried hereinzulassen. Er stieg aus dem Bett, schlurfte zur Tür, entfernte den Riegel und öffnete. Zu seiner Freude stand nicht Ferdinand vor ihm, sondern Frau Gruber, die ihn zu Tisch bat. Ein kräftiger Duft von frisch gekochtem Tee und die Aussicht auf selbstgebackenes Brot ließen den schlappen Kriminalmeister schnell munter werden.

Als Johann nach dem Frühstück das Haus verließ, war er blendender Laune, obwohl es in diesem Augenblick leicht zu regnen begann. Da er befürchtete, dass es in Kürze heftig gießen könnte, beeilte er sich, zur Stadtverwaltung zu kommen. Er war schon beinahe an seinem Ziel angelangt und wollte eben um eine Häuserecke biegen, als er mit einem Mann zusammenprallte, der es ziemlich eilig zu haben schien. Johann spürte einen dumpfen Schmerz in der Magengrube und stürzte rücklings zu Boden. Der fremde Mann fiel auf ihn und verlor dabei seinen breitkrempigen Hut. Johann lag auf dem Rücken und starrte voller Schrecken auf die Glatze des Mannes, auf der die dicken Tropfen des stärker werdenden Regens in kleine Teile zersprangen. Er musste die Augen schließen, da ihn ein plötzlicher Würgereiz überkam, dem er kaum Herr werden konnte. Der Fremde, der an dem Missgeschick die Hauptschuld trug, rappelte sich laut schimpfend auf, wobei er Johann einige Tritte und Püffe versetzte. Er verlor kein Wort der Entschuldigung, griff nach seinem Hut und machte sich wütend von dannen. Johann blieb liegen, hustend und keuchend, bis ihn plötzlich jemand leicht an den Schultern fasste.

„Ist Euch nicht gut, mein Herr?" Johann hörte eine liebliche Kinderstimme, die ihn wieder zu sich kommen ließ. Er schlug die Augen auf und blickte in das Gesicht eines kleinen Mädchens, das ihn besorgt musterte, während der Regen die langen, schwarzen Haare des Kindes nässte. Er nickte dem Mädchen dankbar zu und erntete dafür das bezauberndste Lächeln, das es ihm schenken konnte. Die Kleine war vielleicht sechs oder sieben Jahre alt und ärmlich, aber sauber gekleidet. Sie streckte ihre kleine Hand aus, um Johann auf die Beine zu helfen.

„Danke, mein Kind", sagte er freundlich und ergriff die ihm dargebotene Hand, als plötzlich hinter dem Mädchenkopf die Gestalt einer Frau erschien, die das kleine Mädchen unsanft von Johann wegzog.

„Du sollst doch nicht mit fremden Männern sprechen, Marie!", tadelte die Frau.

Marie blickte traurig und zeigte auf Johann.

„Aber der Mann war gestürzt und brauchte Hilfe, Mama!"

Bevor die Mutter des Mädchens antworten konnte, sagte Johann, sich erhebend: „Macht Euch keine Sorgen, gute Frau! Mein Name ist Johann Gutmann, ich bin Kriminalmeister. Ihr habt ein reizendes Kind, das Euch noch sehr viel Freude bereiten wird."

Johann zeigte sein Erkennungszeichen. Die Frau überflog es kurz und nickte mechanisch. Johann wusste sofort, dass die Frau des Lesens nicht mächtig war, es aber nicht zeigen wollte. Auch sie war ärmlich gekleidet.

„Gut, Herr Kriminalmeister, doch nun müssen wir fort", sagte sie.

„Es regnet, und Ihr seid bereits arg durchnässt", bemerkte Johann. „Wollt Ihr mir die Freude machen, Euch zu einem kleinen Imbiss einladen zu dürfen?"

Johann wusste selber nicht, wieso er diese Einladung ausgesprochen hatte, denn normalerweise war er nicht der stürmische Draufgänger. War es das einnehmende Wesen der Frau? War es die Dankbarkeit gegenüber dem kleinen Mädchen?

Die Frau wich einen Schritt zurück und starrte den Kriminalmeister an, als sei er ein Gespenst. Marie aber fasste Johanns Hände und erzählte ihm mit Tränen in den Augen, dass sie oft hungrig sei und der Himmel es ihm danken würde, wenn er Gutes an ihnen tun wolle. Johann kniete nieder und sah dem Mädchen in die blauen Augen, in denen sich Tränen und Regentropfen vermischten. Er wollte etwas sagen, aber er brachte kein Wort heraus.

„Komm, Marie", sagte die Mutter, „lass uns gehen! Der fremde Herr erlaubt sich sicher einen Scherz mit uns."

„Nein Mama", protestierte Marie, „ich sehe in seinen gütigen Augen, dass er es gut mit uns meint. Nicht wahr, Herr Gutmann?"

„Ja, mein Kind", antwortete Johann lächelnd. „Ich kenne einen netten Gasthof hier in der Nähe, wo wir sicher etwas Feines bekommen werden."

Maries Mutter kniff die Augen zusammen und blickte Johann nachdenklich an. Dieser nickte ihr aufmunternd zu, sodass sie schließlich doch Vertrauen fasste. Johann war nicht vermögend, doch er hatte einen Vorschuss auf sein Gehalt bekommen und konnte es sich leisten, zwei arme Leute wenigstens einmal satt zu machen. Da es jetzt ziemlich stark regnete, liefen die drei zum Kreuzwirt, den sie bereits nach wenigen Minuten erreichten. Sie setzten sich an einen der wenigen noch freien Tische, unter dem sich sofort eine kleine Wasserpfütze bildete. Johann bestellte ein einfaches, gesundes Frühstück für seine zwei Gäste; er selbst hatte ja bereits gegessen.

Es dauerte nicht lange, da brachte der Wirt das Bestellte. Marie griff beherzt zu und schien alles um sich herum vergessen zu haben. Ihre Mutter warf erst einen scheuen Blick auf die Speisen und dann auf Johann, der sie ermahnte, das Essen nicht zu vergessen. Vorsichtig tastete sie nach einem herrlich duftenden Laib Brot, nahm ihn in die Hände und hielt ihn sich unter die Nase, um daran zu riechen. Dann riss sie ein winziges Stück davon ab und schob es in ihren Mund. Erst kaute sie vorsichtig, dann immer schneller, und nach wenigen Augenblicken war vom Brotlaib nichts mehr zu sehen.

Johann saß staunend daneben und freute sich am kleinen Glück der zwei. Er unterbrach sie nicht und wartete geduldig, bis sie alles aufgegessen hatten. Außer einem „köstlich" hier und einem „wunderbar" da, war nichts weiter zu hören.

„Ihr müsst Euch denken", sagte die Frau schließlich, „dass wir keine Manieren haben. Wir essen hier wie die Wilden und vergessen unseren Wohltäter. Und dabei kennt Ihr noch nicht einmal unsere Namen!"

„Macht Euch keine Gedanken darüber! Die vergangenen Minuten waren die schönsten, die ich seit langem erlebt habe. Es war mir ein großes Vergnügen, einfach nur dazusitzen und Euch zuzusehen."

Die Frau errötete und wirkte plötzlich ein wenig unsicher. Hatte der fremde Mann etwa gar Hintergedanken gehabt, als er sie zum Essen eingeladen hatte? Sie hob ihren Kopf und blickte Johann in die Augen. Es waren gute, freundliche Augen, fand sie. Sie sollte ihm vertrauen. Ihre Tochter saß daneben und strahlte Johann an. Sie war einfach nur glücklich, und sei es nur für einige Augenblicke.

Johann erklärte, dass er nun bald zur Arbeit gehen müsse, doch zuvor bat die Frau ihn, er möge sich ihre Geschichte anhören. Johann nickte. Die Frau sagte, dass sie Waltraud Köhler heiße und aus dem Hafenviertel stamme. Ihr Mann, ein Matrose, sei auf See umgekommen, als sie mit Marie schwanger war. Das wenige Ersparte sei schon lange aufgebraucht, sodass sie sich mit kleinen, schlecht bezahlten Arbeiten über Wasser zu halten versuche. Während sie erzählte, hielt Marie ganz fest ihre Hand gedrückt und ließ sie nicht mehr los. Beiden standen Tränen in den Augen. Johann musste mehrmals schlucken, die Geschichte ging ihm sehr nahe. Er empfand eine seltsame Zuneigung zu Frau Köhler, die er aber noch nicht richtig einordnen konnte. Sie war schön, wahrhaftig schön, selbst mit nassen Haaren und verweintem Gesicht. Doch war es nur ein Anflug einer kurzen Liebelei, die Johann gepackt hatte? Er wusste es selber nicht, bat sie aber um ihre Anschrift.

Frau Köhler senkte die Augen und zögerte mit der Antwort. Sie fürchtete, er könne sie dort besuchen und sehen, unter welchen Umständen sie hauste. Und doch bebte sie innerlich vor Erregung, da auch sie sich von Johann irgendwie angezogen fühlte. Johann erklärte, dass er vielleicht etwas für sie tun könne, was sie schließlich bewog, ihm die gewünschte Auskunft zu geben. Er notierte die Anschrift auf einen Zettel, den er sich vom Wirt erbat, steckte der überraschten Frau noch schnell ein paar Münzen zu und verabschiedete sich rasch, um sich den Dankesbezeugungen zu entziehen. Im Hinausgehen rief er dem Wirt zu, dass er das Essen bei seinem nächsten Besuch bezahlen werde, was der Wirt, der ihn inzwischen kannte, mit einem Kopfnicken quittierte.

Der Regen hatte inzwischen ein wenig nachgelassen, und so schritt Johann zügig voran. Er war schon ein gutes Stück fort, als plötzlich jemand von hinten an seinem Frack zog. Er blieb stehen und drehte sich um. Es war die kleine Marie, die ihm keck ihren Mund zu einem Dankeskuss anbot. Johann beugte sich zu ihr hinunter und drückte ihr einen kurzen, schallenden Schmatz auf die Lippen.

„Danke", hauchte Marie kaum hörbar, drehte sich, ohne ein weiteres Wort zu sagen, um und rannte zu ihrer Mutter zurück, die vor dem Eingang des Kreuzwirtes stand und ihm zuwinkte.

Als Johann kurze Zeit später mit einem gewaltigen Schwung die Tür zu seiner Arbeitsstube aufriss und ein „Morgen, altes Haus" schmetterte, schreckte Ferdinand verdutzt hoch. Er war es nicht gewohnt, seinen Partner bereits am Morgen dermaßen gutgelaunt zu erleben.

„Welch ein Anblick!", rief er scherzhaft aus. „Mir scheint, dir sei eine ganze Schar Engel über den Weg gelaufen oder geflogen!"

„Keine Schar, nur ein einziger", antwortete Johann und erzählte in aller Kürze die Begebenheit, die ihn in solch gute Stimmung versetzt hatte. Dabei verschwieg er die Tatsache, dass die Vollglatze des unbekannten Mannes ihn kurzzeitig gelähmt hatte.

„Na, ist das Aufgebot etwa schon bestellt?", fragte Ferdinand lachend. Ihm war der seltsame Glanz in Johanns Augen nicht entgangen. „Kaum angekommen und schon die Liebe seines Lebens gefunden! Der Mann hat mehr Glück als er verdient. Ich mit meinen Ohren werde wohl niemals ein Weib finden, das sich um mich und mein Heim kümmert!"

Ferdinand fasste sich beinahe widerwillig an seine abstehenden Ohren, die durch das nach hinten gekämmte und zu einem Zopf gebundene Haar noch deutlicher hervorstachen.

„Ach, Ferdinand, lass dir ruhig noch Zeit mit den Frauen! Sie sind ein schöner Zeitvertreib, aber sie können dir auch den letzten Nerv kosten."

Plötzlich verdüsterte sich Johanns Miene. Er hatte sich inzwischen gesetzt und schloss nun für einen kurzen Moment seine Augen. Ferdinand sah ihn erstaunt an, denn der Mann, der eben noch freudestrahlend zur Tür hereinspaziert war, saß nun beinahe bedrückt und in sich zusammengesunken an seinem Schreibpult.

Plötzlich ging ein Ruck durch Johanns Körper. Er schlug die Augen auf und begann zu erzählen.

„Frauen! Sind sie nicht wie Äpfel? Von außen scheinen sie süß und fruchtig zu sein, locken dich mit einer tollen Schale, umschmeicheln deine Sinne und betören dich mit ihren Rundungen, bis du nicht mehr widerstehen kannst und die süße Frucht vom Zweig pflückst. Doch manche Frucht erweist sich als saure Überraschung! Manchmal bereits beim ersten Bissen, manchmal aber erst später."

„Und du hast solch einen sauren Apfel gepflückt?", wollte Ferdinand wissen.

„Ja, einen der zweiten Sorte. Erst schien alles wunderbar. Sie war die Tochter meines Vorgesetzten bei der Ausbildungsstelle für Kriminalmeister. Ich kannte sie schon sehr lange, denn als Heranwachsender hatte ich ihr einst das Leben gerettet, als ich sie aus einem Teich gezogen hatte, in den sie wegen ihrer Tollpatschigkeit gefallen war."

„Ah!" Ferdinand war äußerst gespannt auf weitere Details.

„Ja, ah! Elsbeth war ein verdammt hübsches, junges Gör, und wie sie da so triefend nass auf dem Gras lag, hätte ich mich beinahe in sie verliebt. Aber sie war noch jung, sehr jung. Ihr Vater hätte es nicht erlaubt, aber er hat mir die Möglichkeit geboten, die Ausbildung zum Kriminalmeister zu machen. Als Sohn eines armen Schneiders hätte ich ansonsten niemals die Möglichkeit gehabt, solch einen Weg einzuschlagen."

„Du Glückspilz!"

„Glückspilz? Ich wollte in die Fußstapfen meines Vaters treten und das Schneiderhandwerk erlernen. Mit der Ausbildung zum Kriminalmeister hatte ich anfangs keine rechte Freude, aber mein Vater meinte, dass ich mir diese Gelegenheit nicht entgehen lassen dürfe. Ich habe natürlich gehorcht, aber…"

Johann wurde durch ein Klopfen an der Tür unterbrochen. Es war Euwart, der die zwei Kriminalmeister zu Herrn Eger bat.

Dieser stand nachdenklich am offenen Fenster und blickte hinaus auf die Dächer der Stadt, als Johann und Ferdinand eintraten.

„Meine Herrn", sagte er leise, ohne sich umzudrehen, „da draußen treibt ein Irrer sein Unwesen. Irgendwo in den Gassen dieser Stadt schleicht er unerkannt herum. Wir müssen diesen Fluch beenden, bevor ganz Amsdorf ins Unglück gestürzt wird!"

Die beiden Kriminalmeister blickten sich kurz an, antworteten aber nicht. Auch Herr Eger schwieg für einige Augenblicke, bevor er fortfuhr.

„Ich habe Nachricht erhalten, dass erneut eine ältere Frau diesem Scheusal zum Opfer gefallen ist. Solch eine Dreistigkeit ist mir in all den Jahren noch nicht untergekommen. Es sind bereits mehrere Gehilfen unterwegs an den Ort des Geschehens. Ihr solltet gleich aufbrechen, doch vorher bitte ich darum, mich auf den neuesten Stand der Ermittlungen zu bringen."

Johann erstattete Bericht, während der Oberkriminalmeister ihnen weiter den Rücken zugekehrt hatte und durchs Fenster nach draußen starrte. Es hatte wieder stärker zu regnen begonnen, und in der Ferne grollte bereits der Donner, der das erste große Frühlingsgewitter ankündigte.

Als Johann fertig war, ließ Herr Eger einige Zeit verstreichen. Dann seufzte er tief und laut.

„Gut, meine Herren. Unten wartet ein Kriminalgehilfe, der Euch führen wird. Euwart ist bereits aufgebrochen und wird Euch am Hafen erwarten. Ich werde mich inzwischen um die Freilassung des Soldaten

Balduin kümmern. Die Umstände erlauben es nicht, ihn weiter festzuhalten. Geht nun, und vergesst nicht, mich auf dem Laufenden zu halten!"

Als die beiden die Treppe nach unten gestiegen waren, kam ihnen ein Gehilfe entgegen, der ihnen Wasser abweisende Ledermäntel überreichte, die sie sich überwarfen. Draußen fiel der Regen bereits in schweren Tropfen auf das Kopfsteinpflaster, sodass sie sich eiligst die Kapuze über den Kopf zogen und dem Gehilfen zum Hafen folgten. Oben stand Herr Eger noch immer am Fenster und folgte ihnen mit seinen Blicken, bis sie im prasselnden Regen nicht mehr zu sehen waren.

Die drei Männer schritten zügig auf der Grafenstraße nach Westen, bis sie das Meer vor sich liegen sahen. Der aufkommende Sturm peitschte die Wellen auf, das Wasser schlug dunkel und unheimlich gegen die Hafenmauer. Links lag der Teil des Hafens, der zum Armenviertel gehörte. Weiter hinten war der Strand unbefestigt. Selbst jetzt im dichten Regen konnte man einige alte, unbrauchbar gewordene Schiffe am verwahrlosten Strand liegen sehen. Die Männer aber lenkten ihre Schritte nach rechts ins Hafenviertel. Zahlreiche prächtige Schiffe aus massivem Holz lagen dort vor Anker, denen der Sturm nichts anhaben konnte. Es war kaum ein Mensch zu sehen, denn das Unwetter hatte die meisten in ihre Häuser getrieben. Hinter den großen Schiffen im nördlichsten Teil des Hafens lagen mittlere und kleine Boote, zumeist Fischerboote, die unruhig auf dem Wasser schaukelten.

Vor einem dieser Boote, an dessen Seite der Name *Dora* in dunkelgrünen, elegant geschwungenen Buchstaben aufgepinselt war, stand eine kleine Gruppe vermummter Männer. Einer von ihnen löste sich aus der Gruppe, als er die Ankömmlinge erblickte, und kam ihnen entgegen. Es war Euwart, der sie in Empfang nahm und die beiden Kriminalmeister über eine rutschige

Holzplanke auf das Deck der *Dora*, eines plumpen Zweimasters, führte. Die drei Männer hatten sichtlich Mühe, über die Holzplanke aufs Schiff zu gelangen, ohne von einer Windböe ins aufgewühlte Hafenbecken geweht zu werden. Das Schiff schaukelte bedenklich hin und her, sodass es einige Zeit dauerte, bis sie am vorderen Mast standen, wo sie sich festhalten konnten.

Als sie sicheren Stand hatten, ließ der Wind wie auf ein Zeichen plötzlich nach. Der Regen fiel aber weiterhin in dicken Tropfen vom Himmel.

„Wo ist das Opfer?", wollte Ferdinand von Euwart wissen. „Ich hoffe nicht, dass es unten im Wasser liegt!"

„Nein, nein! Es ist eher das Gegenteil der Fall", gab der Gehilfe zur Antwort.

„Das Gegenteil von Wasser? Das wäre Feuer! Ich sehe aber nicht die kleinste Flamme weit und breit!"

„Feuer?", kicherte Euwart. „Nein, ich meinte das Gegenteil von *unten*. Richtet Eure Blicke also bitte nach oben!"

Die Kriminalmeister hielten ihre Kapuzen fest und legten den Kopf in den Nacken. Der Regen prasselte ihnen ins Gesicht, sodass sie die Hände schützend vor die Augen hielten. Erst langsam erkannten sie ein zerschlissenes Fischernetz, das zwischen den zwei Masten des Schiffes gespannt war. Im Netz, ungefähr auf halber Höhe der Masten, baumelte eine menschliche Gestalt inmitten mehrerer Fische, die nicht durch die Maschen des Netzes gefallen waren. Erst jetzt bemerkten die Männer, dass auf den Planken einige Fische herumlagen.

„Ich kann kaum etwas erkennen", schrie Johann in das aufkommende Donnergrollen hinein. „Woher wisst Ihr, dass es sich um eine alte Frau handelt? Ich kann kaum erkennen, dass es sich um einen Menschen handelt!"

„Ihr Mann, ein alter Fischer, hat sie gefunden", brüllte Euwart zurück, obwohl der Donner sich bereits ausgetobt hatte. „Er hat sie an ihrem Kleid sofort erkannt. Sein Name ist Horb."

„Hm, ja. Das könnte ein geblümtes Kleid sein! Wo ist der Mann? In der Kajüte?"

„Nein, Herr Gutmann. Wir haben den armen Mann in den *Matrosenhimmel* gebracht. Er war sichtlich mitgenommen und konnte unmöglich hier am Ort des Verbrechens bleiben."

Von einem *Matrosenhimmel* hatte Johann noch nie gehört, sodass Euwart ihn aufklären musste. Es handelte sich um eine der beliebtesten Hafenkneipen, in der manch alter Seebär sein Seemannsgarn spann und der Schnaps in Strömen floss.

Da die Untersuchung der *Dora* bei diesem Wetter keine angenehme Aufgabe war, beschloss Johann, erst Herrn Horb in der Kneipe aufzusuchen, um ihn zu befragen. Zudem war er neugierig auf den *Matrosenhimmel*. Sie verließen also das Schiff, froh, wieder festen Boden unter ihren Füßen zu haben. Johann gab die Anweisung, die Tote in der Zwischenzeit aus dem Netz zu befreien, und machte sich mit Ferdinand auf zur Kneipe, die sich ganz in der Nähe im nördlichsten Teil des Hafens befand.

Trotz früher Stunde drangen bereits sehnsuchtsvolle Seemannslieder hinaus auf die Straße. Als Johann die Tür öffnete, prallte er einige Schritte zurück. Ein unangenehmer Duft von Zigarren und Pfeifen drang ihm entgegen, der Rauch war mit dem Auge kaum zu durchdringen. Es stank nach verschüttetem Bier und ungepflegten Kerlen. Das schlechte Wetter hatte eine ansehnliche Anzahl von Menschen in die Kneipe getrieben, und ein Großteil von ihnen gehörte zu der Sorte von Menschen, die sich ihrem Laster hemmungslos hingaben. Johann hätte das schrecklichste Unwetter diesem Ort vorgezogen, doch die Pflicht trieb ihn hinein.

140

Er musste jedoch einige Augenblicke warten, bis er in den dichten Rauchschwaden etwas erkennen konnte.

An den Tischen saßen verwegene Gestalten in triefnassen Mänteln. Den Kriminalmeistern schenkten sie keine Aufmerksamkeit. Ein einbeiniger Sänger, der in der Nähe des Eingangs auf einem Holzschemel saß, beendete in diesem Augenblick seinen Vortrag, wofür er jedoch kaum Applaus erntete. Er stellte sich auf sein verbliebenes Bein, nahm die Gitarre, die nur mehr drei Saiten hatte, und humpelte, sich auf das Instrument stützend, zu einem der Tische, wo er sich niedersetzte und nach dem Wirt rief. Dieser aber, ein feister Mann in den Fünfzigern, hatte inzwischen die neuen Gäste erspäht und kam zur Tür gewatschelt. Er erklärte, dass alle Tische besetzt seien, dass es an der Theke jedoch einen tüchtigen Schnaps gebe. Johann erklärte, dass sie nicht zum Trinken gekommen seien. Vielmehr suchten sie nach einem Herrn Horb.

„Ah, ich verstehe", flüsterte der Wirt pfiffig. „Ihr zwei seid Kriminaler! Lasst das bloß keinen hier wissen! Meine Gäste sind auf Leute wie Euch nicht gut zu sprechen. So mancher von ihnen ist bereits mit dem Gesetz in Konflikt geraten. Was Jakob, den alten Schwerenöter betrifft, so haben wir ihn hinaufgeschafft. Er liegt in meiner Kammer. Mein Weib kümmert sich um ihn, obwohl ich sie hier unten viel nötiger hätte. Geht dort hinten die Treppe nach oben! Ich muss mich wieder um meine Gäste kümmern."

Damit huschte er schon wieder fort und mischte sich unter seine Gäste. Die Kriminalmeister waren froh, dem Lärm und dem Gestank entfliehen zu können und strebten der Holztreppe zu, die im hinteren Teil des Raumes nach oben führte. Am Ende der Treppe stießen sie auf eine Tür, die den Wohnbereich vor dem Lärm in der Gaststube schützen sollte. Als sie die Tür hinter sich geschlossen hatten, empfing sie eine seltsame

Atmosphäre. Vor ihnen lag ein düsterer Gang, dessen Seitenwände mit Holz getäfelt waren, das von auf Grund gelaufenen Schiffen zu stammen schien. Die Türen waren allesamt verschlossen, bis auf eine am Ende des Gangs, wo ein flackerndes Kerzenlicht nach draußen schimmerte. Es war das leise Wimmern eines Mannes zu hören, in das sich eine beruhigende Frauenstimme mischte. Johann und Ferdinand traten näher und blickten, sich laut räuspernd, ins Zimmer hinein. Eine ältere Frau mit ausdruckslosem Gesicht drehte sich zu ihnen um und stand auf. Sie hatte auf dem Rand eines einfachen Bettes gesessen, in dem ein alter Mann, zusammengekauert wie ein Kleinkind, lag. Seine Augen waren geschlossen.

„Wer seid Ihr?", wollte die Frau wissen. „Wer hat Euch die Erlaubnis gegeben, unsere Privatgemächer zu betreten?"

Johann hatte Mühe, sich das Lachen zu verkneifen, denn der Ausdruck Privatgemächer schien ihm reichlich unpassend zu sein, zumindest für die einfache Holzkammer, in die sie blickten. Mit einem kaum sichtbaren Schmunzeln im Gesicht stellte er Ferdinand und sich vor und bat die Frau, sie für einen Augenblick mit Herrn Horb alleine zu lassen. Sie warf einen besorgten Blick auf den alten Mann, mahnte die Kriminalmeister zu äußerster Vorsicht im Umgang mit ihm und trat in den Gang hinaus. Während Ferdinand die Tür schloss, kniete Johann am Bett nieder und berührte sanft die Schulter des noch immer wimmernden Mannes.

„Herr Horb, könnt Ihr mich hören?", fragte er.

Der alte Mann zeigte keine Reaktion. Johann packte ihn etwas kräftiger und sprach lauter.

„Herr Horb!"

Noch immer wimmernd, öffnete Herr Horb vorsichtig seine verweinten Augen und blickte scheu um sich. „W…wer seid Ihr? Wo ist…?"

„Die Wirtin? Sie wartet draußen und wird sich bald wieder um Euch kümmern, sobald Ihr uns einige Fragen beantwortet habt. Wir sind Kriminalmeister."

„Krimin...ah. Es geht um meine Dora!"

„Euer Schiff? Nun, eigentlich sind wir..."

„Kein Schiff! Dora, mein Weib! Im Netz, blutend, vernichtet, tot!"

Er begann hemmungslos zu weinen und schien nicht mehr fähig zu sein, auf Johanns Fragen zu antworten. Die Frau mit dem ausdruckslosen Gesicht riss plötzlich die Tür auf und beklagte sich lautstark über die ungehobelten Kriminalmeister. Ferdinand packte sie am Arm und zog die Widerstrebende hinter sich her durch den Gang bis zur Treppe.

Er mahnte sie, sich ruhig zu verhalten, was die Frau aber nicht befolgte. Sie blieb aber wenigstens bei der Treppe stehen, sodass Ferdinand ins Zimmer zurückkehren konnte.

Herr Horb hatte sich einigermaßen beruhigt. Er hatte sich mühsam im Bett aufgerichtet und blickte Johann ins Gesicht.

„Seid Ihr in der Lage, mir einige Fragen zu beantworten?", wollte Johann wissen

Herr Horb nickte.

„Gut. Ihr habt Eure Frau tot aufgefunden, Herr Horb?"

„Ja, es war so schrecklich! Ich bin mitten in der Nacht aufgewacht und hatte dieses seltsame Gefühl. Ich spürte, dass etwas passiert sein musste. Ich lag einige Zeit wach und versuchte mir einzureden, dass ich vielleicht nur schlecht geträumt hätte. Schließlich bin ich aufgestanden und habe nach meiner Frau gesehen, die in der Kammer nebenan schläft. Wir haben seit langem getrennte Schlafkammern, denn...nun...äh. Es ist nicht das, was Ihr denkt, Herr Kriminalmeister. Meine Frau hat...hatte die Angewohnheit, im Schlaf wie wild mit ihren Armen herumzufuchteln. Dabei habe ich bereits die eine oder andere Beule davongetragen. Aus Sicherheitsgründen schlafen wir also getrennt, wenn Ihr es genau wissen wollt."

So genau wollte es Johann nicht wissen, doch nickte er eifrig mit dem Kopf. In diesem Augenblick hatte der einbeinige Sänger unten seine kurze Pause beendet und begann wieder zu singen. Der Klang seines Liedes war zwar hier oben nur schwach zu hören, doch die sehnsuchtsvolle Melodie verfehlte ihre Wirkung nicht. Auch Herr Horb lauschte kurz, während ihm Tränen über die Wangen liefen. Er wischte sie sich mit dem Ärmel seines Hemdes ab und fuhr fort.

„Also, wie ich die Kammer meiner Dora betrete, ist sie nicht da. Ausgeflogen! Ich konnte sie im ganzen Haus nicht finden und bin, von einer schrecklichen Vorahnung getrieben, hinüber zu unserem Schiff gelaufen. Dort habe ich sie dann auch gefunden: tot!"

„Ihr seid also auf direktem Wege zum Hafen?"

„Ja, ich wohne nicht fern von hier, und da ich nicht wusste, wo ich sie sonst suchen sollte…"

„Gut. Habt Ihr etwas Verdächtiges bemerkt? Vielleicht jemanden, der sich in der Nähe des Schiffes herumgetrieben hat?"

„Nein, nichts. Es war mitten in der Nacht und kein Mensch war zu sehen."

„Hm. Habt Ihr Verbindungen zum Schloss des Grafen? Ist Euch dort irgendwer bekannt? Ihr seid doch Fischer. Vielleicht liefert Ihr Eure Ware auch ins Schloss."

„Was für eine seltsame Frage! Was hat das Schloss mit dem Tod meiner Frau zu tun? Aber nein, ich kenne dort niemanden, und Fischer bin ich schon lange nicht mehr. Meine alten Knochen spielen da nicht mehr mit. Das Boot gehört mir zwar noch, aber ich habe einige junge Burschen angeheuert, die für mich zur See fahren.

Zurzeit sind jedoch alle drei außer Gefecht. Diese Nichtsnutze haben sich mit einigen ausländischen Matrosen geprügelt und liegen mit gebrochenen Armen und anderen Schrammen in ihren Betten. Verdammte Racker! Aber wenn sie gesund sind, dann haben sie immer jede Menge Fischgetier in den Netzen. Den Fang verkaufen wir auf den Märkten der Stadt, ins Schloss habe ich nie geliefert."

Wieder brach der arme Mann in Tränen aus. „Wer hat so etwas getan? Meine kleine, liebe Dora, sie war doch alles, was ich hatte! Ohne sie ist alles sinnlos!"

„Herr Horb, bitte beantwortet mir noch eine letzte Frage. Ist Euch ein Herr Stark bekannt, Besitzer eines Gasthofes aus dem Nobelviertel? Oder vielleicht ein Herr Edmund Ellerich? Vielleicht kannte Eure Frau diese Männer."

„Die Namen sagen mir nichts, und auch meiner Frau waren sie wohl nicht bekannt. Ich wüsste das."

Ein neuerlicher Weinkrampf schüttelte Herrn Horb. Johann hatte den Eindruck, dass die Betroffenheit des Mannes echt war. Hätte er seine Frau umgebracht, besäße er ein famoses Talent für das Schauspiel. Er beschloss also, den Worten des Witwers Glauben zu schenken und ließ sich die Hausschlüssel des Mannes geben sowie eine Wegbeschreibung. Dann wünschte er einstweilen alles Gute und versprach, die Schlüssel später wieder hierher zurückzubringen.

Als Ferdinand die Tür öffnete, stand die Wirtsgattin mit lauschendem Ohr davor. Die Neugier hatte sie hergetrieben. Nun prallte sie erschrocken zurück und setzte eine Unschuldsmiene auf. Die Kriminalmeister beachteten sie nicht und gingen fort. Als sie die enge Treppe nach unten stiegen, kam ihnen ein grobschlächtiger, glatzköpfiger Mann entgegen, der keine Anstalten machte, den Weg freizugeben.

„Schon wieder ein Glatzkopf!", stöhnte Johann leise. Er bekam beim Anblick des Mannes Herzrasen, drehte sich mit dem Gesicht zur Wand und ließ ihn passieren. Der Mann ließ ein höhnisches Lachen hören und rempelte Johann grob an. Ferdinand war hinter Johann und hatte das seltsame Verhalten seines Partners verwundert beobachtet. Er wollte nicht klein beigeben und sah dem Mann trotzig ins bullige Gesicht. Er konnte seinem Blick jedoch nicht standhalten, senkte den Kopf und ließ ihn ebenfalls vorüber. Dabei bekam auch er einen derben Rempler ab und wurde gegen das Geländer gedrückt.

Der freche Kerl ließ nur ein abschätziges „Pah" hören und schloss die Tür hinter sich. Ferdinand sah besorgt nach Johann, der schwer atmend auf einer Treppenstufe saß. Einige der Gäste machten den Wirt auf die Kriminalmeister aufmerksam. Er kam an den Fuß der Treppe und fragte besorgt, was geschehen sei. Johann sprach von einer plötzlich aufgetretenen Übelkeit, die sicher gleich wieder vorüber sei. Der Wirt entfernte sich Achsel zuckend.

Nach wenigen Minuten fühlte sich Johann bereits wieder recht gut. Er stand auf und stieg mit Ferdinand hinunter in die Gaststube, die sich inzwischen beinahe vollständig geleert hatte. Der Regen hatte aufgehört, sodass der Sänger nur mehr wenige Gäste zu unterhalten hatte. Trotzdem sang er weiterhin mit einer Inbrunst, die bewundernswert war.

Die Kriminalmeister verließen den *Matrosenhimmel* und gingen zurück zur *Dora*, Horbs Schiff. Johann bemühte sich, immer einige Schritte vor Ferdinand zu gehen, da er möglichen Fragen seines Partners zu seiner körperlichen Verfassung aus dem Weg gehen wollte. Dieser hatte sichtlich Mühe, mit Johann Schritt zu halten. Er war zutiefst besorgt um ihn, den er beinahe schon als Freund ansah, obwohl sie sich erst seit wenigen Tagen kannten. Erst das seltsame Verhalten Johanns im Haus der Fichters, als er ohne Worte davongerannt war, und nun dieser Schwächeanfall. Zumeist zeigte Johann eine umwerfende Stärke und ein sicheres Auftreten, aber in diesen wenigen Momenten wirkte er hilflos und schwach.

Der Weg zur *Dora* war nicht weit, sodass Ferdinand wenig Zeit zum Grübeln blieb. Es regnete zwar nicht mehr, aber von den Häusern und den wenigen Bäumen am Hafen tropfte es noch stark. Die Wolken waren schon aufgerissen und die Sonne lugte bereits hervor. Wo vor kurzem noch kaum jemand zu sehen gewesen war, eilten nun zahlreiche Menschen geschäftig hin und her.

Vor der *Dora* stand Euwart bei einigen anderen Kriminalgehilfen. Er berichtete, dass die Leiche aus dem Netz befreit worden sei und für die Untersuchung auf dem Deck bereit liege. Johann nickte und turnte über die glitschige Holzplanke an Bord. Die Tote, in ein arg zerschlissenes Kleid mit auffälligem Blumenmuster gewandet, lag zwischen den Masten auf den Holzplanken, wie ein großer Beutefisch, den der Kapitän stolz präsentieren will. Die Fische lagen daneben.

Johann beugte sich über die Tote, als ein Kriminalgehilfe aus der Kajüte über die Holtreppe nach oben kam.

„Ah, die Herren Kriminalmeister! Ihr solltet Euch einmal dort unten umsehen, das könnte Euch interessieren."

Johann ließ einstweilen wieder von der Leiche ab und stieg neugierig die Holzstufen nach unten, die bei jedem seiner Tritte laut ächzten. Ferdinand und Euwart wollten ebenso hinab und betraten beinahe gleichzeitig die Treppe. Dabei kamen sie sich in die Quere und gerieten ins Straucheln. Sie versuchten noch, sich gegenseitig zu stützen, gerieten dabei noch mehr in Schieflage und polterten unter lautem Fluchen die schmale Treppe hinunter, wo sie vor Johann zu liegen kamen, der erschrocken zur Seite gesprungen war. Der Sturz war für beide glimpflich ausgegangen, das eine oder andere Körperteil schmerzte aber ein wenig. Johann half ihnen schmunzelnd hoch, während die beiden Unglücksraben ihre Glieder rieben und merkwürdige Grimassen schnitten.

Dann blickten sich die drei in der Kajüte um, die äußerst karg eingerichtet war. Zwei Hängematten, ein angenagelter Tisch, zwei Stühle und einige Holzregale, auf denen allerlei nützliche Dinge verstaut waren, die durch eine Holzleiste vor dem Herabfallen geschützt wurden. Mehr hatte der Raum nicht zu bieten. Auf dem Tisch lagen blutige Fleischreste, klein und länglich, die sich bei näherem Betrachten als vier Finger entpuppten, die dort festgenagelt waren. Es handelte sich um zwei Daumen und zwei kleine Finger, wie Johann zu erkennen glaubte. Die rostigen Eisennägel waren senkrecht durch die Gliedmaßen getrieben worden und hatten sie beinahe gespalten.

„Finger!", seufzte Ferdinand, neben Johann tretend. „Aber wieso vier? Es sind doch vier, oder? Der Mutter dieses Folterungeheuers fehlte nur ein einziger Finger, Frau Fichter deren zwei. Wieso nun vier? Kann dieser Verrückte nicht richtig zählen?"

„Das ist zu bezweifeln!", entgegnete Johann. „Es steht eher zu befürchten, dass wir das dritte Opfer noch nicht gefunden haben. Die Finger, das sind Zeichen. Der Mörder will, dass seine Opfer gefunden werden. Aber was will er uns damit sagen, und wo ist Opfer Nummer drei?"

„Ist es nicht möglich", warf Euwart vorsichtig ein, „dass die Drei absichtlich fehlt? Eins, zwei, vier. Hat diese Zahlenreihe etwa eine besondere Bedeutung, die sich uns noch nicht erschließt?"

148

Johann schüttelte den Kopf und hob ratlos seine Schultern, er hatte nicht die leiseste Ahnung. Da in der Kajüte weiter nichts von Bedeutung zu finden war, stiegen sie wieder nach oben, um nun endlich die tote Frau zu untersuchen. Diese war, ebenso wie die ersten beiden Opfer, bereits in einem fortgeschrittenen Alter gewesen. Auch ihr fehlten, neben den vier auf den Tisch genagelten Fingern, die Augen. Um ihren Hals war ein hellgrüner Stofffetzen geschlungen, mit dem ihr wahrscheinlich die Luftzufuhr abgeschnitten worden war. Ihr Gesicht war nämlich auffallend blau angelaufen. Ihre Hände waren mit einem Strick auf den Rücken gefesselt.

„Drei alte tote Frauen", murmelte Ferdinand, „doch wo ist die Verbindung zwischen ihnen? Frau Amato und Frau Fichter mögen sich vielleicht gekannt haben, aber wie passt die Frau eines Fischers ins Bild? Kann es sein, dass der Mörder einfach wahllos zugeschlagen hat? Aber nein, es wäre doch ein großer Zufall, wenn es drei alte Frauen getroffen hätte. Hat er an ihnen vielleicht den Hass auf seine Mutter ausgelassen?"

„Das ist eine von zahlreichen Möglichkeiten", entgegnete Johann. „Wir sind wohl einem grausigen Geheimnis auf der Spur. Doch wieso hat er den Opfern die Finger abgeschnitten und die Augen ausgestochen? Konnte er es nicht ertragen, dass die Opfer ihn gesehen hatten, bevor er sie tötete? Womöglich glaubt er, dadurch…"

„Ach was!", rief Euwart plötzlich, „der Mann ist einfach geisteskrank!"

„Jedenfalls", sagte Ferdinand nachdenklich, „sind all unsere Verdächtigen, die wir in der Zelle haben, dadurch erst einmal entlastet. Oder sollte es möglich sein, dass wir es gar mit mehreren Tätern zu tun haben? Versucht jemand etwa, die Eingekerkerten dadurch zu entlasten, dass er mordet, während sie in der Zelle sitzen? Die Details mit den ausgestochenen Augen und den abgeschnittenen Fingern haben sich vielleicht in der Stadt bereits herumgesprochen und den Nachahmungstäter entsprechend angeregt."

„Hm, das wäre eine Möglichkeit, wenn auch etwas ungewöhnlich", brummte Johann. „Stark und Ellerich bleiben jedenfalls weiter in Haft. Wir sollten uns nun in Horbs Wohnung ein wenig umsehen. Ihr, Euwart, sucht mit den anderen hier noch nach weiteren Hinweisen. Ich glaube zwar nicht, dass sich noch etwas finden lässt, aber wir dürfen nichts unversucht lassen."

Dann verließ Johann mit Ferdinand die *Dora* und verschwand bald im Häusergewirr des Hafenviertels. Schon nach wenigen Minuten erreichten sie die von Horb angegebene Gasse. Das richtige Haus zu finden war nicht einfach, denn alle Gebäude sahen beinahe gleich aus. Da kein Mensch zu sehen war, klopften sie wahllos an eine der Türen. Drinnen gab es ein Scheppern wie von Geschirr, das zu Boden fiel. Kurz darauf öffnete ein altes Mütterlein, dessen Gesicht beinahe nur aus Runzeln zu bestehen schien, die sich tief in die Haut eingefurcht hatten. Zwei traurige Augen blickten fragend.

„Gute Frau", begann Johann freundlich, „wollt Ihr uns bitte sagen, wo das Haus des Herrn Horb zu finden ist? Wir sind von der Stadtverwaltung" – dabei zeigte er sein Erkennungszeichen – „und müssen in sein Haus."

„Oh", antwortete die Alte hörbar enttäuscht, „ich dachte, dass mein Sohn mich wieder einmal besuchen kommt. Er war schon so lange nicht mehr da, müsst Ihr wissen. Er ist ein guter Junge, aber er hat so viel Arbeit. Kennt Ihr ihn vielleicht?"

„Ich fürchte nein", antwortete Johann. „Ich bin erst seit wenigen Tagen in der Stadt und kenne noch kaum einen Menschen."

„Ihr solltet Ihn kennenlernen, meinen Jungen! Aber was sagtet Ihr? Horbs Haus?"

Sie trat in ihren alten Pantoffeln langsam auf die Gasse hinaus und zeigte mit ihren dürren Armen auf ein Haus schräg gegenüber. Die zwei Kriminalmeister bedankten sich und gingen fort.

„Wenn Ihr meinen Sohn seht", rief ihnen die Alte mit schwacher Stimme nach, „dann sagt ihm, dass ich auf ihn warte."

„Machen wir, ganz bestimmt!", antwortete Ferdinand.

Die Alte ging wieder zurück in ihr Haus und schloss seufzend die Tür. Die Kriminalmeister waren wieder allein. Als sie Horbs Haus erreichten, zog Johann den Schlüssel hervor und wollte aufsperren. Zu seiner Überraschung war die Tür jedoch nur angelehnt, was auf den ersten Blick nicht ersichtlich gewesen war. Es zeigten sich deutliche Spuren eines gewaltsamen Aufbrechens. Die Tür war dadurch so beschädigt worden, dass sie nicht mehr richtig schloss. Der Mörder war also gewaltsam eingedrungen und hatte Frau Horb aus ihrer Schlafkammer entführt, ein waghalsiges Unternehmen.

Das Haus war ziemlich klein und wies nur wenige Räume auf. Neben einer Küche, die wohl auch als Waschraum diente, gab es einen bescheidenen Wohnraum und zwei winzige Schlafkammern. Anhand der Einrichtung und der Gegenstände war es nicht schwer, jene von Frau Horb zu bestimmen. An der Seitenwand war ein kleines Holzregal befestigt, auf dem sich allerlei Döschen und Fläschchen, ein Spiegel und eine Haarbürste befanden. Glassplitter auf dem Boden zeigten, dass sich das Opfer wohl gewehrt hatte. Auffallend war der Vorhang, der in einem hellen Grün gehalten war. Es war der gleiche Stoff, aus dem der Fetzen bestand, den sie um Frau Horbs Hals geschlungen fanden. Ferdinand untersuchte den Vorhang und sah, dass ein länglicher Streifen fehlte.

Ein alter Kleiderschrank stand offen, neben dem Bett lag ein zerknittertes Nachthemd auf dem Fußboden. Doch trotz genauer Suche fanden die beiden keine weiteren Hinweise oder Spuren. Frau Horb war wohl in ihrem Bett, unbemerkt vom nebenan schlafenden Mann, überfallen worden, hatte sich noch ein Kleid anziehen dürfen und war dann, gefesselt und wahrscheinlich geknebelt, heimlich bis zum Schiff getragen worden. Dies war erstaunlich, denn die verschnürte Frau war wohl eine Last gewesen, die etwaigen Nachtschwärmern oder Soldaten, die auch des Nachts durch die Stadt patrouillierten, auffallen musste.

„Wir haben nichts!", polterte Johann, als sie wieder hinaus auf die Gasse traten. „Nichts! Dieses perverse Schwein verhöhnt uns und streift nachts, mit einer Frau auf den Schultern, gemütlich zum Hafen, ohne dass es jemandem auffällt. Er kannte jedenfalls das Schiff der Horbs und muss die Lage also vorher ausgekundschaftet haben."

Ferdinand antwortete nicht und folgte Johann schweigend zurück zum Matrosenhimmel. Als sie in die Gaststube traten, herrschte dort eine seltsame Stimmung. Der einbeinige Sänger war verschwunden, die wenigen Gäste unterhielten sich nur noch flüsternd, und der Wirt machte ein fürchterliches Gesicht. Als er die Kriminalmeister bemerkte, kam er, so schnell es seine kurzen Beine zuließen, auf sie zugeeilt und überschüttete sie mit Vorwürfen: Horbs Verfassung hätte eine Befragung nicht zugelassen, eine spätere Vernehmung wäre kein Problem gewesen.

„Holla, Herr Wirt!", fuhr Johann dazwischen. „Wie und wann wir unsere Befragungen durchführen, das lasst unsere Sorge sein! Ihr habt Euch nicht darum zu kümmern, verstanden?"

„Es kümmert mich sehr wohl", schrie der Wirt, „wenn in meinem Bett ein Toter liegt!"

„Ein Toter? Was wollt Ihr damit sagen? Ist Herr Horb etwa…"

„Tot, genau! Sein altes, schwaches Herz hat die Aufregung nicht überstanden. Kurz, nachdem Ihr gegangen seid, stürmt meine Alte plötzlich die Treppe herunter und beginnt fürchterlich zu toben. Mein Sohn…"

Mehr hörten die Kriminalmeister nicht, denn sie waren bereits in weiten Sätzen zur Treppe gesprungen und hinaufgestürmt. Vor dem Zimmer, in dem Herr Horb lag, stand der glatzköpfige Mann, der ihnen beim ersten Besuch auf der Treppe begegnet war. Johann ging unwillkürlich langsamer und blieb schließlich ganz stehen. Er hielt seinen Blick gesenkt, drehte sich langsam um und ging zurück zur Treppe. Dabei murmelte er, dass er draußen auf Ferdinand warten wolle. Dieser blickte ihm voller Besorgnis hinterher, bevor er sich aufraffte und zum Glatzkopf trat. Der Kerl stellte sich drohend in Position und verschränkte seine muskulösen Arme über der Brust.

„Geht zur Seite, Kerl!", befahl Ferdinand, erntete jedoch nur ein spöttisches Grinsen.

„Meine Mama hat gesagt, dass hier niemand passieren darf, solange der Arzt drinnen ist. Verstanden?"

Der schmächtige Kriminalmeister konnte es an Körperkraft nicht mit dem Burschen aufnehmen, weshalb er sein Erkennungszeichen hervorzog und es ihm zeigte. Zwar rechnete er nicht damit, dass der Sohn des Wirtes lesen konnte, doch dieser nahm ihm das Schriftstück einfach aus der Hand und begann, Buchstabe für Buchstabe zu lesen. Es dauerte geraume Zeit, doch als er den Sinn der Zeilen schließlich begriffen hatte, wurde sein Lausbubengesicht lang und länger. Mit der Obrigkeit wollte er es sich nicht verscherzen, sodass er beschloss, klein beizugeben.

„Verzeiht, Herr Kriminalmeister", sagte er beinahe unterwürfig und trat zur Seite. Ferdinand warf ihm einen strengen Blick zu und ging, vor Aufregung doch leicht zitternd, an ihm vorüber zur Tür, die er öffnete. Beim Schein einer Kerze – das Zimmer hatte nämlich kein Fenster – saß ein gut gekleideter, junger Mann auf dem Bettrand und drückte an Herrn Horbs Körper herum, der mit entblößtem Oberkörper leblos da lag. Die Frau des Wirts hockte, in sich zusammengesunken, auf einem Stuhl und starrte auf den Fußboden.

„Ihr seid Arzt?", fragte Ferdinand. Der junge Mann drehte sich um und nickte.

„Da ist nichts mehr zu machen!", erklärte der Arzt. „Sein Herz hat aufgehört zu schlagen. Der Kummer über den Tod seines Weibes hat ihn ihr folgen lassen. Er hatte ein schwaches Herz."

Ferdinand grüßte knapp und ging wieder, denn der Tote konnte ihm nun nichts mehr erzählen. Der Glatzkopf bemühte sich, ein recht freundliches Gesicht zu machen, und verabschiedete Ferdinand mit ein paar netten Worten, die nicht zu seinem gewalttätigen Äußeren passten. Der Kriminalmeister schenkte ihm keine Beachtung und ging hinunter.

Unten in der Gaststube hatte der Wirt bereits auf ihn gewartet. Er begann wieder zu schimpfen, doch Ferdinand würdigte ihn keiner Antwort und verließ den Matrosenhimmel. Inzwischen hatte sich auch die letzte Wolke verzogen, die Sonne hatte die völlige Herrschaft über den Himmel erlangt. Johann saß ganz in der Nähe auf einer großen Holzkiste und starrte hinaus aufs Meer.

„Er ist wirklich tot", sagte Ferdinand, an Johanns Seite tretend. Dieser fuhr erschrocken hoch, denn er hatte seinen Partner nicht kommen hören. „Der Arzt ist gerade bei ihm. Er ist wohl kurz nach unserem Abgang seinem Herzleiden erlegen und kann uns nun nichts mehr berichten. Wenn die Untersuchungen auf der *Dora* nichts ergeben, stehen wir ohne nennenswerte Anhaltspunkte da. Was mir aber noch größere Sorgen macht, lieber Johann, ist dein beklagenswerter Zustand. Es ist heute bereits das zweite Mal, und immer ist es offensichtlich dieser Kerl mit dem Lausbubengesicht, der übrigens der Sohn des Hauses ist, der bei dir Übelkeit hervorruft. Willst du darüber reden?"

Johann schloss die Augen und atmete schwer. „Ich weiß nicht, woran es liegt, Ferdinand. Ich habe dieses Problem, seit ich ein kleiner Junge bin, aber ich kenne den Grund dafür nicht. Ich ertrage die Nähe eines Mannes mit Glatze einfach nicht. Von der Ferne macht es mir nichts aus, und wenn er eine Halbglatze hat oder eine Kopfbedeckung trägt, ist es auch gut, aber…Es schnürt mir die Kehle zu, mein Herz beginnt zu rasen, mein Puls schlägt schneller. Ich kann mich dann kaum noch auf meinen Beinen halten und muss sehen, dass ich verschwinde. Das war übrigens auch der Grund, wieso ich nicht in der Nähe von Herrn Fichter sein konnte."

„Das ist merkwürdig, Johann. Kann es sein, dass ein schreckliches Erlebnis in deiner Kindheit die Ursache deines Leidens ist?"

„Ich kann mich kaum an meine Kindheit erinnern. Alles scheint wie weggeblasen. Kann sein, dass da etwas war, aber wenn, dann habe ich es wahrscheinlich verdrängt."

„Du solltest dich von einem Arzt untersuchen lassen."

„Vielleicht werde ich das, aber zuerst müssen wir endlich dem Treiben dieses Mörders ein Ende bereiten. Los, lass uns zur *Dora* gehen und sehen, was Euwart herausgefunden hat!"

155

Bei diesen Worten sprang Johann bereits von der Kiste herab und eilte zügig davon. Sein Partner blieb noch kurz wie angewurzelt stehen und blickte ihm nach. Dann raffte er sich auf und folgte ihm Kopf schüttelnd.

Als die zwei zur *Dora* kamen, sahen sie Euwart, wie er sich lauthals mit einem jungen Mann unterhielt, der um den Kopf einen Verband trug. Der Mann wollte anscheinend auf das Schiff, was ihm der Kriminalgehilfe jedoch verweigerte.

„Ihr dürft nicht hinauf!", rief Euwart. „Ich sage es nun zum allerletzten Mal. Geht fort, sonst lasse ich Euch einkerkern!"

„Das wagt Ihr nicht!", rief der Mann empört. „Das ist mein Schiff! Ich lass mir nicht verbieten..."

„Was geht hier vor?", fragte Johann streng.

„Ah, Herr Kriminalmeister Gutmann", sagte Euwart erleichtert. „Dieser Kerl hier..."

„Ach was", unterbrach ihn dieser, „ich bin kein Kerl. Mein Name ist Hans, und ich arbeite auf diesem Schiff. Dieser Jungspund hat nichts Besseres zu tun, als mich am Betreten des Schiffes zu hindern."

„Ihr seid also einer der Angestellten des Herrn Horb?", wollte Johann wissen.

„Ja, das bin ich, und ich habe im Matrosenhimmel erfahren, dass er verstorben ist. Auch die gute Herrin soll wohl tot sein, doch mir sagt ja niemand etwas!"

„Herr Horb hat uns erzählt, dass Ihr in eine Prügelei verwickelt wart. Was macht Ihr hier? Ihr solltet Euch ausruhen und schonen!"

„Pah! Ausruhen und schonen! Bin ich ein Frauenzimmer oder ein Seemann? Ich will wissen, was geschehen ist! Man sagt, dass Frau Horb auf unserem Schiff ermordet wurde."

„Na, jedenfalls wurde sie hier gefunden."

„Das gibt mir sehr zu denken!"

Der Mann blickte sinnend vor sich nieder.

156

„Was geht Euch im Kopf herum?", wollte Johann wissen.

„Nun, es ist sehr ungewöhnlich, dass ausgerechnet letzte Nacht das Schiff verlassen war. Normalerweise ist immer einer von uns auch in der Nacht auf dem Schiff. Letzte Nacht aber…"

„Ein unglücklicher Zufall?"

„Zufall? Das möchte man denken, doch nun glaube ich, dass der Mörder die Sache sehr geschickt geplant hatte. Ihr müsst nämlich wissen, dass gestern in aller Früh ein Bote mit einem Auftrag zu uns geschickt wurde."

„Könnt Ihr ihn beschreiben?"

„Ja, das kann ich. Es war ein Knabe von vielleicht zehn Jahren. Einer von Tausenden, die hier in Amsdorf herumlungern. Er war verdreckt und schäbig und stammte sicher aus dem Armenviertel. Er brachte uns einen Brief und einige Goldstücke."

„Ein Knabe, hm. Was stand in dem Brief?"

„Er enthielt ein Angebot. Wir sollten auf eines der fremdländischen Schiffe, die *Arabella*, um dort ein wichtiges Dokument aus der Truhe des Kapitäns zu stehlen. Dafür sollten wir reich belohnt werden, und die Goldstücke waren die Anzahlung."

„Ihr seid doch nicht etwa auf dieses Angebot eingegangen?"

„Natürlich sind wir das! Wir waren Feuer und Flamme! Der Verfasser der Zeilen war angeblich ein Vertrauter des Grafen. Der Kapitän der *Arabella* sei ein Spion eines fremdländischen Staates. Um seine Pläne zu erfahren, musste er dieses Dokument haben."

„Glaubtet Ihr wirklich, dass ein Vertrauter des Grafen Euch einen Knaben als Boten gesandt hätte?"

„Warum nicht? Doch im Nachhinein sind Eure Zweifel berechtigt. Das Schiff war angeblich nachts schlecht bewacht, doch das war eine Falle. Wir wurden entdeckt und mussten fliehen. Ein Wunder, dass wir, außer ein paar Hieben, die wir einstecken mussten, heil geblieben sind!"

„Ihr habt Euch hernach versteckt?"

„Natürlich! Wir sind aber ganz in der Nähe geblieben, um zu erfahren, wann das Schiff den Hafen wieder verlassen sollte. Es war wohl wirklich nur ein gewöhnliches Handelsschiff, und als es fort war, haben wir uns wieder aus unserem Versteck getraut. Wir sollten wohl auf elegante Art und Weise unschädlich gemacht werden, damit der Mörder auf unserer *Dora* ungestört sein konnte. Dieses Schwein!"

Er fletschte grimmig seine Zähne und schnaubte wie ein wildgewordener Stier.

„Habt Ihr das Schreiben noch?"

„Nein, wir mussten es, nachdem wir es gelesen hatten, sofort vernichten. Das Meer hat das Papier gefressen!"

„Und der Knabe? Würdet Ihr ihn wiedererkennen?"

„Hm, glaube nicht. Wie gesagt, er sah aus, wie die kleinen Lausbuben eben aussehen."

„Gut, ich danke Euch für Eure Offenheit. Ich müsste Euch eigentlich zur Anzeige bringen, doch will ich ein Auge zudrücken, da Ihr uns weitergeholfen habt. Und nun macht Euch fort!"

Der Mann trollte sich von dannen, froh, dass seine unbedachten Äußerungen ihn nicht in Schwierigkeiten gebracht hatten.

Dann wandten sich die beiden Kriminalmeister Euwart zu, der ihnen erklärte, dass die Untersuchung des Schiffes keine weiteren Anhaltspunkte gebracht habe. Während Ferdinand sich noch mit Euwart unterhielt, ging Johann noch einmal aufs Schiff. Die Tote lag noch immer dort. Warum hatte der Mörder sich überhaupt die unglaubliche Mühe gemacht, sie hierher zu schleppen? Er wandte seinen Blick von der Leiche ab und ließ ihn hinaus aufs Meer schweifen, als ob er dort Antworten auf alle Fragen finden könnte, die ihm im Kopf herumgeisterten. Lange stand er beinahe bewegungslos da, bis Ferdinands Ruf ihn aus seinen Betrachtungen riss. Er nickte stumm, drehte sich um und ging wieder an Land. Er trug Euwart auf, noch einmal das gesamte Schiff nach Spuren zu untersuchen, was diesen zu einem unwilligen Brummen veranlasste. Ferdinand legte Euwart wie zum Trost eine Hand auf die Schulter, nickte freundlich aufmunternd und folgte Johann, der sich schon auf den Weg zur Stadtverwaltung gemacht hatte.

5. KAPITEL

Es war früher Nachmittag. Die zwei Kriminalmeister saßen in ihrer Arbeitsstube und unterhielten sich angeregt. Plötzlich wurde die Tür aufgerissen und ein Kriminalgehilfe stürzte herein. Er war völlig außer Atem, da er die Treppen im Sturmlauf erklommen hatte. Bevor Johann oder Ferdinand zu Wort kamen, sprudelte es bereits aus ihm heraus.

„Meine Herren, eine Leiche, in Unterberg, alt, sehr alt. Tot! Das Ungeheuer von Amsdorf! Nun auch in Unterberg!"

„He da, junger Mann!", unterbrach ihn Johann. „Wenn Ihr nicht endlich Atem holen wollt, fallt Ihr mir noch tot vor die Füße! Was ist geschehen? Aber sprecht langsam und in klaren Sätzen!"

Der Gehilfe tat mehrere tiefe Atemzüge, bis er sich einigermaßen beruhigt hatte.

„Soeben ist ein Bote aus Unterberg eingetroffen", sprach er. „Er berichtet, dass dort eine alte Frau zu Tode gekommen sei. Mehr als wahrscheinlich, dass der Schlächter von Amsdorf dort…"

„Schlächter von Amsdorf?", rief Johann dazwischen.

„Ja, so wird er inzwischen von den Leuten auf der Straße genannt. Jedenfalls soll ich Euch sofort Bescheid geben. Meint jedenfalls Euwart."

„Das will ich doch hoffen! Schafft mir unverzüglich diesen Boten her! Auch Euwart soll kommen."

Der Gehilfe nickte und verschwand ebenso schnell, wie er aufgetaucht war. Seine eiligen Schritte hallten laut durch das Treppenhaus, er hatte die Tür hinter sich nicht geschlossen.

Ferdinand erklärte Johann, dass es sich bei Unterberg um eine kleine Ansiedlung in den Bergen handle, die nicht weit von Amsdorf gelegen sei. Johann hatte den Namen bereits gehört, war aber noch nicht dort gewesen.

Nach wenigen Minuten klopfte es draußen an die offene Tür. Es war Euwart mit dem Boten aus Unterberg. Dieser war ein Junge von vielleicht fünfzehn Jahren, der seine abgegriffene Mütze schüchtern in den Händen hielt.

„Tritt näher, Junge", forderte Johann ihn auf, „und berichte, was du uns zu sagen hast!"

„Ein Unglück, ein großes Unglück!", begann der Bursche. „Wir haben heute unsere Großmutter gefunden, tot! Sie lag am Ufer des Sees."

„Was ist geschehen? Ist sie ertrunken?"

„Ich weiß es nicht, aber das ganze Dorf ist in Aufregung. Es soll doch hier in der Stadt ein böser Mensch sein Unwesen treiben, der alte Frauen umbringt. Selbst in Unterberg spricht man schon davon. Und nun hat er vielleicht meine liebe Großmutter getötet!"

Er musste kurz schlucken, um das aufkommende Weinen zu unterdrücken, aber er fasste sich bald wieder. Johann wollte unverzüglich aufbrechen, doch Ferdinand erklärte, dass der Weg nach Unterberg für einen Fußmarsch doch recht weit sei, sodass sie Pferde benötigten.

Die Stadtverwaltung unterhielt ganz in der Nähe einen kleinen Pferdestall, in dem mehrere Tiere untergebracht waren, falls es außerhalb der Stadt zu tun gab. Euwart machte sich sofort auf den Weg, um die Pferde aufzäumen und satteln zu lassen. Als die Kriminalmeister wenig später mit Georg, wie der Botenjunge hieß, beim Stall ankamen, standen die Pferde bereit.

Ferdinand und Euwart waren keine geübten Reiter, doch sie trauten es sich immerhin zu, sich im leichten Trab eine Zeitlang im Sattel zu halten. Georg, der zu Fuß den langen Weg in die Stadt gelaufen war, wurde von Johann hinten aufs Pferd genommen.

Im Stadtgebiet mussten die Pferde Schritt gehen, doch als sie die gepflasterte Straße hinter sich hatten, ließ Johann sein Reittier mächtig ausgreifen. Er hatte einen guten Renner unter sich, der keine Mühe hatte, in hohem Tempo die staubige Straße hinauf zum Pass zu jagen. Dort zügelte er sein Pferd und wartete auf die anderen, die in gemütlichem Trab daher kamen. Johanns Augen leuchteten vor Freude, denn er hatte lange auf einen derartigen Ausritt verzichten müssen. Georg aber hatte sich verzweifelt an den stürmischen Kriminalmeister geklammert, um nicht vom Pferd zu fallen. Er hatte beim Reiten die Augen geschlossen gehalten und atmete schwer.

„Holla, Junge", rief Ferdinand im Näherkommen, „du siehst mir recht jämmerlich aus!"

Erst jetzt bemerkte Johann Georgs Zustand und versprach, von nun an ein gemäßigteres Tempo anzuschlagen. Als die anderen herangekommen waren, ging es gemeinsam weiter.

Nach wenigen Minuten lenkten sie ihre Pferde links zwischen die Berge hinein, die sich dort auftürmten. Ein breiter Weg, der sonst von Ochsenkarren befahren wurde, schlängelte sich in zahlreichen Windungen hinauf auf eine kleine Hochebene, auf der einige Häuser eine malerische Ansiedlung bildeten. Die Reiter trabten auf die Siedlung zu und stiegen vor einem der prächtigen Bauernhäuser, das Georg ihnen zeigte, ab. Der Junge sprang vom Pferd, stürmte wie der Wind davon und verschwand in der offenen Tür. Die anderen folgten ihm langsam und gelangten in eine prächtige, mit altem Eichenholz getäfelte Stube.

In der Ecke, neben einem gemauerten Ofen mit einem Aufsatz aus dunkelblauen Kacheln, stand ein altes Spinnrad. An den Wänden hingen zahlreiche Jagdtrophäen: Geweihe von Hirschen und anderen Waldtieren. Einen besonderen Platz hatte ein wunderschönes Holzkreuz direkt über einem uralten Tisch erhalten.

Von der Stube führten zwei Türen weiter, eine davon stand offen. Im Raum dahinter befanden sich mehrere Menschen, die beteten und leise weinten. Johann trat vorsichtig näher und warf einen Blick hinein.

Auf einem Himmelbett lag eine alte, tote Frau mit langen, schlohweißen Haaren. Sie war in ein wunderschönes Kleid gewandet; ihre erkalteten Hände lagen auf dem Bauch. Um sie herum knieten und standen mehrere Männer und Frauen. Ein kleines Mädchen, kaum fünf Jahre alt, saß auf der Bettkante und blickte der Toten stumm ins runzelige Gesicht.

„Das ist der Kriminalmeister aus der Stadt", rief Georg etwas zu laut. Er hatte sich zu den Trauernden gesellt, von denen er nun tadelnde Blicke für seine Störung erntete.

Einer von ihnen, ein braungebrannter, hochgewachsener Mann mit markanten Gesichtszügen, der betend am Bett gekniet war, stand auf und trat, von Georg gefolgt, zu Johann, den er mit einer Handbewegung hinaus in die Stube bat. Georg schloss die Tür hinter sich und blieb dort stehen.

„Ich bin Gebhard Winter, Sohn der Toten und Vater von Georg."

„Johann Gutmann", stellte sich der Kriminalmeister vor und reichte Herrn Winter die Hand zum Gruß. „Und das ist mein Partner, Herr Gramm."

Ferdinand nickte. Euwart war durch seine Mütze als Kriminalgehilfe zu erkennen und wurde nicht vorgestellt.

„Uns ist nicht entgangen", sagte Herr Winter streng, „dass unten in der Stadt, diesem Sündenpfuhl, ein gottloser Mensch sein blutiges Handwerk verrichtet hat. Amsdorf hat es sicherlich verdient! Dass aber auch unser kleines Paradies hier in Unterberg von dieser Plage heimgesucht wurde, das geht über meinen Verstand!"

„Es stimmt", entgegnete Johann, verwundert über Winters Ansicht, „dass Amsdorf derzeit eine schwere Prüfung durchstehen muss. Ob verdient oder nicht, das soll nicht Gegenstand unseres Gesprächs sein. Aber ob wir es hier mit demselben Täter zu tun haben, das wissen wir zum jetzigen Zeitpunkt noch nicht. Handelt es sich denn überhaupt um ein Verbrechen? Ich kann…"

„Wie? Ihr zweifelt daran?", rief Herr Winter überrascht und ergrimmt. „Denkt Ihr etwa, meine Mutter stirbt mir einfach so weg?"

„Verzeiht meinen Ausdruck, aber das haben alte Menschen nun mal so an sich", entgegnete Johann lapidar.

„Doch nicht meine Mutter!", meinte Winter aufgebracht. „Sie war zugegebenermaßen nicht mehr die Jüngste, doch kerngesund. Sie hat ein gottgefälliges Leben geführt und sich immer bester Gesundheit erfreut. Das Leben hier oben, fern der sündigen Stadt…"

„Genug jetzt davon!", unterbrach ihn Johann etwas rüde. „Auch der gesündeste Mensch tritt seinem Schöpfer manchmal recht unvermittelt vors Antlitz. Wir wollen nicht weiter davon reden. Ich möchte den Leichnam Eurer Mutter sehen. Schickt die Trauergäste bitte für einen kurzen Moment nach draußen."

Herr Winter starrte Johann mit zusammengekniffenen Augen an und wollte etwas entgegnen. Johann hob mahnend seinen Zeigefinger, was Herrn Winter ungern einlenken ließ. Dieser brummte etwas vor sich hin und ging zurück in den Nebenraum. Johann hörte erstauntes Gemurmel und einige

165

unterdrückte Laute des Unmutes, doch wenig später verließen alle den Raum und gingen vor das Haus. Nur das kleine Mädchen war sitzen geblieben.

„Hertha!", tadelte Herr Winter, „Hast du nicht gehört?"

„Ja, Vater", flüsterte die Kleine, machte aber keine Anstalten aufzustehen.

„Also", sagte ihr Vater ungehalten, „raus mit dir!"

Das arme Ding rutschte etwas unbeholfen vom Bett und huschte mit einem traurigen Blick an Johann vorüber, der an der Türschwelle stand. Der Kriminalmeister blickte ihr nach, wie sie nach draußen vor das Haus lief, wo die anderen Trauernden herumstanden. Ferdinand bat Herrn Winter ebenfalls nach draußen, ein Wunsch, dem der strenge Mann nur widerwillig nachkam.

Die Kriminalmeister schlossen die Tür und widmeten sich der Toten. Sie schätzten sie auf weit über siebzig Jahre. Sie sah nicht friedlich aus, wie man es sich von einer Toten wünschen würde. Ein leichter Schmerz schien in ihren Zügen zu liegen, kaum wahrnehmbar. Johann betrachtete die unbedeckten Arme und den unteren Teil der Beine, die zahlreiche Quetschungen und Prellungen aufwiesen. Diese konnten von Schlägen oder auch von einem Sturz herrühren.

„Sie mag vielleicht gewaltsam zu Tode gekommen sein", begann Johann, „doch mit unserem Täter hat sie nichts zu tun."

„Nein!", pflichtete ihm Ferdinand bei. „Die Augen, die Finger, alles noch drin und dran. Zudem…hm. Das erste Opfer wurde gefoltert, ihr Sohn war Foltermeister. Das zweite Opfer, Inhaberin eines Krötengasthofes, wurde mittels einer Kröte erstickt. Das dritte Opfer, erdrosselt im Fischernetz. Der Mann: Fischer. Aber hier? Ihr Mann ist wohl Bauer, sie müsste also…"

166

„…mit einem Dreschflegel erschlagen worden sein. Das wäre angesichts der Verletzungen möglich. Aber die Finger und die Augen! Ist es möglich, dass der Täter gestört wurde? Konnte er sein Werk womöglich deshalb nicht vollenden?"

Die zwei ließen von der Leiche ab und traten wieder in die Stube, wo Herr Winter grimmig an einem Tisch saß, den Rosenkranz in der harten Hand.

„Und? Hatte ich recht?", fragte er die Kriminalmeister.

„Das ist noch nicht entschieden", antwortete Johann, „aber es bestehen große Zweifel. Wie und wo wurde Eure Mutter aufgefunden?"

„Am See, erschlagen wie ein tollwütiger Hund!"

„Führt uns hin, Herr Winter! Wir wollen uns dort ein wenig umsehen."

In diesem Moment trat Georg in die Stube. Er hatte die letzten Worte gehört und bot sich sogleich als Führer an. Sein Vater hatte nichts dagegen, und so gingen die Kriminalmeister, Euwart und Georg vors Haus. Die trauernden Gäste hatten sich die Füße vertreten und waren froh, nun wieder hinein zu dürfen, allen voran die kleine Hertha.

Georg führte Johann und seine Begleiter von der Siedlung weg über Almwiesen, bis sie nach einer halben Stunde an einen kleinen See gelangten, der malerisch zwischen den Bergen eingebettet lag. An seinem Ufer, inmitten von zahlreichen größeren und kleineren Felsbrocken, hatte man ein einfaches Holzkreuz in den Boden gerammt, neben dem ein Strauß frischer Bergblumen lag, die der Wind etwas verstreut hatte. Georg erklärte, dass die Blumen von seiner Schwester Hertha stammten, die eine enge Bindung zu ihrer Großmutter gehabt hatte.

„Hier also hat man sie gefunden", murmelte Johann. Er ließ seinen scharfen Blick über die Umgebung schweifen und wusste schon bald, woran er war. Euwart vermutete, dass die Tote im See ertrunken und hier ans Ufer geschwemmt worden sei, doch Johann schüttelte wissend den Kopf und zeigte hinter sich und nach oben. Entlang des abschüssigen Berghangs, der diese Seite des Sees begrenzte, verlief, ungefähr in fünffacher Mannshöhe, ein kleiner Pfad, den an manchen gefährlichen Teilstücken eine Steinmauer begrenzte. An einer Stelle, gerade oberhalb des Kreuzes, war die Mauer arg beschädigt. Es fehlte ein großes Stück, die einzelnen Steine waren in die Tiefe gestürzt. Georg erklärte, dass seine Großmutter es liebte, ausgedehnte Spaziergänge zu unternehmen, und dass sie auch diesen Pfad öfter benutzt hatte. Es war also möglich, wenn nicht sogar wahrscheinlich, dass die alte Frau Winter oben entlang gegangen und mitsamt den Steinen in die Tiefe gestürzt war.

Der Junge führte nun die anderen ein gutes Stück Weg zurück, bis sie an eine Stelle kamen, wo der Pfad sich nach rechts den Berg hinauf wand. Er erklärte, dass der Weg mehrere Stunden weit durch die Berge bis zur nächsten großen Ansiedlung führe.

Die Gruppe folgte dem Pfad, bis sie schließlich an die Stelle kam, an der eine große Lücke in der Mauer klaffte. Der See unter ihnen schimmerte geheimnisvoll grün.

„Ist es nicht möglich", fragte Euwart, „dass die Frau hier hinabgestoßen wurde und es wie ein Unfall aussehen sollte?"

Auf dem felsigen Untergrund waren keine Fußspuren zu erkennen. Johann rüttelte ein wenig an den lockeren Steinen, die daraufhin ausbrachen und geräuschvoll in die Tiefe purzelten.

„Die Mauer", meinte er, „hat schon bessere Zeiten gesehen. Frau Winter wird hier entlang gewandert sein und eine kleine Rast eingelegt haben, um die wunderschöne Aussicht zu genießen. Dabei hat die Mauer nachgegeben und sie mit in den Tod gerissen. Es war ein Unfall und kein Mord, da bin ich mir sicher. Lasst uns umkehren!"

Georg atmete tief durch. Der Gedanke, dass seine Großmutter nicht einem Scheusal zum Opfer gefallen war, linderte seinen Schmerz ein wenig. Er wollte dies eben zum Ausdruck bringen, als Johann eindringlich um Ruhe bat. Die anderen verstummten sofort. Nur der leichte Wind, der um die scharfen Felskanten strich, war noch zu hören, als plötzlich, wie aus dem Nichts, vor ihnen ein Mann auftauchte. Er war eben um einen Felsvorsprung getreten und stutzte nun, als er Menschen vor sich sah. Sein Mund stand weit offen, und wie zur Abwehr streckte er die Hände von sich. Er begann leicht zu zittern und ging vorsichtig rückwärts.

Johann war wie die anderen beim plötzlichen Erscheinen des Mannes leicht zusammengezuckt und betrachtete nun neugierig die seltsame Gestalt, die sich Schritt für Schritt von ihnen entfernte. Der Mann war vielleicht vierzig Jahre alt. Sein Körper war unförmig und aufgedunsen. Sein breites, beinahe zahnloses Gesicht war zu einer seltsamen Fratze verzogen; einige rote Stoppeln zierten sein ansonsten kahles Haupt. Seine Kleidung war alt und zerlumpt, und in der rechten Hand hielt er einen dreckigen Kartoffelsack.

„Heda, Mann!", rief Johann und ging ein paar Schritte nach vorne. Sein Gegenüber begann plötzlich wie von Sinnen zu kreischen, ließ den Kartoffelsack fallen, drehte sich um und verschwand mit einer Behändigkeit, die man dem seltsamen Kerl nicht zugetraut hätte.

„Er flieht!", brüllte Euwart und machte sich auf die Verfolgung. Dabei musste er zuerst an Johann vorbei, den er zur Seite stieß, sodass dieser taumelte und zu Boden stürzte. Auch Euwart kam ins Straucheln und verlor dabei viel Zeit. Fluchend rannte er vorwärts bis zum Felsvorsprung, doch der Pfad vor ihm war leer. Der Fremde war verschwunden.

Als die andern Euwart erreichten, schüttelte dieser ratlos den Kopf.

„Das ist nicht möglich!", rief er. „Er hatte zwar einen kleinen Vorsprung, doch der Weg da vorne ist auf eine weite Strecke hin einsehbar. Er wird doch nicht hinabgestürzt sein?"

„Er kennt sich in den Bergen aus", sagte Georg. „Das ist der Dorftrottel aus dem Nachbardorf. Er schleicht oft tagelang hier in den Bergen herum, da er daheim nicht gut gelitten wird."

„Mag sein", bemerkte Johann. „Jedenfalls glaube ich nicht, dass er unser Mörder ist. Er kam wohl zufällig hier vorbei und hat sich erschreckt. Doch was ist das?"

Er war unbeabsichtigt auf den Kartoffelsack getreten, den der Fliehende hatte fallen lassen. Er trat zur Seite und hob ihn gespannt auf. Georg begann leise zu kichern, denn hier oben in den Bergen wusste jeder, was sich in dem Sack des Dorftrottels befand. Der Junge legte den Kopf zur Seite und blickte dem Kriminalmeister gespannt ins Gesicht. Dieser öffnete den Sack, warf einen schnellen Blick hinein und ließ ihn angewidert zu Boden fallen. Der Sack kullerte ein paar Schritte weit zur Mauer, wo er liegen blieb. Nun war Ferdinand neugierig geworden. Er konnte sich Johanns Reaktion nicht erklären, ging in die Hocke und schüttelte den Sack, sodass der Inhalt herausfiel.

Georgs Gesicht glänzte vor Freude, denn die erstaunten Reaktionen seiner Begleiter waren für ihn Goldes wert. „Oink, oink!", grunzte er, denn auf der Erde lag ein verschrumpelter, alter Schweinskopf, mumiengleich und beinahe völlig schwarz. Eines der beiden Ohren war irgendwann einmal wohl abgetrennt worden, denn es war mit einem weißen Faden am Kopf wieder angenäht worden.

„Meine Herren", meinte Georg schmunzelnd, „lasst Euch nicht erschrecken. Der Dorftrottel hatte einst, so erzählt man sich, ein kleines Ferkel als einzigen Spielkameraden, da sich sonst niemand mit ihm abgab. Als es später starb, ich glaube durch die Hand eines Nachbarsbuben, war er sehr traurig. Seitdem ist der Schweinskopf sein ständiger Begleiter."

„Armer Kerl!", flüsterte Euwart. „Einen mumifizierten Schweinskopf als Kameraden zu haben, ist ein hartes Los."

„Gut jetzt", sagte Johann bestimmt. „Rein mit dem Kopf in den Sack. Wir lassen ihn hier. Er wird ihn sich bestimmt holen. Unser Mörder ist jedenfalls kein Dorftrottel, und die Frau Winter ist einem Unfall zum Opfer gefallen. Davon bin ich überzeugt, darum lasst uns wieder nach Amsdorf zurückkehren."

Als sie einige Zeit später wieder nach Unterberg kamen, wurden sie von Herrn Winter bereits erwartet, der sich Sorgen um seinen Georg gemacht hatte. Dieser erzählte sofort von der Begegnung mit dem Dorftrottel, was seinen Vater in Wallung brachte.

„Dieser verdammte Idiot! Den kauf ich mir! Mörder! Leute, auf, auf! Bewaffnet euch, und dann lasst uns dieses Schwein jagen!"

Der Mann führte sich auf wie ein Besessener und stampfte wütend auf den Boden. Nach wenigen Augenblicken waren bereits zehn, zwölf Männer herbeigeeilt, die, als sie vom Verdacht gegen den Dorftrottel hörten, ebenfalls lautstark ihren Unmut kundtaten. Wenig später machten sich die Männer, mit Dreschflegeln und Knüppeln bewaffnet, auf den Weg. Johann versuchte sie daran zu hindern, doch seine Worte verhallten ungehört.

„Miese Bande!", zischte Ferdinand. „Erst brav gottesfürchtig tun, und nun das! Wir sollten ihnen nach, um das Schlimmste zu verhindern!"

„Keine Sorge, meine Herren!", warf Georg ein, „sie werden ihn nicht finden, denn dort in den Bergen kennt er sich besser aus als wir alle hier. Ich glaube, dass Ihr recht habt und werde deshalb eiligst ins Nachbardorf eilen, um die Leute dort zu warnen. Sie werden auf ihren Dorftrottel schon achtgeben."

„Wollen's hoffen", murmelte Johann betrübt. „Wir können jedenfalls nichts weiter tun. Wollen sehen, dass wir wieder hinab nach Amsdorf kommen."

Sie verabschiedeten sich von Georg, gingen zu ihren Pferden, die man inzwischen in eine nahe Koppel getrieben hatte, und ritten davon.

Als sie in Amsdorf ankamen, versorgten Ferdinand und Euwart die Pferde, denn Johann musste sich auf den Weg machen. Er hatte seine Vermieter nämlich für heute zum Essen eingeladen und wollte sich nicht verspäten.

„Herr Gutmann", empfing Frau Gruber den jungen Kriminalmeister mit gespielter Empörung, „von Euch hätte ich es mir nicht erwartet, dass Ihr eine Dame warten lasst!"

„Dame? Hmpf", grunzte ihr Mann liebevoll spöttelnd.

Johann entschuldigte sich und versprach, in zwei Minuten abmarschbereit zu sein. Er huschte in sein Zimmer, wusch sich in aller Eile Gesicht und Oberkörper und zog ein frisches Hemd an. Dies alles hatte kaum mehr als die versprochenen zwei Minuten in Anspruch genommen, sodass Frau Gruber ihm wohlwollend zunickte, als er aus seinem Zimmer trat.

Johann hatte sich bei Ferdinand erkundigt, welche Gasthöfe gutes Essen zu bieten hatten. Ins Nobelviertel konnte er wegen der gesalzenen Preise nicht gehen, doch auch das Bürgerviertel hatte eine ansehnliche Zahl von guten Gasthäusern zu bieten. Frau Gruber hängte sich an

Johanns Arm, während ihr Mann mit etwas Abstand hinterher trabte. Es ging nur einige Straßen weiter zu einem Gasthof namens *Zum Prachthirschen*, den die Grubers kannten. Nach wenigen Minuten lag der Gasthof bereits vor ihnen. Johann hielt seinen Gästen die Tür auf und trat hinter ihnen ein. Der gemütlich eingerichtete Speiseraum war sehr gut besucht. Ferdinand hatte für seinen Partner einen Tisch reservieren lassen, der sich in einer kleinen Nische befand. Dort konnten sie sich ungestört unterhalten. Der Wirt selbst, der das Ehepaar Gruber von früheren, aber seltenen Besuchen her kannte, eilte umgehend herbei, um die neuen Gäste zu begrüßen.

„Ah, willkommen Frau Gruber", sagte er unter einer tiefen Verbeugung. „Die Männer liegen ihnen immer noch zu Füßen, wie ich sehe, und sie werden immer jünger!"

Herr Gruber brummte einige unverständliche Worte, während Frau Gruber ein bezauberndes Lachen hören ließ. Johann musste schmunzeln. Frau Gruber war schon beinahe sechzig Jahre, aber noch immer von einer umwerfenden Schönheit. Er hatte bisher nicht sonderlich darauf geachtet, doch musste sie in ihrer Jugend den Männern wohl reihenweise den Kopf verdreht haben. Ihr Gatte, dem das angeschnittene Thema peinlich zu sein schien, lenkte das Gespräch schnell in eine andere Richtung, indem er den Wirt nach den heutigen Spezialitäten fragte.

„Ah ja, die Spezialitäten", antwortete der Wirt. „Neben unseren üblichen Wildspezialitäten wie Hirsch und Reh haben wir seit kurzem etwas ganz Neues im Angebot: Murmeltier!"

„Murmeltier?", fragte Frau Gruber. „Davon habe ich noch nie gehört. Was soll das denn für ein seltsames Viehzeug sein? Was erzählt Ihr uns denn da?"

„Ah, das Murmeltier ist ein kleiner, pelziger Bergbewohner, der in unserer Gegend nicht heimisch ist.

Ich habe durch einen fahrenden Händler davon erfahren und ihn gebeten, bei seiner nächsten Fahrt eine Kostprobe davon mitzubringen. Und es hat sich ausgezahlt. Auch unsere Gäste wissen das Fleisch sehr zu schätzen. Ich bekomme nun jede Woche ein paar Tiere herein."

Johann konnte nicht widerstehen und bestellte sich das fremde Murmeltier. Die Grubers jedoch blieben beim Hirschbraten, erbaten sich jedoch eine kleine Kostprobe vom Wirt.

„Sehr wohl, ich werde vom Fleisch des jungen Herren ein wenig abzwacken und es auf Ihren Tellern drapieren."

Der Wirt erklärte schnell, dass es sich um einen kleinen Scherz handelte, als er den erstaunten Blick bemerkte, den Johann ihm zuwarf. Das Fleischstück vom Murmeltier werde selbstverständlich eine ansehnliche Größe aufweisen und, mit Bratkartoffeln und Gemüse garniert, den Hunger des jungen Mannes stillen. Johann nickte befriedigt und bestellte noch Wein, woraufhin sich der Wirt, nach einer neuerlichen Verbeugung, entfernte.

Aufgrund der großen Besucherzahl dauerte es außerordentlich lange, bis die versprochenen Speisen aufgetischt wurden, sodass der erste Weinkrug bereits geleert war und Nachschub geordert werden musste. Auf den Tellern der Grubers lag neben einem saftig gebratenen Hirschfleisch ein kleines Stück Murmeltierfleisch, das ihnen ausgezeichnet mundete. Auch Johann war vom fremden Genuss sehr angetan.

„Vielen Dank, Herr Gutmann", sagte Frau Gruber, als sie eben eine knusprige Bratkartoffel in ihrem Mund hatte verschwinden lassen, „dass Ihr uns hierher eingeladen habt. Wir gönnen uns heutzutage nicht mehr oft eine solche Köstlichkeit, obwohl wir uns einiges zusammengespart haben. Es liegt nicht am Geld, doch mein guter Herbert meint, wir sollen das Geld nicht zum

Fenster rausschmeißen. Aber wir haben ja keine Kinder! Wofür sollen wir das Geld also sparen?"

Johann stimmte ihr zu, wofür er ein dankbares Lächeln erntete. Ihr Mann brummte wieder einmal vor sich hin und widmete sich lieber dem Essen als dem Gespräch. Er schien heute nicht besonders guter Laune zu sein.

„Und Ihr, Herr Gutmann? Was ist mit Euch?", fragte Frau Gruber. Johann wusste nicht, was sie meinte und sah sie fragend an.

„Na, wollt Ihr denn irgendwann einmal Kinder haben?"

Johann hatte diese Frage nicht erwartet und verschluckte sich an einem Bissen. Er musste einen tüchtigen Schluck Wein nehmen.

„Kinder? Nana, Frau Gruber, was stellt Ihr mir da für eine Frage! Für Kinder bin ich doch noch zu jung, darüber mache ich mir Gedanken, wenn ich älter bin."

„Soooo? Habt Ihr denn schon ein Liebchen, das die Mutter Eurer Kinder werden soll?"

„Gerda!", griff nun Herr Gruber tadelnd ein. „Lass doch den jungen Mann in Ruhe essen! Kein Wunder, dass er sich dauernd verschluckt, wenn du ihn mit deinen Fragen löcherst!"

Johann hatte sich tatsächlich schon wieder an einem Bissen Fleisch verschluckt und war zudem rot angelaufen. Er warf Herrn Gruber einen dankbaren Blick zu, aber Frau Gruber ließ nicht locker.

„Verzeiht mir, Herr Gutmann", fuhr sie unbeirrt fort, „aber so ein hübscher Kerl wie Ihr hat doch sicher ein Mädchen in der Hauptstadt zurückgelassen, das um Euch trauert!"

Johann verneinte. Er habe bisher noch keine Zeit gehabt, sich um derartige Dinge zu kümmern, die Ausbildung habe immer an erster Stelle gestanden.

„Herr Gutmann", tadelte Frau Gruber, „das Vergnügen solltet Ihr nicht gänzlich unbeachtet lassen! Nun gut, da Ihr also niemanden habt, werde ich mich darum kümmern!"

„Gerdaaa!", brüllte Herr Gruber nun dermaßen laut, dass die anderen Gäste aufmerksam wurden. Johann wusste nicht, wie ihm geschah. Er starrte Frau Gruber wie geistesabwesend an und brachte kein Wort heraus.

„Lass mich nur machen!", sagte die übereifrige Frau zu ihrem Mann. „Du weißt doch, dass meine Nichte, das kleine Roserl, noch keinen Mann erhört hat, weil ihr keiner gut genug war. Aber unser Herr Gutmann hier wäre ein guter Mann, wenn ich mir das Wortspiel erlauben darf."

„Ich protestiere aufs Entschiedenste", beschwerte sich nun Johann, innerlich aber doch ein wenig belustigt über den Verlauf, den das gemeinsame Essen genommen hatte. „Glaubt Ihr, dass ich es nötig habe, mich von Euch verkuppeln zu lassen?"

„Nein, nein", beschwichtigte Frau Gruber. „Ihr seid ein junger, adretter Kerl, dem die Mädchen sicher scharenweise nachlaufen. Ich dachte nur, Ihr könntet sie Euch doch einmal anschauen. Einen Blick auf das liebreizende Kind werfen. Was meint Ihr?"

Dabei blickte sie ihn dermaßen entwaffnend an, dass er zustimmen musste.

„Gut, gut. Einen Blick vielleicht oder zwei könnte ich riskieren. Wenn sie Eure Schönheit besitzt, muss sie es wert sein."

Frau Gruber gluckste vergnügt, während ihr Mann erschöpft auf seinem Stuhl zusammensackte und stöhnte. Der Wirt, der in diesem Augenblick gerade an ihrem Tisch vorbeieilte, kam herbei und fragte Herrn Gruber, ob ihm das Essen nicht geschmeckt hätte, da er solch einen jämmerlichen Eindruck machte. Frau Gruber klärte das Missverständnis lachend auf, worauf der Wirt sich, ebenfalls lachend, davon trollte.

„So", tadelte Johann, „da nun auch der Wirt schon Bescheid weiß, können wir auch gerne damit beginnen, diese famose Nachricht in ganz Amsdorf anschlagen zu lassen."

„Ach was, Herr Gutmann", antwortete Frau Gruber kichernd, „seid doch nicht dermaßen empfindlich! Der Wirt wird Schweigen bewahren, und auch ich werde die Angelegenheit so diskret wie möglich über die Bühne bringen."

6. KAPITEL

Als Johann am nächsten Morgen aufwachte, fühlte er sich wie gerädert. Er hatte schlecht geschlafen und von Hunderten Nichten von Frau Gruber geträumt, die ihn alle bedrängten, sodass er in Panik die Flucht ergriffen hatte. Und auch jetzt im Wachzustand spukten noch diverse Frauenzimmer in seinem Kopf herum, die mit gierigen Fingern nach ihm zu greifen schienen. Seinen Vermietern hatte er weder erzählt, dass er bereits verheiratet war, noch dass er hier in Amsdorf eine Frau getroffen hatte, die ihm nicht mehr aus dem Sinn ging. Er schüttelte den Kopf, als ob er eine große Last von sich abwerfen wollte, zog sich rasch an und verließ das Haus ohne Essen und unbemerkt von den Grubers.

Er schritt gemächlich vor sich hin und war nur noch einige Dutzend Schritte von der Eingangstür der Stadtverwaltung entfernt war, als plötzlich ein uniformierter Mann an ihm vorbeirannte, ihn streifte und beinahe aus dem Gleichgewicht brachte. Johann blieb verdutzt stehen und sah, wie der Mann in die Stadtverwaltung eilte. Er folgte ihm und gelangte in den Raum, in dem die Kriminalgehilfen ihren Bereitschaftsdienst leisteten. Schon von draußen hörte er eine aufgeregte Stimme durch die angelehnte Tür. Er trat ein und sah den uniformierten Mann, der auf ein paar Kriminalgehilfen einredete, die gar nicht zu Wort kamen.

„Was geht hier vor sich?", fragte Johann mit lauter Stimme. Der Mann hielt jäh inne und drehte sich um. Johann wiederholte seine Frage und gab sich als Kriminalmeister zu erkennen.

„Ah, endlich jemand, mit dem man vernünftig reden kann", sagte der Mann. „Ihr müsst sofort aufbrechen!"

„Nun mal langsam, mein Freund", entgegnete Johann. „Wer seid Ihr und was habt Ihr zu berichten?"

„Wer ich bin? Ich bin Magnus, Gehilfe des Habichtsaufsehers im gräflichen Schloss. Was ich zu berichten habe? Einen schändlichen Mord. Wer tot ist? Nun, die…"

„Haltet ein!", fuhr Johann dazwischen. „Ihr braucht Euch die Fragen nicht selbst zu stellen! Beruhigt Euch wieder und erzählt in aller Ruhe, was passiert ist."

Einer der Kriminalgehilfen reichte dem aufgeregten Mann einen Becher Schnaps, den Magnus wortlos entgegennahm und in einem Zug leerte.

„Gut, nun geht es mir schon besser. Ich bin also hier, um Euch zu berichten, dass sich im Schloss ein weiterer Mord zugetragen hat. Es ist Frau Anna Barone."

„Ein Mord? Im Schloss?", fragte Johann bestürzt und packte den Boten an seiner Jacke.

„Lasst mich los, Mann!", rief dieser und stieß den Kriminalmeister unsanft von sich.

„Verzeiht, aber es ist nicht leicht, einen kühlen Kopf zu bewahren, wenn einem jeden Tag zum Frühstück ein frischer Mord serviert wird."

„Schon gut", lenkte der Bote ein. „Was denkt Ihr, wie es uns dort oben im Schloss geht? Nach diesen zwei Morden ist alles in heller Aufregung. Besonders die älteren Damen trauen sich kaum noch aus ihren Zimmern. Ich soll auf jeden Fall einen Kriminalmeister holen, um den Täter zu überführen."

Johann wurde hellhörig. „Ältere Damen? Diese Frau…"

„…Barone", ergänzte der Bote.

„Barone, genau. Also, wie alt war diese Frau Barone?"

„Hm, das weiß man bei diesen Weibsbildern nie so genau, aber die sechzig hatte sie auf jeden Fall weit überschritten."

Johann hatte das ungute Gefühl, dass es sich bei der Toten um das nächste Opfer des Serientäters handelte. In Unterberg war er einer falschen Spur nachgegangen, doch diesmal war er sich sicher, wieder leere Augenhöhlen und abgetrennte Finger zu finden. Er vergaß in seiner Aufregung jedoch, den Boten danach zu fragen. In diesem Augenblick kam Euwart zur Tür herein.

„Ah, Euwart, ich brauche Euch", sagte Johann. „Holt mir bitte Ferdinand, wir müssen umgehend hinauf zum Schloss."

„Ich komme eben von Herrn Eger", entgegnete Euwart. „Ferdinand ist erkrankt, jedoch nichts Ernstes. Seine Mutter hat es Herrn Eger vorhin melden lassen."

„Gut, dann werden wir zwei gehen. Los!"

Wenig später marschierten Johann und Euwart hinter Magnus, dem Gehilfen des gräflichen Habichtsaufsehers, her, der aufgeregt vor ihnen herumtänzelte und sich dauernd nach ihnen umblickte.

„Scheint etwas nervös zu sein, unser Habichtsmann", bemerkte Johann lakonisch.

„Kein Wunder bei dem, was derzeit im Schloss vor sich geht. Aber auch Ihr seht mir nicht besonders gesund aus, wenn ich mir diese Bemerkung erlauben darf, Herr Gutmann."

Johann blieb kurz stehen und warf einen schnellen Blick auf Euwart, wandte sich aber sofort wieder von ihm ab und ging weiter.

„Es war schon schlimmer, Euwart", sagte er leise. „Die Arbeit, das verdammte Pflichtbewusstsein! Der Ärger mit den Frauen. Das alles hat mir meine Gesundheit geraubt. Ich sollte eigentlich Schneider werden, ganz wie mein Herr Papa. Aber glückliche...äh bestimmte Umstände haben es mir ermöglicht, die Laufbahn eines Kriminalmeisters einzuschlagen. Schneider kannst du immer noch werden, meinte mein

Vater. Ich habe zuerst nur ungern eingewilligt, aber schließlich gab es keine Widerrede. Bevor ich mit meiner Ausbildung fertig war, ist mein Vater an einem starken Fieber gestorben. Ich hatte also meine Mutter zu erhalten und habe nach Abschluss der Ausbildung bis zum Umfallen gerackert, auch wenn mir die Arbeit nur wenig Freude bereitet hat. Schließlich hatte ich so viel Geld zusammen, dass ich mit Mutter, die ob des Todes ihres Mannes kränklich geworden war, in eine bessere Gegend ziehen konnte."

„Ihr wolltet Euch hier in Amsdorf ausruhen, Herr Gutmann? So erzählt man es sich jedenfalls."

„Ausruhen? Dieses Wort hatte ich aus meinem Wortschatz verbannt, denn ein Ausruhen habe ich nie gekannt. Aber ja, ich suchte etwas Entspannung hier, doch wie es scheint, soll mir diese nicht gegönnt sein. Aber eines ist erstaunlich, Euwart. Seit ich hier bin, geht es mir trotz der Arbeit etwas besser. Vielleicht liegt es an der Tatsache, dass ich IHR nicht mehr über den Weg laufe."

„Ihr? Wen meint…"

„Na los doch!", rief nun Magnus ungeduldig, der sich umgedreht hatte. Seine zwei Begleiter waren stehen geblieben und drehten ihm nun die Köpfe zu. „Kommt weiter, sonst wird es dunkel, bis wir im Schloss sind!"

Er fuchtelte ungeduldig mit seinen Händen herum und ging weiter. Johann und Euwart folgten ihm von nun an schweigend bis zum Schloss.

Vor dem großen Tor standen mehrere Soldaten, in deren Gesichtern grimmige Entschlossenheit zu sehen war. Johann zog sein Erkennungszeichen aus der Hosentasche und hielt es den Soldaten entgegen, doch einer von ihnen stellte sich breitbeinig vor ihn hin.

„Was erlaubt Ihr Euch, Mann?", beschwerte sich der Kriminalmeister. „Ihr seht doch, dass ich durch

182

dieses Metall bevollmächtigt bin, das Schloss zu betreten!"

„Mag sein", erwiderte der Soldat, „aber wir haben Anweisung von der Gräfin, die in Abwesenheit ihres Gemahles die alleinige Befehlsgewalt innehat, jeden zu kontrollieren, der das Schloss betritt oder verlässt. Würde eine Maus das Schloss verlassen wollen, müsste ich selbst für den frechen Nager Name und Zeitpunkt vermerken."

Johann dachte kurz darüber nach, wie der Soldat der Maus ihren Namen entlocken wollte, verwarf den unsinnigen Gedanken aber gleich wieder. Er sah jedoch ein, dass er sich fügen musste. Der zweite Mord innerhalb weniger Tage hatte die Schlossbewohner nervös gemacht. Als die Formalitäten erledigt waren, durften sie passieren. Auch im Schloss waren an jeder Ecke Soldaten zu sehen, die ihnen argwöhnisch nachblickten.

Magnus führte Johann und Euwart durch verschiedene Gänge bis hin zu einer Wendeltreppe, die steil hinauf in einen der zahlreichen Türme des Schlosses führte. Am Fuß der Treppe standen vier Wachsoldaten, die berichteten, dass kein Mensch im Turm sei. Magnus dankte und stieg nach oben. Johann und Euwart folgten gespannt.

„Magnus", sagte Johann, „Ihr wollt uns nun doch sicher endlich verraten, wer die Tote ist. Ihr habt bisher geschwiegen."

„Wir sind gleich da", antwortete Magnus keuchend, denn er war sehr schnell treppauf gegangen.

Kurze Zeit später standen sie vor einer verschlossenen Holztür. Magnus zog einen Schlüssel hervor, öffnete und machte Platz. Johann ging an ihm vorbei hinein, blieb jedoch nach wenigen Schritten stehen. Das Zimmer war augenscheinlich ein Wohnbereich. Im Hintergrund stand ein Bett, in einer Ecke befanden sich ein Tisch, ein Spiegel und eine Wasserschüssel. An den Wänden standen alte Möbel. In der Mitte des kreisrunden Raumes aber erblickte Johann ein seltsames Gebilde, das er im ersten Moment nicht bestimmen konnte. Euwart zwängte sich, da Johann den Weg nicht freigeben wollte, am Kriminalmeister vorbei.

„Ah", entfuhr es ihm, „welch krankes Schwein kann so etwas…"

Er sprach nicht weiter und ging keuchend in die Hocke. Johann warf ihm einen kurzen Blick zu und trat näher. Nun erst konnte er erkennen, dass er die tote Frau vor sich hatte. Ihr nackter, toter Körper stand aufrecht, gebunden an eine kleine Steinsäule, die sich in der Raummitte befand. Um ihren Hals und ihren Oberkörper waren dicke Lederriemen geschlungen, die dermaßen fest angezogen waren, dass sie tief ins Fleisch gedrungen waren und die Leiche an der Säule festhielten. Der Körper der Frau, mit Ausnahme der Füße und des Kopfes, war mit zahlreichen Federn versehen, die mit einer Art Leim auf die Haut geklebt worden waren. Die Tote machte den Eindruck eines riesigen menschlichen Vogels. Diesen Eindruck verstärkte die Tatsache, dass die Nase der Frau abgeschnitten worden war. An deren Stelle steckte ein Vogelschnabel, auf einem dünnen Holzstab befestigt, der dort in den Kopf eingetrieben war, wo früher das Riechorgan seinen Sitz hatte. Die Augen waren ausgestochen, und ein Blick auf die hinter der Säule gefesselten Hände zeigte, dass fünf der Finger fehlten. An den noch verbliebenen Fingern waren Vogelkrallen angeleimt.

„Also doch", murmelte Johann erschüttert. „Wer ist diese Frau Barone, Magnus?"

Magnus war nicht mit eingetreten, da ihn der Anblick der Toten erzittern ließ. „Das ist die Frau des gräflichen Habichtsaufsehers, meines Herren."

„Habichtsaufseher? Ich habe gar nicht gewusst, dass es so etwas gibt."

184

„Aber natürlich! Graf Friedrich ist weitum bekannt für seine hervorragenden Zuchthabichte, und wir kümmern uns um die braven Tiere. Der Graf hat die Erlaubnis zur Habichtszucht direkt vom König, müsst Ihr wissen. Es ist nämlich nicht selbstverständlich, dass ein einfacher Graf Habichte züchten darf."

„Wo ist dieser Habichtsaufseher? Ich habe mit ihm zu sprechen."

„Das ist leider nicht möglich", antwortete Magnus bedauernd. „Mein Herr ist mit dem Grafen verreist und befindet sich im gräflichen Landsitz bei Helmtal. Graf Friedrich verbringt jeden Sommer mehrere Wochen dort, um zu jagen. Einige der besten Habichte sind natürlich mit fort."

„Ein seltsames Schloss!", ärgerte sich Johann. „Der Graf nicht hier, sein Habichtsaufseher ebenfalls abwesend. Und dieser Sandro, der oberste Folterknecht, hat sich auch aus dem Staub gemacht. Wenn das so weitergeht, können wir bald die Ratten und Mäuse im Keller befragen!"

„ICH bin doch noch hier", sagte Magnus plötzlich mit unsicherer Stimme, „also befragt doch mich!"

„Euch? Was habt Ihr mir zu sagen?

„Ich weiß nicht, ob das wichtig ist, und eigentlich sollte ich es gar nicht sagen, aber…aber mein Herr ist um einiges jünger als seine Frau. Man munkelt, dass er in letzter Zeit das Interesse an ihr verloren hat, jedoch seine fleischlichen Gelüste weiter zu befriedigen wusste. Die eine oder andere niedere Dienstmagd musste wohl daran glauben, und folglich soll es häufig Streit gegeben haben. Frau Barone ist es natürlich nicht verborgen geblieben, dass er seine Rute den jungen…"

„Haltet ein und verschont mich mit Euren anzüglichen Details!", fuhr Johann dazwischen. „Ich habe

185

verstanden, was Ihr meint. Hatte er zu einer der Mägde ein besonderes Verhältnis?"

„Ich denke nicht, er hat sie nie sonderlich gut behandelt."

„Dann wäre es also Eurer Meinung nach denkbar, dass eine eifersüchtige Magd Frau Barone getötet haben könnte, um deren Mann für sich alleine zu haben?"

„Niemals! Ich kenne zwar nicht alle Mägde, in deren Betten er lag, sonderlich genau, aber ich traue keiner eine solch schändliche Tat zu. Vielleicht hat er selbst.... aber ich habe schon zu viel gesagt, ich sollte besser meinen Mund halten. Wenn das der Herr erfährt!"

Der Gehilfe des Habichtsaufsehers schien also zu glauben, dass der Habichtsaufseher selbst etwas mit dem Mord zu tun haben könnte.

„Habt Ihr schon einen Boten zu ihm geschickt?", wollte Johann wissen.

„Noch nicht, daran haben wir gar nicht gedacht. Wir werden das umgehend nachholen, auch wenn es länger dauern wird, bis er die schreckliche Nachricht erhalten wird."

Johann trat zu Magnus und blickte ihm tief in die Augen. Warum belastete er seinen Herrn? Wusste er mehr als er sagte? Der Gehilfe schlug die Augen nieder, zitternd vor Aufregung. Einen Mord traute Johann ihm jedenfalls nicht zu. Er und Euwart untersuchten nun das Zimmer eingehend, konnten aber nichts Nützliches finden. Magnus meinte, dass sich die Herren Kriminaler noch etwas anschauen müssten. Er führte sie die Treppen weiter hinauf, bis sie ganz oben im Turm angekommen waren. Magnus blieb schwer atmend vor einer alten Holztür stehen, die mit einem außen befestigten Riegel versehen war. Johann sah den jungen Mann von der Seite an und glaubte, Tränen in seinen Augen zu bemerken.

Als die Tür knarrend aufsprang, zeigte sich ein Bild der Verwüstung. In diesem Raum, der zahlreiche große Löcher in der Außenwand aufwies, waren die Habichte des Grafen untergebracht gewesen. Große Käfige und Sitzstangen mit Ketten zeugten davon. Doch von den Habichten war keiner mehr am Leben. Es sah aus, als ob eine Rotte tollwütiger Füchse in einen Hühnerstall eingedrungen wäre. Tote Vögel, Blut, gerupfte Federn überall auf dem Boden. Einige der toten Habichte hingen kopfüber an ihren Eisenketten, die an die Sitzstangen geschmiedet waren. Durch die Löcher in der Außenwand, die den Vögeln als Ausflugslöcher gedient hatten, fiel genügend Licht herein, um alles genau erkennen zu können.

Überwältigt vom Anblick fiel Magnus wimmernd auf die Knie, griff sich einen der gerupften Vögel und streichelte ihm zärtlich über den Kopf. Johann dünkte es seltsam, dass der Gehilfe beim Anblick der toten Vögel mehr Trauer zu empfinden schien als bei der Frau seines Herren.

Euwart trat zu einer der Sitzstangen, an der er ein auffälliges Lederband entdeckt hatte. Wie an einem Schlüsselbund hatte der Mörder die fünf fehlenden Finger der Toten an diesem Band aufgefädelt. Euwart löste es von der Stange und reichte es Johann, der es schaudernd in die Höhe hielt.

„Fünf!"

Mehr sagte er nicht, doch in diesem einen Wort lag all die Wut über die Erfolglosigkeit, mit der er den unbekannten Täter jagte, der seiner zu spotten schien. Johann war der Beste seines Jahrgangs auf der Schule für Kriminalmeister gewesen, doch jetzt kam er sich einsam und hilflos vor. Sein erster Fall in Amsdorf forderte sein ganzes Können, und es gab Momente, in denen er sich der gewaltigen Herausforderung nicht gewachsen fühlte. Wie aus der Ferne vernahm er Euwart, der ihm sagte, dass er wieder hinab gehen wolle. Johann beachtete ihn nicht. Er trat an eine der Öffnungen, bückte sich und blickte hinab auf die Stadt, die von hier oben äußerst friedlich wirkte.

„Wer bist du!", brüllte er verzweifelt hinaus und ballte seine Faust.

Die Soldaten, die unten vor dem Schloss standen, blickten besorgt nach oben, konnten den Kriminalmeister aber nicht mehr sehen, da dieser sich, selbst erschrocken über seine eigene Unbeherrschtheit, wieder zurückgezogen hatte. Während Magnus noch immer trauernd auf dem Boden kniete, folgte Johann Euwart nach unten.

„Seht her!", empfing ihn der emsige Kriminalgehilfe, an einem der offenen Fenster stehend. „Hier draußen sind Blutspuren zu sehen."

Johann trat hinzu und blickte hinaus. Auf einem der Steine, die an der Kante in die Mauer eingefügt waren, bemerkte er mehrere dunkle Flecken. Es konnte sich um Blut handeln, auch wenn die Herkunft der Flecken nicht mit Sicherheit zu bestimmen war. Sollte der Mörder es etwa gewagt haben, außen am Turm nach oben zu klettern? Hatte er sich dabei verletzt? Ein Blick nach unten führte Johann die Waghalsigkeit eines solchen Unternehmens deutlich vor Augen. Auf der anderen Seite war die Kletterpartie für einen geschickten Menschen sicherlich möglich, denn zwischen den grob behauenen Steinen gab es genügend Platz für Hände und Füße.

Kurze Zeit später kam Magnus auch herab. Er hatte sich wieder gefangen und setzte sich auf einen Stuhl, um Johann und Euwart zu beobachten. Diese unterzogen nun die Leiche einer genauen Untersuchung. Dabei bemerkte Johann eine Halskette, die ihm bisher nicht aufgefallen war. An der silbernen Kette hing eine alte, teilweise vom Rost zerfressene Plakette. Er nahm der

Toten die Kette ab und betrachtete die Plakette aufmerksam. Sie hatte die Größe einer Kinderhand.

„Wieso trägt eine Frau ein dermaßen unhübsches Ding um den Hals?", murmelte er. „Einen Edelstein oder ein anderes Schmuckstück ja, aber so etwas?"

Er gab die Plakette an Euwart weiter.

„Ja, Ihr habt recht, dies schmückt keine Frau! Es ist wertlos!", meinte Euwart.

„Wertlos? Nein, da bin ich nicht Eurer Meinung", entgegnete Johann. „Wenn Frau Barone diese alte Plakette getragen hat, muss sie einen nicht unbeträchtlichen Wert für sie gehabt haben. Ich meine nicht den Goldwert, sondern den Wert, den ein Erinnerungsstück haben kann. Und wenn dem so ist, kann auch uns dieses Stück Blech nicht gleichgültig sein. Was meint Ihr, Euwart?"

Der Kriminalgehilfe kratzte sich verlegen am Ohr, denn er konnte sich nicht so recht vorstellen, wie das rostige Ding ihnen bei der Lösung der Morde helfen konnte. Johann nahm die Plakette wieder an sich, um sie später noch einmal in aller Ruhe studieren zu können. Zuerst galt es, mehr über die Lebensumstände der Toten zu erfahren. Er trat zum Schreibtisch und öffnete die einzige Schublade, in der sich mehrere Schriftstücke befanden. Neben einigen geschäftlichen Briefen ihres Mannes fanden sich auch private Schreiben von Frau Barone. Ein schnelles Durchsehen zeigte dem Kriminalmeister, dass ihr Inhalt belanglos war. Interessanter war jedenfalls die Absenderin, denn die Schreiben stammten allesamt von Alessia, dem ersten Opfer im Schloss.

Johann trat zu Magnus, der noch wie geistesabwesend auf dem Stuhl saß, und bat ihn, er möge ein wenig über Frau Barone erzählen. Mit wem sie Kontakt gehabt hatte, ob sie Frau Alessia näher gekannt habe und ähnliche Dinge.

„Alessia? Ja natürlich kannten sie sich. Frau Barone war durch die Heirat mit einem sehr viel jüngeren Mann eine Art Außenseiterin und lebte sehr zurückgezogen. Nur eben mit Frau Alessia unterhielt sie regen Kontakt. Sie schienen sogar ein ganz besonderes Verhältnis zu haben, so als ob sie sich schon als Kinder gekannt hätten. Aber das ist bloß eine Vermutung, die ich aus zufällig aufgeschnappten Gesprächsfetzen ziehe."

Das war eine höchst nützliche Information für Johann, schien nun doch endlich eine ernstzunehmende Verbindung zwischen zwei der Opfer ersichtlich geworden zu sein. Magnus konnte jedoch weiter nichts berichten, was Johann weitergeholfen hätte. Und so machte sich der Kriminalmeister mit seinem Gehilfen auf, um den anderen Schlossbewohnern auf den Zahn zu fühlen, während Magnus im Turm zurückblieb.

Am Schlosstor angekommen, ging Johann auf einen der Soldaten zu, um ihm sein Anliegen zu erklären. Missmutig brummend begleitete der Mann ihn in einen kleinen Raum, der ihm für die Befragungen überlassen wurde. Euwart kümmerte sich zusammen mit dem Soldaten darum, dass alle im Schloss Anwesenden zur Befragung gebracht wurden. In aller Eile wurden zahlreiche Bedienstete zu Johann geführt, der ihnen einige Fragen stellte. Zu seinem Leidwesen hatte niemand von den Befragten näheren Umgang mit Frau Barone gepflegt, doch mehrere von ihnen bestätigten Magnus' Aussage betreffend ihr Verhältnis zu Frau Alessia. In kurzer Zeit hatte Johann so eine Vielzahl der Schlossbewohner befragt. Die Gräfin, die im Gegensatz zu ihrem Mann anwesend war, durfte natürlich nicht befragt werden. Sie ließ sich jedoch durch einen Diener ständig über den Fortgang der Ermittlungen unterrichten.

Der Küchenmeister, der als einer der Letzten befragt wurde, lud Johann und Euwart angesichts der fortgeschrittenen Stunde zum Mittagessen ein, das sie zusammen mit den anderen Bediensteten einnehmen sollten. Die zwei nahmen dankend an und gingen nach Abschluss der Befragungen in den schlicht eingerichteten Speisesaal für das dienstbare Volk, der sich direkt neben der Küche befand. Neben einer einfachen Kohlsuppe gab es Gemüseauflauf mit Fleischresten. Euwart schien es vorzüglich zu munden, doch Johann dachte an das wunderbare Essen, das er gestern im *Prachthirschen* genossen hatte. Zudem spukten ihm allerlei Gedanken über alte, tote Frauen und grausame, gesichtslose Mörder im Kopf herum. Er verhielt sich meist schweigend, während er lustlos die Suppe löffelte oder im Auflauf herumstocherte. Euwart hingegen führte ein angeregtes Gespräch mit den Bediensteten des Grafen. Es ging natürlich um die Morde, und jeder hatte einen anderen im Verdacht. Selbst Schlossgeister und andere unheimliche Gestalten wurden zur Erklärung ins Spiel gebracht.

Nach dem Essen verließen Johann und Euwart das Schloss und eilten zurück zur Stadtverwaltung. Bevor Johann Herrn Eger Bericht erstattete, suchte er noch schnell einen erfahrenen Mitarbeiter der Stadtverwaltung auf, der sich auf geheimnisvolle Tränke und Flüssigkeiten verstand. Johann erhoffte sich von dem Mann, dass er Frau Barones rostige Plakette, in die sich harter Schmutz eingefressen hatte, einigermaßen säubern könnte. Im derzeitigen Zustand war nämlich nicht zu erkennen, was auf der Plakette eingraviert war.

Der Mann, ein gemütliches, kleines Dickerchen, saß an seinem Schreibtisch im Erdgeschoss, auf dem allerlei Fläschchen und Behälter standen. In einer Regalwand dahinter standen und lagen unzählige Pülverchen, Flüssigkeiten, Kräuter und dergleichen mehr. Johann konnte kaum etwas davon benennen.

Der Kriminalmeister trug seine Bitte vor, woraufhin der Mann weise lächelte. Er besah kurz die Plakette und erklärte, dass sie in wenigen Augenblicken wieder wie neu glänzen würde. Neugierig verfolgte Johann die sicheren Handgriffe, mit denen der Mann drei Fläschchen aus dem Regal nahm und jeweils einen Teil des Inhalts in eine Messingschüssel schüttete. Die drei Flüssigkeiten vermischten sich zu einer tiefschwarzen Brühe, die in Johanns Augen kaum in der Lage sein würde, die Plakette zu reinigen. Doch zu seiner Überraschung war sie bereits nach einem Bad von wenigen Minuten fast vollständig von Dreck und Rost befreit. Beinahe ungläubig nahm er sie entgegen. Es bedankte sich und stieg hinauf zu Herrn Eger, der ihn bereits mit Fragen überschüttete, bevor er die Tür kaum so weit geöffnet hatte, dass er eintreten konnte.

Johann setzte sich schmunzelnd Herrn Eger gegenüber und wartete, bis dessen Wortschwall versiegt war. Dann ergriff er schnell das Wort und begann zu erzählen, in einem fort, ohne eine Pause, sodass der Oberkriminalmeister keine Zwischenfragen stellen konnte, bis der Bericht zu Ende war.

„Und hier ist nun diese seltsame Plakette", sagte Johann und legte das Metallstück auf Herrn Egers Schreibtisch.

„Was soll das bedeuten? Eine 17 und zwei Buchstaben: KG. Könnt Ihr mir erklären, was das soll, Herr Gutmann?" Herr Eger blickte ratlos von der Plakette zu Johann und wieder auf die Plakette.

„Ich dachte eigentlich, dass Ihr mir weiterhelfen könnt. Ich bin noch nicht so lange in Amsdorf, als dass ich mögliche Hinweise richtig deuten könnte."

Herr Eger schüttelte den Kopf und gab die Plakette an Johann zurück.

„Tut mir leid, ich muss Euch enttäuschen. Das alles sagt mir gar nichts. Doch wenn die Plakette wirklich so alt ist wie Ihr vermutet, vielleicht sogar aus der Kindheit des Opfers stammt, dann kann Euch Herr Kessler womöglich einen Fingerzeig geben. Herr Kessler ist der frühere Stadtschreiber von Amsdorf und lebt nun zurückgezogen in seinem Haus irgendwo im südlichen Teil des Bürgerviertels. Natürlich nur, falls er nicht verstorben ist. Ich denke, Ihr solltet ihm einen Besuch abstatten. Was meint Ihr?"

In Ermangelung weiterer Vorschläge hielt Johann dies natürlich für eine gute Idee. Er bedankte sich für den Hinweis und verließ die Schreibstube des Oberkriminalmeisters. Da er zum früheren Stadtschreiber wollte, traf es sich gut, dass der erste Mensch, der ihm hier in Amsdorf begegnet war, ausgerechnet der nunmehrige Stadtschreiber war, Herr Meier. Bevor er sich also zu dessen Vorgänger aufmachte, suchte er ihn auf, da er sich einen Hinweis auf den Aufenthaltsort von Herrn Kessler erhoffte. Die Ortsangabe des Oberkriminalmeisters war nämlich etwas dürftig ausgefallen.

Stadtschreiber Meier saß an seinem Schreibtisch und versah ein großes Blatt Papier mit kunstvollen Buchstaben, als Johann nach kurzem Klopfen eintrat.

„Ah, Herr Gutmann, wie schön, dass Ihr mich besuchen kommt! Ihr habt bereits mächtig von Euch reden gemacht, seit Ihr in unser Städtchen gekommen seid! Jeden Tag ein Mord, jeden Tag ein neuer Verdächtiger im Kerker! Wenn Ihr so weitermacht, wird die eine Hälfte der Stadt bald tot sein, während die andere im Kerker sitzt!", schmunzelte der Stadtschreiber, der heute besonders stark nach Rosen duftete.

Johann lächelte gequält. „Guten Tag, Herr Meier. Ich kann die Angelegenheit nicht so heiter nehmen wie Ihr. Wenn wir das Morden nicht bald beenden, gerät die Stadt noch in Panik. Nur dem Umstand, dass wir die Bevölkerung so gut wie gar nicht über die grausamen Details informiert haben, verdanken wir die Ruhe. Wenn das Töten aber weitergeht…"

„Gewiss, gewiss", murmelte der Stadtschreiber, „aber Ihr seid sicher nicht gekommen, um mir Euer Leid zu klagen, nicht wahr?"

„Nein, ich habe Euch aufgesucht, da ich eine Bitte habe. Vielleicht könnt Ihr mir helfen, den Stadtschreiber Kessler zu finden, der Euer Vorgänger war."

„Was wollt Ihr denn von dem wunderlichen Knaben?", fragte Herr Meier lauernd. „Kann ich Euch etwa nicht dienlich sein?"

„Ah, daran hatte ich gar nicht gedacht! Verzeiht mir, vielleicht brauche ich diesen Kessler ja wirklich nicht. Es ist nur so, dass dieses gute Stück vielleicht aus einer Zeit stammt, die schon lange Geschichte ist."

Johann zog die Plakette hervor und reichte sie Herrn Meier.

„Was ist das für ein Stück Metall?", wollte der Stadtschreiber wissen. „Was soll ich damit?"

„Nun, danach wollte ich Herrn Kessler fragen, denn diese Plakette ist wahrscheinlich sehr alt und stammt vielleicht aus einer Zeit, als selbst Herr Kessler noch ein Kind war. Darum dachte Herr Eger, dass…"

„Gut, gut. Ich habe so etwas noch nie gesehen und kann Euch nicht weiterhelfen. Ihr werdet also nicht umhin kommen, Herrn Kessler aufzusuchen. Ich schreibe Euch auf, wo Ihr ihn finden könnt. Er hat mich in meine Arbeit hier eingeführt und mich alles gelehrt, was ein guter Stadtschreiber wissen muss. Bei heiklen Problemen benötige selbst ich noch seine Hilfe, besonders, wenn es sich um äh…alte Dinge handelt. Diese Plakette aber scheint mir gar nicht so alt zu sein. Aber egal, ich schreibe Euch auf, wo Ihr ihn finden könnt."

Er nahm ein Knäuel Papier aus dem Papierkorb, strich es sorgfältig glatt, überlegte kurz und kritzelte etwas darauf. Johann nahm das Papier dankend entgegen und machte sich umgehend auf den Weg.

Als er aus dem Gebäude trat, warf er einen kurzen Blick auf den Zettel, wandte sich in südliche Richtung und bog dann nach Osten ein. Er kannte zwar den Namen der Gasse, doch nicht deren genaue Lage. Ein hagerer Mann, der gerade dabei war, an einer beschädigten Straße Pflastersteine einzusetzen, wies ihm den Weg, der ihn bis ans Ende der Stadt führte. Dort, im südöstlichen Teil von Amsdorf, wo die letzten Häuser sich bis nahe an die Ausläufer der Berge hinzogen, lag ein winziges Holzhäuschen, das sich deutlich von den anderen Häusern abhob, die zumeist vollkommen aus Stein errichtet waren.

Johann trat zur Tür und klopfte. Da sich nichts rührte, wiederholte er sein Klopfen etwas kräftiger. Erst nach einem dritten Klopfen ließ sich drinnen ein unwilliges Brummen vernehmen. Johann hörte schlurfende Schritte, die sich der Tür näherten, und ein paar Wortfetzen, von denen er nur „hartnäckig" verstehen konnte. Ein Schlüssel drehte sich kreischend im Schloss. Dann öffnete sich die Tür einen Spaltbreit, und eine mächtige Nase reckte sich neugierig nach draußen, über der ein paar kluge Augen saßen, die den Kriminalmeister musterten.

„Hm, wer seid Ihr, junger Herr?", ächzte das alte Männlein, zu dem die Nase und die Augen gehörten. „Kann mich nicht erinnern, Euch eingeladen zu haben."

Es folgte ein längerer Hustenanfall, der Johann nicht die Gelegenheit gab, auf die Frage von Herrn Kessler zu antworten.

„Nun?", fragte der alte Kauz, noch immer hustend.

„Werter Herr Kessler", sagte Johann, „mein Name ist Johann Gutmann. Ich arbeite als Kriminalmeister bei der Stadtverwaltung und brauche Eure Hilfe. Herr Eger schickt mich."

„Eger? Hm, der Oberkriminalmeister braucht meine Hilfe? Kommt rein, Junge, aber seht zu, dass Ihr nicht erstickt, hihi."

Erst als Herr Kessler die Tür vollständig öffnete, wusste Johann, wie die humorvolle Warnung gemeint war. Der alte Mann war augenscheinlich dem Laster des Pfeifenrauchens verfallen. Dichte Tabakschwaden lagen wabernd im Raum und verbreiteten einen grässlichen Geruch, der kaum zu ertragen war. Johann musste sich stark zusammenreißen, begann aber ebenfalls laut zu husten. Er trat noch einmal kurz nach draußen, nahm einen letzten tiefen Atemzug Frischluft und folgte Herrn Kessler in die Wohnstube. Der alte Mann ließ sich in einen Schaukelstuhl fallen und griff nach seiner Pfeife, die er auf einem Gestell auf dem Tisch abgelegt hatte. Wie ein Verdurstender sog er begierig an dem aus edlem Holz gefertigten Stiel und schloss die Augen. Er schien ganz in seinem Genuss aufzugehen. Johann wartete einige Augenblicke, doch Herr Kessler blieb seelenruhig sitzen. Auch auf ein leicht ungeduldiges Räuspern hin reagierte er nicht.

„Herr Kessler?"

„Einen Augenblick noch, junger Freund."

Herr Kessler tat noch einen tiefen Zug und öffnete dann die Augen. „Womit kann ich Euch helfen?"

Johann zog die Plakette hervor und reichte sie ihm. „Habt ihr so etwas schon einmal gesehen?"

Herr Kessler nahm sie mit der linken Hand entgegen, die rechte hielt weiter die begehrte Pfeife fest. Seine klugen Augen wanderten über die Oberfläche des Metalls und schienen das Geheimnis durchdringen zu wollen. Lange saß er wortlos da und dachte nach. Dabei ging ihm beinahe die Pfeife aus, was er jedoch in letzter Sekunde durch einen tiefen Zug verhindern konnte. Schließlich schien er in seinen Erinnerungen etwas gefunden zu haben.

„Junger Mann, ich denke, ich weiß, worum es sich bei diesem Ding handelt. Sagt Euch der Name *Kindes Glück* vielleicht etwas?"

Johann verneinte und erklärte, dass er neu in der Stadt sei.

„Ah, ich verstehe, doch auch alteingesessene Bürger dürften damit nicht mehr viel anfangen können. Es gab einmal ein Waisenhaus drüben in jenem Teil der Stadt, das man heute als Armenviertel kennt. Früher, als ich noch ein junger, hübscher Bursche war, da gab es nur Amsdorf und sonst nichts. Keine Viertel, nur eine kleine Stadt. Nach dem letzten Krieg aber, als der Hafen ausgebaut und der Handel richtig zu blühen begann, strömten Leute von nah und fern in unsere Stadt. Sie konnte die Menschenmassen kaum aufnehmen. Es kam zu Gewaltexzessen, Diebstählen, Morden…Es war eine schlimme Zeit! Der damalige Graf, der Großvater unseres Friedrichs, hatte die Idee, diesen Abschaum in ein eigenes Viertel zu sperren. Damals gab es sogar eine Mauer um das Armenviertel herum, von der man heute nur noch Reste findet. Die Reichen schotteten sich im Nobelviertel ab, und dabei entstanden auch das Hafen- und Bürgerviertel. Aber das interessiert Euch nicht, Ihr…"

„Ich finde dies alles äußerst interessant", beeilte sich Johann zu sagen, „allein, ich muss mich auf die Lösung einer äußerst schwierigen Mordserie konzentrieren und…"

„Ich verstehe", fiel Herr Kessler ein und bekam wieder einen seiner Hustenanfälle. „Dieses Waisenhaus bestand schon viele Jahre, doch als im dortigen Teil der Stadt das Armenviertel errichtet wurde, hielt man es für besser, ein neues Waisenhaus hier im Bürgerviertel zu errichten. Das alte Waisenhaus wurde also aufgelassen. KG könnte also für Kindes Glück stehen, doch ich bin mir nicht ganz sicher."

Herr Kessler gab Johann die Plakette zurück und widmete sich wieder dem Rauchgenuss. Weitere Auskünfte konnte Johann nicht erwarten, sodass er sich leise bedankte und Herrn Kessler in seinem Pfeifenqualm alleine ließ.

Er eilte zurück zur Stadtverwaltung und suchte wieder Herrn Meier auf, um ihm vom Ergebnis seiner Nachforschung zu berichten.

„Soso, ein Waisenhaus! Ich habe noch nie von diesem KG gehört, wahrscheinlich steht das Gebäude schon lange nicht mehr."

„Aber es muss doch noch Unterlagen dazu geben!", meinte Johann.

„Unterlagen? Wollt Ihr in den alten Sachen kramen? Glaubt Ihr, dort Euren Mörder zu finden?"

„Nicht unbedingt, Herr Meier. Aber vielleicht einen Hinweis, der uns in der Sache weiterbringen kann. Ich habe im Moment keine andere Spur, der ich nachgehen kann. Also, wo finde ich die Unterlagen?"

Herr Meier stand auf und ging zu einem Wandschränkchen, aus dem er einen riesigen Schlüssel hervorholte.

„Kommt mit, junger Freund! Ihr seid vermutlich noch gar nicht in meinem heimlichen Reich gewesen."

Er führte Johann nach draußen, wo sie die Treppe nach unten nahmen, die zu den Zellen führte. Sie stiegen jedoch noch weiter in die Tiefe, bis sie vor einer dicken Holztür standen, die der Stadtschreiber mit dem Schlüssel öffnete. Staub und Dunkelheit empfingen sie, doch Herr Meier griff mit sicherer Hand nach links, wo auf einem Tisch mehrere Öllämpchen standen, von denen er zwei entzündete. Das Licht warf einen flackernden Schein auf eine wirre Ansammlung von Kisten und Stapeln von Papier. Der Lichtkegel reichte aber nicht sehr weit, sodass nur ein kleiner Teil des Archivs zu sehen war. Herr Meier sagte zu Johann, er solle hier warten, und schritt, mit einem der Öllämpchen in der Hand, alleine weiter.

Johann blickte ihm nach, bis der Schein des Lämpchens zwischen den Regalen verschwand. Wie viele Zentner Papier lagerten in diesem Gewölbe? Wie viel Stadtgeschichte, auf Papier geschrieben, verstaubte hier? Um sich die Zeit zu vertreiben, nahm Johann einige Papiere aus einem der Regale. Er hielt Protokolle einer Gerichtsverhandlung in den Händen, bei denen es um seltsame Streitigkeiten zwischen Nachbarn ging. Der eine hatte geklagt, weil der Hahn des Nachbarn zu laut gekräht hatte, der andere hatte eine Nachbarin des Diebstahls von Gemüse aus seinem Garten bezichtigt.

„Ihr habt eine spannende Lektüre gefunden, wie es scheint", sagte Herr Meier, der plötzlich vor Johann stand. Dieser war in die Schriftstücke so vertieft gewesen, dass er die Rückkehr des Stadtschreibers nicht bemerkt hatte.

„Äh, ja", sagte er, „habt Ihr etwas gefunden?"

Herr Meier nickte und forderte Johann auf, ihm zu folgen. Dieser legte die Schriftstücke wieder an ihren Platz, nahm das zweite Öllämpchen und folgte ihm. Sie gingen eine kleine Strecke weit, bis Herr Meier schließlich nach links in einen Seitengang einbog und auf mehrere Kisten mit dem Aufdruck KG zeigte.

„Das dürfte alles sein, Herr Gutmann", erklärte der Stadtschreiber. „Schaut Euch um, aber hinterlasst alles wieder ordentlich. Den Schlüssel überlasse ich Euch. Bringt ihn mir später wieder in meine Arbeitsstube, verstanden?"

Johann nickte und nahm den Schlüssel entgegen. Während der Stadtschreiber sich wieder entfernte, stellte Johann sein Öllämpchen ab und setzte sich vor den Kisten auf den Boden. Es waren insgesamt drei Kisten, die mit starken Nägeln verschlossen waren. Johann suchte und fand in der Nähe ein Werkzeug, mit dessen

Hilfe er die Nägel aus dem Holz ziehen konnte, was ihn einige Mühe kostete, da er nicht der geschickteste Handwerker war. Die erste Kiste enthielt eine große Anzahl von Schriftstücken. Es waren zumeist Briefe, die zwischen der Stadtverwaltung und dem Waisenhaus hin- und hergeschrieben worden waren. Die zweite Kiste enthielt hauptsächlich Rechnungen. In beiden Kisten fand sich auf den ersten Blick nichts, was Johann weiterhelfen konnte. Er setzte also all seine Hoffnungen auf Kiste Nummer drei. Mit klopfendem Herzen schob er den Deckel zur Seite, nachdem er die Nägel herausgezogen hatte. Plaketten, nichts als Plaketten. Die ganze Kiste war voll damit. Jede einzelne trug die Buchstaben KG und eine Nummer. Er wühlte, doch fand sich weiter nichts. Zumindest hatte er nun Gewissheit erlangt, dass Frau Barone wirklich eine Plakette des alten Waisenhauses um den Hals getragen hatte und wahrscheinlich als Kind dort gewesen war. Doch wie sollte ihn das in den Ermittlungen weiterbringen? War etwa Frau Alessia, ihre einzige Vertraute im Schloss, ebenfalls im Waisenhaus gewesen?

Johann nahm sich noch einmal die erste Kiste vor, die er zuvor nur oberflächlich durchwühlt hatte. Er nahm alle Briefe heraus und legte sie stapelweise auf den Boden. Plötzlich spürte er etwas Hartes in der Kiste. Hastig griff er tiefer und zog ein dickes Buch heraus. Es schien sehr alt zu sein, war jedoch in einem bemerkenswert guten Zustand. Gespannt schlug er es auf. Es enthielt eine Aufstellung aller Kinder, die jemals im Waisenhaus untergebracht worden waren. Die Schrift war zum Teil verblasst, doch bei gutem Licht, hoffte Johann, würde alles schön lesbar sein. Er legte das Buch vorerst zur Seite, um noch weiter nach etwas Handfestem zu suchen. Außer Briefen war aber nichts mehr zu finden. Notfalls mussten die zahllosen Schriftstücke eben einzeln überprüft werden, doch vorerst begnügte er sich mit dem

Buch. Er legte die Briefe wieder in die Kiste, schob die Deckel auf die drei Kisten und verließ das Archiv.

Herr Meier war erstaunt, den jungen Kriminalmeister so bald schon wieder zu sehen. Er nahm den Schlüssel entgegen und fragte Johann, ob er fündig geworden sei. Dieser war schon fast zur Tür hinaus und erklärte, dass er sich ein Buch mitgenommen habe. Der Stadtschreiber geriet durch diese Mitteilung in sichtliche Aufregung. Er sprang von seinem Schreibtisch auf und rannte Johann nach.

„Herr Gutmann", jammerte er, „Ihr könnt doch nicht einfach das Buch dort wegnehmen! Habt Ihr dies zumindest vermerkt?"

„Vermerkt?", fragte Johann verwundert und blieb stehen.

Herr Meier kam heran. „Natürlich! Ihr müsst Euch in eine Liste eintragen und vermerken, wann Ihr welche Schriftstücke aus dem Archiv entfernt habt."

„Dafür habe ich keine Zeit. Wollt Ihr das für mich erledigen? Danke!"

Damit war er schon wieder fort und ließ den verdutzten Stadtschreiber einfach stehen. Kopfschüttelnd ging Herr Meier zurück und jammerte über die jungen Leute, die sich nicht mehr an die Vorschriften halten würden.

Johann beeilte sich unterdessen, in seine Arbeitsstube zu kommen. Er setzte große Hoffnungen in das Buch, das er unter seinen Arm geklemmt hatte. Er legte es auf sein Schreibpult und sorgte mit ein paar Kerzen, die er rundherum aufstellte, für zusätzliches Licht. Das auffallend dicke Buch hatte einen festen Einband aus schwarzem Leder. Im hinteren Teil waren viele Seiten allerdings leer. Es hätte anscheinend für einen viel längeren Zeitraum dienen sollen.

Johann wusste ja bereits, dass das Buch die Namen der Waisenkinder enthielt, die dort fein säuberlich notiert waren, allerdings fanden sich nur die Vornamen und ab und zu ein Geburtsdatum. Wollte Johann Frau Barone finden, musste er also nach einer Anna suchen. Da die Frau des Habichtsaufsehers schätzungsweise siebzig Jahre alt gewesen war, konnte er den Zeitraum für seine Suche eingrenzen. Er begann zur Sicherheit bei den Einträgen, die vor rund achtzig Jahren gemacht worden waren und las jeden Namen langsam und laut vor. Bei der Vielzahl der Einträge war es leicht, den richtigen zu übersehen. Schon nach wenigen Seiten stieß er jedoch auf eine Anna, die vor 69 Jahren im Alter von drei Jahren ins Waisenhaus gekommen war, nachdem ihre Eltern bei einem Brand ums Leben gekommen waren. Die Einträge für Anna, die jedes Jahr erneuert wurden, fanden sich bis zum 11. Lebensjahr des Mädchens, dann tauchte der Namen nicht mehr auf. Eine kurze Randnotiz ließ darauf schließen, dass die kleine Anna damals adoptiert worden war. Da die betreffende Seite teilweise beschädigt war, ließ sich jedoch nicht mehr ermitteln, wer Anna aufgenommen hatte.

Es fand sich im besagten Zeitraum kein weiterer Eintrag zu einer Anna, sodass Johann davon ausging, dass es sich um Frau Anna Barone handeln musste. Was aber war mit Frau Amato? Magnus hatte vermutet, dass sich die beiden Frauen bereits zu Kinderzeiten gekannt hatten. Es war also nicht undenkbar, dass auch das erste Mordopfer damals im Waisenhaus aufgewachsen war. Und was war mit Frau Adele Fichter, der ehemaligen Gasthofsbesitzerin?

Obwohl seine Augen bereits tränten, ging der Kriminalmeister noch einmal die Seiten durch. Dabei stieß er auf nicht weniger als vier Mädchen namens Alessia und fünf namens Adele. Einige starben im Waisenhaus, andere wurden später adoptiert und von manchen verlor sich jede Spur, da mehrere Seiten fehlten oder unleserlich waren. Standen im Buch aber wirklich die Namen weiterer möglicher Opfer? Johann mochte beinahe daran glauben, auch wenn er keinen Beweis dafür hatte. Der Mörder hatte in sehr kurzen Abständen zugeschlagen, es war also höchste Eile geboten. Es stand nämlich zu befürchten, dass auch am nächsten Morgen ein neues Opfer zu beklagen sein würde. Wie aber sollte man dem Täter zuvorkommen?

Da das Buch ihn nicht weiterbrachte, beschloss Johann, das alte Waisenhaus aufzusuchen, sofern es noch erhalten war. Er wollte alleine dorthin, denn für die Kriminalgehilfen hatte er eine andere Aufgabe. Sie sollten in den Wohnungen der bisherigen Opfer nach Hinweisen auf das Waisenhaus suchen. Womöglich fand sich auch die eine oder andere Plakette.

Der Kriminalmeister klappte das Buch zu, stieg die Treppen hinab und eilte zu den Kriminalgehilfen, denen er die Plakette zeigte, nach der sie besonders Ausschau halten sollten.

„Holla, was wird hier getuschelt?"

Ferdinand stand plötzlich lächelnd in der Tür und erklärte, dass er sich wieder einigermaßen gut fühle, nachdem seine unerklärlichen Magenprobleme verschwunden waren. Johann war froh, seinen Partner wieder an der Seite zu haben. Die zwei machten sich sogleich auf den Weg ins Armenviertel, wobei Johann kurz die letzten Erkenntnisse und Vermutungen mitteilte. Ferdinand war erfreut, dass sich endlich eine konkrete Spur ergeben hatte, der man nachgehen konnte. Von dem alten Waisenhaus hatte er jedoch noch nie etwas gehört.

7. KAPITEL

Johann und Ferdinand irrten eine Zeitlang durch das Armenviertel, ohne dass ihnen jemand Auskunft geben wollte oder konnte. Schließlich trafen sie auf einen alten Mann, der an einer morschen Bretterwand lehnte. Er war zum Gerippe abgemagert und schien dem Tode nah zu sein. Seine Augen hingen hilflos an den zwei Männern, die zielstrebig auf ihn zukamen. Er hob die dürren Hände und flehte um ein Almosen. Johann nahm ein paar Münzen und drückte sie dem zitternden Mann in die knochige Hand. Der Alte sank seufzend zu Boden, umschloss die Münzen mit seiner Faust und bedankte sich für die Gabe. Da kaum Menschen auf den Gassen zu sehen waren, stand nicht zu befürchten, dass weitere Hilfsbedürftige angezogen würden. Ferdinand hielt dennoch die Umgebung im Auge, während sein Partner sich zu dem Alten hinabbeugte, der liebevoll seine Faust küsste, in der sich sein Schatz befand

„Hört, alter Mann, könnt Ihr mir sagen, wo einst das Waisenhaus *Kindes Glück* gestanden hat?"

Der Mann streichelte seine Faust, sodass Johann ihn sanft rüttelte, um seine Aufmerksamkeit zu erlangen. Er wiederholte seine Frage.

„Verzeiht, edler Herr", entschuldigte sich der Mann, „aber es kommt selten vor, dass meine Hand ein paar klimpernde Münzen festhalten darf. Aber Ihr fragtet nach dem alten Waisenhaus? Hm, ich komme nur mehr selten weiter als ein paar Schritte von hier fort, aber ich glaube mich erinnern zu können, dass es vor langer, langer Zeit ein Waisenhaus gegeben hat. Es stand dort in der Nähe der alten Bierbrauerei, die heute leer steht. Ja, ich glaube, dort war es."

Da Ferdinand wusste, wo die alte Bierbrauerei gestanden hatte, bedankten sich die Kriminalmeister beim alten Mann und gingen fort, während der Bettler ihnen noch längere Zeit Dankesworte nachrief.

Die alte Bierbrauerei war ein großes Gebäude, das schon nicht mehr in Betrieb gewesen war, als Ferdinand geboren wurde. Als Kind hatte er dort mit seinen Freunden manchmal in den Ruinen gespielt. Auch wenn er lange nicht mehr dort gewesen war, tat er sich nicht schwer, den Weg zu finden, der sie bis ans südliche Ende des Armenviertels führte. Johann war erschüttert über die Ausmaße des Viertels. Er hätte nicht gedacht, dass in einer wohlhabenden Stadt so viele Menschen sich jeden Tag Sorgen machen mussten, wie sie ihre Mägen füllen könnten.

Je weiter sie kamen, desto armseliger wurde der Zustand der Gebäude. Zerlumpte Gestalten liefen zwischen Ruinen herum, und manch aufdringlicher Bettler musste rüde in die Schranken gewiesen werden.

„Es ist besser", sagte Ferdinand, „dass wir so schnell wie möglich wieder von hier verschwinden. Falls uns der Mob angreifen sollte, sind wir verloren. Hier ist ein Menschenleben nicht viel wert. Selbst ein Kriminalmeister ist hier nicht sicher, wir hätten Verstärkung mitnehmen sollen."

„Dazu fehlen uns die Leute, Ferdinand. Beinahe all unsere verfügbaren Gehilfen sind im Einsatz. Ich denke, wir können uns ganz gut selbst unserer Haut erwehren."

„Wollen' s hoffen", seufzte Ferdinand, „doch sieh! Da vorne stand damals die Brauerei. Es sind nur mehr Ruinen übrig. Das Waisenhaus kenne ich aber trotzdem nicht, auch wenn es anscheinend hier in der Nähe liegt. Als ich in meinen Kinderjahren hier herumtollte, sah die Gegend übrigens etwas freundlicher aus, doch nun ist alles vollkommen verwildert."

Johann nickte betroffen. Die Stadt kümmerte sich anscheinend gar nicht um diese Gegend. Zwischen den Ruinen und den wenigen, noch intakten Häusern hatte sich die Vegetation breiten Raum geschaffen, wildes Gestrüpp allerorten. Die Straßen und Gassen waren wohl jahrelang nicht instandgehalten worden, Gras wucherte zwischen den Pflastersteinen.

Die zwei umrundeten das Gelände der ehemaligen Brauerei, bis sie zu einer Gasse kamen, wo mehrere Gebäude standen, die noch einigermaßen gut erhalten waren. Eines dieser Gebäude war von einem hohen Zaun umgeben, der vom Rost zerfressen war und zahlreiche Lücken aufwies. Das Eingangstor aus dicken Eisenstäben war noch intakt. Quer darüber hing ein altes Schild. Die Schrift darauf war jedoch fast vollständig abgeblättert.

„W..s...a.. - Ki.... G....", buchstabierte Ferdinand.

„Wir sind also richtig", sagte Johann erfreut. „Waisenhaus – Kindes Glück. Die fehlenden Buchstaben sind leicht zu ergänzen."

Von einigen alten, in Lumpen gehüllten Frauen, die tratschend beisammen standen, waren die zwei bereits argwöhnisch beäugt worden, sodass sie in eine Seitengasse einbogen, um sich dem Gebäude von der Hinterseite her zu nähern. Dort war kein Mensch zu sehen. Sie fanden eine Lücke im Zaun, durch die sie sich zwängten. Zwischen dem Gebäude und dem Zaun lag ein breiter, mit zahlreichen Bäumen und Büschen besetzter Grasstreifen, auf dem sie das Gebäude auf der Suche nach einem Schlupfloch zu umrunden gedachten, ohne von draußen beobachtet zu werden. Sie huschten leicht geduckt fort, als sie plötzlich erschrocken zusammenzuckten und stehen blieben. Hinter einigen Büschen hatten sie ein verdächtiges Geräusch gehört.

„Ein Schnarchen?", fragte Johann.

„Kam mir auch so vor. Lass uns nachsehen!"

Sie traten zwischen die Büsche und sahen fünf verwilderte Gestalten, die friedlich im Gras lagen und schliefen. Plötzlich gab es jedoch ein lautes, knackendes Geräusch, denn Ferdinand war auf einen trockenen Ast gestiegen. Einer der Männer wachte auf und blickte um sich. Er erspähte die Eindringlinge und alarmierte lautstark seine Kameraden, die sofort hochfuhren.

„Was wollt Ihr hier?", brüllte einer von ihnen, wohl der Anführer. „Dies ist unser Gebiet, und wer sich hereinwagt, wird totgeprügelt, verstanden?"

Er hatte einen dicken Stock ergriffen und trat drohend auf die Kriminalmeister zu. Die anderen im Hintergrund schüttelten drohend ihre Fäuste.

„Zurück!", rief Johann, und dieses eine Wort ließ den Angreifer stocken. „Wir machen Euch Euer Heim nicht streitig, aber wer uns behindert, wird sich eine blutige Nase holen! Wir sind Kriminalmeister und haben hier zu tun. Ihr werdet unbehelligt bleiben, wenn Ihr uns in Ruhe unsere Arbeit tun lasst. Noch Fragen?"

Der Angreifer hatte seinen Stock unter dem Eindruck von Johanns Auftreten bereits gesenkt und ließ ihn nun fallen.

„Schon gut, schon gut. Wir sind ganz friedlich", beeilte er sich zu sagen. „Hier in dieser Gegend muss man auf der Hut sein, wisst Ihr? Was aber habt Ihr hier zu suchen, wenn man höflich fragen darf?"

„Ihr dürft gerne fragen", entgegnete Johann, „werdet aber keine Antwort bekommen. Nur so viel: wir müssen das Gebäude betreten."

Der Anführer drehte sich zu den anderen um, die ihn bestürzt ansahen. Johann konnte sich dies nicht erklären.

„Gibt es ein Problem? Glaubt Ihr etwa, dass es in dem alten Gemäuer spukt?"

„Würdet Ihr …das für möglich halten?", fragte der Anführer nach einer kleinen Pause.

„Ah, Ihr glaubt also wirklich, dass…"

„Haltet uns nicht für ängstlich!", wurde Johann unterbrochen. „Hier draußen ist es vollkommen sicher, doch wagt es nicht, das Haus zu betreten! Einer unserer Kameraden hat es einst gewagt und ist nicht wieder herausgekommen. Das Haus hat ihn sich geholt!"

„Ach was, das Haus! Ihr glaubt das doch nicht etwa wirklich?"

Die Männer nickten bejahend. Johann hatte keine Lust, sich weiter mit den abergläubischen Kerlen abzugeben und ging mit Ferdinand weiter zur Eingangstür.

„Seid vorsichtig!", rief ihnen einer nach.

Die Eingangstür war mit starken Brettern zugenagelt, aber auf der Ostseite des Gebäudes fanden die zwei Kriminalmeister ein offenes Fenster, durch das sie einsteigen konnten. Drinnen war es düster und unheimlich. Johann hatte daran gedacht, ein kleines Öllämpchen mitzunehmen, das er nun aus seiner Weste nahm und entzündete. Es warf ein flackerndes, unruhiges Licht in die Dunkelheit, das jedoch ausreichte, um sich gefahrlos im dunklen Gebäude bewegen zu können. Der Holzboden war nicht mehr gut erhalten und wies an manchen Stellen Löcher auf, die zum Teil einen Durchmesser von über einem Meter aufwiesen. Es war also äußerste Vorsicht geboten. Johann hielt das Öllämpchen in Richtung Boden, um die Gefahren rechtzeitig erkennen zu können. Plötzlich erschrak er, denn als er in eine der Öffnungen im Fußboden blickte, sah er im schwachen Lichtschein ein Skelett, das ein Stockwerk tiefer lag.

„Wird wohl der Freund der Kerle da draußen sein, der hier zu Tode gestürzt ist", mutmaßte Ferdinand, als er vorsichtig an Johanns Seite getreten war. „Das Haus hat also neben den zwei Stockwerken noch einen Keller. Wir sollten es von oben nach unten durchstöbern. Lass uns die Treppen suchen, die nach oben führen!"

Johann nickte, umrundete vorsichtig das Loch im Fußboden und gelangte bald zu den gut erhaltenen Steintreppen. Sie konnten also gefahrlos bis nach oben in den zweiten Stock steigen. Dieser bestand, neben einigen kleineren, leeren Räumlichkeiten, aus einem großen Raum, der wohl als Schlafraum für die armen Waisenkinder gedient hatte. Vom Holzwurm zerfressene Holzwiegen, Reste eiserner Bettgestelle und alte, zerrissene und verdreckte Bettdecken sprachen dafür. Das durchlöcherte Dach ließ einige Sonnenstrahlen herein, in denen der von den zwei Kriminalmeistern aufgewirbelte Staub unruhig tanzte.

In einer Ecke lag eine alte Spielzeugpuppe, die aus einem Kartoffelsack gefertigt und mit Stroh gefüllt worden war. Sie hatte nur mehr einen Arm und keine Beine. Aus dem Unterleib hingen alte Strohfetzen heraus. Das eine verbliebene Auge, ein angenähter Knopf, blickte traurig an die Decke. Ferdinand kniete nieder, hob die Puppe auf und schloss für einen Moment die Augen. In der Ferne glaubte er Kinderstimmen zu hören, ganz leise und doch eindringlich. Er musste an all die armen Geschöpfe denken, die hier im Waisenheim ihre Kindheit verbracht hatten. Wie viele hatten wohl ihr Glück gefunden? Eine heimliche Träne rann über seine Wange.

„Du spielst noch mit Puppen?", versuchte Johann zu witzeln, doch das leichte Beben in seiner Stimme zeigte, dass er nur seine Beklommenheit überspielen wollte, die ihn beim Anblick des düsteren Raumes ergriffen hatte. Er legte seine Hand auf Ferdinands

Schulter, der noch immer auf dem Boden kniete. „Lass uns nach unten gehen, hier ist weiter nichts zu finden."

Beide waren froh, als sie den Raum hinter sich ließen, um die anderen Stockwerke zu untersuchen. Der erste Stock enthielt einige Schlafräume sowie kleinere Räume, deren Sinn und Zweck nicht zu ergründen war. Überall lagen Schutt und kaputte Möbelstücke herum. Im Erdgeschoss, das als nächstes an der Reihe war, gab es eine Küche, einen Speisesaal und einige andere Zimmer. Das Ergebnis der bisherigen Untersuchungen war enttäuschend, denn gefunden hatten sie noch nichts.

„Bleibt nur noch der Keller", seufzte Johann. „Wollen hoffen, dass wir dort mehr finden als das Skelett. Hier geht' s hinab!"

Eine schmale Treppe führte hinunter in den Kellerbereich, in dem sich mehrere Räume befanden, die wohl als Lager gedient hatten. Reste von Reis- und Kartoffelsäcken, leere Holzkisten und jede Menge Schutt lagen in den Gängen und Räumen. Das Skelett lag ausgestreckt auf einem großen Trümmerteil, das dem Gestürzten wohl das Genick gebrochen hatte. Da sich auch hier zunächst nichts Brauchbares finden ließ, wollten Johann und Ferdinand bereits alle Hoffnung aufgeben. Doch dann stießen sie schließlich ganz am Ende eines Gangs auf eine Kammer, in dem zwei alte Schreibtische und ein paar Kästen standen. Auf und zwischen diesen lag jede Menge Papier herum. Die meisten Blätter waren in erstaunenswert gutem Zustand. Sie suchten eilig alle Blätter zusammen und häuften sie zu zwei Stapeln, von denen jeder einen durchsehen sollte. Es fanden sich Einweisungen, Lieferbeschreibungen und ähnliches. Plötzlich zuckte die Flamme des Öllämpchens, das Johann auf den Boden gestellt hatte, verdächtig auf, bevor sie langsam verlosch. Johann hatte es verabsäumt, die Ölmenge zu überprüfen, sodass sie nun völlig im Dunkeln hockten.

„Verdammt!", ärgerte sich Johann.

„Ohne Licht im Geisterhaus!", witzelte Ferdinand. „Das kann ungemütlich werden."

„Die Geister machen mir weniger Sorgen als die Löcher im Fußboden. Wenn wir nicht aufpassen, können wir bald unserem knöchernen Freund da hinten Gesellschaft leisten! Jeder nimmt seinen Stapel Unterlagen und dann nichts wie raus hier. Wir werden die Papiere in der Stadtverwaltung durchsehen."

Den Papierstapel in der einen Hand, tasteten sie sich mit der anderen vorsichtig voran. Die Stille im Haus war unheimlich und wurde nur durch den einen oder anderen Fluch unterbrochen, den die Kriminalmeister ausstießen, wenn sie wieder an etwas gestoßen waren. Als sie die nach oben führende Treppe erreichten, legten sie sich hin und krochen langsam weiter, um die Löcher im Boden rechtzeitig zu bemerken. Es dauerte geraume Zeit, bis sie endlich das Licht durch das Fenster schimmern sahen, durch das sie eingestiegen waren.

Draußen wurden sie von den Stadtstreichern empfangen, die sich vor dem Fenster postiert hatten und neugierig hineinlugten.

„Ah, die Herren leben wirklich noch", sagte der Anführer, „doch der Angstschweiß steht ihnen im Gesicht. Habt Ihr etwa doch einen Geist gesehen?"

Seine Kameraden ließen ein höhnisches Gelächter hören. Johann fuhr sich an die Stirn, die tatsächlich schweißnass war.

„Einen Geist nicht", gab er zur Antwort, „aber wohl Euren verschollenen Kameraden. Er liegt als Skelett unten im Keller, wohin er durch ein Loch im Fußboden gestürzt ist."

„Was? Ein Unfall? Und wir dachten, dass…"

Der Anführer wurde puterrot, die anderen blickten verlegen zu Boden. Johann und Ferdinand kümmerten sich nicht weiter um sie und verließen auf schnellstem Wege das Gelände, um sich zur Stadtverwaltung zu begeben.

Ihre Kleidung war staubig und verdreckt, was im Armenviertel nicht weiter auffiel. Als sie sich jedoch der Stadtverwaltung näherten, rümpfte der eine oder andere Passant merklich die Nase. Die zwei jungen Männer scherten sich nicht darum und eilten in ihre Arbeitsstube. Auf dem Weg dorthin trafen sie Euwart, der ihnen bei der Durchsicht der Papiere helfen sollte. Er folgte den Kriminalmeistern in die Arbeitsstube, bekam einen knappen Bericht und eine ansehnliche Zahl von Papieren und hockte sich dann auf den Boden. Johann und Ferdinand setzen sich an ihre Schreibpulte.

Außer dem Rascheln des Papiers und einem gelegentlichen Brummen war lange Zeit nichts zu hören, bis ein unterdrückter Freudenschrei aus Ferdinands Kehle plötzlich die Stille durchbrach.

„Was gefunden?", fragte Johann.

„Sieh dir das an!", gab Ferdinand zur Antwort. „Ich habe hier eine Mappe aus zusammengeklebten Einzelblättern. Jedes Blatt gibt die Belegung des Schlafraumes im Dachgeschoss anhand einer kleinen Skizze wieder."

Johann und Euwart traten hinter Ferdinand, der mit seiner Erklärung fortfuhr.

„Was uns nicht aufgefallen ist: Der Schlafraum war wohl durch mehrere Stellwände in verschieden große Bereiche aufgeteilt. Und hier, dieses Blatt ist es, das mir den Schrei entlockt hat. Der Bereich, der mit dem Buchstaben C gekennzeichnet ist, lag direkt am Eingang. Sechs Schlafplätze, sechs Mädchen. Und seht euch die Namen an, die über mehrere Jahre unverändert geblieben sind!"

Johann nahm die Mappe auf und las laut vor:

„Bereich C: Adele, Alessia, Viktoria, Dora, Isabell, Gisela und Anna. Mein Gott, das muss es sein. Alessia

Amato, die Mutter des Foltermeisters; Adele Fichter, die Krötenfrau; Dora Horb, die Frau im Fischernetz; und Anna Barone, die Frau, die als Habicht präpariert wurde. Vier Namen, vier Opfer! Doch wer sind die anderen Frauen? Und was ist das? Hier neben dem Namen Viktoria auf diesem Blatt stehen drei Buchstaben: ZDG. Was das wohl bedeuten mag?"

Die anderen schüttelten ratlos den Kopf.

„Egal, wir sind jedenfalls auf der richtigen Spur. Es wird wohl noch drei weitere Tote geben, die erste vermutlich schon in der kommenden Nacht."

„Nicht, wenn wir das verhindern können!", rief Euwart kämpferisch. „Wir haben nun doch die Namen!"

„Wir haben nur drei Vornamen, Euwart", entgegnete Ferdinand. „Wir haben keine Ahnung, wer die Frauen sind und wo sie sich, falls sie überhaupt noch alle leben, aufhalten. Wie sollen wir sie finden? Und wenn wir auch die vollständigen Namen wüssten, so müssten wir sie erst finden. Zudem, wer mag die Nächste sein? Das Archiv der Abteilung für Namenserfassung wurde vor wenigen Wochen bei einem Wassereinbruch teilweise verwüstet. Viele Papiere sind unwiederbringlich verloren. Wie sollen wir sie finden? Nur ein Glückstreffer könnte uns helfen."

Euwart sah ein, dass er sich wohl zu früh gefreut hatte.

„Es gibt noch etwas anderes zu bedenken", bemerkte Johann. „Wir haben bei allen Opfern abgetrennte Finger gefunden: einen, zwei, vier und fünf. Wir wissen aber noch immer nicht, was mit Nummer drei geschehen ist. Jedenfalls müssen wir alles dafür tun, diese Frauen so schnell wie möglich zu finden!"

In diesem Augenblick trat, nach kurzem Klopfen, Herr Eger ein, um sich über den Fortgang der Ermittlungen zu informieren. Er war sichtlich froh, dass die Kriminalmeister endlich auf eine handfeste Spur gestoßen waren.

„Gute Arbeit, meine Herren", lobte er. „Wir müssen die Opfer, äh diese Frauen finden, und ich habe auch schon eine Idee, wer uns vielleicht dabei helfen könnte. Euwart, lauft bitte umgehend zum Waisenhaus und bringt mir den Leiter her. Ich meine natürlich das neue Waisenhaus. Los, Abmarsch!"

Herrn Egers Stimme war kaum verklungen, da war Euwart bereits zur Tür hinaus und stürmte die Treppen nach unten. Das Waisenhaus war ihm bekannt, er hatte nicht weit dorthin zu laufen.

Während die anderen warteten, klopfte es abermals an die Tür. Es war einer der Gehilfen, denen Johann aufgetragen hatte, die Räumlichkeiten der bisherigen Mordopfer noch einmal gründlich zu untersuchen. Er berichtete, dass man in einer Kiste auf dem Dachboden von Frau Horb eine Plakette mit der Nummer 21 gefunden hatte.

„Dachboden?", fragte Johann verwundert. „Wir waren dort und haben von einem Dachboden keine Spur gefunden."

„Ja", antwortete der Gehilfe, „der Zugang befindet sich in einer Luke an der Decke, durch die man mittels einer Leiter nach oben gelangt. Auch wir haben ihn nur zufällig entdeckt. Ansonsten fand sich dort nichts. Bei den anderen Frauen haben wir keine Plakette gefunden."

Er legte die Plakette auf den Tisch, die etwas besser erhalten war als die von Frau Barone. Herr Eger nahm sie auf und betrachtete sie neugierig.

„Es ist also bewiesen, dass zumindest zwei der Opfer im Waisenhaus waren. Wir können davon ausgehen, dass es auch die anderen Opfer waren. Diese Plakette ist ein weiteres Beweisstück, das die Richtigkeit Eurer These bekräftigt."

Und zum Gehilfen gewandt fuhr er fort: „Vielen Dank, Ihr habt gute Arbeit geleistet. Trotzdem müsst Ihr Euch mit den anderen noch zur Verfügung halten. Es gibt wahrscheinlich noch Arbeit, eine Nachtschicht. Sollte es uns gelingen, des Mörders habhaft zu werden, gibt es einen Sonderurlaub für alle Beteiligten. Wegtreten!"

Der Kriminalgehilfe nickte kurz und verließ das Zimmer. Wenige Minuten später kam Euwart zurück. Hinter ihm trat ein älterer, gut gekleideter Mann ein, der sich als Herr Hummler vorstellte.

„Ihr seid der Leiter des Waisenhauses?", wollte Herr Eger wissen.

„Der bin ich. Worum geht es? Es muss sich um eine äußerst dringende Angelegenheit handeln, dass ich vom Abendtisch weggezerrt werde."

„Das ist es in der Tat, Herr Hummler, und ich danke Euch, dass Ihr unserer Bitte so schnell gefolgt seid. Nehmt bitte Platz! Wir brauchen Eure Hilfe in einer äußerst wichtigen Sache. Wir suchen mehrere Frauen, die vor langer, langer Zeit im alten Waisenhaus gelebt haben. Erschwerend kommt hinzu, dass wir nur ihre Vornamen kennen."

„Ich bin erst seit wenigen Jahren Leiter des Wasenhauses", erklärte Herr Hummler, „und werde Euch folglich nicht dienlich sein können. Wir haben auch keine Unterlagen aus dem alten Waisenhaus bei uns liegen."

„Das ist äußerst bedauerlich. Es gibt also keine Möglichkeit herauszufinden, welchen Weg die damaligen Mädchen eingeschlagen haben? Ist ihre Geschichte etwa gar nicht mehr nachvollziehbar?"

„Na ja", meinte Herr Hummler, „in der Regel läuft es so, dass die Kinder aus dem Waisenhaus irgendwann entweder der Obhut einer fremden Familie übergeben werden oder das Waisenhaus nach Erreichen eines gewissen Alters einfach verlassen. Heutzutage wird es von Jahr zu Jahr schwieriger, eine Pflegefamilie zu finden, aber früher war es einfach. Heutzutage haben die Leute wohl mit sich selbst Probleme genug, als dass sie sich noch zusätzlich mit fremden Kindern herumschlagen wollen."

„Gibt es Unterlagen über die Pflegefamilien?"

„Ich denke schon, dass diese Unterlagen aufbewahrt wurden. Es gibt doch eine Abteilung hier in Ihrem Hause, die sich damit beschäftigt!"

„Wie? Ah, Ihr habt recht! Wie dumm von mir. Und das Beste, die Abteilung Pflege liegt gerade mal ein Stockwerk unter uns! Folgt mir, Männer!"

Herr Eger stürmte zur Tür und eilte nach unten. Die anderen folgten ihm, selbst Herr Hummler, der gar nicht wusste, worum es eigentlich ging.

In besagter Abteilung war zufällig noch einer der Mitarbeiter anwesend, die anderen waren bereits nach Hause gegangen. Der Mann, Herr Brugger, war im ersten Moment äußerst erschrocken, als plötzlich mehrere Personen in seine Arbeitsstube gestürmt kamen. Er wich entsetzt zurück und fiel beinahe vom Stuhl, konnte sich aber im letzten Moment noch an der Tischkante festhalten. Da war auch schon Herr Eger, dessen hochroter Kopf zuerst in der Tür erschienen war, bei ihm und packte ihn unsanft am Kragen. Der Mann schrie auf und wollte sich losreißen.

„Was habt Ihr für ein Problem?", schnauzte ihn Herr Eger an. „Es geht um Leben und Tod, und Ihr führt Euch wie ein verängstigtes Mädchen auf! Wo sind die Unterlagen?"

„Wovon sprecht Ihr?", antwortete Brugger kleinlaut. Er hing schlaff in Egers Fäusten.

Bevor der Oberkriminalmeister antworten konnte, hatte Johann sich bereits an ihm vorbeigedrängt und erklärte dem verdatterten Mann in knappen Worten, dass sie umgehend die Unterlagen der alten Pflegefälle einsehen müssten. Es sei keine Zeit für lange

217

Erklärungen. Der Mann sagte zögernd, alle Unterlagen befänden sich im Kellerarchiv. Nun nahm Herr Eger wieder das Heft in die Hand. Er riss den Mann aus seinem Stuhl hoch und schob ihn zur Tür. Dann ging es im Laufschritt hinunter ins Archiv. Der durch das Gebäude stürmende Haufen hatte die Neugier der anderen Mitarbeiter geweckt, die sich noch im Gebäude aufhielten. Als Herr Eger schließlich seinen Generalschlüssel hervorkramte, um die Tür zum Archiv zu öffnen, stand hinter ihm eine ganze Menschentraube.

Herr Eger schien von einem irren Fieber ergriffen worden zu sein und hatte große Mühe, den Schlüssel ins Schloss einzuführen. Schließlich sprang die Tür auf. Außer Herrn Eger, dem aus seiner Arbeitsstube gleichsam entführten Brugger und den zwei Kriminalmeistern durfte niemand eintreten. Johann gab Euwart den Auftrag, dafür zu sorgen, dass sie ungestört blieben. Der Gehilfe stellte sich, nachdem die angegebenen Personen eingetreten waren, breitbeinig vor die Tür und verschränkte die Arme.

Drinnen im Archiv entzündeten Ferdinand und Herr Eger inzwischen zwei Öllämpchen. Herr Brugger führte die kleine Gruppe in einen Bereich, wo die alten Unterlagen und Akten seiner Abteilung verwahrt wurden.

„Hier sind all unsere Papiere", erklärte er. „Alles fein säuberlich geordnet, wie es sich gehört. Jahr für Jahr und Tag für Tag. Was immer Ihr auch sucht, hier werdet Ihr bestimmt fündig."

Johann erklärte ihm kurz, wonach sie suchten. Der Mann nickte und stellte sich vor ein Regal. Er überlegte, welche Akten in Frage kämen und zog dann mehrere Stapel hervor. Vor lauter Ungeduld nahmen sie sich nicht die Zeit, die Papiere mit nach oben zu nehmen. Stattdessen setzten sie sich auf den kühlen Steinboden und blätterten wie im Fieber. Herr Brugger hatte nicht zu viel versprochen, denn die Akten waren in einem tadellosen Zustand und chronologisch geordnet. Johann ging nach draußen und bat einen der dort Wartenden, aus seiner Arbeitsstube das Buch mit den Daten aus dem alten Waisenhaus und die dort gefundene Mappe zu holen.

Wenig später hielt Johann Buch und Mappe in seinen Händen. Mit Hilfe dieser Unterlagen konnten sie Namen und Geburtsdatum von zwei Mädchen zuordnen. Isabell war im Alter von 12 Jahren von einer Familie Berger aufgenommen worden, während Gisela mit 13 in eine Familie Schaffer gekommen war. Über Viktoria jedoch fand sich auch nach längerer Suche nichts. Sie war wohl nicht bei einer Pflegefamilie untergekommen. Was zudem die Buchstaben ZDG neben ihrem Namen bedeuteten, wussten sie noch immer nicht. Sie mussten sich bei ihrer Suche also vorerst auf Gisela Schaffer und Isabell Berger konzentrieren.

Die Männer verließen das Archiv wieder. Draußen stand noch immer Euwart und hielt Wache. Die anderen waren schon gegangen, auch Herr Hummler. Herr Brugger wurde nun ebenfalls entlassen, obwohl auch ihn das Fieber ergriffen hatte und er am liebsten mitgeholfen hätte, die Frauen ausfindig zu machen. Er schüttelte leicht enttäuscht den Kopf und ging langsam wieder nach oben.

Die anderen begaben sich ins Nebengebäude, wo die Kriminalgehilfen gemäß Herrn Egers Anordnung in Bereitschaft warteten. Der Oberkriminalmeister überließ es nun wieder Johann, die notwendigen Anordnungen zu treffen. Dieser hatte nun zehn Kriminalgehilfen zur Verfügung, die gespannt auf seine Anordnungen warteten.

„Männer, Kameraden", begann der Kriminalmeister seine kurze Ansprache. „Ihr wisst sicher alle, dass wir einen Serientäter jagen. Einige von Euch haben sogar schon am Fall mitgearbeitet. Wir müssen davon ausgehen, dass der Mörder auch in dieser Nacht wieder zuschlagen wird. Wir kennen die Namen zweier möglicher Opfer, aber wir wissen nicht, wo wir suchen sollen. Es handelt sich um eine gewissen Gisela Schaffer und…"

„Schaffer?", rief einer der Gehilfen und drängte sich nach vorne. „Ich glaube nicht, dass sie heute Nacht ermordet wird!"

„Wie meint Ihr das?", fragte Johann hastig.

„Nun, sie ist bereits seit geraumer Zeit tot. Ich war doch erst kürzlich mit Kriminalmeister Unger auf dem Friedhof, da dort ein Grab geschändet worden war und…"

„…in diesem Grab liegt unsere Gisela?"

„Richtig, Herr Gutmann, Gisela Schaffer."

„Ah", sagte Johann und trat näher an den Gehilfen heran. „Sagt, ist Euch bei der Grabschändung etwas aufgefallen, möglicherweise bei den Fingern der Leiche?"

„Leiche? Ihr meint das Gerippe, denn die gute Frau Schaffer ist schon viele Jahre tot. Aber da Ihr die Finger erwähnt. Ja, das Skelett war wohl noch gut erhalten, aber an einer Hand fehlten drei Finger, die der Grabschänder wohl mit einem scharfen Stein abgeschlagen hatte, der neben dem offenen Grab lag."

„Und die Finger?", wollte Johann wissen.

„Die Knochenfinger lagen auf dem Grabstein."

„Es waren drei, sagtet Ihr?"

„Ja, drei. Wir haben sie mitsamt den anderen Knochenresten wieder dem Erdreich übergeben und das Grab zugeschüttet. Der Fall war somit abgeschlossen. Einen Täter für die Grabschändung ausfindig zu machen, wäre mühselig gewesen. Und wem hätte es etwas genützt?"

„Aber warum rückt Ihr erst jetzt mit dieser Geschichte heraus? Ihr wusstet doch, dass unser Täter den Opfern die Finger abgeschnitten hat!"

„Seid mir nicht böse, Herr Gutmann", verteidigte sich der Gehilfe. „Ich war nicht direkt in Eure Untersuchungen eingebunden und habe nicht daran gedacht, dass sich Euer Mann an Toten vergreifen würde."

„Ihr habt recht. Verzeiht meinen aufgebrachten Tonfall. Ihr habt uns auf jeden Fall weitergeholfen. Nun bleibt uns also nur mehr Frau Isabell Berger. Ich nehme nicht an, dass auch diese Frau jemandem hier bekannt ist, oder? Wie finden wir sie?"

Johann blickte in ratlose Gesichter. Keiner sagte ein Wort, bis plötzlich Euwart einen Einfall hatte.

„Herr Gutmann", rief er aufgeregt. „Falls es zutrifft, dass zumindest einige dieser Frauen untereinander noch in Kontakt standen, wäre es doch möglich, dass Herr Fichter sie ebenfalls kennt!"

„Herr Fichter? Warum nicht? Falls seine Mutter sich mit dieser Isabell Berger getroffen haben sollte…Famose Idee, Euwart! Die Angehörigen der anderen Toten sind verschwunden oder ebenfalls tot, aber Herr Fichter ist am Leben. Schade, dass wir ihn nicht ebenfalls in eine Zelle gesteckt haben. Dann hätten wir ihn gleich zur Hand. So aber müssen wir umgehend aufbrechen. Los, mir nach!"

Johann drehte sich um und rannte davon, ohne sich darum zu kümmern, ob die anderen ihm auch wirklich folgten. Außer Herrn Eger, der zurückblieb, hatten sich aber alle hinter Johann aufgefädelt. So ging es zügig durch die Straßen des Bürgerviertels bis hin zur *Saftigen Kröte*. Die Menschen, die sich auf den Straßen aufhielten, wunderten sich nicht wenig über den Kriminalmeister, der an der Spitze der kleinen Schar durch die Straßen und Gassen eilte.

Außer Atem kamen die Männer beim Gasthof an, der bereits im tiefen Dunkel lag. Johann pochte mehrmals heftig an die Tür, bis diese endlich geöffnet wurde. Ein Diener erschien, auf einen Holzstock gestützt und bereits im Nachthemd.

„Ah, Ihr seid' s, Herr Kriminalmeister. Doch warum erscheint Ihr zu solch später Stunde?"

„Ich habe keine Zeit für lange Erklärungen. Führt mich sofort zu Eurem Herrn!"

Der eindringliche Ton, den Johann angeschlagen hatte, ließ beim Diener keinen Zweifel aufkommen, ob er der Bitte Folge leisten sollte oder nicht. Er nickte nur kurz und ging voran. Johann und Ferdinand folgten ihm, während die Gehilfen draußen warten sollten.

Herr Fichter hatte in den letzten Tagen kaum geschlafen. Das gewaltsame Ableben seiner Mutter hatte ihn sehr beschäftigt. Ganze Nächte lang war er wach gelegen und hatte sich unruhig von einer Seite auf die andere geworfen. Heute nun war er sehr zeitig zu Bett gegangen. Er hatte sich aus der Apotheke ein Mittelchen holen lassen, das ihm das Einschlafen erleichtern sollte. Das in Wasser aufgelöste Pulver hatte er vor geraumer Zeit eingenommen, doch hatte es bisher seine Wirkung noch nicht entfaltet.

Als es an seine Tür pochte, schreckte Herr Fichter aus seinen Grübeleien hoch. Er hatte ausdrücklich darum gebeten, nicht mehr gestört zu werden, weshalb er verärgert aus seinem Bett sprang. Den Störenfried würde er mit einer Schimpftirade dermaßen überziehen, dass er es in Zukunft nicht mehr wagen würde, seinen Befehlen Missachtung zu schenken. Als er zur Tür ging, wurde wieder dagegen gepocht, doch diesmal ungleich heftiger.

„Kommt aus den Federn, Herr Fichter! Wir wollen hier draußen keine Wurzeln schlagen!"

Herr Fichter erkannte die Stimme des Kriminalmeisters Ferdinand. Was wollte dieser Kerl um die Zeit von ihm? Hatte er etwa den Mörder seiner Mutter gefunden? Er stürmte zur Tür, schob den Riegel zurück und öffnete.

Vor ihm stand Ferdinand. Johann hielt sich hinter der geöffneten Tür verborgen, die nach außen aufgegangen war, Herr Fichter konnte ihn nicht sehen. Aber was noch wichtiger war: Johann musste Herrn Fichter nicht sehen. Der Diener stand daneben und wunderte sich über den seltsamen Auftritt der Kriminalmeister.

Ferdinand erzählte von Mord, von gebotener Eile und einer gewissen Frau Berger. Herr Fichter hielt sich verwirrt den Kopf, als ob er dadurch seine Gedanken ordnen könnte. Er hatte nämlich kaum etwas von dem verstanden, was der Kriminalmeister ihm gesagt hatte. Hatte das Schlafmittel doch zu wirken begonnen?

„Was faselt Ihr da, Herr Kriminalmeister? Ich kann Euch beim besten Willen nicht folgen. Habt Ihr etwa Neuigkeiten für mich? Ist gar der Mörder meiner Mutter geschnappt worden? Sagt, ist es das?"

Er blickte Ferdinand neugierig in das vor Anstrengung noch leicht gerötete Gesicht.

„Vielleicht bald, Herr Fichter. Doch vorerst habe ich eine wichtige Frage an Euch. Kennt Ihr eine gewisse Frau Berger? Isabell Berger? Es ist möglich, dass sie in Kontakt mit Eurer Mutter gestanden hat."

„Ihr stört meine verdiente Nachtruhe, um mich nach einer Bekannten meiner Mutter zu fragen? Seid Ihr von Sinnen? Darf ich meinerseits fragen, welchen…"

„Nichts da! Dafür haben wir jetzt nun wirklich keine Zeit! Antwortet einfach auf meine Frage! Ja oder nein?"

Der Angesprochene stand nur verdutzt da. Er konnte sich die Sache nicht erklären und gab keine Antwort.

„Redet, Mann!", ließ sich plötzlich Johann hören, der hinter der Tür ungeduldig wurde.

„Ist da noch jemand bei Euch?", fragte Herr Fichter und machte Anstalten, hinaus auf den Flur zu treten. Ferdinand versperrte ihm jedoch den Weg.

„Ah", sagte Fichter betont gedehnt, „ich ahne es! Da hat sich Euer sauberer Partner versteckt, der es nicht wagt, mir aufrecht ins Gesicht zu blicken. Erst rennt er schreiend aus dem Zimmer und nun traut er sich erst gar nicht herein!"

Er streckte seinen Kopf an Ferdinand vorbei und rief laut nach draußen.

„Bin ich etwa so hässlich, dass Euch mein Anblick Schmerzen bereitet?"

Johann stand hinter der Tür und hatte seine Fäuste geballt, würdigte Herrn Fichter jedoch keiner Antwort. Er ärgerte sich über sich selbst, da er sein Problem nach all den Jahren noch immer nicht in den Griff bekommen hatte.

Ferdinand war es leid, auf den widerspenstigen Hausherrn Rücksicht zu nehmen. Er packte ihn und schob ihn zurück in sein Zimmer, bis dieser rücklings auf sein Bett krachte. Dabei stieß Herr Fichter mit dem Kopf an den Bettpfosten und heulte vor Schmerzen auf.

„Ihr habt mir weh getan!", zeterte er und hielt sich die verletzte Stelle.

„Ich werde Euch noch viel mehr Schmerzen zufügen, wenn Ihr nicht endlich Euer Maul aufmacht!", schrie nun Ferdinand dermaßen laut, dass selbst Johann staunend zusammenzuckte.

„W...w...was? Ihr seid ein rohes Tier, Herr Kriminalmeister! So springt man nicht mit mir um. Ich werde..."

Herr Fichter hielt kurz inne, denn Ferdinand hatte seine Hand drohend erhoben, als ob er zum Schlag ausholen wollte.

„In Ordnung, in Ordnung! Ich weiche der rohen Gewalt und werde Euch Auskunft geben. Lasst mich überlegen, aber tut Eure Hand da weg! Frau…"

„Berger, Isabell Berger", ergänzte Ferdinand hastig. „Sie muss im selben Alter wie Eure Mutter …"

„Berger, Berger…Nein, der Name sagt mir nichts, aber eine Isabell hat meine Mutter gekannt. Sie hat sich ab und an mit einigen alten Freundinnen getroffen. Keine Ahnung, woher sie sich kannten, sie hat die Sache recht heimlich betrieben. Aber ich glaube, sie hat einmal eine Isabell erwähnt."

„Wo finden wir sie?", fragte Ferdinand aufgeregt.

„Keine Ahnung, ich sag doch, dass ich nichts weiß. Ich glaube, sie ist die Frau eines Kerzenmachers. Mehr weiß ich wirklich nicht, ich schwöre es!"

Ferdinand bohrte noch ein wenig nach, doch Herr Fichter schien weiter wirklich nichts zu wissen. Der Kriminalmeister entschuldigte sich knapp für den nächtlichen Überfall und eilte nach draußen, wo sich Johann hinter der Tür hervorschälte und ihm nach unten und hinaus auf die Straße folgte. In Sicherheit vor dem glatzköpfigen Herrn Fichter übernahm nun wieder Johann die Hauptrolle.

„Männer", begann er. „Wir suchen einen Kerzenmacher, Name unbekannt. Wahrscheinlich hat Frau Berger den Namen dieses Mannes angenommen, als sie ihn geheiratet hat."

„Kerzenmacher gibt es heutzutage hier doch keine mehr!", meinte einer der Gehilfen. „Die Kerzen kommen aus der Hauptstadt, wo sie in großen Hallen gefertigt werden. Früher, als ich klein war…"

„Gut, gut, spart Euch den Ausflug in Eure Kindheit!", unterbrach ihn Johann unsanft.

„Herr Kriminalmeister", sagte plötzlich ein anderer Gehilfe. „Ich meine, dass im Hafenviertel noch ein alter Kerzenmacher wohnt. Ich weiß es, weil mein

Liebchen ganz in der Nähe wohnt. Ich komme also jeden Tag dort vorbei. Es ist eine kleine, unscheinbare Gasse ganz in der Nähe des Armenviertels."

„Gut", antwortete Johann erfreut, „führt uns sofort dorthin!"

8. KAPITEL

Es war bereits reichlich spät geworden, nur mehr wenige Passanten hielten sich auf den Straßen auf. Die Gruppe um die beiden Kriminalmeister eilte quer durchs Bürgerviertel zur Grafenstraße, der sie eine Zeitlang folgte, bis sie der Weg nach rechts ins Hafenviertel führte. Es waren seit dem Aufbruch von Herrn Fichter kaum fünfzehn Minuten vergangen, als das Haus des Kerzenmachers erreicht war.

Die kleine Gasse, die keinen Namen hatte, lag in geheimnisvoller Dunkelheit. Nur vor *einem* Haus brannte, umgeben von einer Glasröhre, eine riesige Kerze. Ein Schild über der Eingangstür zeigte eine gemalte Kerze, die Farbe war zum Großteil bereits abgeblättert. Darunter stand *Kerzenmacher Lund.* Anscheinend gingen die Geschäfte dermaßen schlecht, dass der Kerzenmacher nicht einmal das Geld aufbringen konnte, um das Schild übermalen zu lassen.

Auf den ersten Blick gab es keine Anzeichen dafür, dass jemand gewaltsam ins Haus eingedrungen war. Das Gebäude war von allen Seiten zugänglich, besaß jedoch nur einen Eingang auf der Vorderseite. Johann postierte seine Gehilfen rund um das Haus. Sie mussten sich versteckt halten, um den Mörder, sollte er wirklich auftauchen, nicht zu warnen, bevor man seiner habhaft werden konnte. Und so stellte sich der eine Gehilfe hinter einen Baum, ein zweiter legte sich hinter ein paar Büsche, und ein dritter postierte sich im Eingangsbereich eines Nachbarhauses. Nur Johann und Ferdinand sollten das Haus betreten. Sie waren normalerweise unbewaffnet, doch ließen sie sich von den Gehilfen nun zwei Messer geben, die sie in ihre Gürtel steckten. Sollte sich der Mörder bereits im Hause aufhalten, mussten sie

227

gewappnet sein. Sie huschten leise zur Tür, die verschlossen war, weshalb Ferdinand einen Dietrich hervorzog, den er stets bei sich trug. Er war äußerst geschickt und hatte das alte Schloss in kaum einer Minute geknackt. Sie schlüpften hinein und schlossen die Tür behutsam hinter sich. Es war unheimlich still. Mit aller gebotenen Vorsicht machten sie sich an die Untersuchung der Räumlichkeiten im Erdgeschoss. Sie durften kein Licht anzünden, sodass sie sich im Halbdunkel zurechtfinden mussten. Durch einige Fenster fiel das spärliche Licht des frühen Mondes ins Innere, sodass sie leidlich sehen konnten. Außer einer unaufgeräumten Küche, einem kleinen Abstellraum und einem kargen Wohnbereich fanden sie keine weiteren Räume. Niemand war zu sehen oder zu hören.

Draußen im düsteren Flur war eine Treppe zu erkennen, die nach oben führte. Sie setzten vorsichtig einen Fuß nach dem anderen auf die Stufen, denn das alte Holz knarrte bei jedem ihrer Schritte. Als sie schließlich das Ende der Treppe erreicht hatten, hielten sie kurz inne um zu lauschen. Es war noch immer nichts zu hören. Hier oben gab es nur zwei Türen, die beide offen standen. Hinter der ersten Tür lag ein leerer Raum ohne Fenster, sodass sie kaum etwas sehen konnten. Der zweite Raum war ein Schlafzimmer, wie sie sofort erkennen konnten. Das Mondlicht, das durch zwei große Fenster ins Zimmer fiel, beleuchtete ein Bett, in dem eine menschliche Gestalt zu liegen schien. Waren sie etwa wiederum zu spät gekommen? Hatte der unheimliche Mörder sein blutiges Werk bereits verrichtet? Sie zückten ihre Messer und huschten hinein. Es war sonst niemand zu sehen, also steckten sie die Messer wieder weg und traten ans Bett. Hatten sie eine Frau erwartet, so waren sie nun überrascht, einen alten Mann vorzufinden. Er hatte eine leicht blutende Wunde am Kopf und war nicht ansprechbar, doch er atmete noch. Ein zweites

Kopfkissen und zerwühlte Laken neben dem Mann zeigten, dass an seiner Seite bis vor kurzem noch jemand gelegen haben musste.

„Er ist noch in der Nähe!", flüsterte Johann leise. Ferdinand nickte. „Aber wo? Wir haben alle Räumlichkeiten durchsucht!"

„Kann es sein", murmelte Ferdinand, „dass die Frau, ebenso wie Frau Horb, aus dem Haus entführt worden ist?"

„Das halte ich für unwahrscheinlich. Frau Horb wurde auf das Schiff gebracht, da ihr Mann Fischer war. Jeder Mord spielte sich im unmittelbaren Umfeld der beruflichen Tätigkeit des Mannes ab. Wir befinden uns hier im Haus eines Kerzenmachers. Der Mord müsste demnach in der Kerzenmacherwerkstatt erfolgt sein Aber wo ist diese Werkstatt? Vielleicht in einem Nebengebäude?"

„Möglich, ich glaube jedoch, dass es hier einen Keller gibt. Lass uns suchen!"

Sie ließen den verletzten Mann zurück und eilten die Treppe hinab, ohne sich Sorgen über den Lärm zu machen, den sie dabei verursachten. Ferdinand trat zur Eingangstür und öffnete sie, um ein wenig Licht zu haben. Die Kriminalgehilfen, die die Tür unter Beobachtung hatten, zuckten zusammen, denn sie rechneten mit dem Mörder. Ferdinand trat kurz hinaus, gab sich zu erkennen und huschte wieder hinein. Johann hatte inzwischen eine kaum sichtbare Tür entdeckt, die wohl hinab in den Keller führte. Sie lag direkt unterhalb des Treppenaufsatzes und war in der Dunkelheit vorher nicht zu erkennen gewesen. Johann zog am Griff und öffnete. Dahinter führten Steinstufen in die Tiefe. Unmittelbar vor ihnen war es dunkel, doch irgendwo dort unten gab es Licht. Auf den Steinstufen waren ihre Schritte nicht zu hören, sodass sie ohne Bedenken nach unten steigen konnten. Plötzlich hörten sie einen Mann sprechen.

„So, noch ein paar Tropfen, dann wirst du brennen, altes Miststück! Keine entkommt meiner Rache! Hahaha!"

Es war Eile geboten, denn jemand schwebte offenbar in höchster Lebensgefahr. Die Messer fest in ihrer Hand, stürmten die zwei Kriminalmeister der Lichtquelle entgegen, die aus einem Raum am Ende eines kurzen Gangs kam. Johann war voran und riss die halb geöffnete Tür vollständig auf. Er stockte kurz, denn was er da sah, ging beinahe über seine Vorstellungskraft.

Eine alte Frau saß, an den Händen gefesselt, in einem Holzbottich. Über ihr stand ein Mann, dunkel gekleidet und mit einer schwarzen Maske vor dem Gesicht. In seinen Händen hielt er zwei große brennende Kerzen, von denen schwere Wachstropfen auf die Frau herabtropften. Der Körper der Frau war beinahe vollständig mit einer Wachsschicht bedeckt. Sie hatte sich anscheinend kaum gewehrt, denn die Wachsschicht zeigte kaum Sprünge. Auf ihrem Kopf hatte der unheimliche Mann einen dicken, geflochtenen Docht befestigt. Die arme Frau sollte als lebende Kerze brennen!

Der Mann hatte Johann natürlich sofort erspäht und erschrak, fasste sich aber schnell wieder. Mit einem lauten Wutschrei warf er die zwei großen Kerzen nach ihm, ergriff ein Messer, das auf dem Tisch in Reichweite lag, und schleuderte es in Richtung Tür. Johann, im Bestreben, den Kerzen auszuweichen, kam ins Straucheln und wurde dann von Ferdinand, der das Messer in der Hand des Angreifers hatte aufblitzen sehen, umgerissen. Das Messer flog an ihnen vorbei und prallte klirrend an die Wand. Während die zwei Kriminalmeister, die in einen Stapel Kisten gestürzt waren, sich aufzurappeln versuchten, sprang der Maskierte blitzschnell aus dem

Kellerraum nach draußen, ließ ein höhnisches Lachen hören und lief mit großen Schritten in Richtung Treppe.

Es dauerte einige Augenblicke, bis Johann und Ferdinand sich voneinander gelöst hatten und wieder auf den Beinen waren

„Ihm nach!", rief Ferdinand, griff nach seinem Messer, das ihm entfallen war, und machte sich auf die Verfolgung. Johann, der unter Ferdinand gelegen hatte, brauchte etwas länger, bis er wieder aufrecht stand. Er hatte sein Messer in der Hand behalten, seinen Partner beim Sturz aber glücklicherweise nicht verletzt. Als er die ersten Stufen erreichte, wich er erschrocken zurück. Der fremde Mann hatte am oberen Treppenende ein Fass umgestoßen, um seine Verfolger zu behindern. Ferdinand wurde vom herabpolternden Fass getroffen und kullerte nun die Treppen hinunter. Johann sprang zurück und suchte Deckung. Das Fass überholte Ferdinand, schlug am Fuß der Treppe hart an die Wand und zerbrach. Es enthielt Sauerkraut, das sofort einen unangenehmen Geruch verbreitete.

Ferdinand lag auf den Stufen und stöhnte. Johann eilte sofort hinzu, um sich um ihn zu kümmern.

„Lass mich und fang den Mörder!", keuchte Ferdinand. „Mir geht es gut!"

„Er kann uns nicht entkommen", entgegnete Johann. „Oben stehen gut zehn unserer Gehilfen, die sich seiner annehmen werden. Kannst du aufstehen?"

Er half Ferdinand auf, der außer ein paar Prellungen keine weiteren Verletzungen davongetragen zu haben schien. Der junge Kriminalmeister befühlte seine Glieder, die zwar ein wenig schmerzten, aber ansonsten unversehrt waren. Sie eilten nach oben und rannten aus dem Haus. Auf der Straße lag ein menschlicher Körper, sonst war niemand zu sehen. Es war einer der Gehilfen, der bewusstlos da lag. Sie hoben ihn auf und trugen ihn ins Haus des Kerzenmachers, wo sie ihn in der Küche auf den Boden legten. Ferdinand machte Licht, während Johann ein Tuch nahm, es befeuchtete und auf die Stirn des Bewusstlosen legte.

Kurze Zeit später kam einer der Gehilfen hereingestürmt. Er war völlig außer Atem und konnte kaum stehen.

„Was ist geschehen?", empfing ihn Johann. „Wo ist der Mann?"

„Entkommen, weg, davon!", antwortete der Gehilfe keuchend. „Als plötzlich ein Mann aus dem Haus gestürmt kam, wussten wir im ersten Augenblick nicht, was los war. Bis wir reagieren konnten, war er bereits ein gutes Stück fort. Nur dieser hier hat sich ihm in den Weg gestellt, bekam aber einen tüchtigen Hieb über den Schädel. Wir anderen sind ihm nach, aber der Kerl war schnell und geschickt. Wie eine Katze ist er über eine Begrenzungsmauer gesprungen und verschwunden. Keiner konnte ihm folgen. Wir haben zwar die nähere Umgebung abgesucht, aber ohne Erfolg. Ich glaube nicht, dass wir ihn noch fassen können."

„Verdammt", ärgerte sich Johann, „das durfte nicht passieren. Wir hatten den Kerl so gut wie an der Angel, und dann springt er uns noch vom Haken."

„Na, wenigstens haben wir die Frau gerettet", warf Ferdinand ein.

Jetzt erst wurde ihnen bewusst, dass das bedauernswerte Opfer noch immer unten im Keller ausharren musste. Die Kriminalmeister überließen den verletzten Gehilfen seinen Kameraden, die nach und nach eintrudelten, ohne den Flüchtigen ergriffen zu haben, und eilten hinab in den Keller.

Als Johann und Ferdinand den Kellerraum erreichten, zuckten sie unwillkürlich zusammen. Der Mann hatte den Docht auf dem Kopf der Frau vor seiner überstürzten Flucht noch in Brand setzen können, die menschliche Kerze brannte! Johann stürzte zur Frau und riss ihr den Docht vom Kopf. Dabei blieb ein kleines Haarbüschel am Docht kleben. Die Frau reagierte aber nicht auf diesen Schmerz. Sie verharrte stumm und starr in derselben Position, aber ihre Augen waren vor Schreck weit aufgerissen. Das heiße Wachs war ihr über das Gesicht gelaufen, halberstarrte, wachserne Tropfen. Ihr Mund war durch ein Tuch verklebt, sodass sie nicht um Hilfe hatte rufen können.

Ferdinand nahm sein Messer und schnitt die Fesseln durch. Die geschundene Frau ließ die Arme kraftlos sinken. An der rechten Hand fehlten alle Finger, an der linken war ein Finger abgeschnitten worden, es blutete stark. Johann eilte nach oben und schickte nach einem Arzt. Einer der Gehilfen rannte sofort los.

Es war eine gute Stunde später. Der Arzt war inzwischen gekommen und hatte sich um die verletzte, verstörte Frau gekümmert. Er hatte sich sehr besorgt gezeigt und sie nach der Erstversorgung von den Gehilfen in seine Wohnung bringen lassen. Dann hatte er sich um den Gehilfen gekümmert, der inzwischen aus seiner Bewusstlosigkeit erwacht war und außer ein paar Kopfschmerzen keine Schäden zu beklagen hatte. Auch der nur leicht verletzte Herr Lund war versorgt worden. Die beiden Kriminalmeister hatten den Keller durchsucht, aber nichts finden können, was sie in ihren Ermittlungen hätte weiterbringen können. Nur die sechs abgetrennten Finger lagen am Boden.

Außer Euwart waren alle Kriminalgehilfen gegangen; auch der Arzt war nach Hause geeilt. Johann und Ferdinand saßen am Bett von Herrn Lund. Der alte Kerzenmacher war wach, aber kaum ansprechbar. Auf Fragen reagierte er nur mit einem Stöhnen und schien noch nicht begriffen zu haben, was vorgefallen war. Euwart erklärte sich bereit, am Bett des Verletzten zu wachen, was die Kriminalmeister wohlwollend aufnahmen. Sie verließen deshalb das Haus und ließen Herrn Lund in Euwarts Obhut zurück.

Als Johann endlich seine Wohnung erreichte, fing der Morgen bereits an zu dämmern. Er hatte keine Kraft mehr, sich seiner Kleider zu entledigen und ließ sich erschöpft auf sein Bett fallen, wo er bald in einen unruhigen Schlaf fiel.

Es war bereits gegen Mittag, als Frau Gruber an seine Tür klopfte. Sie hatte den jungen Mann bereits vor Stunden wecken wollen, aber auf ihr heftiges Pochen keine Antwort bekommen. Nun aber war Ferdinand erschienen, der darauf bestand, Johann zu wecken. Als dieser nicht antwortete, öffnete Ferdinand einfach die Tür, die nicht verriegelt war.

„Herr Gutmann", rief Frau Gruber von draußen, „Ihr habt Besuch."

Johann seufzte müde und erhob sich langsam in eine aufrechte Position.

„Danke, Frau Gruber, habt Ihr vielleicht einen starken Muntermacher für mich?"

„Natürlich", antwortete sie lachend, „der Kaffee steht in fünf Minuten auf dem Tisch."

Nur wenig später, nach einer kurzen Stärkung, trat Johann mit Ferdinand aus dem Haus. Ihr erster Weg führte sie zum Arzt, bei dem Frau Lund, wie sie seit der Heirat mit dem Kerzenmacher hieß, in Pflege war. Der Arzt machte gerade einen Hausbesuch, sodass sich seine Frau um die Verletzte kümmerte, die in einem Bett des Gästezimmers lag. Frau Lund sah schrecklich aus und war nicht ansprechbar. Der Arzt hatte sie, so gut er konnte, versorgt, doch nach Auskunft seiner Frau standen die Überlebenschancen sehr gering. Also verließen die zwei Kriminalmeister das Haus des Arztes wieder und begaben sich zur Stadtverwaltung.

Vor ihrer Arbeitsstube lag der unverwüstliche Euwart schlafend auf dem Boden. Er wachte jedoch auf, als die Kriminalmeister näherkamen.

„Euwart!", rief Johann bedauernd. „Ihr guter Mann! Habt Ihr kein eigenes Bett, dass Ihr hier auf dem Boden schlafen müsst? Wir haben Euch vollkommen vergessen!"

„Schon gut, meine Knochen halten einiges aus, auch wenn der Schlafplatz hier nicht besonders bequem ist. Ich wollte Euch berichten, was sich inzwischen zugetragen hat."

„Erzählt!"

„Der Kerzenmacher ist irgendwann im Laufe des Vormittages wieder zu Sinnen gekommen. Er hatte geschlafen, und als er erwachte, schien er mir völlig wiederhergestellt zu sein. Außer einem brummenden Schädel, sagte er, sei er in Ordnung. Wenig später kam auch der Arzt noch einmal vorbei, der ihn untersuchte."

„Und? Was hat Herr Lund gesagt? Kannte er den Täter vielleicht?"

„Nein! Wie es scheint, wurde er im Schlaf überrascht. Ich hab Herrn Lund von den schrecklichen Vorgängen im Keller erzählt, woraufhin er in Tränen ausgebrochen ist. Er wollte sofort zu seiner Frau, doch ich ließ ihn, aus Sorge um seine Gesundheit, nicht gehen. Erst als der Arzt da gewesen war und sein Einverständnis gegeben hatte, durfte er aus dem Bett. Ich habe ihn zu seiner Frau begleitet, denn der Arzt selbst musste noch zu weiteren Kranken. Danach bin ich hierher, um auf Euch zu warten. Herrn Eger habe ich ebenfalls zuvor Bericht erstattet. Dann jedoch hat mich die Müdigkeit übermannt, und ich bin kurz eingenickt."

„Ausgezeichnet", lobte Johann. „Ihr habt sehr gute Arbeit geleistet und werdet irgendwann ein tüchtiger Kriminalmeister werden. Herr Lund muss zum Arzt gekommen sein, kurz nachdem wir fort waren."

Euwarts müde Augen strahlten.

„Nun aber wollen wir uns mit dem Kerzenmacher unterhalten", fuhr Johann fort. „Ich glaube zwar nicht, dass wir viel erfahren werden, aber wir müssen es versuchen."

Die drei machten sich auf den Weg zur Wohnung des Arztes der jedoch noch immer außer Haus war. Herrn Lund fanden sie am Bett seiner Frau sitzend vor, die noch ohne Bewusstsein war. Er verließ das Krankenzimmer und setzte sich neben die Kriminalmeister auf ein bequemes Sofa.

„Herr Lund", sagte Johann, „ich weiß, dass es Euch jetzt schwerfällt, darüber zu reden, doch wenn wir des Täters habhaft werden wollen, brauchen wir jeden Hinweis."

„Ich kenne den Mann nicht", antwortete Herr Lund monoton. „Ich bin im Schlaf überfallen worden und habe nichts mitbekommen."

„Das wissen wir bereits. Ich möchte vielmehr wissen, ob Ihr folgende Namen bereits einmal gehört habt."

Johann zählte die Namen der anderen Frauen auf, die als Mädchen mit seiner Frau im Waisenhaus gewesen waren. Der Kerzenmacher überlegte kurz.

„Ich glaube", murmelte er, „dass die eine oder andere von diesen Frauen meiner Isabell bekannt war, aber ich bin mir nicht bei allen sicher. Ich habe sie jedenfalls noch nie gesehen, wenn Ihr das meint."

„Ihr habt sie nie gesehen?", wunderte sich Johann. „Dies scheint mir unglaublich, Herr Lund. Immerhin gehen wir davon aus, dass sie sich seit annähernd sechzig Jahren gekannt haben."

„Ihr könnt ausgehen, wovon Ihr wollt", entgegnete Herr Lund resigniert. „Meine Frau hat sich wohl hin und wieder mit ihnen getroffen, aber nicht regelmäßig. Ging mich auch nichts ab. Aber warum fragt Ihr danach?"

„Ist Euch bekannt", antwortete Johann mit einer Gegenfrage, „dass Eure Frau als Kind im Waisenhaus war?"

Herr Lund nickte.

„Nun, diese Frauen, deren Namen ich eben erwähnt habe, waren ebenso im Waisenhaus und teilen mit Eurer Frau ein Geheimnis, das mit diesem Waisenhaus zusammenhängen muss. Oder besser gesagt ‚teilten', denn dieser Mann, der Eure Frau überfallen hat, ist für den Tod von vieren dieser Frauen verantwortlich."

Plötzlich ging ein kaum merklicher Ruck durch Lunds Körper Er stand auf und blickte dem Kriminalmeister offen ins Gesicht.

„Ihr sprecht doch nicht etwa von dieser unheimlichen Mordserie an alten Damen, von der man nur unter vorgehaltener Hand spricht?" Johann nickte.

„Mein Gott", jammerte der alte Mann und sank wieder erschöpft nieder. „Was haben wir getan, dass uns so etwas passieren muss? Was hat meine liebe Isabell getan? Ich muss wieder zu ihr!"

Er ging wieder ins Krankenzimmer und kniete vor dem Bett nieder. Dann nahm er zärtlich den Kopf seiner Frau und streichelte ihr übers Gesicht. Das schien ihr gut zu tun, denn es zauberte den Anflug eines Lächelns in ihr geschundenes Antlitz. Herr Lund begann zu weinen, weshalb die Frau des Arztes darum bat, den alten Leuten die notwendige Ruhe zu gönnen. Johann willigte ein, erklärte aber, dass er einen Kriminalgehilfen zum Schutz von Frau Lund schicken werde. Sie erklärte sich damit einverstanden, auch wenn sie der Meinung war, dass dies unnötig sei, da der Mörder den Aufenthaltsort von Frau Lund ja nicht kennen würde.

Den Nachmittag verbrachten Johann und Ferdinand bei Herrn Eger. Dieser war, als Euwart ihm vom verpatzten Einsatz erzählt hatte, stinksauer gewesen. Allmählich hatte sich seine Wut jedoch wieder gelegt. Mit den beiden Kriminalmeistern wollte er das bisher Erreichte erörtern und die weiteren Schritte abklären. Aufgrund der letzten Ereignisse hatte er bereits Anweisung gegeben, Herrn Stark und Herrn Ellerich aus der Haft zu entlassen. Die beiden hatten den Kriminalgehilfen, der sie aus der Zelle ließ, mit wüsten Flüchen und Beschimpfungen überhäuft und waren voller Zorn nach Hause gegangen.

„Wir stehen also wieder am Anfang", sagte Herr Eger schließlich. „Kein Verdächtiger, vier Frauen tot, die fünfte mit einem Bein im Grab. Was ist mit dieser Viktoria?"

„Tut mir leid, Herr Eger", antwortete Johann, „aber wir haben keinerlei Anhaltspunkte, um sie zu finden. Wir kennen nur ihren Vornamen."

„Aber was ist mit diesem Kürzel, das neben ihrem Namen stand?"

„ZDG? Wir haben nicht die leiseste Ahnung, was das bedeuten könnte, aber ich werde noch einmal einen Gehilfen zu Herrn Hummler ins Waisenhaus schicken. Vielleicht kann uns auch Stadtschreiber Meier weiterhelfen, oder Herr Kessler, sein Vorgänger."

„Gut, macht das, und dann solltet Ihr Euch noch einmal sämtliche Pflegeunterlagen in aller Ruhe durchnehmen. Vielleicht habt Ihr eine Kleinigkeit übersehen."

Johann stimmte zu. Im Augenblick war dies wohl sowieso das einzige, was sie tun konnten. Er begab sich mit Ferdinand in die Arbeitsstube, wo sie sich sämtliche Unterlagen, die sie zusammengetragen hatten, noch einmal vornahmen.

Es war früher Abend, als sie fertig waren. Sie hatten nur eine einzige Viktoria gefunden, die laut den Unterlagen aber bedeutend jünger als die anderen Frauen war. Johann hatte kaum Hoffnung, dass diese Frau etwas mit dem Fall zu tun haben könnte und beschloss, die Suche nach ihr am folgenden Tag fortzusetzen. Während Ferdinand noch etwas länger blieb, ging er nach Hause.

Als er die Eingangstür zur Wohnung der Familie Gruber öffnete, ertönte fröhliches Frauengelächter aus der Küche. Er wollte auf Zehenspitzen in sein Zimmer huschen, doch Frau Gruber hatte ihn bereits bemerkt. Sie kam lachend aus der Küche und empfing ihn mit sanften Vorwürfen.

„Herr Gutmann, ich darf doch sehr bitten! Es scheint beinahe so, als ob Ihr Euch davonschleichen wollt! Dies kann ich nicht dulden, zumal heute ein Essen zu Euren Ehren gegeben wird."

„Was?" Johann machte wohl ein unglaublich dummes Gesicht, denn Frau Gruber sah ihn an, als ob sie einen Irren vor sich hätte.

„Ja, Herr Gutmann. Ich koche etwas besonders Feines, denn heute lernt Ihr Eure zukünftige Braut kennen! Sie ist schon da und hilft mir in der Küche."

Frau Gruber strahlte vor Vergnügen und erwartete sich von Johann offenbar, dass er dankbar vor ihr auf die Knie fallen würde. Er aber schaute nur noch verdutzter drein.

„Ich sehe", schmunzelte sie, „dass Ihr vor lauter Glück und Dankbarkeit keinen Ton mehr herausbringt. Das kann ich Euch nicht verdenken, doch bei Tisch solltet Ihr etwas gesprächiger sein, um meine Nichte nicht gleich abzuschrecken, nicht wahr?"

Jetzt endlich dämmerte es Johann, was Frau Gruber ihm antun wollte. Sie hatte kürzlich beim Abendessen ja davon gesprochen, und er war so dumm gewesen, auch noch zuzustimmen. Dass es nun aber so schnell Ernst mit der Kuppelei werden würde, das hätte er denn doch nicht gedacht.

„Ah, äh…ja, ist gut. Ich, äh, mach mich nur schnell, äh, ein wenig frisch", stammelte er verlegen und ging in sein Zimmer.

„Na, so kenn ich den Herrn Gutmann ja gar nicht", murmelte Frau Gruber und ging Kopf schüttelnd zurück in die Küche, wo das gute Roserl am Herd stand und fleißig in den Töpfen rührte.

Johann lag müde auf seinem Bett, als es an der Tür klopfte. Er zuckte zusammen, denn die Stunde der Wahrheit hatte geschlagen. Er war zwar neugierig auf das Roserl, wie Frau Gruber ihre Nichte genannt hatte, doch fühlte er sich heute kaum in der Verfassung, einen interessanten Gesprächspartner abzugeben. Mühsam erhob er sich vom Bett, trat zur Tür und öffnete. Frau Gruber winkte ihn zum Esstisch, an dem ihre Nichte bereits Platz genommen hatte.

Der Kriminalmeister ging langsam zum Tisch. Die Augen hatte er zusammengekniffen, um die Dame kritisch in Augenschein zu nehmen. Als diese sich umdrehte, sah er in zwei wunderschöne Augen, die ihn strahlend anblickten. Dunkelschwarzes Haar umrahmte ihr alabasterfarbenes Gesicht, das freundlich lächelte. Johann kam erfreut näher und verbeugte sich betont höflich. Dabei fiel sein Blick auf ihre rundlichen Fußfesseln, über denen sich zwei dicke Unterschenkel nach oben schraubten, die zum liebreizenden Antlitz nicht zu passen schienen. Johann verharrte etwas zu lange in seiner leicht gebückten Haltung, erst ein nervöses Räuspern von Frau Gruber ließ ihn wieder in die Höhe schnellen. Das Roserl trug ein hellblaues, luftiges Kleid, unter dem sich wahrhaft enorme Proportionen abzeichneten. Das gute Kind hatte Fleisch für zwei! Vom hübschen Gesicht geblendet, hatte er zuerst nicht darauf geachtet.

Johann gab sich unbefangen und setzte sich an den Tisch. Herr Gruber war nicht anwesend, während seine Frau nur kurz mit am Tisch saß und sich dann zumeist in der Küche aufhielt. So konnten sich die zwei Turteltäubchen, wie sie die beiden nannte, erst einmal in aller Ruhe kennenlernen. Johann gab sich allergrößte Mühe, nicht dauernd an die Speckröllchen zu denken, die er unter ihrem Kleid an den Hüften vermutete, oder an die feisten Patschhändchen, die gern und immer wieder die Kelle ergriffen, um Nachschlag auf den Teller zu schaufeln. Was das Gesicht betraf, konnte man das Roserl durchaus als ansehnlich bezeichnen, und da es eine angenehme Gesprächspartnerin war, begann Johann, sich allmählich zu entspannen. Frau Gruber hatte mehrere Flaschen Wein besorgt, die von den jungen Leuten nach und nach geleert wurden. Aus der Küche heraus lauschte sie erfreut dem Gespräch der beiden und verabschiedete sich schließlich, um zu Bett zu gehen. Sie glaubte, ihre Sache gut gemacht zu haben und war der Überzeugung, zwei junge Leute für immer zusammengebracht zu haben. Diese unterhielten sich ganz zwanglos bis spät in die Nacht hinein.

Als Johann am nächsten Morgen erwachte, griff er sich an den brummenden Schädel, den er dem Wein verdankte, dem er übermäßig zugesprochen hatte. Er lag auf dem Bauch und wunderte sich, dass die Matratze, auf der er lag, so hart und unbequem war. Ein schneller Blick zeigte ihm, dass er neben seinem Bett auf dem Fußboden lag. Er versuchte sich zu erinnern, wie er in diese Lage gekommen war, doch ohne Erfolg. Mühsam rappelte er sich hoch, um in sein Bett zu krabbeln, doch zu seiner Überraschung war es bereits belegt. Nun war ihm auch klar, wieso er auf dem Fußboden aufgewacht war! Das Roserl hatte es sich in seinem Bett gemütlich gemacht, und bei den Ausmaßen des Mädchens war kaum Platz für einen Mitschläfer. Augenblick, überlegte Johann! Mitschläfer? Johann versuchte sich zu erinnern, was hier letzte Nacht überhaupt geschehen war. Das Roserl lag auf dem Bauch, es war vollkommen nackt. Die Bettdecke verhüllte seine Blöße nur zu einem kleinen Teil und reichte herauf bis zur Hälfte des mächtigen Hinterteils. Johann betrachtete die Schlafende und musste zugeben, dass sie trotz ihres Leibesumfangs eine straffe, glatte Haut besaß. Irgendwie schien jedes Kilo, jedes Gramm an der richtigen Stelle zu sitzen. Er musste lächeln, als es plötzlich klopfte.

„Lass mich in Ruhe!", murmelte das Roserl leise im Halbschlaf. Johann erschrak. Frau Gruber, die noch einmal pochte und zum Frühstück rief, hatte das Roserl wohl nicht gehört.

„Ich komme!", rief Johann und schlüpfte eilig in seine Kleider, denn auch er war nackt.

„Genau", murmelte das Roserl und atmete tief ein und aus.

Als Johann angekleidet war, rüttelte er sanft an seiner Bettgenossin, hatte jedoch nicht den gewünschten Erfolg. In einem seltsamen Anflug von Spitzbübigkeit nahm er ein Buch, das auf dem Nachtkästchen lag, und haute es ihr recht kräftig auf den halbbedeckten Hintern. Mit einem Schreckensruf fuhr sie hoch und schaute sich verwirrt um. Als sie ihrer Nacktheit gewahr wurde und Johann schelmisch lächelnd vor sich sah, stieß sie einen zweiten, lauteren Schrei aus. Johann stürzte auf sie zu und hielt ihr den Mund zu.

„Ruhe", zischte er, „sonst hört dich deine Tante!"

Er war dunkelrot angelaufen und wagte es nicht, ihr ins Gesicht zu blicken. In diesem Moment klopfte es wieder an die Tür.

„Was ist los, Herr Gutmann?", fragte Frau Gruber. „Ihr habt so seltsam geschrien?"

„Keine Sorge", gab Johann zur Antwort, „ich bin nur auf etwas getreten. Ich bin gleich soweit."

Von draußen hörte man ein ungläubiges Gemurmel, das sich allmählich entfernte. Das Roserl schob Johanns Hand zur Seite und sagte, nicht ganz im Ernst: „Flegel!"

Johann wusste nicht, ob dies der Tatsache zu verdanken war, dass er ihr den Mund zugehalten hatte, oder der Tatsache, dass er ihren beschwipsten Zustand letzte Nacht vielleicht ausgenutzt hatte. Was war eigentlich passiert? Johann konnte sich an gar nichts mehr erinnern. Das Roserl stieg inzwischen ungeniert aus dem Bett und zeigte ihm dabei all ihre Pracht. Johanns Gesichtsfarbe wurde noch eine Spur roter, was ihr nicht entging. Sie lächelte und begann, sich aufreizend langsam anzukleiden.

„Rasch, rasch, sonst schöpft deine Tante Verdacht!", drängte Johann ungeduldig.

„Verdacht?", antwortete sie schnippisch. „Sie wollte uns doch sowieso verkuppeln und außerdem wird sie mich sowieso sehen, wenn ich aus dem Zimmer spaziere."

„Was? Oh Gott, das gibt eine Katastrophe! Was wird Frau Gruber von mir denken!"

Johann schien wirklich verzweifelt. Das Roserl amüsierte sich darüber, versprach aber schließlich doch, sich möglichst heimlich aus der Wohnung zu stehlen, wenn Johann Frau Gruber ablenken würde. Er nickte und bekam von ihr dafür einen schallenden, feuchten Schmatz direkt auf die Lippen gedrückt. Johann taumelte beinahe zurück, so sehr war er über diesen Angriff überrascht. Er lehnte sich kurz an die Wand und atmete tief durch. Dann raffte er sich auf und ging hinaus. Die Tür ließ er einen Spaltbreit offen, damit das Roserl hören konnte, wann die Luft rein war.

Frau Gruber war gerade in der Küche und wollte sofort wissen, wie spät es denn gestern geworden sei und ob er sich gut amüsiert habe.

„Jaja, es war wirklich spät, als Eure Nichte schließlich heimwärts ging."

„Ihr habt sie doch hoffentlich nach Hause begleitet, nicht wahr?"

„Äh, gewiss! Ich weiß doch, was sich gehört! Ihr aber steht schon wieder hier in der Küche, in der so viel Geschirr von gestern herumsteht. Seht hier, so viele Teller! Und dann die Pfannen und die Becher…"

Johann zählte beinahe jedes Geschirrteil auf, das er beim Namen nennen konnte, bis er schließlich aus dem Augenwinkel heraus sah, dass das Roserl draußen vorbeihuschte und zur Tür hinausschlüpfte. Als die Tür ins Schloss fiel, hustete Johann auffällig laut, um das Geräusch zu übertönen. Dann trottete er erleichtert aus der Küche und ließ sich auf einen Stuhl fallen.

„Ihr benehmt Euch heute ein wenig merkwürdig, junger Herr", bemerkte Frau Gruber, noch immer in der Küche stehend. „Hat Euch mein Roserl vielleicht doch den Kopf verdreht? Hm? Jaja."

Noch nie war Johann mit einer derartigen Freude zur Arbeit gegangen wie an diesem Tag. Obwohl sein Kopf noch mächtig schmerzte und ihm allerlei seltsame Gedanken durch den Kopf gingen, blinzelte er schon wieder vergnügt in den Tag hinein, als die Tür hinter ihm ins Schloss fiel und er sich auf den Weg zur Stadtverwaltung machte. Kopfschüttelnd dachte er an das Abenteuer der letzten Nacht und musste mehrmals laut auflachen, sodass einige Passanten sich über den seltsamen Kauz wunderten.

Vor dem Gebäude der Stadtverwaltung hatten sich mehrere Bürger versammelt, die sich besorgt über die Lage in der Stadt zeigten. Sie wollten mit dem Oberkriminalmeister sprechen, da sie fürchteten, dass die

Mordseuche, wie eine alte Frau sich ausdrückte, die halbe Stadt dahinraffen werde. Mehrere Kriminalgehilfen versuchten, die Leute zu beruhigen und versicherten, dass alles getan würde, um den Mörder dingfest zu machen.

Johann grüßte im Vorbeigehen und stieg hinauf in seine Arbeitsstube. Ferdinand saß bereits an seinem Schreibpult und wollte wissen, ob er denn schon wieder so spät zu Bett gegangen sei, da er erst jetzt zur Arbeit erscheine. Johann, einen Hauch Rot auf seinem Gesicht spürend, ging nicht darauf ein und ließ sich auf seinen Stuhl fallen.

„Kein Mord zu melden heute?", fragte er.

„Nein, Johann, nichts zu melden. Außer Frau Lund, die mit einem Bein vielleicht schon im Grab steht, bleibt wohl eh nur mehr eine Frau übrig."

„Viktoria!", murmelte Johann. „Ich werde heute versuchen, diese Viktoria aufzuspüren, die wir in den Pflegeunterlagen gefunden haben."

„In Ordnung", meinte Ferdinand, „auch wenn ich nicht glaube, dass sie uns weiterhelfen kann. Sie passt vom Alter her einfach nicht ins Bild."

„Ja, sie ist beinahe zehn Jahre jünger als die anderen, aber ich möchte nichts unversucht lassen. Es ist immerhin besser, als hier zu warten, bis alle tot sind. Was aber wäre, wenn diese Viktoria nicht ein Opfer, sondern eine Täterin ist? Hat sie vielleicht gar diesen Maskenmann angeheuert?"

„Was weiß ich? Ich werde mich mit Euwart heute jedenfalls noch einmal um die Angehörigen der bisherigen Opfer kümmern. Vielleicht ergibt sich aus einem ausführlichen Gespräch doch noch der eine oder andere Anhaltspunkt."

Während sich sein Partner mit Euwart auf den Weg machte, ging Johann daran, die unbekannte Viktoria ausfindig zu machen. Anhand der Unterlagen und mehrerer Befragungen hatte er bis zum Mittag herausgefunden, dass sie noch am Leben war und ein Etablissement im Hafenviertel führte. Nach einem kleinen Imbiss im *Blauen Bock* machte er sich auf den Weg dorthin. Er kam in einen Bezirk, in dem er bisher noch nicht gewesen war. Anscheinend befand sich dort das Amüsierviertel der Stadt, denn allerlei eindeutige Schilder über den Hauseingängen verhießen paradiesische Freuden und abgründige Vergnügungen. So mancher Edelmann aus dem nahen Nobelviertel schlich zu dieser frühen Stunde verschämt hier herum, den Hut tief ins Gesicht gezogen und darum bemüht, ohne viel Aufsehen sein Heim zu erreichen.

Johanns Weg führte ihn in die Stiefelgasse zu einem Haus, das von außen einen unscheinbaren Eindruck machte. Über der Eingangstür prangte ein gewaltiges Schild aus glänzendem Metall, auf dem *Rote Katze* stand. Daneben war ein Frauenkopf mit einer Katzenmaske aufgemalt. Der Kriminalmeister pfiff durch die Zähne, trat zur Tür und betätigte den gusseisernen Klopfer, der die Form eines Katzenkopfes hatte. Wenige Augenblicke später wurde die Tür geöffnet. Ein unglaublich großer, kräftiger Mann mit fliehendem Kinn und schiefen Zähnen stand da und stierte Johann an.

„Hm?" Mehr sagte der Koloss nicht.

„Ich möchte zu Frau Viktoria", erklärte Johann.

„Viktoria? Wir haben viele Mädchen hier, aber eine Viktoria gibt es nicht. Übrigens schlafen die meisten noch. Ich werde aber nachsehen lassen, ob Euch eine der Damen bereits empfangen kann. Wartet hier einen Augenblick!"

Der Mann ließ Johann eintreten und zeigte auf eine kleine Warteecke, wo er Platz nehmen sollte. Der Kriminalmeister blickte sich neugierig um. Die Einrichtung passte nicht zum unscheinbaren Äußeren des Hauses: prachtvolle Teppiche, kostbare Möbel und prunkvolle Leuchter an der Decke betörten das Auge.

Johann ließ sich für einen kurzen Moment ablenken, doch dann besann er sich wieder. Er rief den Mann zurück, der sich bereits in Richtung Treppe aufgemacht hatte.

„Haltet ein, mein Freund, ich suche kein Vergnügen."

„Das ist aber schade, junger Herr", säuselte plötzlich eine junge Dame, die aus einem Nebenraum hervorgetreten war, während der Türsteher unwillig brummte und wieder herbeikam. Die junge Dame hatte einen schwarzen Unterrock an und einen leichten Morgenrock übergeworfen, der aber offenstand. Johann konnte ihre wohlgeformten Brüste sehen. Ihr Gesicht war gleichmäßig, aber nichtssagend. Sie legte ihren Arm auf Johanns Schulter und näherte ihren Mund seinem Ohr. Johann fühlte sich ein wenig unwohl, obwohl er ihre körperlichen Reize durchaus zu schätzen wusste. Er trat ein paar Schritte zurück und entwand sich ihren Versuchungen.

„Was ist in Euch gefahren?", kreischte sie plötzlich hysterisch. „Gefalle ich Euch nicht? Ich kann Euch das Vergnügen Eures Lebens bereiten, und Ihr weist mich ab?"

„Was ist hier los?", rief plötzlich eine ältere Frau, die oben auf der Treppe stand. Der Türsteher versuchte sich in Erklärungen, während die junge Dame sich wutschnaubend zurückzog. Die ältere Frau verschickte auch den Türsteher, der sich in einen Winkel zurückzog, und kam die Treppe herab.

„Ihr seid früh dran, mein Herr. Könnt Ihr die Leidenschaft Eurer Lenden nicht noch ein wenig zügeln? Ihr wisst, dass die Stadtverwaltung uns erst nach Einbruch der Dunkelheit erlaubt, unserem…Geschäft nachzugehen."

„Äh, sehr wohl", antwortete Johann, „aber ich habe bereits versucht zu erklären, dass ich nicht zu meinem Vergnügen hier bin."

Die Frau trat zu Johann und betrachtete ihn neugierig. Sie war in dezentes Schwarz gekleidet. Ihr enges Kleid betonte ihre wohlproportionierten Rundungen. Sie sah wirklich hübsch aus, wenn sie auch nicht mehr die Jüngste war.

„Was wollt Ihr dann?" Ihre Stimme hatte einen angenehmen Klang, der Männer betören konnte.

„Ich suche eine Frau Viktoria", gab Johann zur Antwort.

„Viktoria? Kein Mensch fragt mehr nach Viktoria. Viktoria ist tot."

„Tot? Ihr kanntet sie also?"

„Ob ich sie kannte? Ha! Ich war Viktoria! Früher einmal nannte ich mich so, aber nun bin ich die Rote Katze."

„Ihr seht mir eher wie eine schwarze Katze aus", bemerkte Johann, auf ihr schwarzes Kleid anspielend, bereute seine Bemerkung aber sofort. Die Frau blickte ihm kurz in die Augen, bevor sie lauthals zu lachen begann. Johann stimmte zögernd mit ein.

„Ihr habt Humor", sagte die Katze schließlich. „Das gefällt mir an einem Mann. Kommt hinauf in mein Arbeitszimmer und erzählt mir, was Euer Begehr ist."

Sie stieg ihm voran die Treppe nach oben und ging an mehreren Türen vorbei bis ans Ende des Flurs, wo sie in ein prachtvoll ausgestattetes Zimmer trat. Sie setzte sich auf ein Ledersofa und ließ Johann neben sich Platz nehmen. Dann legte sie ihre Hand auf seinen Oberschenkel und wiederholte ihre Frage: „Also, wer seid Ihr und was wollt Ihr von…Viktoria?"

Ihre Finger brannten heiß auf seinem Schenkel. Er glaubte, ihr pochendes Blut zu spüren und musste sich zusammenreißen. Aber er hatte nicht die Kraft, ihre Hand zurückzuweisen.

„Äh, ja. Ich bin Johann, Johann Gutmann. Kriminalmeister."

Sofort zog sie ihre Hand zurück und sprang auf. „Was? Ein Kriminalmeister? Warum sagt Ihr das nicht gleich? Haben sich wieder einige selbsternannte Sittenwächter über mich beschwert? Sind die Ehefrauen, die es ihren Männern nicht mehr besorgen können, zu Euch hingelaufen und haben ihren Geifer ausgespien?"

Sie war plötzlich eine vollkommen andere geworden.

„Beruhigt Euch", sagte Johann, „ich komme nicht von der Abteilung für Anstand und Sitte. Ich untersuche einen Mordfall und benötige ein paar Auskünfte zu Eurer Person. Eure zweibeinigen Kätzchen, verehrte Frau Katze, sind mir egal."

Die Frau hatte die Augen zusammengekniffen und die Hände in die Hüften gestemmt. Nur zögernd kam sie wieder näher und setzte sich neben Johann. Diesmal hielt sie jedoch mehr Abstand und legte auch ihre Hand nicht mehr auf seinen Oberschenkel. Johann war darüber ein wenig enttäuscht, denn er hatte den kurzen Moment doch genossen.

„Nun gut", sagte die Frau, „fragt! Ich habe jedoch mit einem Mord nichts am Hut!"

„Frau Viktoria, ich darf Euch doch so nennen, Ihr seid als Kind in einem Waisenhaus gewesen?"

„Nicht dass ich wüsste."

Johann war nicht sonderlich überrascht.

„Aber Ihr seid doch in eine Pflegefamilie aufgenommen worden!"

„Natürlich bin ich das. Meine Eltern sind am Fieber gestorben, da wurde ich von meinem Onkel aufgenommen. Er hat die *Katze* früher geleitet."

Johann dachte kurz nach. Er hatte zwar ihren Namen in den Pflegeunterlagen gefunden, aufgrund ihres Alters jedoch nicht damit gerechnet, dass sie zeitgleich mit den anderen Opfern im Waisenhaus gewesen war.

„Also", fragte Viktoria, „was hat dieses Waisenhaus mit mir zu tun? Und um welchen Mord geht es überhaupt?"

„Kennt Ihr die Buchstaben ZDG?"

„Natürlich kenne ich diese Buchstaben. Ich kenne, auch wenn Euch das überraschen mag, alle Buchstaben des Alphabets!"

„Ach was, ich meine doch, ob Ihr diese besondere Kombination kennt. ZDG! Das muss eine Abkürzung sein."

„Nein, das sagt mir gar nichts. War es das nun?"

Johann nickte und stand auf, ohne ihr weitere Erklärungen zu geben.

„Ihr seid schon ein seltsamer Vogel!", sagte sie unumwunden. „Aber Ihr seid ein hübscher junger Kerl! Wenn Ihr Euch eine vergnügliche Stunde machen wollt, dann steht Euch mein Haus offen, jederzeit. Die Rote Katze würde sich sogar selbst um Euch kümmern."

Sie ließ ein verruchtes Fauchen hören, das Johann erzittern ließ.

„Danke", murmelte er, „aber ich bin im Dienst. Werd' s mir überlegen. Auf Wiedersehen."

„Schade", hauchte sie enttäuscht, als er überstürzt ihr Zimmer verließ.

Als Johann in seine Arbeitsstube zurückkehrte, war Ferdinand noch nicht wieder da. So setzte er sich an sein Schreibpult und sah sich ein paar Akten durch. Er konnte sich jedoch nicht konzentrieren und war froh, als es plötzlich an der Tür klopfte. Es war Herr Eger, der sich auf den neuesten Stand der Untersuchungen bringen lassen wollte.

„Wie enttäuschend!", rief er aus, als Johann berichtet hatte. „Gibt es denn gar nichts, was wir noch tun könnten? Es muss doch möglich sein, dieser Bestie habhaft zu werden! Seit ich die Verantwortung über unsere Abteilung habe, ist mir solch eine schreckliche Mordserie noch nicht untergekommen. Wenn ich nicht bald mit Ergebnissen aufwarten kann, wird mich der Graf sicherlich entlassen! Welch ein Glück, dass er gerade nicht in Amsdorf weilt!"

„Ich verstehe Eure Ungeduld", sagte Johann, „doch solltet Ihr die Hoffnung nicht aufgeben, wir sind immerhin schon ein gutes Stück vorangekommen. Ich setze meine Hoffnungen in den Foltermeister Sandro, der noch immer nicht aufgetaucht ist. Weiß Gott, wo sich dieser Bursche herumtreibt! Vielleicht kann er nach seiner Rückkehr noch einiges zur Aufklärung beitragen."

„Gut, und was ist mit diesem Taubenzüchter?"

„Ihr meint den Habichtsaufseher des Grafen?", schmunzelte Johann. „Er ist doch mit dem Grafen fort."

„Ja, das sagtet Ihr bereits. Wir sollten einen Boten zu ihm senden und ihn vor Ort befragen. Es wird viele Tage dauern, bis er wieder hier sein kann, aber wir sollten es nicht versäumen."

„Ich kümmere mich darum, Herr Eger. Ich werde einen unserer Kriminalgehilfen schicken und ihm den Wortlaut der Fragen aufschreiben, die er ihm zu stellen hat."

Herr Eger nickte und verließ in niedergedrückter Stimmung das Zimmer.

Als Johann am nächsten Morgen seine Arbeitsstube betrat, wartete Ferdinand bereits voller Ungeduld auf ihn.

„Ich habe zwei Neuigkeiten", sagte er, noch bevor Johann grüßen konnte. „Erstens: meine gestrigen Unterhaltungen mit Herrn Fichter, Herrn Horb, Magnus und was weiß ich noch mit wem, haben keine neue Erkenntnisse gebracht."

„Eine beachtliche Neuigkeit", spöttelte Johann. „Und was ist die zweite?"

„Heute Nacht gab es wiederum eine Leiche!"

„Was? Und das sagst du erst jetzt?"

„Bist ja eben erst gekommen! Übrigens handelt es sich nicht um ein neues Opfer. Frau Lund ist an ihren Verletzungen gestorben, ohne das Bewusstsein wieder erlangt zu haben. Ich hab's vor wenigen Minuten erfahren. Sie wird uns nichts mehr erzählen können."

Johann setzte sich enttäuscht auf seinen Stuhl.

„Es scheint uns gar nichts zu gelingen, Ferdinand! Diese Viktoria, der ich gestern nachgespürt habe, ist die Besitzerin eines anrüchigen Lokals und hat mit dem Waisenhaus nichts zu tun. War ja auch nicht anders zu erwarten."

„Na, wenigstens hast du dich in interessanteren Kreisen herumgetrieben als ich! Wir sollten zu Herrn Lund gehen, ihm unser Beileid ausdrücken und sehen, ob ihm vielleicht doch noch etwas einfällt."

Wenig später verließen die zwei die Stadtverwaltung, um Herrn Lund aufzusuchen, der wahrscheinlich noch beim Arzt zu finden war, bei dem seine Frau untergebracht gewesen war. Die Frau des Arztes öffnete ihnen die Tür und bat sie herein. Sie erklärte, dass die Leiche von Frau Lund noch im Hause sei, deren Mann aber zerknirscht und niedergeschlagen nach Hause gegangen sei. Die Kriminalmeister bedankten sich und machten sich auf den Weg zum Hause des Kerzenmachers.

Die Eingangstür war nur angelehnt. Sie traten ein und riefen nach Herrn Lund. Da sie keine Antwort bekamen, suchten sie in allen Räumen, konnten ihn aber nicht entdecken. Nur der Keller war noch übrig. Sie hatten ein ungutes Gefühl, als sie die Steinstufen nach unten stiegen. Am Ende des Gangs war es hell.

„Herr Lund?", rief Johann. „Seid Ihr hier?"

Keine Antwort.

Als sie den Raum erreichten, zuckten sie zusammen. Auf dem Boden verteilt standen Dutzende von Kerzen, die ein unheimlich flackerndes Licht auf Herrn Horb warfen, der leblos an einem Strick baumelte, den er an einem Eisenhaken in der Decke befestigt hatte.

„Mein Gott!", rief Ferdinand. „Auch er tot! Was bleibt uns denn jetzt noch?"

„Ich habe eine Idee", meinte Johann, „doch erst wollen wir diesen unheimlichen Ort verlassen. Die Kriminalgehilfen sollen sich um den Toten kümmern."

Sie verließen das Haus und trugen einem Jungen, der in der Gasse vor dem Haus spielte, auf, sofort zum Gebäude der Stadtverwaltung zu laufen und dort mitzuteilen, dass einige Kriminalgehilfen in das Haus des Kerzenmachers Lund kommen sollten. Er bekam eine Münze im Voraus und sollte eine weitere bekommen, falls er die Gehilfen innerhalb von dreißig Minuten bringen würde. Der Junge steckte schmunzelnd das Geld ein und lief mit langen Schritten davon. Die zwei Kriminalmeister setzten sich inzwischen schweigend in die Küche und warteten. Die dreißig Minuten waren noch nicht vorbei, als der Junge an der Spitze dreier Kriminalgehilfen, die ihm keuchend gefolgt waren, wieder kam. Johann gab dem Jungen die versprochene Münze. Dieser bedankte sich überschwänglich, stimmte ein Loblied auf den guten Kriminalmeister an und hüpfte fröhlich von dannen. Es klang zwar ziemlich schräg, denn der Kleine war kein begnadeter Sänger und Texter, doch Johann war zufrieden. Wer sang denn schon mal ein Loblied auf einen Kriminalmeister!

Die Gehilfen wurden nach unten in den Keller geführt. Johann gab ihnen kurze Anweisungen, worauf die beiden Kriminalmeister das Haus verließen und einen kleinen Spaziergang zum Hafen unternahmen.

„Also Johann", begann Ferdinand, „was hältst du von der ganzen Sache? Wie können wir dem Täter doch noch auf die Schliche kommen?"

„Hm. Diesem Großmuttermörder genügt es nicht, die Frauen einfach umzubringen. Nein, er muss ihnen auch noch die Augen ausstechen und die Finger abschneiden. Es scheint sich um eine Art Trophäe zu handeln, wenigstens was die Augen betrifft. Er nimmt sie an sich, während er die Finger zurücklässt. Als Zählung sozusagen. Aber warum die Augen? Egal, auf jeden Fall…"

„Ah, ich glaube, ich weiß, worauf du hinaus willst", unterbrach ihn Ferdinand. „Er hat Frau Lund zwar, wenn auch nicht unmittelbar, getötet, aber er hat ihre Augen nicht! Er wird also alles daran setzen, sie in seine dreckigen Finger zu bekommen."

„Ganz genau, und dabei werden wir ihn zu fassen kriegen! Wir müssen ihm eine Falle stellen! Er weiß nicht, wo sich ihr Leichnam derzeit befindet, aber er wird, sobald sie unter der Erde ist, erfahren, wo ihr Grab liegt. Er hat diese Frauen aufgespürt, also wird es ihm ein Leichtes sein, auch ein Grab zu finden."

„Wir werden also ihr Grab bewachen lassen!"

„Wiederum richtig. Bei Tag kann er es nicht wagen, aber sobald die Dunkelheit anbricht, wird er auf die Jagd nach der Trophäe gehen. Dies ist die Zeit, wo auch unser Mann auf der Lauer liegen wird."

„Besser zwei oder drei. Der Mann ist gefährlich und wohl bewaffnet."

Johann nickte.

9. KAPITEL

Es war drei Tage später. Herr und Frau Lund waren am Vormittag auf dem Friedhof beigesetzt worden, der an der Grenze zwischen dem Armen- und dem Bürgerviertel lag. Die Stadtverwaltung hatte dafür gesorgt, dass die Zeitung der Stadt darüber groß berichtete. Dadurch wollte sie dem Mörder seine Suche erleichtern. Es hatte aber auch bewirkt, dass eine große Menge von Neugierigen und Gaffern an der Zeremonie teilgenommen hatte. Es war gut möglich, dass sich auch der Mörder unerkannt unter das Volk gemischt hatte.

Johann und Ferdinand ließen es sich nicht nehmen, in der ersten Nacht selber auf der Lauer zu liegen. Dazu hatten sie bereits am Vortag die Umgebung des Grabes ausgekundschaftet. Nun, am frühen Abend, als die letzten Besucher das Friedhofsgelände verließen, verbargen sie sich zwischen ein paar Büschen, von denen aus sie einen guten Blick auf das Grab hatten. Sie stellten sich auf eine lange Nacht ein und beschlossen, sich die Nachtwache aufzuteilen. Die Aufregung hielt beide jedoch die ganze Nacht über wach, galt es doch, womöglich den Mörder dingfest zu machen. Die Zeit verging, aber außer ein paar nachtaktiven Insekten, die stundenlang herumschwirrten, und einer einsamen Fledermaus ließ sich niemand blicken. Als es hell wurde, krochen sie erschöpft und enttäuscht aus ihrem Versteck und trotteten müde davon. Die folgende Nacht wachten drei Kriminalgehilfen, doch blieb der Unbekannte auch diesmal fern.

Am Abend des nächsten Tages waren Johann und Ferdinand eben dabei, ihre Arbeitsstube zu verlassen, als einer der Kriminalgehilfen, der für die kommende Nacht das Grab beobachten sollte, aufgeregt hereinplatzte.

„He, junger Mann", tadelte Ferdinand, „ein Klopfen würde Euch gut zu Gesicht stehen!"

„Verzeihung, meine Herren", hechelte der Gehilfe, der völlig außer Atem war, „aber es ist etwas Ungewöhnliches passiert."

„Was ist los? Sprecht!"

„Darf ich mich setzen?"

Ferdinand bot ihm einen Stuhl an. Der erschöpfte Gehilfe ließ sich stöhnend nieder.

„Ich komme eben vom Friedhof. Ich wollte vor der Nachtwache mit meinen Kameraden noch einmal überprüfen, ob wir vielleicht einen besseren Platz zur Beobachtung finden würden. Dabei haben wir bemerkt, dass das Grab bereits geschändet war!"

„Waaas?", schrie Johann und schnellte hoch. „Was sagt Ihr da? Dies würde bedeuten, dass der Mörder am helllichten Tag am Grab war! Davon war nicht auszugehen, denn er würde ja von zahlreichen Menschen beobachtet werden können. Ich muss sofort hin!"

Er eilte aus dem Zimmer, ohne sich weiter um den Gehilfen zu kümmern, der ihm erstaunt nachblickte. Ferdinand folgte Johann nicht sogleich. Er erfuhr vom Gehilfen, dass dessen Kameraden sich noch auf dem Friedhof befänden. Dann durfte der Mann gehen.

Als Ferdinand auf dem Friedhof ankam, fand er Johann am Grab der Familie Lund kniend. Zu seinem Erstaunen schien das Grab unberührt, zumindest auf den ersten Blick. Er ging neben Johann in die Hocke, die Kriminalgehilfen standen daneben. Es war noch genügend hell, um alles erkennen zu können. Das Grab war, das war bei genauerem Hinsehen zu erkennen, geöffnet und wieder zugeschüttet worden. Die zwei schmucklosen Blumenvasen waren nicht wieder ordentlich hingestellt worden, der Sandhügel unregelmäßig aufgehäuft. Rund um das einfache Holzkreuz lagen sechs Finger. Es war davon auszugehen, dass der Leiche auch die Augen entfernt worden waren. Die zwei Kriminalmeister ärgerten sich fürchterlich, der Unbekannte war ihnen wieder einen Schritt voraus gewesen.

„Ich kann es nicht glauben", schnaubte Johann voller Wut, „dass ein derartiges Unterfangen wie diese Graböffnung unbemerkt geblieben ist. Es muss doch jemandem aufgefallen sein!"

Er schickte einen der Gehilfen nach dem Friedhofsaufseher. Nach wenigen Minuten kam er mit einem Mann wieder, der einen schwarzen Zylinderhut auf dem erschreckend schmalen Kopf trug. Vom Leibesumfang her schien er unter die Erde zu den Gerippen zu gehören, die er zu beaufsichtigen hatte. Er machte einen nervösen, aber trotzigen Eindruck auf Johann.

„Ihr seid der Aufseher hier?", fragte er und erhob sich.

„Ich bin der Oberaufseher!", antwortete der Mann stolz. „Keine Blume wird auf ein Grab gelegt, ohne dass ich die Genehmigung erteilt habe!"

„Da habt Ihr ja eine äußerst wichtige Aufgabe!", spöttelte Johann, dem das Auftreten des Mannes nicht gefiel. „Wenn dem aber so ist, so habt Ihr sicherlich auch die Genehmigung erteilt, dieses Grab heute noch einmal zu öffnen, nicht wahr?"

Der Mann schien bestürzt zu sein und warf einen Blick auf das Grab, von dem die Finger inzwischen entfernt worden waren. Die Spuren der Grabung waren jedoch deutlich zu sehen. Trotzdem leugnete der Oberaufseher den Kriminalmeistern gegenüber diese Tatsache. „Nein, mein Herr, das ist unmöglich! Wie kommt Ihr auf diese abwegige Idee?"

„Das sieht doch ein Blinder!", polterte Johann. „Wenn Ihr Euch aber dumm stellt, werden wir Euch ein wenig einsperren, bis Euch etwas dazu einfällt!"

Johann hatte keine Lust, den Mann feinfühlend zu behandeln. Dieser wurde plötzlich aschfahl, leugnete aber beharrlich weiter. Erst als Johann den Gehilfen die Anweisung gab, ihn unverzüglich abzuführen, lenkte er ein.

„Halt, halt, ich werde reden! Ihr seid ein fürchterlicher Mensch und sollt erfahren, was Ihr wissen wollt."

„Schön. Was wisst Ihr also über dieses Grab? Wer hat es geöffnet und warum?"

„Ein Mann. Er sagte, er sei der Sohn der beiden. Angeblich sei ein höchstwichtiges Dokument, das sein Vater in den Taschen gehabt hatte, aus Versehen mit unter die Erde gekommen. Er bat mich, das Grab zu öffnen."

„Braucht es dafür nicht eine Genehmigung vonseiten der Stadtverwaltung?"

„Äh, ja, gewiss."

„Wurde diese eingeholt?"

Johanns Augen bohrten sich in die seines Gegenübers.

„Ich…weiß nicht."

„Abführen!", befahl Johann.

„Nein, nein, es gab keine Genehmigung! Bitte sperrt mich nicht ein!"

Er sank vor Johann auf die Knie und umfasste dessen Beine. „Gnädiger Herr, ich bitte Euch!"

„Noch ein Zögern oder eine Lüge, und Ihr seid verloren", sagte Johann. „Und lasst mich endlich los!"

Er trat einen Schritt zurück, um den lästigen Kerl loszuwerden. Der blieb in sich zusammengesunken auf dem Boden sitzen und sagte ganz leise. „Er hat mir Geld gegeben, damit ich es erlaube. Meine Frau ist ein Krüppel, meine Kinder sind krank, und der Lohn reicht hinten und vorne nicht. Ich habe es nur für meine Familie getan!"

Johann glaubte ihm kein Wort. „Weiter! Wie sah der Mann aus?"

„Er war dunkel gekleidet, vielleicht fünfzig Jahre oder etwas mehr. Viel habe ich nicht erkennen können, denn er trug eine Kapuze. Aber ich weiß, dass er einen Vollbart trug. Er versuchte, sein Gesicht zu verbergen, aber seine unsteten, flackernden Augen habe ich gesehen. Er kam kurz vor Mittag und sagte, dass es sehr schnell gehen würde. Ich habe ihm noch eine Hacke und eine Schaufel gegeben. Seitdem habe ich ihn nicht mehr gesehen."

Johann glaubte, dass der Mann die Wahrheit gesagt hatte. Er entließ ihn mit einer Mahnung, in Zukunft seiner Arbeit in gewissenhafterer Weise nachzugehen. Der Mann stand auf und machte einen Diener bis auf den Boden. Dann nahm er die Beine in die Hand und verschwand bald zwischen den Grabsteinen.

Es war einige Wochen später. Die Untersuchungen waren keinen Schritt weitergekommen. Auch die Befragung von Sandro, dem Foltermeister, der endlich wieder aufgetaucht war, hatte nichts gebracht. Der Gehilfe, der mit Johanns Fragen zu Herrn Barone geschickt worden war, der sich mit dem Grafen in der Ferne befand, war ebenso ohne zählbare Ergebnisse zurückgekehrt. Der Habichtsaufseher war nach Erhalt der Nachricht über den Tod seiner Frau zusammengebrochen und konnte nicht befragt werden. Die Kriminalmeister glaubten nicht mehr daran, den Mörder jemals fassen zu können. Wenigstens war die Serie zu Ende, denn es hatte keinen Mord mehr an einer alten Frau gegeben. Der Dorftrottel, den sie in der Nähe von Unterberg in den Bergen getroffen hatten, wurde vor einigen Tagen tot in einer Schlucht gefunden. Eine Untersuchung konnte die Frage jedoch nicht klären, ob er abgestürzt oder von Herrn Winter und den anderen

Einwohnern von Unterberg hinabgeworfen worden war. Der Fall blieb ungelöst.

Und so beschäftigten sich Johann und Ferdinand, mit wechselndem Erfolg, mit anderen Straftaten und schienen den alten Fall beinahe vergessen zu haben.

Eines Nachmittags fand Johann, soeben von einer Befragung in die Stadtverwaltung zurückgekehrt, seinen Partner Ferdinand in ein lebhaftes Gespräch mit einem Kriminalgehilfen vertieft vor.

„Ah, Johann", empfing ihn sein Partner freudestrahlend, „dieser brave Gehilfe hat mir soeben etwas Interessantes berichtet."

„So?", murmelte Johann und ließ sich auf seinen Stuhl nieder.

„Die Plakette", sagte der Gehilfe leise, „ich habe sie gesehen!"

„Die Plakette? Etwa die aus dem Waisenhaus? Nun ja, was ist daran so besonders? Sie liegt ja unten im Archiv, sogar deren zwei!"

„Es handelt sich nicht um diese zwei, Herr Gutmann!"

Johann wurde hellhörig, stand auf und trat zum Gehilfen.

„Ihr meint, dass Ihr jemanden gesehen habt, der eine Plakette des alten Waisenhauses bei sich trug?"

Der Gehilfe nickte.

„Interessant, doch dürfte es hier in Amsdorf zahlreiche Menschen geben, die früher im Waisenhaus gewesen sind und folglich eine solche Plakette besitzen."

„Mag sein", schaltete sich Ferdinand ein, „doch glaube ich nicht, dass viele damit spazieren gehen! Zudem es sich um eine…alte Frau handelt. Und noch was: Sie war in Begleitung eines Mannes, auf den die Beschreibung des Grabschänders passen könnte, wie sie der Friedhofsaufseher…"

„Oberaufseher!", verbesserte Johann.

„…gegeben hat", endete Ferdinand.

„Ah! Erzählt!", bat Johann den Gehilfen.

„Ich habe heute eigentlich keinen Dienst und habe mich deshalb ein wenig in der Stadt herumgetrieben, um ein paar Geschäfte zu erledigen. Ich bin also im Hafenviertel unterwegs, als ich in der Nähe von Freds Kneipe diese alte Frau aus einer Gasse humpeln sehe. Plötzlich kommt sie zu Sturz und liegt bäuchlings auf dem Boden. Ich springe hinzu und helfe ihr hoch, als ich sehe, dass eine Kette, die sie um den Hals trug, aus dem Kleid hervorschaut. Und stellt Euch meine Überraschung vor, wie ich sehe, dass daran eine Plakette des Waisenhauses hängt. Die Frau hat sich glücklicherweise nicht verletzt und kann ohne Hilfe stehen. Ich will mit ihr ins Gespräch kommen, als hinter ihr plötzlich ein unfreundlicher Kerl auftaucht und mich von ihr wegscheucht. ‚Hat dich dieser Mann belästigt, Mutter?', ruft er und blickt mich drohend an. Sie erklärt ihm, dass ich nur ein hilfsbereiter Knabe sei, genauso hat sie es ausgedrückt: ein hilfsbereiter Knabe! Nun ja, der Mann will nichts davon hören und geht mit ihr brummend davon."

„Und der Mann hatte einen schwarzen Vollbart?", fragte Johann gespannt.

„Ja, gewiss."

„Gut, was geschah dann?"

„Ich bin den beiden natürlich gefolgt. Sie gingen hinüber ins Armenviertel, wo ich ihre Spur verloren habe."

„Ihr habt eine humpelnde Frau entkommen lassen?", ärgerte sich Johann.

„Ich konnte doch nicht zu nahe an sie heran! Der wilde Kerl hätte mich auf der Stelle erwürgt!", verteidigte sich der Gehilfe.

Johann brummte unwillig, hatte sich eine heiße Spur doch schnell wieder in Luft aufgelöst. Ferdinand jedoch lobte ihn für sein Verhalten.

„Ja, Ferdinand hat recht", sagte Johann schließlich. „Ihr habt Euch vorbildlich verhalten. Wartet bitte kurz draußen, Ihr müsst uns dorthin führen, wo Ihr sie zuletzt gesehen habt."

Der Gehilfe nickte und trat hinaus.

„Wer ist diese Frau?", fragte Johann. „Kann es sein, dass es sich um unsere Viktoria handelt? Ich möchte fast daran glauben. Aber wer ist dieser Mann? Ein früherer Aufseher des Waisenhauses etwa?"

„Nein", sagte Ferdinand, „dazu ist er viel zu jung, er soll doch um die fünfzig Jahre alt sein. Aus der damaligen Zeit dürften die Leiter, Aufseher und was weiß ich, schon längst tot sein oder zumindest an Altersgebrechlichkeit leiden. Ein Verwandter, ein Sohn, wer weiß!"

„Wir müssen die Alte finden, sie ist vielleicht der Schlüssel zu allem!"

Wenig später führte der Gehilfe die zwei Kriminalmeister hinein ins Armenviertel. Da er eigentlich nicht im Dienst war, hatte er auch seine Mütze nicht auf. Die drei Männer waren also nicht als Mitarbeiter der Stadtverwaltung zu erkennen. Neben den üblichen Bettlern, die sich an ihre Fersen hefteten und vertrieben werden mussten, wurden sie nicht weiter behelligt. Schließlich gelangten sie an eine Hausruine im Südwesten des Viertels. Früher hatte sich hier ein großer Schlachthof befunden. Durch einige große Löcher in den Mauern konnte man sogar von der Straße aus noch die Eisenhaken sehen, an denen früher das Fleisch aufgehängt worden war.

Der Gehilfe erklärte, dass er die alte Frau mit ihrem Begleiter dort in die Häuserruine habe gehen sehen. Als er ihnen kurz darauf gefolgt war, waren sie wie vom Erdboden verschluckt gewesen. Johann betrat das Gebäude, um sich umzusehen. Es fand sich keine Spur.

„Sie haben das Gebäude wohl nur als Durchgang benutzt und sind folglich auf der anderen Seite wieder ins Freie getreten", folgerte er. „Es ist gut möglich, dass sie hier in der Nähe hausen und dies ein Weg ist, den sie öfter nehmen. Wir werden einen Posten aufstellen, der das Gebäude überwachen soll. Ihr", -sagte er zum Gehilfen gewandt – „ kennt die Frau und den Mann und seid folglich der einzige, der diese Aufgabe ausführen kann. Ab morgen werdet Ihr Euch hier tagsüber ein wenig herumtreiben. Verkleidet Euch, damit Ihr so ausseht, als ob Ihr hierher gehören würdet. Ihr seid ein kräftiger Bursche und werdet zurechtkommen. Solltet Ihr die beiden Verdächtigen sehen, lasst sie diesmal unter keinen Umständen wieder aus den Augen. Aber spielt mir nicht etwa den Helden, versteht Ihr?"

Der Mann nickte.

„Gut, dann lasst uns jetzt von hier verschwinden, bevor noch jemand auf uns aufmerksam wird."

Auf dem Rückweg gingen sie zuerst ostwärts bis ins Bürgerviertel. Dann bogen sie nach Norden ein und folgten den Gassen in Richtung Stadtverwaltung. Plötzlich packte Johann seine Begleiter und schob sie unsanft in eine Seitengasse, die quer zur Richtung verlief, die sie einschlagen mussten.

„Hier entlang!", sagte Johann gepresst und strebte voran.

„Was ist los?", fragte Ferdinand. „Hast du wieder einen Glatzk…"

„Nein!" antwortete Johann. „Schlimmer!"

Er gab weiter keine Erklärungen. Wie hätte er ihnen auch beibringen sollen, dass er sich scheute, einem gewissen Mädchen zu begegnen, das sich samt Tante, seiner Vermieterin, auf sie zu bewegte. Er hatte wirklich keine Lust, der Kupplerin mit ihrer drallen Nichte jetzt unter die Augen zu treten. Er ging plötzlich so schnell, dass die anderen ihm kaum folgen konnten. Der Gehilfe blickte Ferdinand fragend an, doch der zuckte nur ratlos mit den Schultern. Als sie Johann eingeholt hatten, musste dieser wohl oder übel beichten. Er erzählte in knappen Worten von den Versuchen seiner Vermieterin, ihre Nichte an den Mann zu bringen, und vom gemeinsamen Abendessen. Das nächtliche Abenteuer, dessen genauen Verlauf er selbst nicht kannte, verschwieg er natürlich. Sein Bericht löste große Heiterkeit bei Ferdinand und dem Gehilfen aus, der sich Johann durch eine erneute Tempoverschärfung entzog.

Die nächsten Stunden verbrachten Johann und Ferdinand damit, den Gehilfen zu verkleiden, damit dieser sich bei seinen Beobachtungen möglichst unauffällig bewegen konnte. Er bekam einen falschen Bart angeklebt, der noch ein wenig zerzaust wurde, und falsche Zähne, an die er sich erst gewöhnen musste. Um nicht zu ersticken, musste er sie mehrmals wieder herausnehmen, der Speichel rann unablässig aus seinen Mundwinkeln. Dann wurde der Gehilfe noch in alte Lumpen gewickelt, und zum Schluss bekam er noch einen leichten, vor Dreck starrenden Mantel umgehängt.

„Damit wird Euch selbst Eure Mutter nicht erkennen", bemerkte Johann. „Die alte Frau und ihr Begleiter, die Euch nur einmal kurz gesehen haben, umso weniger."

„Wenn meine Mutter mich so sehen würde", antwortete der Gehilfe, „würde sie mich sofort aus dem Haus werfen!"

„Ja, Ihr seht wahrhaft abscheulich aus. Und nun los!"

Während der Kriminalgehilfe sich auf den Weg machte, ging Johann zu Herrn Eger, von dem er die Erlaubnis bekam, heute etwas früher Schluss zu machen. Er bedankte sich beim Oberkriminalmeister, verabschiedete sich von Ferdinand und verließ das Gebäude. Unbewusst lenkte er seine Schritte ins Hafenviertel. Einer plötzlichen Eingebung folgend, blieb er stehen und zog den Zettel aus der Westentasche, auf dem er die Anschrift von Frau Köhler notiert hatte. Sie war ihm in den letzten Tagen oft durch den Kopf gegangen, doch er hatte noch nicht den Mut gefunden und sich die Zeit genommen, sie aufzusuchen. Er fragte einen Passanten nach dem Weg und stand bald vor einem größeren Haus. Lange Zeit stand Johann unschlüssig auf der gegenüberliegenden Straßenseite und überlegte, was er tun sollte. Sein Herz klopfte ihm bis zum Hals bei dem Gedanken, Frau Köhler wieder zu sehen, und so fasste er schließlich einen Entschluss. Er betrat das Haus, in dem viele Kleinwohnungen lagen. Der Flur war düster und voller Unrat. Johann dachte, dass dies kein Ort für die kleine Marie sei. Ein alter Mann, der sich aufgrund eines körperlichen Gebrechens nur langsam durch den Flur bewegte, erklärte ihm, wo Frau Köhler wohnte. Johann ging ans Ende des Flures im zweiten Geschoss und klopfte an eine Tür.

„Wer da?", fragte eine Frauenstimme, die aber nicht zu Frau Köhler gehörte.

„Ich suche Frau Köhler", rief Johann. Nach wenigen Augenblicken öffnete sich die Tür. Eine ältere, kränklich wirkende Frau stand in der Tür und blickte neugierig nach draußen.

„Sie ist nicht da, mein Herr. Ihr müsst später wieder kommen. Was wollt Ihr eigentlich von ihr?"

„Ich wollte ihr nur einen Besuch abstatten. Mein Name ist Gutmann, Joh…"

„Ah", unterbrach sie ihn. „Waltraud hat von Euch erzählt!"

„Wie?" Johann errötete, sein Herz klopfte noch stärker.

„Jaja, sie hat nur Gutes von Euch berichtet, obwohl sie Euch nur einmal gesehen hat. Anscheinend habt Ihr einen guten Eindruck auf sie gemacht, doch Ihr müsst wissen, auf was Ihr Euch da einlasst."

„Wie meint Ihr das?", fragte Johann besorgt.

„Seht Euch um!", forderte sie ihn auf und trat zur Seite, den Blick auf den kärglichen Raum freigebend, der gerade mal zwei Betten Platz bot. „Hier hausen wir. Frau Köhler, ihre liebe Marie und ich. Wir teilen uns die Miete, aber das ist kein Leben. Frau Köhler liegt meist auf dem Fußboden, damit ihre Marie im Bett schlafen kann. Nur im Winter, wenn es kalt ist, schmiegen sich die zwei eng aneinander. Jaja."

Die Frau seufzte und setzte sich auf ihr Bett. Johann blickte sich entsetzt im Zimmer um.

„Ja", fuhr die Frau fort, „dies ist unser Leben. Ihr aber seid ein hoher Herr, wie ich gehört habe. Wie könnte sie jemals…Was ist los mit Euch?"

Sie hatte bemerkt, dass Johann ein paar Tränen über die Wangen liefen. Die Frau, von der er glaubte, er könne sie liebhaben, lebte in erbarmungswürdigen Umständen.

„Ich…ich. Es muss wirklich schwer sein", hauchte er kaum hörbar.

„Was ist hier los?", sagte plötzlich eine vertraute Stimme hinter Johann. Er drehte sich um und blickte in die wunderschönen Augen von Frau Köhler.

„Herr Gutmann!", rief Marie voller Freude und riss sich vom Arm ihrer Mutter los. Sie sprang direkt in Johanns Arme und wurde von ihm hochgehalten und gedrückt. Das Kind weinte vor Freude, und auch Frau Köhler musste schlucken. Da konnte sich auch ihre

Mitbewohnerin nicht mehr halten. Sie begann hemmungslos zu weinen und verließ fluchtartig das Zimmer.

„Was macht Ihr hier?", fragte Frau Köhler zögerlich.

„Ich wollte Euch einen Besuch abstatten, Frau Köhler. Seit unserem ersten Aufeinandertreffen musste ich oft an Euch denken."

Marie in seinem Arm kicherte freudig.

„Wie?", hauchte Frau Köhler und schlug die Augen nieder. Sie war bis in den Nacken erglüht, ihr Herz machte wahre Freudensprünge. „Ich dachte nicht, Euch wiederzusehen, noch dazu an diesem tristen Ort. Ich weiß überhaupt nicht, wieso ich Euch meine Anschrift mitgeteilt habe."

Sie schämte sich für die Umstände, in denen sie hausen musste.

„Ich möchte Euch…", sagte Johann.

„Wartet, Herr Gutmann! Marie, geh bitte kurz ins Zimmer, ich muss mit Herrn Gutmann alleine sprechen."

Johann ließ das brave Mädchen zu Boden gleiten. Es nickte verständnisvoll und huschte hinein. Seine Mutter schloss die Tür.

„So, Herr Gutmann, was wolltet Ihr mir sagen?" Ihre Stimme bebte.

Johann war eigentlich nicht der Mann, der bei Frauen mit der Tür ins Haus fällt. Eigentlich hatte er noch keine großen Erfahrungen mit dem schönen Geschlecht. Zu mehr als ein paar kurzen Liebeleien und einer unglücklichen Ehe hatte es noch nicht gereicht. Bei Frau Köhler aber hatte er das Gefühl, er müsse sie in den Arm nehmen und festhalten bis in alle Ewigkeit. Beim ersten Aufeinandertreffen war ein kleines Samenkorn gelegt worden, das in den vergangenen Wochen in die Höhe geschossen war und eine Frucht der Leidenschaft und des Verlangens hervorgebracht hatte.

„Es ist nicht meine Art, jungen Damen, die ich kaum kenne, meine Verehrung darzubringen, aber bei Eurem Anblick vergesse ich alle Regeln des Anstandes. Verzeiht mir mein forsches Auftreten, aber ich musste Euch wiedersehen!"

Johann überlegte für einen Moment, ob er vor ihr niederknien sollte, ließ es aber bleiben. Frau Köhler zitterte, in ihr stritten Freude und Angst.

„Herr Gutmann", sagte sie schließlich leise, „ich freue mich über Eure netten Worte, aber ich möchte nicht, dass Ihr einen Schabernack mit mir treibt. Ihr seid ein Mann, der nicht zu einer armen Matrosenwitwe aus dem Hafenviertel gehört. Ihr gehört in die Arme einer feinen Dame aus dem Bürgerviertel, für die Ihr Euch nicht zu schämen braucht."

Die Worte, die sie wählte, fielen ihr unendlich schwer, denn eigentlich wünschte sie sich nichts mehr, als mit diesem Mann, der ihr gegenüber stand, zusammen zu sein.

„Frau Köhler", entgegnete Johann, „ich bin mir sehr wohl bewusst, dass Ihr keine Edeldame aus dem Nobelviertel seid, doch ich möchte Euch nicht für alle Edeldamen der Welt eintauschen. Ich sehe Euch heute erst zum zweiten Mal, doch mein Herz schreit nach Euch. Es hat sich seit unserer ersten Begegnung nach Euch gesehnt, und nun zerspringt es mir im Leibe vor Freude. Ich glaube, ich…liebe Euch."

Frau Köhler stöhnte kurz auf und sank zu Boden. Johann sprang zu ihr und zog sie zu sich empor. Sie lag kraftlos in seinen Armen und legt ihr schönes Köpfchen auf seine Schulter. Er hielt ihre Hüften eng umschlungen und spürte ihren bebenden Leib. Es dauerte einige Zeit, bis sie wieder sprechen konnte.

„Ihr sprecht von Liebe, Herr Gutmann", flüsterte sie, „und ich kann mir nichts Schöneres vorstellen, als Euch eine gute Frau zu sein. Doch seid Ihr Euch bewusst, dass Ihr mit mir auch Marie, meine Tochter, dazu bekommt?"

„Liebste Frau Köhler", sagte Johann, „ich habe Marie vom ersten Augenblick an ins Herz geschlossen. Ich will sie liebhaben und für sie sorgen, wie es sonst nur ein Vater kann."

Frau Köhler begann freudig zu schluchzen und konnte kaum noch sprechen.

„Johann!"

„Waltraud!"

Ihre Lippen fanden sich zu einem kurzen, noch etwas verschämten Kuss. Drinnen aber saß die kleine Marie, an die Tür gelehnt, und weinte vor Glück. Sie hatte ihr Ohr an die Tür gepresst und gelauscht. Sie hatte jedes Wort verstanden, ihre Augen hatten zu leuchten begonnen, als Johann ihrer Mutter seine Liebe gestand. Und als er über sie gesprochen hatte, konnte sie sich nicht mehr halten. Sie hatte ihren richtigen Vater nie kennengelernt, doch nun sollte sie endlich, endlich einen Vater bekommen.

Es war am folgenden Tag. Johann saß mit Herrn und Frau Gruber beim Frühstück. Frau Gruber war bereits aufgefallen, dass Johann heute besonders glücklich aussah.

„Herr Gutmann", begann sie, „Ihr strahlt heute ja ganz besonders! Ist es Euch etwa geglückt, in dieser Mordsache einen Täter auszuforschen?"

„Besser, Frau Gruber, viel besser! Ich bin verliebt!"

„Wie? Was? Verliebt seid Ihr? Und das ohne mein Einverständnis? Ich hoffe doch, dass Ihr Euch entschlossen habt, mein Roserl zur Frau zu nehmen, wie es sich gehört!"

„Wir wollen jetzt nicht diskutieren, was sich in Liebesdingen gehört", antwortete Johann schmunzelnd, „aber ich muss Euch enttäuschen. Es ist eine andere!"

„Was? Wie könnt Ihr mir das antun!", seufzte sie. „Aber ich habe mir schon gedacht, dass mein Bemühen vergebens war. Ihr habt nie mehr von ihr gesprochen, und auch das Roserl hat einen anderen Gesprächsstoff gesucht, wenn ich sie auf Euch angesprochen habe. Na ja, wer ist denn nun eigentlich das unglückliche Ding?"

„Oho! Ihr glaubt also, dass ich eine Frau unglücklich machen würde?"

„Meist ist es umgekehrt", fiel nun Herr Gruber scherzend ein und fing sich einen deftigen Fausthieb seiner Frau ein.

„Nein, nein", beeilte sich Frau Gruber zu beschwichtigen. „Ich denke, dass Ihr jeder Frau ein guter Mann sein würdet. Ihr seid doch eben ein echter Gutmann, nicht wahr?"

„Mag sein", sagte Johann. „Übrigens wollte ich Euch in diesem Zusammenhang um einen Gefallen bitten. Wir suchen eine Unterkunft für uns drei."

„Drei? Wollt Ihr mich etwa auch noch dabei haben?"

„Das wird er schön bleiben lassen!", sagte ihr Mann trocken. „Da würde er lieber ganz auf weibliche Gesellschaft verzichten, nicht wahr, Herr Gutmann?"

Johann gab keine Antwort und hörte noch ein Weilchen zu, wie sich das Ehepaar auf liebevolle Art und Weise neckte. Schließlich unterbrach er ihr kleines Streitgespräch und klärte sie auf.

„Na", sagte Herr Gruber, „das habt Ihr Euch ja gleich zwei Frauen auf einmal aufgehalst. Eine Frau und obendrein deren Kind! Ob das mal gut geht?"

„Schweig, Unseliger", fuhr ihm Frau Gruber dazwischen. „Ich bin sicher, dass unser Herr Gutmann zwei ganz bezaubernde Wesen gefunden hat. In ein paar

Tagen wird das Zimmer neben dem Euren frei, sie könnten dort unterkommen, bis Ihr etwas Passendes gefunden habt."

Johann war höchst erfreut und sagte sofort zu. Die anderen Mieter hatte er kaum zu Gesicht bekommen, da sie sehr zeitig aufstanden und früh zu Bett gingen. Es waren Hafenarbeiter. So hatten sie sich nie beim Essen getroffen, nur ab und zu im Vorübergehen gegrüßt.

Johann musste versprechen, Waltraud und die kleine Marie bereits heute Abend mitzubringen. Bevor er sich auf den Weg zur Arbeit machte, eilte er deshalb zu ihrer Wohnung, traf sie aber nicht mehr an. Ihre Mitbewohnerin jedoch war anwesend. Johann bat sie, Waltraud auszurichten, dass er sie am frühen Abend abholen werde.

Einige Stunden später saßen Johann und Ferdinand grübelnd an ihren Schreibpulten. Plötzlich trat Euwart ein, den Gehilfen im Schlepptau, der im Armenviertel in Verkleidung unterwegs war. Der Mann, in seine dreckigen Lumpen gehüllt, war sichtlich aufgeregt und berichtete, dass er die humpelnde Alte gesehen habe.

„Ah", rief Johann erfreut, „Ihr habt sie doch hoffentlich nicht abermals entwischen lassen!"

Der Gehilfe ging auf die kleine Stichelei nicht ein.

„Nein, Herr Gutmann, ich bin ihr nachgeschlichen. Wie Ihr vermutet habt, diente ihr die alte Schlachterei nur als Durchgang. Da sie ihren garstigen Begleiter nicht bei sich hatte, konnte ich ihr furchtlos folgen und habe gesehen, wie sie weiter hinten in eine finstere Gasse eingebogen ist, wo sie in einem Haus verschwand."

„Ausgezeichnet! Wann war das?"

„Es ist kaum eine halbe Stunde her. Ich bin natürlich sofort hierher geeilt!"

Johann schickte Euwart sofort los. Er sollte alle verfügbaren Kriminalgehilfen zusammenrufen, die aber ohne ihre grünen Mützen antreten sollten. Wenig später machte sich ein Trupp von zehn Leuten auf den Weg ins Armenviertel. Neben Johann, Ferdinand, Euwart und dem verkleideten Gehilfen fanden sich noch fünf weitere Gehilfen ein, sowie Herr Eger, der natürlich ebenfalls informiert worden war.

Johann war der Weg bis zum alten Schlachthof bekannt, sodass er an der Spitze der kleinen Schar lief. Dort angekommen, überließ er dem Gehilfen die Führung, der hier auf der Lauer gelegen hatte. Langsam ging es durch das Gebäude und dahinter wieder auf die Straße. Ein paar Gassen weiter gelangten sie an ein großes Haus, das ein wenig baufällig zu sein schien.

„In diesem Gebäude ist sie verschwunden", erklärte der Gehilfe.

„Gut", sagte Johann, „ich will, dass alle Kriminalgehilfen, auch Ihr, Euwart, das Gebäude umstellen. Kein Mensch darf hinaus, keiner hinein. Es ist möglich, dass sich die gesuchten Personen nicht im Gebäude aufhalten. Haltet Eure Augen offen, schaut auch nach hinten! Sollten die Verdächtigen auftauchen, schlagt Alarm! Da nur Ihr – dabei wandte er sich dem Verkleideten zu – ihn kennt, werdet Ihr Euch am Anfang der Gasse postieren und von dort aus beobachten. Sollten sie kommen, eilt unauffällig hierher und gebt Euren Kameraden Bescheid. Herr Eger wird wissen, was zu tun ist."

Falls die gesuchten Personen sich im Gebäude aufhielten, bestand die Gefahr, dass sie durch eine größere Gruppe frühzeitig gewarnt würden. Johann und Ferdinand wollten deshalb vorerst alleine die Lage erkunden. Es war zu zweit einfacher, sich ungehört und ungesehen fortzubewegen. Draußen auf der Straße waren keine anderen Menschen zu sehen, weil das Haus in einem Teil des Armenviertels lag, in dem kaum Menschen lebten. Es gab dort vorwiegend große, unansehnliche Bauruinen, die in einem leichten Nebel lagen.

Die zwei Kriminalmeister schlichen zur Eingangstür, die durch herabgestürzte Mauerteile jedoch unpassierbar war. Sie umrundeten das Gebäude und fanden auf der Hinterseite einen Mauerspalt, durch den sie sich hineinzwängten. Sie standen im Inneren einer Ruine. Von außen betrachtet hatte das Gebäude einen passablen Eindruck gemacht, doch drinnen stand außer den tragenden Mauerteilen und einigen Treppenresten, die ins Nichts führten, sowie kleineren Trennwänden kaum mehr etwas. Und doch musste es hier irgendwo ein Versteck geben.

Vorsichtig gingen sie weiter, denn der Boden wies zahlreiche Löcher auf, in die man stürzen konnte. Von unten blickte sie ein dunkles Nichts an. Es war nicht möglich, bis auf den Grund hinabzusehen.

Plötzlich packte Ferdinand seinen Partner am Arm.

„Pst! Ich höre Stimmen."

Johann lauschte und nickte. Auch er war aufmerksam geworden. Sie duckten sich und krochen langsam in die Richtung, aus der die Stimmen kamen. Schließlich lagen sie am Rande eines Loches. Irgendwo dort unten brannte ein Licht, doch sehen konnten sie niemanden. Dafür aber verstanden sie jedes Wort, das gesprochen wurde.

„Ich lass mir von dir doch nicht verbieten, für ein paar Minuten aus diesem schäbigen Loch zu kriechen!", sagte eine Frau empört.

„Aber Mutter!", antwortete ein Mann. „Man erzählt, dass ein schräger Vogel sich seit einiger Zeit da draußen herumtreibt. Was, wenn sie nach uns suchen?"

„Ach was! Niemand kann wissen, dass wir den Zirkus angezündet haben! Warum sollte man nach uns suchen? Die paar Diebstähle hier und da zählen nicht, in diesem verdammten Drecksviertel gibt es wahrlich schlimmere Gesellen. Also lass mir meine kleine Freude. Amsdorf ist meine Heimatstadt, und es hat mich gefreut, dass wir hierher zurückgekehrt sind. Doch wie muss ich alte Frau hier leben? Wir haben kein Zuhause, wir haben nichts!"

„Aber Mutter", sagte der Mann in weinerlichem Ton, „ich möchte doch nur, dass es dir gut geht! Was man dir angetan hat, hat dir diese Stadt angetan. Sie muss dafür büßen! Und sie hat bereits gebüßt! Mein Geschenk für dich ist beinahe fertig."

„Wovon sprichst du? Welches Geschenk?"

Der Mann murmelte etwas, das die Lauscher nicht verstehen konnten.

„Was für ein Geschenk?", wiederholte die Frau ihre Frage.

„Es…sie müssen noch etwas trocknen, damit sie mir nicht verderben. Ich habe sie in eine besondere Flüssigkeit gelegt, die mir ein verschrobener Kerl im Hafenviertel verkauft hat. Das gibt eine wunderschöne Kette."

„Was faselst du da? Eine Kette? Was soll verderben?"

Es folgte eine kurze Pause.

„Ich werde sie holen und sie dir zeigen", sagte der Mann. „Ich erlaube dir, einen kurzen Blick darauf zu werfen, doch dann muss sie gleich wieder zurück ins Bad. Ich werde gehen und sie holen."

„Na gut", murmelte die Frau. „Möchte wissen, was du bringen wirst."

Die zwei Lauscher waren nicht minder gespannt. Sie hörten Schritte, die sich entfernten, dann war es still. Johann schlich ein Stück weiter, bis er an ein anderes, kleineres Loch kam, durch das er hinabblicken konnte. Dort unten saß eine alte Frau auf ein paar dahingeworfenen Lumpensäcken. Vor ihr flackerte eine Kerze, daneben lagen ein alter Messingteller und einige Essensreste. In einer Ecke hing eine Soldatenuniform an einem Haken, die der Mörder von Frau Amato wohl gestohlen hatte, bevor er ins Schloss eingedrungen war. Die zwei Kriminalmeister schienen auf der richtigen Fährte zu sein. Ferdinand kam an Johanns Seite. Von unten waren sie wohl kaum zu erkennen, denn um sie herum war es dunkel.

So lagen sie einige Minuten, bis sie Schritte hörten. Ein schwarzbärtiger Mann trat in ihr Blickfeld und kniete vor der Frau nieder. Er hatte die Hände hinter seinem Rücken verschränkt und hielt etwas darin fest, das sie nicht erkennen konnten.

„Mutter, du hast vorher gesagt, dass niemand nach uns suchen würde. Es kann jedoch sein, dass man mich sucht, denn ich war…ein böser Junge."

Dabei ließ er ein hämisches Lachen hören.

„Du redest wirr, mein Junge!"

„Nein, Mutter, sieh her!"

Er streckte die Hände nach vorne und hielt ihr eine Art Kette vors Gesicht, die im Kerzenschein golden funkelte.

„Die Kette habe ich einem fetten Kerl abgenommen, der so dumm war, nächtens hier in der Gegend herumzusteigen, aber die hier – dabei deutete er auf die Anhängsel, die an der Kette baumelten und von oben nicht zu erkennen waren – habe ich eigenhändig…"

„Mein Gott, Junge! Was hast du getan?", schrie die Alte.

„Was ich getan habe, Mutter? Sie haben damals weggeschaut, nun aber sollst du ihre Augen um den Hals tragen. Sie sollen sehen, was sie dir angetan haben! Sieh nur, ich habe sie alle gefunden, alle! Nur eine war schon tot, ich konnte ihr die Augen nicht mehr rausschneiden."

„Wen meinst du, Bub? Wem gehörten diese Augen?"

„Den feinen Damen, die damals mit dir im Waisenhaus gewesen sind und dir nicht geholfen haben, als du sie brauchtest!"

„Was? Die alten Frauen, von denen man spricht, hast du umgebracht? Ich habe ihre Namen nie gehört. Sind es wirklich...?"

Er nickte.

Die alte Frau starrte entsetzt auf die Kette, die vor ihr hin und her baumelte, und auf das vor Stolz leuchtende Gesicht ihres Sohnes dahinter. Dann richtete sie sich ein wenig auf und griff nach der Kette. Ein wohliger Schauer durchflutete sie, als sie das grausige Schmuckstück berührte. Im nächsten Moment zuckte sie zusammen und sank ermattet zu Boden. Ihr Sohn beugte sich über sie und legte ihr die Kette um den Hals. Die Alte hatte die Augen geschlossen. In ihr kämpfte das grausame Gefühl der befriedigten Rache mit dem Entsetzen vor der Tat ihres Sohnes.

Plötzlich gab es einen fürchterlichen Lärm, der sie aufschrecken ließ. Ein Teil des Deckenbodens stürzte ein. Zwei Männer kamen mit kleinen und großen Gesteinsbrocken herabgesaust. Die Frau starrte voller Entsetzen auf das Chaos von Steinen und menschlichen Körpern, die in der aufgewirbelten Staubwolke kaum zu erkennen waren. Ihr Sohn war geistesgegenwärtig aufgesprungen und stürzte mit einem Wutschrei auf die Eindringlinge. Er bekam zuerst Johann zu fassen, der durch den Sturz leicht benommen war, packte ihn und schleuderte ihn einige Meter weit fort. Dann wandte er sich Ferdinand zu, der sich inzwischen bereits geschickt zur Seite gerollt hatte. Der Kriminalmeister hatte beim Sturz sein Messer verloren und sah nun den Wüterich auf sich zu kommen. Er schnellte hoch und rannte den Weg entlang, den der Mann zuvor gekommen war. Dabei musste er an der alten Frau vorbei, die ihm einen Holzstock zwischen die Beine hielt, der neben ihr an der Wand gelehnt hatte. Ferdinand kam zu Sturz und prallte mit dem Kopf gegen die Wand, wo er bewusstlos liegen blieb. Schon war der Mann über ihm und holte mit einem Stein, den er vom Boden aufgehoben hatte, zum tödlichen Schlag gegen Ferdinands Kopf aus. Da fuhr ihm plötzlich Johanns Messer in den Hals, das der am Boden liegende Kriminalmeister mit voller Wucht nach ihm geschleudert hatte. Der Mann blieb wie vom Blitz getroffen stehen, ließ den Stein fallen und griff sich an den Hals. Mit einem wütenden Schnauben zog er das Messer heraus und ließ es fallen. Ein feiner Blutstrahl warmen Blutes schoss aus der Wunde, der Mann taumelte kurz. Dann rannte er davon, ohne sich umzublicken.

Johann rappelte sich auf, entriss der zeternden Alten ihren Stock und nahm die Verfolgung auf. Er rannte einen düsteren Gang entlang bis zu einer Treppe, hetzte nach oben und sah den Flüchtenden, der in diesem Augenblick durch eine Fensteröffnung an der Rückseite des Gebäudes nach draußen sprang. Der Kriminalmeister wusste das Gebäude umstellt, die Flucht würde gleich zu Ende sein. Als er ans Fenster kam, bemerkte er zu seinem Schreck jedoch, dass das Haus am Rande eines kleinen Hügels stand, die nebenan liegenden Gebäude somit tiefer lagen. Durch den Sprung aus dem Fenster war der Mann direkt auf dem Dach des Nebengebäudes gelandet, auf dem er sich nun fortbewegte. Johann eilte einige Schritte zurück, nahm Anlauf und sprang hinterher. Zwei Meter tiefer und drei Meter von der Mauer entfernt kam er auf und rollte sich geschickt ab. Er hatte den Sprung gut überstanden, aber der Flüchtende war nicht mehr zu sehen. Er hetzte zur Dachkante. Von Euwart und den anderen Kriminalgehilfen war nichts zu sehen, aber den Mann, den er verfolgte, sah er in einiger Entfernung davonlaufen. Ohne zu zögern, stieg er an der groben

Fassade des Gebäudes hinab und nahm die Verfolgung auf. In wildem Tempo ging es quer durch das Viertel nach Westen in Richtung Hafen. Johann hatte seinen Gegner meist im Blickfeld, denn dieser schien zwar äußerst geschickt, jedoch nicht sonderlich ausdauernd zu sein. Die Verletzung schwächte ihn zudem erheblich. So kam Johann ihm immer näher, und als er die Grafenstraße vor sich sah, war er nur mehr fünfzig Schritte hinter ihm. Er hoffte, den Mann zu erwischen, noch bevor sie die Grafenstraße erreichten und der Kerl womöglich in der Menschenmenge untertauchen konnte. Er verdoppelte seine Anstrengung und flog förmlich dahin, doch plötzlich geschah etwas Unerwartetes. Der Flüchtende musste im Zickzack laufen, um den Passanten auszuweichen. Dabei bemerkte er nicht, dass er bereits die Grafenstraße erreicht hatte. Er lief einfach weiter, als plötzlich von links ein Pferdefuhrwerk in hohem Tempo dahergebraust kam und ihn erfasste. Er wurde von einem der beiden Tiere erfasst, stürzte und geriet unter die Hufe.

Johann hielt jäh inne, als er Zeuge des schrecklichen Unglücks wurde. Er prallte zurück, als sei er gegen eine unsichtbare Wand gelaufen. Rundherum brachen die Menschen in Schreie aus und schlugen vor Entsetzen die Hände über dem Kopf zusammen. Einige standen wie erstarrt da, andere begannen zu weinen. Eine Mutter hielt ihrem Kind die Hände vors Gesicht und führte es mit schnellen Schritten fort. Der Verkehr auf der Straße kam ins Stocken, mehrere Fuhrwerke mussten anhalten.

Johann trat nun langsam näher. Der Verletzte lag blutend und stöhnend auf der Straße, hilflos und alleine. Niemand hatte sich seiner angenommen. Er war von den Rädern des Fuhrwerks überrollt worden und hielt sich mit einer Hand den Bauch, aus dem die Eingeweide auf das Kopfsteinpflaster quollen. Mit ernster Miene kniete der Kriminalmeister beim Verletzten nieder und sah ihm in die vor Schreck geweiteten Augen. In diesem Augenblick sah er nicht den Mörder vor sich liegen, sondern einen Menschen, der nur noch wenige Augenblicke zu leben hatte.

„Wer…warum…?", stöhnte der Mann.

„Ich bin Kriminalmeister Gutmann, wie lautet Euer Name?"

„Geht…geht zum Teuf…"

Ein Blutschwall drang aus seinem Mund, der ihm das Sprechen erschwerte.

„Ihr werdet hier sterben", sagte Johann ruhig, „niemand kann Euch mehr helfen. Aber Ihr könnt etwas für Euch selbst tun, wenn Ihr mir die Wahrheit sagt."

Der Mann stöhnte und wollte seinen Kopf heben, was ihm aber nicht gelang. Johann half ihm und bettete den Kopf des Mannes auf seinen Schoß.

„Also", fuhr Johann fort, „wollt Ihr Euer Gewissen erleichtern? Ich habe Euch belauscht und weiß, dass Ihr für die Morde an den alten Frauen verantwortlich seid. Ihr seid das Ungeheuer von Amsdorf."

„Ungeheuer? Ich…ich bin kein…nein! *Sie* waren Ungeheuer, *sie* hatten es verdient!"

„Verdient? Wovon sprecht Ihr?"

„Sie haben sich versündigt und mussten büßen. Ich habe es für meine Mutter getan, nur für sie. Ich…was wird nun aus…ihr…werden? Ich…"

Ein Hustenanfall, der wiederum Blut aus dem geschundenen Körper presste, machte ihm das weitere Reden unmöglich. Johann zitterte und hielt die Hand des Mannes, der kaum mehr Kraft hatte. Er bemerkte einen Händedruck, der kraftvoll sein sollte, aber kaum zu spüren war. Ein leichter Ruck ging durch den Leib des Mannes, der noch einmal leise stöhnte. Dann fiel sein Kopf zur Seite, er hatte sein Leben ausgehaucht.

Johann wusste nicht, wie lange er so dagesessen hatte, als er seinen Namen rufen hörte.

„Herr Gutmann, Herr Gutmann, könnt Ihr mich hören?"

Mechanisch drehte Johann seinen Kopf zur Seite und bemerkte einen Kriminalgehilfen, der zufällig in der Nähe gewesen war. Johann stand auf und blickte um sich. Er war umringt von Dutzenden von Schaulustigen, die sich voller Abscheu, aber doch auch mit Sensationslust dem Anblick des Toten hingaben.

„Ihr werdet für den Toten sorgen!", trug Johann dem Gehilfen auf. „Seht zu, dass Ihr ihn schnell von der Straße bekommt, verstanden?"

„Sehr wohl, Herr Kriminalmeister. Ich kümmere mich darum!"

Johann nickte, bahnte sich einen Weg durch die gaffende Menge und ging langsam und nachdenklich zurück zum Schlachthof. Schon von weitem wurde er von einem Kriminalgehilfen erspäht, der mit seinen Kameraden eifrig nach ihm gesucht hatte.

„Hallo, Herr Gutmann", rief er und kam Johann entgegen, „wir haben Euch bereits vermisst. Wo habt Ihr Euch denn herumgetrieben?"

„Ach, ich war nur ein wenig spazieren."

„Spaz…ah, Ihr beliebt zu scherzen! Ferdinand sagte uns, dass Ihr wohl den Mörder gejagt habt."

Johann bejahte und ließ sich zu den anderen führen, die sich in der Nähe versammelt hatten. Ferdinand, der noch leicht benommen war, Herr Eger und mehrere Kriminalgehilfen kamen ihm entgegen. Johann musste berichten, was sich inzwischen zugetragen hatte. Ein jeder war froh, dass der mutmaßliche Mörder tot war und kein Unheil mehr anrichten konnte, doch die Schilderung des Unglücks ließ auch sie erschauern. Der Oberkriminalmeister lobte Johann und die ganze Truppe für ihren Einsatz und wies auf einen nahen Baum hin, bei dem zwei Gestalten zu sehen waren. Johann trat näher und erkannte die Alte, die, an den Händen gefesselt und von einem Gehilfen bewacht, am Baumstamm lehnte.

„Ihr seid Viktoria?", fragte Johann und trat zur Frau. Sie hielt den Kopf gesenkt und sprach kein Wort.

„Ah, was haben wir denn da?"

Der Kriminalmeister griff nach der Kette, die sie um den Hals trug. Das Gold war sicher ein kleines Vermögen wert, und an dieser Kette hingen, an eisernen Drähten befestigt, zehn Augen. Sie sahen bizarr und abstoßend aus, ledern, wie geräuchert, doch Johann wusste, dass sie echt waren. Der Mörder hatte sie in irgendeine Flüssigkeit getaucht, um sie haltbar zu machen. Entsetzt gab er die Kette einem der Gehilfen. Unter dem Kleid trug die Alte noch eine Kette, an der die Plakette aus dem Waisenhaus hing. Johann nahm ihr auch diese ab. Die Frau sollte umgehend zur Stadtverwaltung gebracht werden, wo sie später einer Befragung unterzogen werden sollte. Herr Eger konnte es noch gar nicht glauben, dass nun der größte Fall seiner Amtszeit aufgeklärt war und klopfte seinen beiden Kriminalmeistern anerkennend auf die Schultern.

„Noch wissen wir nicht", bremste ihn Johann ein, „warum die Frauen sterben mussten. Der Mörder ist tot, aber seine saubere Mutter wird uns alles zu erklären haben. Ich werde mich sofort um sie kümmern."

„Nein", entgegnete Herr Eger, „das werdet Ihr nicht! Ihr seht fürchterlich aus. Für heute habt Ihr genug geleistet, alle beide. Ihr werdet sofort von einem Arzt untersucht und werdet dann brav nach Hause gehen. Morgen ist auch noch Zeit für die Befragung, die Alte wird uns schon nicht wegsterben. Eine Nacht im Kerker macht sie vielleicht gesprächiger."

Johann war damit gar nicht einverstanden, doch sein Vorgesetzter duldete keine Widerrede. Er musste sich also fügen und verließ mit Ferdinand den Schauplatz.

Ein Gehilfe musste sie auf Herrn Egers Anweisung hin zum Arzt begleiten. Dieser stellte bei Johann, außer ein paar Prellungen, keine größeren Verletzungen fest. Ferdinand jedoch bekam einige Tage Ruhe verordnet und wurde vom Gehilfen nach Hause begleitet.

Johann fühlte sich plötzlich abgeschlagen und müde, sodass er gerne nach Hause ging. Es war schon Mittagszeit, und Frau Gruber war eben dabei, für sich und ihren Mann ein Mahl zuzubereiten. Als sie den erschöpften Johann zur Tür hereinwanken sah, lief sie ihm entsetzt entgegen und führte ihn in sein Zimmer, wo er sich auf sein Bett fallen ließ und nach wenigen Augenblicken eingeschlafen war.

Als er viele Stunden später aufwachte, blickte er in zwei wunderschöne Augen, die ihm ein Lächeln entlockten. Jäh durchzuckte ihn jedoch eine schreckliche Befürchtung. Hatte er etwa schon wieder mit dem Roserl das Bett geteilt? Er öffnete die Augen vollständig und seufzte erleichtert auf. Seine Waltraud saß neben ihm und hielt seine Hand fest.

„Waltraud!", stöhnte er. „Aber woher…?"

„Pst", sagte sie leise, „Frau Gruber hat deinen Zettel, auf dem mein Name und die Anschrift standen, auf dem Nachtkästchen gesehen. So konnte sie mich schnell finden."

„Die Gute!", flüsterte Johann lächelnd. „Wo ist Marie?"

„Dreh dich nach links!"

Johann blickte sich um und sah, dass Marie neben ihm lag und schlief. Ihr kleines Gesicht lag in Sorgenfalten. Er strich ihr mit der Hand liebevoll über das Haar. Sie seufzte kurz und veränderte leicht ihre Position.

„Frau Gruber hat gesagt", fuhr Waltraud fort, „dass wir schon heute hier bleiben können. Sie hat den

Mann vom Nebenzimmer einfach rausgeworfen, obwohl ich dagegen protestiert habe."

„Das ist schön", sagte Johann erfreut.

„Nicht wahr?", rief Frau Gruber, die plötzlich in der Tür stand und auf das kleine Häufchen Glück blickte. „Der Kerl wird schon irgendwo unterkommen, aber die gute Frau Köhler mit ihrem entzückenden Mariechen durfte keine Nacht länger in dieser Bruchbude hausen. Aber nun schlaft noch ein wenig, später werden wir zu Abend essen."

10. KAPITEL

Am nächsten Morgen fühlte sich Johann prächtig. Nicht nur der gelöste Kriminalfall, sondern auch die Anwesenheit Waltrauds und der kleinen Marie trug viel dazu bei. Und so schien er die Prellungen gar nicht mehr zu spüren, die er durch den Sturz im alten Schlachthof davongetragen hatte. Waltraud hatte die halbe Nacht an seinem Bett gewacht und lag nun im Zimmer nebenan in tiefem Schlaf. Marie jedoch war schon lange munter und half Frau Gruber, den Tisch für das Frühstück zu decken.

Johann musste schon bald wieder los, sodass er sich kaum Zeit für ein gemütliches Zusammensitzen nehmen konnte. Waltraud hatte man schlafen lassen. Sie kam erst aus ihrem Zimmer, als Johann bereits beim Aufbrechen war. Ein flüchtiger Morgenkuss, dann machte sich der Kriminalmeister auf den Weg.

Als er zur Stadtverwaltung kam, hatten sich dort die gestrigen Ereignisse natürlich bereits herumgesprochen. Ein jeder klopfte ihm anerkennend auf die Schulter und wollte Einzelheiten wissen, sodass der arme Mann kaum zum Atmen kam. Herr Eger war es schließlich, der ihn erlöste und in sein Arbeitszimmer mitnahm.

„Wieder munter, Herr Gutmann?", wollte der Oberkriminalmeister wissen.

Johann nickte.

„Gut, dann wollen wir uns um die alte Hexe kümmern. Wir werden sie hart rannehmen müssen, denn..."

„Verzeiht, Herr Eger", unterbrach ihn Johann, „aber ich glaube, wir sollten es erst auf die sanfte Art versuchen. Aus dem Gespräch, das wir erlauscht haben, geht hervor, dass sie möglicherweise von den Taten ihres Sohnes nichts gewusst hat."

285

„Papperlapapp, das erscheint mir wenig glaubwürdig!", entgegnete Herr Eger. „Ich denke vielmehr, dass sie genau über sein Tun Bescheid wusste, ihn vielleicht dazu angestachelt hat! Wir werden gehen und uns ihre Beichte anhören. Los!"

Sie gingen hinunter zu den Zellen und baten den Wache habenden Kriminalgehilfen, die Frau in einen Raum zu bringen, der für Befragungen vorgesehen war. Johann setzte sich mit Herrn Eger an einen Tisch, vor dem noch ein Stuhl für die Frau bereitstand. Als sie hereingeführt wurde, machte sie einen jämmerlichen Eindruck. Trotz ihres hohen Alters und ihres körperlichen Gebrechens hatte man sie in schwere Eisenketten gelegt, die sie förmlich zu Boden drückten. Auf einen bittenden Blick Johanns hin befahl Herr Eger nach einigem Zögern, der Frau die Fesseln abzunehmen.

Schließlich saß die Alte zusammengekauert und mit gesenktem Blick auf dem Stuhl. Ihre weißen Haare hingen über die Stirn ins Gesicht, die Hände zitterten.

„Ihr seid Frau Viktoria?", wollte Johann wissen.

„Ja."

„Wie ist Euer Zuname?"

„Ich heiße Viktoria, einfach nur Viktoria. Ich habe immer so geheißen."

„Na schön, ich bin Herr Gutmann, und das ist mein Vorgesetzter, Herr Eger."

Sie blickte nicht auf.

„Ihr wart als Kind im Waisenhaus?"

Sie nickte.

„Ist Euch bekannt, dass Eure damaligen Kameradinnen nun alle tot sind?"

„Ich vermute es seit gestern, denn mein Sohn hat es mir gebeichtet, kurz bevor Ihr ihn zu Tode gehetzt habt."

Sie war inzwischen vom gewaltsamen Tod ihres Sohnes informiert worden, ließ sich ihre Trauer jedoch nicht anmerken.

„Ihr wisst auch, denn Ihr habt schließlich die scheußliche Kette gesehen, dass Euer feiner Herr Sohn den Opfern die Augen ausgestochen hat."

Keine Reaktion.

„Ihr schweigt, da Euch die Tragweite Eurer Taten bewusst wird. Euer Sohn ist tot, aber Ihr seid noch am Leben. Wenn Ihr uns alles erzählt, was Ihr wisst, kommt Ihr vielleicht mit einer milden Strafe davon. Wenn Ihr Euch jedoch weigert zu reden, werdet Ihr den Rest Eures Lebens in einer Zelle verbringen!"

Johann machte eine kleine Pause, um seine Worte auf sie wirken zu lassen. Die Alte musste mehrmals schlucken.

„Ich glaube", fuhr Johann fort, „dass Ihr begriffen habt, worum es geht. Wollt Ihr Euch uns anvertrauen?"

Sie nickte nur.

„Also los! Nehmt Euch Zeit und lasst nichts Wichtiges aus!"

Viktoria atmete ein paar Mal tief ein und aus. Dann hob sie ihren Kopf, strich sich die Haare aus dem Gesicht und blickte Johann forschend an.

„Habt Ihr Kinder?"

„Nein", antwortete Johann erstaunt.

„Dann könnt Ihr Euch nicht vorstellen, wie es ist, seinen Sohn zu verlieren. Er war ein armer Junge, der in seinem Leben nur wenige Tage der Freude erleben durfte. Nun, da er tot ist, fehlt auch für mich jeglicher Grund zu leben. Mag er auch noch so schreckliche Dinge getan haben, er war mein Fleisch und Blut."

Ihr alter Körper wurde kurz von einem Krampf ergriffen, der sich aber bald wieder löste.

„Ihr fragtet nach dem Waisenhaus. Ja, ich war dort, zu einer Zeit, als Ihr noch lange nicht geboren ward. Es war eine triste Phase in meinem Leben, aber ich hatte ein paar Freundinnen gefunden, die mir diese Zeit leichter erträglich machten. Trotzdem wollten wir fort, denn wir wurden schlecht behandelt und geschlagen. Manch eine musste Schlimmeres erdulden! Deshalb, wir waren vielleicht um die zehn Jahr alt, fassten wir den Plan, aus dem Waisenhaus zu fliehen. Wir drangen nachts in das Zimmer der Oberaufseherin ein, um den Schlüssel zu stehlen. Sie vergnügte sich gerade mit dem Zirkusdirektor im Hinterzimmer, sodass wir dachten, die Gelegenheit sei günstig.“

„Ein Zirkusdirektor?“

„Ja, Zirkusdirektor Gramann, ein äußerst böser Mann.“

Johann erinnerte sich, dass Viktorias Sohn zu seiner Mutter davon gesprochen hatte, dass sie den Zirkus angezündet hätten.

„Gramann?“, fragte er. „Sein Zirkus ist kürzlich abgebrannt. Ist es dieser Zirkus, von dem Ihr sprecht?“

„Er ist es“, antwortete Viktoria ohne alle Regung. „Dieser Gramann kam immer dann, wenn sein Zirkus in der Nähe war, ins Waisenhaus, um sich an einem der Mädchen zu vergehen. Ab und zu war auch ein Junge dabei. Alle wurden unter Androhung von scharfen Strafen zu absolutem Stillschweigen ermahnt.“

„Schrecklich, die armen Kinder!“, rief Johann ergriffen. Herr Eger schluckte laut.

„Es war wirklich schlimm. Die Oberaufseherin hat es ihm erlaubt, aber dafür musste er hin und wieder auch bei ihr die Zirkuspeitsche schwingen. So hat er es jedenfalls genannt, später.“

„Später? Wie meint Ihr das?“

„Wartet ab. Wir Mädchen sind also in ihr Zimmer eingedrungen und hatten das Kästchen schon vor Augen, in dem der Schlüssel aufbewahrt wurde, als plötzlich die Tür zum Hinterzimmer aufging. Die anderen Mädchen flohen panikartig und stießen mich zurück, um schneller entweichen zu können. Ich prallte an einen Tisch und blieb dort, starr vor Angst, zurück. Während sie unerkannt entwischen konnten, lag ich ängstlich am Boden und zitterte vor Angst. Da trat die halbnackte Oberaufseherin herein, gefolgt von Gramann. Er war ein kleiner, dicker Mann mit einem furchterregenden Schnauzbart. Er war nackt und hatte nur seine Zirkuspeitsche in der Hand, die er der Oberaufseherin wohl übergezogen hatte. Die blutigen Striemen an ihrem Körper waren noch deutlich zu sehen, doch sie schien es genossen zu haben."

Johann hörte atemlos zu und unterbrach sie nicht.

„Als sie mich erblickten, schrie die Oberaufseherin, und Gramann kam herbei, um mich seine Peitsche kosten zu lassen. Auf meinem Rücken sind noch heute die Spuren zu sehen. Dann packte er mich und warf mich mehrmals an die Wand, bis mein Bein gebrochen war. Es ist nie wieder richtig geheilt, weshalb ich seitdem krumm gehe. Ich wurde dann für einige Zeit in eine kleine Zelle gesperrt, in die man aufsässige Kinder gesteckt hat. Schließlich, als die Tür sich endlich öffnete, dachte ich, das Ärgste wäre überstanden und ich dürfte wieder hinauf zu meinen Freundinnen. Doch der Zirkusdirektor stand höhnisch grinsend in der Tür, stülpte mir einen Sack über, trug mich hinaus zu seinem Wagen und brachte mich fort. Ich habe die anderen Mädchen nie mehr wieder gesehen."

Während sie bisher ruhig und leise gesprochen hatte, ohne ihre Gefühle zu zeigen, senkte sie nun wieder ihren Kopf und begann zu weinen. Johann ging, um ihr einen Becher Wasser zu holen. Sie nahm ihn dankbar entgegen und trank einen kleinen Schluck.

„Dieser Gramann hat mich zu seinem Zirkus gebracht, wo ich bis zum Umfallen arbeiten musste. Wenigstens bekam ich genug zu essen, aber die Leute im Zirkus waren keine guten Menschen. Wir zogen jahrelang durch das Land, und wenn ich nicht arbeiten musste, war ich meist in einen Käfig gesperrt wie die wilden Tiere, die wir mitführten. Als ich etwas älter wurde, bin ich...hat man..."

Sie musste sich überwinden, bevor sie weitersprechen konnte.

„Gramann kam schließlich auf die Idee, mich gegen Geld an seine Leute zu vermieten. Sie mussten einige Münzen zahlen und durften sich an mir vergehen. Ich war kaum fünfzehn Jahre, als diese neuerlichen Qualen begannen. Clowns, Kleinwüchsige, Artisten, es gab keinen, der sich nicht an mir versündigte."

„Mein Gott", entfuhr es Johann. „Gab es denn niemanden, der sich Eurer erbarmte? Was war mit den Frauen?"

„Frauen? Die hat es nicht gekümmert! Nein, ich war hilflos und allein. Schließlich wurde ich schwanger und bekam einen Sohn, der mir sofort weggenommen wurde. Ich weiß nicht, wer denn nun der Vater war. Gramann meinte, er würde einen hervorragenden Artisten abgeben, was er dann auch wurde. Mein Sohn wurde gut behandelt, und so ertrug auch ich mein Schicksal still. Doch als er eines Tages stürzte und sich verletzte, war sein Traum vom Artistenruhm vorbei. Er wurde fallengelassen und durfte fortan nur mehr die niedersten Arbeiten verrichten. Mein Sohn und ich, wir hatten lange kaum Kontakt, doch als das Unglück geschah, haben wir uns einander wieder angenähert. Gemeinsam waren wir stark und sannen nach einem Fluchtplan. Schließlich konnten wir entkommen und verkrochen uns irgendwo in den Bergen. Wir gingen davon aus, dass nach uns gesucht würde und versteckten uns jahrelang. Wir hausten im Wald, einsam und ausgestoßen. Erst vor einigen Monaten wagten wir uns wieder herab aus der Wildnis, doch wer will schon eine humpelnde Alte und ihren bärtigen Lump. Wo wir auch hinkamen, wir wurden vertrieben. Wir mussten stehlen, um zu leben, doch von überall mussten wir fliehen. Schließlich kamen wir in eine Stadt und trauten unseren Augen nicht. Vor den Toren hatte ein Zirkus seine Zelte aufgeschlagen, Gramann! Hatten wir das Erlebte lange verdrängt, so kamen nun all die schrecklichen Erinnerungen wieder hoch. Der alte Gramann war schon lange tot, doch sein Sohn, der den Zirkus übernommen hatte, war noch am Leben. Schon in der kommenden Nacht brannte das Zelt, und wir flohen erneut."

„Ihr kamt dann nach Amsdorf zurück?", fragte Herr Eger.

„Ja, trotz der schlimmen Sachen, die ich hier erdulden musste, zog es mich in meine Heimatstadt zurück. Wir hatten kein Geld und haben uns mit Betteln und etwas Diebstahl am Leben gehalten. Unsere feine Unterkunft habt Ihr ja gesehen. Nun, auf einem meiner seltenen Ausflüge bin ich zufällig am Gebäude des alten Waisenhauses vorbeigekommen. Es war verfallen, und ich habe es nicht gewagt, das Gelände zu betreten. Aber ich habe meinem Sohn davon erzählt und vielleicht ein wenig zu sehr dabei geweint. Er hat getobt und geflucht und gab den Mädchen, die mich damals im Stich gelassen hatten, die Schuld an meinem und seinem Schicksal. Vorher dachte er, ich sei von einem ausschlagenden Pferd getroffen worden und deshalb krumm geblieben."

„Dann hat er den Plan gefasst", sagte Johann, „sich an den Mädchen zu rächen. Er hat sie ausfindig gemacht und getötet. Seine Vergangenheit als Artist erklärt auch, wieso es ihm gelungen ist, den Turm des Schlosses zu ersteigen!"

Die Alte blickte ihn verständnislos an.

„Aber wie hat er es geschafft, die Frauen zu finden? Er muss besondere Quellen oder Informanten gefunden haben, sonst ist es nicht denkbar!"

„Ich kann Euch nicht weiterhelfen, ich hab alles gesagt, was ich weiß."

„Gut", entschied Herr Eger, „Ihr werdet vorerst noch hier bleiben müssen, aber wir werden schauen, es Euch so bequem wie möglich zu machen. Morgen werden wir uns noch einmal unterhalten."

Sie nickte stumm und wurde vom Gehilfen, der sie gebracht hatte, wieder abgeführt. Johann ging ihr nach, da er noch eine Frage hatte.

„Halt, Frau Viktoria, noch eins! Was sagt Euch die Abkürzung ZDG? Habt Ihr das schon einmal gehört?"

„ZDG?", fragte sie und drehte sich zu ihm um. „Natürlich! Das heißt Zirkusdirektor Gramann. Auf der Tür seines Zirkuswagens standen diese drei Buchstaben, und deshalb hat ihn auch jeder, der ihn näher kannte, nur mehr bei diesen Buchstaben genannt."

„Ah, nun wird mir alles klar. Wir haben nämlich ein Schriftstück gefunden, auf dem diese drei Buchstaben neben Eurem Namen zu finden waren. Es bedeutet also, dass er Euch damals mitgenommen hatte!"

Die arme Frau blickte Johann kurz an, seufzte und drehte sich wortlos um. Der Gehilfe brachte sie in ihre Zelle, während Johann und Herr Eger noch einige Zeit beisammensaßen.

Erst am folgenden Morgen sollte die Befragung fortgeführt werden, da Herr Eger der armen Frau eine Zeit der Erholung gönnen wollte. Deshalb verbrachte Johann den Nachmittag mit Schreibarbeiten und ging zeitig nach Hause.

Am nächsten Morgen machte sich der Kriminalmeister früh auf den Weg zur Arbeit. Voller Ungeduld strebte er der Stadtverwaltung zu, da er den

Fall heute endgültig zum Abschluss bringen wollte. Für einen sauberen Abschlussbericht hoffte er die letzten Einzelheiten von Viktoria zu erfahren. Es hatte sich inzwischen herumgesprochen, dass das Ungeheuer von Amsdorf tot war, und so schnappte Johann auf dem Weg durch die Stadt zahlreiche Gesprächsfetzen auf, die sich auf den Serienmörder bezogen.

Ferdinand war noch beurlaubt, und Herr Eger war noch nicht da. Also beschloss Johann, einstweilen alleine anzufangen. Er stieg hinunter zu den Zellen und öffnete die Tür zum Raum, in dem der Gehilfe in der Nacht die Aufsicht hatte. Vor Schreck zuckte er zusammen. Der Gehilfe lag reglos auf dem Boden, eine tiefe Wunde klaffte in seinem Rücken. Johann stürzte zu ihm hin und fühlte seinen Puls: der Gehilfe war tot. Jemand hatte ihm wohl von hinten ein langes Messer ins Herz gestoßen. Ein schneller Blick zeigte ihm, dass die Zellenschlüssel, die normalerweise an der Wand hingen, fehlten. Eine böse Vorahnung beschlich den Kriminalmeister. Er rannte hinaus und hin zu den Zellen. Die Tür zu Viktorias Zelle stand offen, der Schlüssel steckte noch im Schloss. Die anderen Zellen waren nicht belegt.

„Fort!", brüllte Johann verärgert. „Das darf doch nicht wahr sein!"

Er betrat die Zelle und sah, dass er sich getäuscht hatte. Viktoria war nicht fort, sondern tot! Sie lag auf blutbefleckten Laken in ihrem Bett. Sie war wahrscheinlich im Schlaf erdolcht worden, denn sie hatte einen ruhigen, beinahe friedlichen Gesichtsausdruck.

„Geht das nun schon wieder los?", rief Johann in seiner Verzweiflung. Dann rannte er nach oben und gab Alarm. Kurze Zeit später wimmelte es unten im Zellentrakt von Leuten. Zwei Morde im Gebäude der Stadtverwaltung! Das war unerhört und würde einen

Skandal geben, von dem in Amsdorf noch lange gesprochen werden würde.

Euwart war natürlich ebenfalls nach unten gekommen und sorgte für etwas geordnetere Verhältnisse. In Viktorias Zelle durfte vorerst nur Johann, der nach Spuren suchte.

„Etwas gefunden, Herr Gutmann?"

Herr Eger stand draußen. Sein Gesicht war aschfahl.

„Nichts, der Mörder hat keine Spuren hinterlassen", gab Johann enttäuscht zur Antwort. „Ich stehe vor einem Rätsel, Herr Eger. Da scheint dieser unheilvolle Fall endlich aufgeklärt, als es plötzlich…Na, ich weiß nicht, was ich davon halten soll."

Herr Eger beobachtete noch einige Minuten lang, wie Johann die Zelle untersuchte, ohne jedoch etwas Brauchbares zu finden. Dann gingen sie beide hinüber zum toten Kriminalgehilfen. Euwart hatte dafür gesorgt, dass niemand mehr im Raum war, die Tür war geschlossen. Vorher hatte Johann den Raum nicht untersucht, doch diesmal fiel ihm sofort ein Taschentuch auf, das halbverdeckt unter der Leiche lag. Er zog es unter dem Körper hervor und hielt es in die Höhe.

„Ob es dem Opfer gehörte?", fragte Herr Eger.

„Hier ist eine Rose eingestickt. Vielleicht ist es dem Mörder aus der Tasche gefallen. Die Leiche hat es beim Fallen bedeckt, sodass der Täter den Verlust nicht bemerkt hat."

„Eine Rose?", fragte Euwart und trat näher, um das Taschentuch zu betrachten. „Das gehört dem Stadtschreiber Meier!"

„Seid Ihr sicher?", fragte Herr Eger ungläubig.

„Gewiss! Ist wohl eine kleine Marotte von Herrn Meier. Ich glaube, ich habe es einmal bei ihm gesehen. Er züchtet doch Rosen."

„Ah, das wusste ich nicht, auch wenn er meist nach Rosen duftet. Doch dies würde bedeuten, dass unser Stadtschreiber der Mörder ist!", rief Herr Eger bestürzt. „Das kann ich nie und nimmer glauben! Es muss eine andere Erklärung für das Tuch geben!"

„Wir werden ihn damit konfrontieren", meinte Johann. „Ich kann mir kaum vorstellen, dass er etwas mit diesen beiden Morden zu tun hat, doch wenn, dann werden wir ihn überführen. Er muss uns eindeutig bestätigen, dass dieses Taschentuch das seine ist. Ich habe auch schon einen kleinen Plan. Hört zu!"

Einige Minuten später klopfte es an der Tür zu Herrn Meiers Arbeitsstube. Auf ein unsicher wirkendes „Herein" trat Euwart ein und grüßte. Der Kriminalgehilfe bemerkte sofort, dass der Schreibtisch, an dem Herr Meier saß, heute seltsam unaufgeräumt wirkte. Der Stadtschreiber wirkte auf den ersten Blick ruhig, aber er war blass und hatte einen unsteten Blick.

„Herr Meier", begann Euwart, „wie könnt Ihr hier so seelenruhig an Eurem Schreibtisch sitzen? Habt Ihr noch nicht davon gehört, dass hier im Hause heute Nacht ein zweifacher Mord geschehen ist?"

„Was? Nein, ich bin direkt an meinen Schreibtisch geeilt, ohne mich mit jemandem zu unterhalten."

Er rieb kurz an seiner verschmierten Brille und stierte ängstlich zu Euwart, der vor seinem Schreibtisch stand und sich plötzlich bückte.

„Ah, was haben wir denn da? Herr Meier, Ihr lasst Eure Taschentücher auf dem Boden herumliegen?"

Dabei tat er so, als ob er das mit Rosen bestickte Taschentuch, das er in seinem Ärmel verborgen hatte, vom Boden aufhob.

„Hier bitte", sagte Euwart und reichte es Herrn Meier, der es nervös in Empfang nahm.

„Ah, danke", sagte der Stadtschreiber und musste leicht hüsteln. „Ich habe es schon gesucht, es muss mir wohl aus der Hose geglitten sein."

„Ganz genau!", rief Johann, der plötzlich an der offen gebliebenen Eingangstür stand. „Ihr habt dieses Taschentuch allerdings nicht hier verloren, sondern unten, als ihr den armen Gehilfen rücklings erdolcht habt, bevor ihr auch noch einen zweiten, ebenso schändlichen Mord begangen habt!"

Herr Meier lief kreidebleich an und saß wie erstarrt auf seinem Stuhl. Johann kam, gefolgt von Herrn Eger, der ihn seltsam drohend ansah, näher.

„Wie bitte?", fragte der Stadtschreiber mit einer kaum hörbaren Stimme. „Ihr beschuldigt mich des Mordes? Mich, den Stadtschreiber Meier?"

„Ganz recht", entgegnete Herr Eger. „Ihr habt Euch selbst verraten! Erst lasst Ihr Euer Tuch liegen und nun tappt Ihr wundervoll in unsere Falle, die sich Herr Gutmann ausgedacht hat! Leugnen ist zwecklos!"

Herr Meier stotterte verlegen, aber er sah ein, dass sein Spiel aus war. Als ihm diese Erkenntnis dämmerte, fasste er einen Entschluss. Blitzschnell riss er seine Schublade auf, griff nach einem Messer und rammte es sich in die Brust. Johann, der ihm am nächsten stand, hatte die Verzweiflungstat nicht mehr verhindern können. Er sprang hinzu, fing den fallenden Meier auf und zog ihn vor den Schreibtisch. Der Stadtschreiber war noch am Leben, denn die Klinge hatte nicht sein Herz getroffen.

„Ihr habt Euch selbst gerichtet!", sagte Johann mit ernster Stimme. „Ihr habt schwer gefehlt, doch Ihr könnt Euer Gewissen erleichtern, bevor Ihr Eurem Schöpfer begegnet."

Herr Meier hielt das Messer noch immer fest, das in seiner Brust steckte. Er hatte die Augen weit geöffnet und starrte scheinbar in die Ferne.

„Es tut mir so leid", murmelte er. Das hervorquellende Blut verschluckte seine Worte teilweise.

„Warum habt Ihr das getan? Was hattet Ihr mit Frau Viktoria zu schaffen?" Johann sprach eindringlich.

„Ich habe diese...Frau noch nie...gesehen, aber ich...ich..."

„Nun?"

„Ich habe die Geschichte von den Morden gehört, aber diese Frau habe ich wirklich nie zuvor gesehen. Ihren Sohn aber kannte ich. Ich habe ihn gestern zufällig gesehen, als er in die Leichenkammer gebracht wurde. Ihn habe ich gekannt, nur ihn."

„Woher?"

„Er kam...eines Tages auf mich zu, nachts. Ich machte gerade einen Spaziergang, weil...ich nicht...schlafen konnte. Er zog mich in eine dunkle Ecke und drohte damit, mich...umzubringen, wenn ich ihm nicht helfe."

„Was war sein Begehr?"

„Einsicht. Ja, er wollte nur Einsicht in die...Akten aus unserem...Archiv. Er hat mir sogar Geld geboten, falls er...findet, wonach er suchte. Viel, viel...Geld. Ich habe jedoch...nichts bekommen."

Das Sprechen machte Herrn Meier immer mehr Schwierigkeiten. „Ich habe ihm einen Schlüssel...besorgen müssen, doch ich habe ihn seitdem nicht mehr gesehen. Bis gestern. Da dachte ich...sofort, dass diese alte Frau mir gefährlich...werden könnte. Ich...konnte sie nicht am...Leben lassen. Nein, das...Ich konnte doch nicht ahnen, dass...dass dieser Kerl ein Mörder war, dem ich helfen sollte, seine Opfer..."

Der Rest des Satzes war nicht verständlich, der Mann hatte keine Kraft mehr. Johann hielt seine Hand, die noch einmal krampfhaft zuckte. Der Stadtschreiber war tot.

Ferdinand lag gelangweilt in seinem Bett und las in einem Buch, das allerlei Pflanzen beschrieb. Er fühlte sich wieder recht gut, aber seine Mutter bestand darauf, den Anweisungen des Arztes genauestens Folge zu leisten. Plötzlich klopfte es und Johann trat ein.

„Ah, endlich etwas Abwechslung!", rief Ferdinand erfreut.

„Na, du hast sicher ein spannendes Buch, wie ich sehe!"

„Wenn du Veilchen und Sonnenblumen spannend findest, kann ich dir das Buch gerne verkaufen. Meine Bibliothek bedarf jedenfalls dringend einer Erweiterung."

„Wenn du scherzen kannst, bist du jedenfalls nicht ganz arm dran", lächelte Johann. „Wie geht es deinem Kopf?"

„Er ist noch an seinem angestammten Platz, wo er noch ein wenig zu schmerzen beliebt."

„Du musst dringend hier raus, mein Freund, denn dein geschwollenes Gerede ist wohl darauf zurückzuführen, dass..."

„Jaja, lass gut sein. Du bist sicher nicht gekommen, um dich über mein Wohlbefinden zu erkundigen, nicht wahr?"

„Warum nicht? Aber es stimmt, Ferdinand. Seit wir uns das letzte Mal gesehen haben, und das ist noch gar nicht lange her, gab es drei neue Tote!"

„Was?", rief Ferdinand und schnellte aus seiner liegenden Position hoch. „Doch nicht etwa Morde, die mit unserem Fall zusammenhängen?"

„Ich fürchte doch. Viktoria ist tot, ein Kriminalgehilfe ist tot, und auch Herr Meier, der Stadtschreiber, lebt nicht mehr."

Ferdinand starrte seinen Partner mit offenem Mund an.

„Du erlaubst dir einen grausamen Scherz! Das kann doch nicht…"

„Doch, leider. Der Stadtschreiber Meier wurde von Viktorias Sohn erpresst und hat ihm das Archiv geöffnet. Dadurch war es diesem möglich, all die Frauen, die seine Opfer werden sollten, aufzuspüren. Meier wusste wohl nicht, nach welchen Informationen der Mörder suchte, aber als er ihn zufällig sah und erfuhr, dass es der berüchtigte Serienmörder war, dem er geholfen hatte, bekam er es mit der Angst zu tun. Es muss im Archiv noch weitere Akten gegeben haben, die der Mörder wohl entfernt hat. Nur dadurch war es ihm wohl möglich, all die Frauen so zielsicher auszuspüren. Dass Viktoria, die Mutter des Mörders, bei uns in der Zelle saß, blieb Herrn Meier natürlich nicht verborgen, und so musste auch sie daran glauben. Er musste befürchten, dass sie eingeweiht war und ihn hätte belasten können. Er hat sie also aus dem Weg geräumt und dabei auch den Wache habenden Kriminalgehilfen beseitigt."

„Und weiter? Was geschah mit ihm?", fragte Ferdinand, atemlos vor Spannung und mit weit geöffneten Augen.

„Er hat sich selbst gerichtet, als wir ihn darauf angesprochen haben."

„Welch ein Ende, welch Schicksal! Du wirst mir alle Einzelheiten erzählen und nichts, aber auch gar nichts auslassen. Jedenfalls bin ich froh, dass nun wirklich Schluss ist."

„Ja, es bleibt ja niemand mehr übrig. Der Fall hat uns doch länger als erwartet auf Trab gehalten. Aber ein Rätsel wird wohl auf immer und ewig und ewig ungelöst bleiben. Wir wissen nämlich den Namen unseres Mörders gar nicht! Seine Mutter redete immer nur von ihrem Sohn, ohne ihn jemals beim Namen zu nennen, und auch wir haben beim ersten Verhör nicht danach gefragt. Zu einem weiteren ist es nun nicht mehr gekommen."

„Bedauerlich", murmelte Ferdinand, „doch halb so schlimm. Hauptsache, die Stadt kann wieder aufatmen. Und das verdankt Amsdorf dir, lieber Johann. Herr Eger wird stolz auf dich sein!"

„Auf uns, lieber Freund, auf uns!"

11. KAPITEL

„Beeil dich, Junge, oder willst du warten, bis die Tierchen vollständig erkaltet sind? Wir sind spät dran, also spute dich, sonst setzt es eine Tracht Prügel!"

„Ich tu, was ich kann, Herr Laurentz!"

Es war Herbst geworden, und ein kalter Wind wirbelte die Blätter durch die Gassen von Amsdorf. Auf den höchsten Bergspitzen lag schon etwas Schnee, doch das war in der anbrechenden Dunkelheit nicht mehr zu sehen. Wer nicht unbedingt vor die Tür musste, machte es sich zuhause gemütlich, und so fielen die zwei seltsamen Gestalten umso mehr auf, die sich durch das Bürgerviertel mühten. Der eine war ein älterer Mann mit einem stattlichen Leibesumfang, der ihm jeden Schritt zur Qual machte. Seine kurzen, dicken Stummelbeine zitterten vor Anstrengung, sodass er sich immer wieder an eine Hauswand lehnen musste, um etwas zu Atem zu kommen. In einem größeren Abstand folgte ihm ein junger Mann, der ebenso klein wie dünn war. Auf seinem Rücken trug er einen großen Sack, in dem sein Begleiter beinahe zwei Mal hineingepasst hätte. Auch er konnte kaum mehr als zwanzig Schritte gehen, ohne wieder eine Pause einzulegen und den Sack auf den Boden zu stellen.

Der kalte Wind tat ein Übriges, und so waren die zwei Männer froh, als sie endlich am Ziel angekommen waren. Sie standen, oder vielmehr sie saßen schnaufend und prustend vor einem kleinen Haus mitten im Bürgerviertel. Der Junge war der erste, der wieder zu Atem kam und aufstehen konnte, um an die Holztür zu pochen. Danach sank er entkräftet wieder hinab und schloss die Augen.

Es dauerte einige Augenblicke, bis die Tür geöffnet wurde und ein gutgelaunter junger Mann erschien. Es war Johann, der Kriminalmeister, der einen mitleidigen Blick auf die zwei Jammergestalten warf, die vor ihm hockten.

„Ah, meine Herren", rief er aus, „Ihr holt Euch noch den Tod in dieser Kälte. Zudem werden unsere Hasen kalt, wenn sie nicht bald mit unseren Mägen Bekanntschaft machen. Also immer rein damit! Herbei, ihr Leute, packt mit an!"

Die letzten Worte waren nach innen gerufen und hatten zur Folge, dass mehrere Männer herbeigeeilt kamen. Es waren Ferdinand, Herr Eger, Euwart und Herr Gruber, die zwar kurz lachen mussten, aber die zwei Erschöpften samt ihrem Sack in Windeseile über die Schwelle und bis ins Esszimmer beförderten. Dort saßen Waltraud, die kleine Marie, Frau Gruber und Johanns Mutter, die aus der Hauptstadt gekommen war, erwartungsfroh am Tisch.

„Unser Essen ist da!", frohlockte Johann und wuchtete den Sack auf den Tisch, der bereits reichlich mit Gemüse, Salaten und allerlei Köstlichkeiten beladen war. Bald waren mehrere gebratene Hasen, einige Flaschen Saft und ein kleines Holzfass mit Bier auf dem Tisch platziert. Die Gäste griffen beherzt zu, Herr Eger machte sich daran, das Fass anzustechen, und Johann begleitete Herrn Laurentz und dessen Gehilfen, der sich den leeren Sack über die Schulter geworfen hatte, wieder zur Tür.

„Ich hoffe, Ihr habt Euch einigermaßen erholt!", sagte Johann zu dem Jungen, der noch immer etwas keuchte. „Ihr seid ja beinahe eine Ameise, die das zigfache ihres Gewichtes herumschleppt!"

„Ach was", fiel Herr Laurentz ein, „der Junge ist's gewöhnt. Wenn wir von *Festbedarf Laurentz* etwas versprechen, dann wird's auch pünktlich geliefert, und da muss der Junge auch mal zupacken!"

Dieser war bereits zur Tür hinaus, während Johann Herrn Laurentz entlohnte und mit den besten

Wünschen verabschiedete, um dann zu seinen Gästen zurückzukehren.

„Ah, der Kerl lässt sich auch einmal wieder blicken!", rief Ferdinand und hielt seinem Partner einen gut gefüllten Bierkrug entgegen, den Johann freudig packte, um seinen Gästen, aber besonders Waltraud, zuzuprosten.

Nachdem Waltraud und die kleine Marie aus ihrer alten Bleibe vorübergehend zu den Grubers gezogen waren, hatte sich Johann auf die Suche nach einer neuen Unterkunft gemacht, in der sie alle drei genug Platz hatten. Schließlich war es ihm gelungen, eine geräumige Wohnung in einem kleinen Haus zu mieten, die Waltraud wohnlich einzurichten verstand. Und als der Sommer zu Ende ging, schmiedete er eifrig Hochzeitspläne für das nächste Frühjahr, denn Waltraud hatte seinen Antrag, den er ihr bei einem Spaziergang am Hafen gemacht hatte, freudig angenommen. Heute nun wurde die neue Wohnung mit einer kleinen Feier eingeweiht.

Das Bier floss reichlich, und dem Essen wurde tüchtig zugesprochen. Schließlich, als auch Euwart als Letzter Gabel und Messer zur Seite gelegt hatte, stand Ferdinand auf und erklärte, dass es nun an ihm sei, ein paar Worte loszuwerden. Er räusperte sich und blickte schmunzelnd in die Runde.

„Lieber Johann, als Kriminalmeister habe ich dich in diesen wenigen Monaten, die du nun hier bei uns in Amsdorf weilst, einigermaßen kennengelernt und kann nur Gutes berichten. Wie du als Liebhaber bist, darüber schweigt die Chronik zu deinem Glück!"

Während Waltraud errötete und Marie sich stöhnend die Hände vors Gesicht hielt, johlten die anderen, inklusive Johann, vor Vergnügen.

„Wir wollen", fuhr Ferdinand fort, „auch nicht näher darauf eingehen, sofern deine Waltraud nicht ein paar Worte dazu sagen möchte. Na?"

Die Angesprochene spreizte die Finger und machte eine abwehrende Handbewegung, als ob sie einen Dämon von sich fernhalten müsste.

„Hab ich es mir doch gedacht", sagte Ferdinand lächelnd. „Nun gut, es gibt nämlich noch einen weiteren Makel, der an dir haftet wie ein Furunkel an einem schlecht gepflegten Bein. Du magst inzwischen ein Bürger dieser Stadt sein, jedoch sei dir gesagt, dass du erst dann ein vollwertiger Amsdorfer bist, wenn du auch kulinarisch einer der Unsrigen geworden bist!"

Er machte eine Pause und sah zu Johann, dem Fürchterliches schwante.

„Und deshalb", sagte er erfreut, „haben wir uns erlaubt, als kleine Draufgabe zu dem wundervollen Mahl, für das wir uns bedanken, eine Spezialität aus meiner Heimatstadt zu servieren. Euwart!"

Der Genannte huschte in eine Ecke, kramte dort in einem Beutel, den er mitgebracht hatte, und übergab Ferdinand ein kleines, unförmiges Paket. Dieser legte es auf den Tisch und schlug das Tuch zurück. Vor ihm lag eine knusprig gebratene Kröte, deren Kopf in Johanns Richtung zeigte.

„Um Himmels willen!", stöhnte Johann. „Das ist ein übler Scherz! Ihr verlangt sicher nicht von mir, dass ich das essen soll!"

Ein Blick in die Runde zeigte ihm entschlossene Gesichter. Hilfe suchend wandte er sich an Waltraud, die jedoch ihren Blick gesenkt hielt.

Der arme Kriminalmeister nahm eine Gabel und drückte den Krötenleib damit ein. Es gab ein schaurig knuspriges Knacken, das Johanns Appetit jedoch nicht anregte. Schließlich fasste er sich ein Herz und schnitt vorsichtig eine hauchdünne Scheibe ab, die er ratlos auf der Gabel balancierte. Ferdinand nahm ihm das Besteck aus der Hand, schnitt eine tüchtige Scheibe ab und steckte sie dem widerstrebenden Johann in den Mund. Alle lachten, nur Johann war elend zumute. Die Kröte war dermaßen gut durchgebraten, dass das Fleisch beinahe schon verkohlt war. Er schob den Bissen auf der Zunge hin und her. Schließlich begann er, vorsichtig zu kauen. Es war nicht so schlimm, wie er es sich vorgestellt hatte, doch war er sichtlich froh, als der Bissen verzehrt und den Verdauungsorganen übergeben war. Damit hatte er seine Pflicht getan. Die anderen jubelten und machten sich dann über die angeschnittene Kröte her, sodass das Tier bald verschwunden war. Nur Johanns Mutter hatte sich nicht überwinden können, eine Kostprobe zu nehmen.

Nach dem Essen beschloss die heitere Runde, trotz des unangenehm kalten Windes einen kleinen Verdauungsspaziergang zu unternehmen. Waltraud hätte sich am liebsten gleich ans Aufräumen gemacht, musste aber ebenfalls mit.

Und so marschierten sie alle gut gelaunt durch die Gassen, Ferdinand mit Johanns Mutter voran. Er hatte es so eingerichtet, dass er mit ihr plaudern konnte. Zuerst sprachen sie über belanglose Dinge, doch eine wichtige Frage brannte dem Kriminalmeister schon lange auf der Zunge. Die anderen hinter ihnen lachten und waren laut. Ferdinand nahm seine Begleiterin am Arm und beschleunigte die Schritte.

„Heda, junger Mann", kicherte Frau Gutmann, „Ihr wollt mich doch nicht etwa entführen? Oder warum rennt Ihr plötzlich so schnell, als ob der Teufel hinter Euch..."

„Nein, nein", beschwichtigte Ferdinand, „ich muss mit Euch ungestört reden!"

„Sooooo? Na, dann haltet Euch nicht zurück!"

Ferdinand blickte zurück. Er sah, dass die anderen bereits ein gutes Stück zurück waren.

„Frau Gutmann", begann er, „ich weiß nicht, ob es mir erlaubt ist, etwas anzusprechen, das Euren Sohn betrifft."

Frau Gutmann blieb stehen und sah Ferdinand von der Seite an.

„Kommt bitte weiter, Frau Gutmann, bleibt nicht stehen! Es soll niemand hören, worüber wir sprechen."

„Was ist denn los? Ihr macht mir Angst!"

Ferdinand zog Frau Gutmann etwas unsanft in eine schmale Seitengasse und trat in eine dunkle Ecke. Die anderen hatten davon nichts bemerkt.

„Verzeiht mir meine Offenheit, aber ich mache mir Sorgen um Johann.

„Was ist es, Ferdinand? Ihr macht ein ganz eigentümliches Gesicht!"

„Johann scheint krank zu sein."

„Was?", rief Frau Gutmann.

„Um Himmels willen, seid doch leise!", flehte Ferdinand. „Lassen wir die anderen vorbei!"

Johann und seine Begleiter waren dermaßen in ihre Heiterkeiten vertieft, dass sie das Fehlen der beiden nicht bemerkt hatten. Sie gingen an der Seitengasse vorbei und lenkten ihre Schritte ostwärts.

„So, und nun raus mit der Sprache!", sagte Frau Gutmann streng.

„Schon gut, wir sind nun sicher. Ich wollte mit Euch über Johanns eigentümliche Abneigung gegen Glatz…äh…Glatzköpfe sprechen, denn…"

„Glatzköpfe?", unterbrach sie ihn. „Wie kommt…"

„Verzeiht, es klingt etwas seltsam, aber…"

„Nein, nein, keineswegs, lieber Freund. Ich kenne das Problem, denn es besteht bereits, seit er ein kleiner Junge ist."

Ferdinand atmete tief durch und nahm Frau Gutmanns Hände in die seinen.

„Ich habe das immer wieder verdrängt", fuhr Frau Gutmann fort, „und nicht einmal mein verstorbener Mann hat davon gewusst. Ich konnte einfach nicht darüber sprechen, zu niemandem. Versteht Ihr das?"

Ferdinand schwieg.

„Ihr seid ein guter Freund meines Sohnes, und vielleicht ist es wirklich an der Zeit, mein Herz auszuschütten."

Sie schloss kurz die Augen, ein Ruck ging durch ihren Körper, bevor sie weiter sprach.

„Ihr wisst vielleicht, dass mein Mann Schneider war. Es gab zwar meiste genug Arbeit, aber der Lohn war karg und hart verdient. Ich bin meinem Mann oft zur Hand gegangen und musste Johann einer Bekannten zur Obhut geben, da ich ihn nicht mit in die Schneiderwerkstatt nehmen wollte. Anfangs ging auch alles gut, doch mit der Zeit bemerkte ich eine seltsame Veränderung bei meinem Kleinen. Er war ängstlich und hatte kaum mehr Zutrauen zu uns, war oft krank und schien seine kindliche Lebensfreude allmählich ganz zu verlieren. Wir waren beim Arzt, aber der hat nichts finden können. Der Junge selbst hat nur geschwiegen und nicht gesagt, was ihn denn bedrückt. Eines Tages nun, als ich Johann früher als geplant von meiner Bekannten abholen musste, habe ich den Grund für die Veränderung erfahren. Die Haustür war unverschlossen, sodass ich unbemerkt ins Haus gelangte und meinen Jungen fand. Er kniete auf dem Boden und schrubbte wie wild. Stellt Euch vor, mein Johann musste Hausarbeiten verrichten. Ich stellte meine Bekannte zu Rede, bis diese zugeben musste, dass mein Sohn von ihrem Mann auch noch geschlagen worden war."

Frau Gutmann fing plötzlich an zu weinen und wankte. Ferdinand hielt sie fest und drückte sie an sich. Es dauerte einige Zeit, bis sie wieder sprechen konnte.

„Ich bin dann mit Johann fort und habe meine Bekannten, die ich heute noch verfluche, angezeigt. Als die Kriminalmeister sie jedoch festnehmen wollten, waren beide verschwunden. Bis zum heutigen Tag hat man nie wieder etwas von ihnen gehört."

„Der Mann", fragte Ferdinand, „hatte eine Glatze?"

„So ist es. Johann war damals noch klein, und es schien so, als ob er nach einigen Jahren das Erlebte vollständig vergessen hätte. Wir haben nie mehr darüber gesprochen. Ich glaube, dass er heute nicht mehr weiß, was ihm damals angetan worden war, aber die Furcht vor Männern mit einer Vollglatze ist ein Zeichen dafür, dass in seinem Inneren etwas zurückgeblieben ist. Eine Halbglatze oder gar der Ansatz einer Glatze lassen ihn kalt, aber ein Mann mit vollständig kahlem Haupt ist für ihn kaum zu ertragen."

„Mein Gott, welch schreckliche Geschichte!", hauchte Ferdinand. „Wie können wir ihm denn helfen?"

„Ich habe keine Ahnung, die Zeit wird es vielleicht richten, wer weiß."

„Wollen es hoffen. Ich danke Euch für Eure Aufrichtigkeit. Seid versichert, dass das Geheimnis bei mir absolut sicher ist. Nun sollten wir aber den anderen hinterher, sonst machen wir uns noch verdächtig. Seid Ihr dazu in der Lage?"

Sie wischte sich die Tränen fort und nickte stumm.

Johann stand wieder oben auf der Bergkuppe, von der aus er Amsdorf das erste Mal erblickt hatte. Doch diesmal war er nicht allein.

„Wo meine Mutter und Ferdinand denn nur abgeblieben sind?", murmelte er.

„Deine Mutter wird wohl Gefallen an dem hübschen Bengel gefunden haben", witzelte Euwart, wofür er sich einen Boxhieb auf den Oberarm einfing, der richtig schmerzte.

„Da! Da unten kommen sie endlich!", rief Marie.

„Hallo Ihr Leute, Ihr habt Euch doch nicht verlaufen?", rief Herr Eger hinab.

„Keine Sorge", antwortete Ferdinand, „ich habe die hübsche Dame nur etwas spazieren geführt."

„Ich lag also nicht falsch", sagte Euwart zu Johann gewandt, hielt aber gebührenden Abstand, der ihn vor weiteren Boxattacken schützen sollte.

Frau Gutmann und Ferdinand ließen sich nichts anmerken, obwohl sie innerlich beide noch aufgewühlt waren. Aus ihren Gesichtern konnte man wegen der Dunkelheit nichts erkennen, und nach kurzer Zeit waren ihre schwermütigen Gedanken im allgemeinen Trubel verflogen.

Herr Eger zog aus seiner Jackentasche eine kleine Schnapsflasche heraus, aus der er die hochprozentige Flüssigkeit in einen Becher goss, der munter die Runde machte. Sogar an die kleine Marie hatte der Oberkriminalmeister gedacht: sie erhielt eine köstliche Schokolade zum Verspeisen. Und so verging die Zeit, bis Waltraud meinte, dass Marie nun doch ins Bett gehöre. Diese protestierte zwar, aber ihre Mutter ließ sich nicht erweichen.

„Ich denke", sagte Herr Eger, „dass es für uns alle Zeit wird."

Johann bat, noch einen Augenblick alleine verweilen zu dürfen. Er hatte das Gefühl, dass sich mit dem heutigen Tag ein Kreis geschlossen hatte. Es war noch nicht lange her, dass er hier oben gestanden und voller Neugier hinab geblickt hatte. Seitdem hatte sich viel geändert. Er fühlte sich so gut wie schon lange nicht mehr, und seit er seine Waltraud gefunden hatte, schien ihm das Glück nur noch hold zu sein.

Ein feuchter Nebel begann sich um die Bergkuppe zu legen. Waltraud und die kleine Marie waren kaum mehr zu erkennen und entschwanden langsam seinem Blick. Nur noch schemenhaft tauchten sie ab und zu zwischen den Nebelfetzen auf. Johann überkam plötzlich ein seltsames Gefühl, als ob ihm das Glück, das er hier in Amsdorf gefunden hatte, genommen würde. Angestrengt blickte er hinab, doch von seinen Lieben war nichts mehr zu sehen, der Nebel hatte sie verschluckt.

So viel hatte sich geändert, seit er damals zum ersten Mal hier oben gestanden hatte, und doch spürte er in sich plötzlich eine seltsame Leere und Traurigkeit, die er sich nicht erklären konnte.

Eben noch war er äußerst fröhlich gestimmt, und nun fröstelte er. Als er sich auf den Weg machen wollte, glaubte er hinter sich ein leises Kichern zu hören.

„Was ist hier los? Spielen mir meine Sinne einen Streich? Es treibt sich hier doch niemand herum?"

Er drehte sich um und lauschte. Und wieder war ein fernes Kichern zu hören, das von einer alten Frau zu stammen schien. Verfolgten ihn nun bereits die Toten? Er glaubte, Viktoria zu hören, doch sein Verstand sagte ihm, dass dies nicht sein könne. Langsam ging er in die Richtung, aus der das Kichern gekommen war, das nun wieder verstummt war. Im Nebel konnte er kaum den Weg erkennen.

„Hallo? Ist da jemand? Wenn Ihr Euch einen Streich erlauben wollt, dann habt Ihr Euer Ziel bereits erreicht. Kommt aus Eurem Versteck heraus!"

„Kein Glück besteht ewig", sprach plötzlich eine alte Frau mit geheimnisvoller Stimme, kaum hörbar, aber doch seltsam eindringlich.

Plötzlich huschte rechts von Johann kichernd eine Gestalt vorbei.

„He da!", rief Johann. „Woher des Weges?"

Er machte ein paar Sprünge, sah die Alte, holte aus und griff...ins Leere. Nur ein paar Nebelfetzen, keine menschliche Spur. Johann hatte kalten Schweiß auf der Stirn, denn die Erscheinung war plötzlich wie vom Erdboden verschluckt, verschwunden im Nebel. Und doch hätte er schwören können, dass er eine Gestalt gesehen und ihre Stimme gehört hatte.

„Meine Nerven spielen mir wohl einen Streich!", versuchte er sich einzureden. „Kein Glück besteht ewig, ha! Als ob ich das nicht selbst wüsste! Besser, ich folge den anderen, bevor ich noch verrückt werde."

Ohne sich noch einmal umzudrehen, eilte er zurück und rannte hinab nach Amsdorf, um die anderen einzuholen, die schon ein gutes Stück fort waren. Er hörte weder seinen pfeifenden Atem, noch die Schritte, denn in seinem Kopf hatte sich eine Stimme festgesetzt, die ihn quälte und immer wieder rief: Kein Glück besteht ewig!

Als er schließlich die ersten Häuser von Amsdorf erreichte, fand er dort die anderen, die auf ihn warteten.

„Der Mann, der aus dem Nebel kam", witzelte Ferdinand. „Du rennst ja, als ob du auf der Flucht wärst! Ein Glück, dass wir nicht im Dienst sind, sonst würden wir dich vorsorglich verhaften, denn wer zu dieser Zeit so rennt, hat normalerweise etwas auf dem Kerbholz!"

„Glück?", sagte Johann. „ Mein Glück ist es, dass ich Waltraud und Marie getroffen habe, denn sonst wäre ich inzwischen wohl ein toter Mann. Nicht körperlich, aber da drinnen!"

Er klopfte an die Stelle, wo das Herz saß, nahm seine beiden Frauen an die Hand und ging mit ihnen davon, ohne sich um die anderen zu kümmern.

„Ich glaube", flüsterte Frau Gutmann zu Ferdinand, „dass mein Junge endlich richtig glücklich werden wird!"

„Er hat es sich verdient!", entgegnete Ferdinand, ebenso leise, „er hat es sich wirklich verdient."